ハヤカワ文庫 FT
〈FT623〉

ウィッチャー　嵐の季節

アンドレイ・サプコフスキ
川野靖子訳

早川書房
9110

SEZON BURZ
by
Andrzej Sapkowski

Translated by
Yasuko Kawano
First published 2024 in Japan by
HAYAKAWA PUBLISHING, INC.
This book is published in Japan by
arrangement with
ANDRZEJ SAPKOWSKI
c/o PATRICIA PASQUALINI LITERARY AGENCY
through JAPAN UNI AGENCY, INC., TOKYO.

ウィッチャー　嵐の季節

ウィッチャー・ゲラルトのこれまでの冒険

ウィッチャーのゲラルトは、これまでに長篇五冊

・『ウィッチャーⅠ　エルフの血脈』
・『ウィッチャーⅡ　屈辱の刻《とき》』
・『ウィッチャーⅢ　炎の洗礼』
・『ウィッチャーⅣ　ツバメの塔』
・『ウィッチャーⅤ　湖の貴婦人』

と短篇集二冊

・『ウィッチャー短篇集1　最後の願い』
・『ウィッチャー短篇集2　運命の剣』

の七冊に登場した。物語の作中時間はおおよそ、『ウィッチャー短篇集1　最後の願い』、『ウィッチャー短篇集2　運命の剣』、長篇『ウィッチャーⅠ』～『ウィッチャーⅤ』の

順になっている。

八冊目のウィッチャー作品となる本書『ウィッチャー　嵐の季節』は、これらの作中時代では初期に位置する単独長篇になる。『ウィッチャー短篇集1　最後の願い』に収録された短篇「最後の願い」での、ゲラルトと女魔法使いイェネファーの出会いから数年後の出来事である。

なお、ネットフリックスのドラマ『ウィッチャー』は短篇集と長篇『ウィッチャーI　エルフの血脈』以降を原作としている。ゲーム〈ウィッチャー〉シリーズは、小説『ウィッチャーV　湖の貴婦人』の後の時代が舞台となっている。

登場人物

リヴィアのゲラルト　〈白狼〉の名で知られる魔法剣士《ウィッチャー》
ダンディリオン　吟遊詩人
イェネファー　女魔法使い。ゲラルトのかつての恋人
リタ・ネイド　別名コーラル。ベロハン王に仕える女魔法使い
モザイク　リタ・ネイドの弟子
ベロハン　ケラクの国王
エグムンド　ベロハンの息子。黒髪
ザンダー　ベロハンの息子。エグムンドの異母弟。金髪
フェラン・ド・レテンホーヴ　ケラク王室づき訴追官。ダンディリオンの従兄弟《いとこ》
ニケフォー・ムウス　法廷書記
パイラル・プラット　犯罪組織の長

アンテア・デリス　パイラル・プラットの娘
オルトラン　高齢の魔法使い。リスベルグ城の高名な発明家
アルジャノン・グインカンプ　別名ピネティ。リスベルグ城の魔法使い
ハーラン・ツザーラ　リスベルグ城の魔法使い
ソレル・デジェルンド　リスベルグ城の魔法使い。オルトランの助手
フラン・トーキル　保安官
シェヴロヴ　レダニアに雇われている傭兵隊の司令官。元正規軍の曹長
フリガ　シェヴロヴの部下
アダリオ・バッハ　旅の途中のドワーフ。炭鉱町のホルン吹き
ジャヴィル・フィッシュ　ノヴィグラドの商人。元軍人で、シェヴロヴの元同僚
ペトル・コビン　フィッシュの相棒
ケフェナルド・ファン・フリート　カッター船〈予言者レビオダ〉の船主。手袋商人
パドロラク　〈予言者レビオダ〉の船長
ニムエ　女魔法使いの学校を目指して旅する娘

怪物と闘う者は、みずから怪物にならぬようにせよ。
奈落をのぞきこめば、奈落もまた汝《なんじ》をのぞき返す。

——フリードリヒ・ニーチェ著『善悪の彼岸』

思うに、奈落をのぞきこむのは愚の骨頂だ。
世のなかには、もっとのぞきこむ価値のあるものが山ほどある。

——ダンディリオン著『詩の半世紀』

1

それは殺すためだけに生きていた。

それは太陽で温まった砂に横たわっていた。

それは毛髪のような触角と棘《とげ》で振動を感じ取ることができた。振動はまだ遠かったが、イドルにははっきりと正確に感じ取れた、だから獲物がいる方角と動く速度だけでなく、その重量もわかった。似たような捕食生物のほとんどがそうであるように、彼らにとって獲物の重量は何より重要だ。獲物にそっと近づき、襲いかかり、追いつめることは体力の消耗を意味し、消耗した分は食物のカロリーで補わなければならない。イドルに似た捕食者の多くは、獲物があまりに小さいときは襲わない。だがイドルは違った。イドルは獲物を食べ、種を保存するために生きているのではなかった。そのために生み出されたものではなかった。

それは殺すために生きていた。

イドルは手肢をそろそろと動かして穴を出、腐木の幹を這いのぼり、三跳びで空き地を横切り、シダにおおわれた下草に飛びこんで茂みに溶けこんだ。そしてすばやく、音もなく動き、気がつくと駆け出し、巨大バッタのようにぴょんと跳ねていた。

やぶに低く身をひそめ、腹部の分節した甲殻を地面に押しつけた。地面から伝わる振動がますますはっきりしてきた。触角と棘から伝わる刺激がイメージになり、戦略になった。イドルにはもうわかっていた。どこから獲物に近づき、どこで獲物の行く手を阻み、どんなふうに獲物を逃げさせ、どんなふうに一足飛びに背後から飛びかかり、どの高さで襲い、カミソリのように鋭いあごで切り裂くか。振動と刺激はすでにイドルのなかで、押さえつけた獲物がもがきだすときに感じる悦びを呼びさまし、熱い血の味がもたらす幸福感を呼び起こしていた。痛みに苦しむ悲鳴があたりの空気を切り裂くときの快感を。イドルはハサミと触肢を開いたり閉じたりしながら小さく身震いした。

地面の振動はいよいよ明確になり、いくつかに分かれた。獲物はひとつではなかった――三つ、もしくは四つ。なかのふたつはよくある振動だが、三つ目は質量も重量も小さい。いっぽう四つ目は――現実に四つ目がいるとして――不規則で、弱く、ためらいがちだ。

イドルは動きを止めて息を殺し、茂みの上に触角を突き出して空気の動きを確かめた。地面の振動が待ちわびていた合図を告げた。獲物が分かれた。なかのひとつ——いちばん小さいのが遅れ、あいまいな四つ目が消えた。あれは本物ではなかった、ただの反響だ。イドルは無視した。

小さい獲物が、さらにほかから遅れた。地面の振動はますます強く、近くなる。イドルは後ろ肢を踏んばり、地面を蹴って飛びかかった。

少女が耳をつんざくような悲鳴をあげた。逃げるどころか、その場に凍りついていた。絶え間なく叫びながら。

ウィッチャーは剣を抜きながら少女に向かって駆け出した。そのとたん、おかしいと気づいた。罠だ。

薪束を積んだ荷車を引いていた男が悲鳴をあげ、ゲラルトの目の前で血しぶきをあげながら空中二メートル近くまで吹き飛んだ。男は落ちてきたが、すぐさま、今度はふたつに切断された体からそれぞれ血を噴きながら宙を舞った。すでに男の悲鳴は途切れていた。と思う間もなく今度は女が切り裂くような声で叫び、娘と同じように恐怖に身をすくませ、その場に凍りついた。

間に合うとは思えなかったが、ウィッチャーはかろうじて女を救った。飛び出すと同時に、血しぶきをあびた女を小道から森のシダの茂みに思いきり突きとばして。そのとたん、またしても罠だと気づいた。策略だったと。灰色の平らな体で、たくさんの肢を持つ、信じられないほど敏捷な影は荷車と最初の犠牲者から離れ、次の獲物——なおも叫びつづける少女——のほうにすべるように向かっていた。ゲラルトは猛然とイドルを追った。

少女がその場所に立ちすくんだままだったら間に合わなかっただろう。だが、少女は冷静さを取り戻し、狂ったように駆け出した。それでも、灰色の怪物はやすやすと少女を追いつめて殺し、引き返して女のほうもバラバラにしていたはずだ。そこにウィッチャーがいなければ。

ゲラルトは怪物に追いついて跳びあがり、後ろ肢の一本をかかとで踏みつけた。灰色の怪物は恐るべき敏捷さで身をひねり、ゲラルトの脚すれすれのところで湾曲したハサミをぴしっと閉じた。即座に横に跳びのかなかったら片脚を失っていただろう。ウィッチャーがバランスを取り戻すよりも早くイドルは地面から跳ね起き、襲いかかった。ゲラルトはとっさに大きく、やみくもに剣を振りまわして怪物を押し返した。剣は当たらなかったが、これで優位に立った。

ゲラルトはジャンプして勢いよく怪物を踏みつけ、平たい頭胸部の甲殻を逆手で断ち切った。ぼうっとしたイドルがわれに返る前に、次の一撃で左あごをたたき切った。怪物は手肢を振りまわし、原牛《オーロックス》のようなあごの残りで突こうとしたが、ゲラルトはそのあごも断ち切った。さらにすばやい逆斬りで触肢を一本、そしてもういちど頭胸部に斬りつけた。

イドルはようやく身の危険を感じた。逃げなければ。遠くへ逃げ、身をひそめ、隠れ場を見つけなければ。それは殺すためだけに生きていた。殺すためには再生しなければならない。逃げなければ……。逃げなければ……。

ウィッチャーは逃がさなかった。すぐさま追いつき、胸部後部の体節に足を乗せ、上から力まかせに剣を振りおろした。今度ばかりは甲殻も耐えきれず、傷口からねばつく緑色の液体が噴き出した。怪物は地面で肢をばたつかせ、のたうちまわった。

ゲラルトはふたたび剣を振りあげ、平らな頭部と胴体を完全に切断した。

ぜいぜいと息を切らしながら。

遠くで雷鳴がとどろいた。強まる風と暗くなる空が嵐の襲来を告げていた。

初めて会ったときから、新任の地区代官アルベルト・スムルカはセイヨウカブを連想させた――ずんぐりして、薄汚く、皮が固く、ひどく味気ない。ようするにゲラルトがこれまでかかわってきた地方役人と大差なかった。

「どうやら本当のようだ」スムルカが言った。「困ったときはウィッチャーにかぎるというのは。前任者のヨナスはおまえをべたぼめしていた」一瞬の間のあと、ゲラルトの反応を待たずに続けた。「だが、わたしはヨナスを嘘つきだと思っていた。つまり、そこまで信用していなかった。おとぎ話がどうやって生まれるかは知っている。とりわけ民衆のあいだでは、決まって奇跡とか驚異とか超人的な力を持ったウィッチャーとかが出てくる。そしていま、それがまぎれもなき真実だとわかった。小川の先にあるあの森で多くの人間が死んだ。町への近道だからと、愚か者どもがあそこを通り……殺された。警告を無視して。近ごろは荒地をうろついたり森のなかをさまよったりするのは危険だ。怪物やら人喰いやらがうようよしている。テメリアの〈トゥカイの丘〉でも恐ろしいことが起こったばかりだ――炭焼き人の集落で十五人が森のグールに殺された。〈ロゴヴィヅナ〉という場所で。聞いているだろう。知らない？　だが本当だ、神に誓って。魔法使いたちも〈ロゴヴィヅナ〉で調査を始めたらしい。まあ、話はこれくらいにしよう。当面ここアンセギスは安全だ。おまえのおかげで」

スムルカは整理だんすから金庫を取り出し、テーブルに紙を広げ、インク壺に羽ペンを浸した。

「おまえは怪物を殺すと約束した」小役人は顔もあげずに言った。「でまかせではなかったようだ。約束を守る男だな、流れ者にしては……。しかも人命を救った。あの女と娘を。母娘《おやこ》は礼を言ったか？　おまえに感謝したか？」

〝いや、しなかった〟ゲラルトはあごを噛みしめた。〝どちらもまだ完全には意識を取り戻していなかった。そしておれは、二人が意識を取り戻す前に姿を消すつもりだ。おれが不遜にも三人全員を助けられると思いこみ、怪物をおびき寄せるために母娘を利用したと気づかれる前に。あの娘が気づく前に――父親を失ったのはおれのせいだと理解する前に――おれはここを去る〟

嫌な気分だった。闘いの前に飲んだ霊薬《エリクサ》のせいだ。間違いなく。

「実にいまわしい怪物だ」スムルカは書類に少量の砂を振りかけ、床に振り落とした。「運びこまれた死骸を見たが……。あれはいったいなんだ？」

それについてはゲラルトもわからなかったが、無知と思われたくなくて適当に怪物の名を答えた。

「アラクノモルフ」

アルベルト・スムルカは唇を動かし、復唱しようとしてあきらめた。

「うぅ、まあなんでもいい、もう片がついたんだからな。その剣でバラバラにしたのか？　その刃で。見せてくれるか？」

「断る」

「なるほど、魔法がかかっているんだな。さぞかし大事な……。よほどすごい剣なんだろう……。さて、しゃべっていても時間は過ぎるばかりだ。任務は遂行された、金を払おう。だがまずは書類だ。勘定書に印をつけてくれ。その、バツ印とかなんでもいい」

ゲラルトはスムルカから書類を取り、光にかざした。

「驚いた」役人は顔をしかめて頭を振った。「なんと、字が読めるのか」

ゲラルトは書類をテーブルに置き、代官のほうに押しやった。

「書類にはちょっとした間違いがある」そして淡々と小さな声で言った。「約束は五十クラウンだった。勘定書は八十となっている」

アルベルト・スムルカは両手を組み、あごを載せた。

「間違いではない」代官も声を落とし、「いわば感謝のしるしだ。おまえは怪物を殺した、さぞ難儀な仕事だったろう……だからこの額に驚く者は誰も……」

「どういうことだ」

「見え透いたふりはよせ。そうしらばくれんでもいい。前任のヨナスが一度もこんな書類は出さなかったとでも？　誓って──」

「誓って、なんだ？」ゲラルトはさえぎった。「ヨナスが勝手に金額をつりあげていたというのか。国庫から余分に引き出した金をおれと折半していたと？」

「折半？」スムルカは鼻で笑った。「甘いな、ウィッチャー、考えが甘い。何さまのつもりだ？　おまえが受け取るのは差額の三分の一。十クラウンだ。それでも手当としては悪くない。この役職にあるだけで、わたしのほうが多くもらって当然だ。国の役人は豊かでなければならない。役人が豊かであればあるほど国家の威信は大きくなる。ほかに何か知りたいことはあるか？　この会話にもそろそろ退屈してきた。さあ、署名するか、どうする？」

雨が屋根をたたきつけた。外は土砂降りだが、雷はやんでいた。嵐が過ぎ去っていた。

幕間

二日後

「もっと近くへ、マダム」ケラク王国のベロハン国王が尊大に手招いた。「さあ、もっと近くへ。従者よ！　椅子を持て！」

部屋の丸天井は男の人魚やタツノオトシゴやウミザリガニふうの生き物が一隻の帆船を取り巻く、海の風景のフレスコ画で飾られていた。だが、壁の一面は同じフレスコ画でも世界地図が描かれている。まったくの架空の地図で、実際の陸地や海とはほとんど一致していない――コーラルはずっと前から気づいていた――が、見て楽しく、しゃれている。

二人の小姓が彫刻のある、高位の役人が座るような重い大官椅子を運びこんだ。女魔法使いは腰をおろすと、ルビーをちりばめた腕輪を目立たせ、王の視線をひきつけるように両手を肘かけに置いた。結いあげた髪には小さなルビーのティアラ、襟ぐりが深く開いたドレスの胸もとにはルビーの首飾り。どれも、この謁見のために特別に選んだものだ。印象づけるために。狙いどおり、ベロハン王は目を丸くしている——見ているのがルビーか、胸の谷間かはわからないけれど。

オズミクの息子ベロハンは、いわば第二世代の王だ。ベロハンの父は海上交易と、おそらくは少しばかりの海賊業によってかなりの財をなした。競争に勝ち、地域沿岸貿易を独占したオズミクはみずから王と名乗った。みずから行なった戴冠は現状を正式に認めたにすぎず、ゆえに表立って難癖をつける者もなく、反対も起こらなかった。いくつもの抗争と小競り合いのすえ、オズミクは近隣国のヴェルデンやシダリスとの境界争いと管轄争いを平定した。ケラクがどこから始まってどこで終わり、誰がその地を治めるかが確立されたのだ。そしてその地を治めていたオズミクが——その称号にふさわしく——王になった。物ごとの自然な流れとして、称号と権力は父から息子へ渡される。ゆえにオズミクの死後、息子ベロハンが王座についても誰も驚かなかった。もちろんオズミクにはほかにも息子が——少なくとも四人は——いたが、みな継承権を放棄し、聞くところによれば、なかの一人は自由意志で放棄したらしい。こうしてベロハンは造船業、水運業、漁業、そして一族の伝統である海賊業で利益を得ながら二十年以上もケラクを治めてきた。

そのベロハン王がいまクロテンの縁なし帽をかぶり、片手に笏《しゃく》を持ち、一段高い玉座に座って謁見に臨んでいた。牛ふんに座るフンコロガシのように堂々と。

「親愛なるマダム・リタ・ネイド」国王が呼びかけた。「愛する女魔法使いリタ・ネイドよ。よくぞふたたびケラクを訪ねてくれた。今回もゆっくりできるのであろう？」

「わたしには海の空気が合っていて」コーラルことリタ・ネイドはしゃれたコルクヒールの短いブーツを見せながら挑発的に脚を組んだ。「陛下のお許しがいただければ」

王は脇に座る息子たちを見やった。二人の息子はどちらもすらりとした長身で、骨ばって筋肉質だが上背のない父親とは似ても似つかない。兄弟どうしも似ていなかった。兄のエグムンド王子は漆黒の髪で、少し年下の弟ザンダー王子はアルビノに近い金髪だ。二人ともリタを嫌悪の目で見た。女魔法使いが王の前で座ることを許され、謁見での着席を認められるという特権をいまいましく思っているのは明らかだ。だが、この特権はすっかり定着しており、文明人と思われたければないがしろにはできない。そしてベロハン王の息子たちは誰よりも文明人と思われたがっていた。

「喜んで認めよう」ベロハン王はゆっくりと応じた。「ただし、ひとつ条件がある」

コーラルは片手をあげ、わざとらしく指の爪を見つめた。ベロハンの条件など知ったことではないという合図のつもりで。国王は合図の意味を解しなかった。あるいは解したのにうまく隠したのか。

「こんな話を耳にした」王は腹立たしげに言った。「高潔なるマダム・ネイドが、子を望まぬ女たちに魔法の調合薬を作っていると。のみならず、懐妊した女の堕胎の手助けをしていると。ここケラクにおいて、そのような行為は不道徳とみなされている」

「女が生まれながらに持っている権利は」コーラルはそっけなく応じた。「――その事実《ファクト》によって――不道徳ではありえません」

「女に権利があるとすれば――」王は玉座の上で骨ばった上体を伸ばし、「――男がさずけるふたつの贈り物を受け取る権利だけだ。すなわち夏場の子どもと冬場の薄い靭皮《じんぴ》繊維の部屋履き。このふたつはどちらも女を家につなぎとめる、なぜなら家こそ女がいるべき場所――本来、女にあたえられた場所――であるからだ。大きな腹で、上っ張りに子どもをしがみつかせた女は家からふらふらと出ることもなく、ばかげた考えも抱かず、よって夫は心の平安を保てる。心の平安を得た男は国王の富と繁栄を増やすべく熱心に働く。結婚に満足した男は額《ひたい》に汗し、身を粉にして働いても、愚かな考えを持ちはしない。しかし、もし誰かが女に〝子どもはほしいときに産めばいい、産みたくなければ産まなくてもいい〟などと吹きこみ、あげく、その方法を教え、薬を渡しでもしたら、高潔なるレディよ、社会の秩序は揺らぎはじめる」

「そのとおり」発言の機会をうかがっていたザンダー王子が口をはさんだ。「まさしく！」

「母親になりたがらない女は」ベロハン王が続けた。「大きな腹と、ゆりかごと、子だくさんによって家庭に収まらない女は、じき肉欲に屈する。この事実はまったくもって明白で避けられない。そうなると男は内なる平穏と心の均衡を失い、これまであった調和の何かがとつぜん狂いだし、嫌なにおいを放つどころか、調和や秩序そのものが失われる。とりわけ、日々の退屈な仕事を正当化する秩序が消える。事実、余はそうした重労働の成果を享受している。そのような考えかたは社会の混乱と隣り合わせだ。暴動、反乱、蜂起。わかるか、マダム・ネイド？　女に避妊薬をあたえたり、中絶させたりする者は誰であれ、社会秩序を揺るがし、暴動と反乱をもたらすのだ」

「そのとおり」ザンダー王子が言葉をはさんだ。「まったくもって！」

リタはベロハン王の薄っぺらい権威やえらぶった態度をなんとも思っていなかった。女魔法使いである自分は何を言われても関係なく、この王はしゃべるしか能がないとよくわかっていた。とはいえ、この国がとうの昔に狂い、嫌なにおいをはなち、秩序などないも同然で、臣民が知る唯一の〝調和《ハーモニー》〟が、港近くの売春宿にいる同じ名前の娼婦だけだという事実をずけずけと王の前で述べるのはひかえた。女性と母性――もしくは母性嫌悪――を混同するのは女嫌いの証明であるだけでなく、痴愚の証明でもあるとも言わなかった。

かわりにこう返した――「さきほどの長い論考のなかで、陛下は幾度となく富と繁栄の拡大という主題に立ち戻られています。おっしゃることはよくわかります、わたし自身の繁栄も、わたしにとってはとても重要ですから。そして何があろうと、その繁栄がもたらすものを手放すつもりはありません。女はほしいときに子を産み、そうでないときは産まない権利があるとわたしは考えますが、この問題についての議論はやめておきましょう――誰にでも意見を持つ権利はあります。ただ、わたしが女たちにほどこす医療措置がただではないことだけは申しあげておきます。これはわたしにとってきわめて重要な収入源です。ここは自由市場経済の国ですわ、陛下。どうかわたしの収入源を妨害なさらないでください。なぜならわたしの収入は、よくご存じのように、魔法院と女性結社全体の収入でもあるのですから。女性結社は財源を減らそうとする者には断じて容赦しません」

「脅すつもりか、マダム・ネイド」

「とんでもない！　わたしだけでなく、強い影響力を持つ支援者と協力者たちもそのようなだいそれたことは考えておりません。よろしいですか、ベロハン国王、もしも――陛下がかかわっておられる搾取と不法占有の結果――ここケラクで――大げさに申しあげれば――不穏な動きがあったら、あるいはどこかの反乱分子が陛下の弱みを握り、玉座から引きずりおろし、すぐさま枯れ枝から吊るし首にしようと襲ってきたならば……。そのときは、どうぞ女性結社を当てになさってください。男性魔法使いも力になるでしょう。すぐに助けに駆けつけます。われわれは反乱や無政府状態を認めません、なぜならそれはわれわれにとっても不都合だから。ですから、どうぞ搾取を続け、富をお増やしください。お好きなだけ。そして同じことをしている他者の邪魔はなさらぬこと。これがわたしの要望と助言です」

「助言？」ザンダー王子が椅子から立ちあがり、息巻いた。「あなたが助言だと？　父上に？　父上は国王だ！　王は助言など聞かぬ――王は命じるものだ！」

「座って口を閉じよ、息子よ」ベロハン王が顔をゆがめた。「そして魔女よ、よく聞くがいい。そなたに言いたいことがある」

「なんでしょう」

「新たに妻を迎えるつもりだ……。十七歳の……小さなサクランボのような乙女を。タルトに載ったサクランボのような」

「おめでとうございます」

「これも王朝のためだ。王位継承と王国の秩序を案じるがゆえの」

それまで墓石のように黙っていたエグムンド王子がさっと頭をあげ、うなるように言った。

「王位継承？」その瞳に邪悪な光が浮かぶのをリタは見逃さなかった。「継承とはどういうことです？　父上には婚外子を含め、六人の息子と八人の娘がいるではありませんか！　それでもまだ足りないと？」

「これでわかっただろう」ベロハン王が骨ばった手を振った。「見てのとおりだ、マダム・ネイド。余は継承者を考えなければならぬ。父親にこのような物言いをする者に王国と王冠を譲れると思うか？　さいわい余はこうして生きて、国を治めている。これから先も長く治めるつもりだ。言ったように、これから娶《めと》るという――」

「それが何か？」

「あの娘がもし……」王は片耳の後ろを搔き、半開きのまぶたの下からリタを見やった。「あの娘がもし……つまり新しい若妻が……そなたに例の医術を頼みにきても……断じて応じてはならぬ。余はあのような薬を認めない。なぜなら不道徳だからだ！」

「わかりました」コーラルはかわいらしくほほえんだ。「陛下の小さなサクランボが頼みに来ても応じません。約束します」

「よろしい」ベロハン王は顔を輝かせた。「いやはや、実にすばらしい合意に達した。何より重要なのは相互理解と敬意だ。考えは異なっても、礼儀を忘れてはならない」

「そのとおり」ザンダー王子が口をはさんだ。エグムンド王子はむっとし、小声で毒づいた。

「敬意と理解の精神において——」コーラルは赤い巻き毛を指に巻きつけ、飾り天井を見あげながら言った。「——また貴国の調和と秩序を案じて……お伝えしたいことがありま す。極秘情報です。密告者には嫌悪を覚えますが、詐欺師と盗人《ぬすっと》にはなおのこと。厚かましき横領事件です、陛下。貴国の財産を奪おうとしている者どもがいます」

ベロハン王は狼のように顔をゆがめ、玉座から身を乗り出した。

「誰だ？　名を申せ！」

2

ケラク――北の王国シダリスにある、アダラッテ川河口の都市。かつての独立王国ケラクの首都。無能な統治と王統の消滅により衰退し、その重要性を失い、近隣諸国によって分割、編入された。港、数軒の工場、灯台があり、人口は約二千人。

――エフェンベルグ&タルボット著『世界大辞典』第八巻

入り江は帆柱《マスト》が林立し、白と色とりどりの帆がひしめいていた。大型船は岬と防波堤に守られるように錨《いかり》をおろし、港そのものは、中型船やごく小さな船が板張りの桟橋にそって係留されている。砂浜の空いた場所はほとんどがボート、もしくはその残骸で埋まっていた。

波が打ち寄せる岬の突端に、もともとエルフによって建てられたのち改修された、白と赤のレンガでできた灯台が高くそびえている。

ウィッチャーは雌馬の脇腹に拍車をかけた。ローチは頭をあげ、海風のにおいを楽しむかのように鼻孔をふくらませて砂浜を駆けだした。目の前の首都に向かって。

王国と同じ名前の首都ケラクは、アダラッテ川河口の両岸にまたがる三つの地区にはっきりと分かれていた。

ひとつは川の左岸に広がる港湾地区で、船だまりと、造船所や作業場、食品加工工場や倉庫や貯蔵庫までもそなえた商工業施設が集まっている。

いっぽう、川の右岸はパルミラ地区と呼ばれ、労働者や貧者の掘っ建て小屋や丸太小屋、小商いの家屋や露店、食肉処理場、日没後にだけ活気づくおびただしい数の酒場やいかがわしい店がひしめいていた。というのも、パルミラは娯楽と禁じられた快楽の地区でもあったからだ。そしてゲラルトもよく知るように、ちょっと油断すると財布を盗まれ、ナイフで脇腹を刺されかねない場所でもあった。

首都ケラクの中心地は、同じ左岸でも海岸から遠く離れた、頑丈な杭をめぐらした高い柵の奥にあり、裕福な商人や金貸し、製造所や銀行、質屋、靴屋や仕立屋、大小さまざまな店舗のあいだを走るいくつもの細い通りでできていた。居酒屋、コーヒー店、高級宿のほか、パルミラ地区とまったく同じ享楽を法外な値段で提供する施設もある。首都中心部は市庁舎や劇場、裁判所、関税事務所、街の上流階級の屋敷が建ち並ぶ四角い広場で、中央には無残に鳥のふんを浴びた街の創設者オズミク王の像が台座に建っていた。もっとも、創設者というのは真っ赤な嘘で、この海辺の街は——オズミクがどこからやってきたにせよ——そのはるか昔からあった。

さらに丘をのぼったてっぺんに、きわめて風変わりな形式と形状の城と王宮が建っていた。かつては寺院だったが、住民がまったく無関心なのに業を煮やした僧侶たちが放棄し、のちに改修、拡張された。寺院の鐘楼と鐘そのものは残り、現王ベロハンが毎日、正午と真夜中——臣民への嫌がらせとしか思えない——に鳴らすよう命じた。ウィッチャーがパルミラ地区の小屋のあいだを馬で歩きだしたとき、ちょうど正午の鐘が鳴った。

パルミラ地区は魚と洗濯物と安食堂のにおいがし、通りの雑踏はすさまじく、抜けるのにかなりの時間と忍耐を要した。ようやく橋にたどりつき、アダラッテ川の左岸に渡ったときはほっとした。川の水は悪臭を放ち、どろりとした泡の塊——上流にある皮なめし工場の廃棄物——が浮かんでいる。そこから柵に囲まれた街に続く道まではもうすぐだ。

街の中心から少し離れた馬小屋にローチをあずけ、二日分を前金で払い、よく世話をしてくれと馬番に心づけを渡した。まず見張り塔に向かった。ケラクの中心部に入るには見張り塔で身体検査と、それにともなうかなり不愉快な手続きを踏むしかない。この面倒な手順にはいくらか腹立たしさを覚えたが、理由もわからなくはなかった——高級住宅街の住民は波止場地区パルミラからの客人をあまり歓迎しない、それが錨を下ろした異国船の船乗りとなればなおさらだ。

足を踏み入れた見張り塔は、予想どおり衛兵所を兼ねた丸太造りで、ゲラルトにはそれからの展開も予想がついた。だが、予想は裏切られた。

これまでいくつもの衛兵所を訪れた——小さいもの、中くらいのもの、大きいもの、近くにあるもの、世界の果てにあるもの、程度の差はあれ文明的な地域のもの、かなり未開の地域のもの。世界じゅうどこであろうと、衛兵所はカビと汗、革と小便、鉄とその補修に使う油のにおいがした。ケラクの衛兵所も同じだった。いや、同じだったはずだ。衛兵所につきもののにおいが、床から天井までたちこめる、むっとして息もできないおならのにおいに負けていなければ。衛兵所の一団がマメ科植物——おそらくエンドウとインゲン——をたっぷり食べたのは疑いようもなかった。

しかも衛兵はすべて女だ。六人の女がちょうどテーブルで昼食をとっていた。全員が陶器の碗から薄いパプリカソースに浮かぶ具をずるずるとすすっている。

いちばん背の高い、衛兵長とおぼしき女が碗を押しやって立ちあがった。ゲラルトはつねづね〝醜い女〟なるものはこの世に存在しないと主張してきたが、ふいに持論を改めたくなった。

「武器を長椅子に！」

衛兵長は——同僚たちと同じように——頭を剃りあげていた。坊主頭に伸びかけた髪がぽつぽつとまだらに生えている。はだけたチョッキと穴あきシャツの下から見える腹まわりの筋肉は、網がけした焼き豚を思わせた。上腕二頭筋は——調理肉のたとえを続けるなら——ハムなみに太い。

「武器を長椅子に置け！」衛兵長がふたたび命じた。「聞こえないのか」

碗に身を乗り出していた部下の一人が少し身をあげて放屁した、大きく、長々と。仲間たちがゲラゲラ笑った。ゲラルトは手袋で顔の前をあおいだ。衛兵長がゲラルトの剣に気づいた。

「おい、娘たち！　来てみろ！」

〝娘たち〟は伸びをしながら、しぶしぶ立ちあがった。衛兵たちの制服は見たところかなりいい加減で、筋肉を見せびらかすのがいちばんの目的らしい。一人は太ももがはちきれんばかりの革の半ズボンをはき、腰より上に身につけているのは胸で交差する二本の革帯だけだ。

「ウィッチャーだ」革の半ズボンが言った。「剣が二本。鋼《はがね》と銀」

別の女――同じように長身で肩幅が広い――が近づき、ゲラルトのシャツを無造作に引き開け、銀の鎖から下がるメダルを引き出した。

「記章だ。牙を剝き出す狼。ウィッチャーのようだな。通すか？」

「通してならない規則はない。剣を渡したなら……」

「いかにも」ゲラルトは落ち着いた声で会話に加わった。「おれは剣を渡した。二本とも安全な場所に保管されるんだろうな。そして預かり票を見せれば引き取れる。預かり票をくれるんだろう？」

衛兵たちはニヤニヤ笑いながらまわりを取りかこんだ。誰かが偶然めかしてゲラルトを突《つ》き、別の誰かが高らかに放屁した。

「いまのが預かり票だ」悪臭を放った女が鼻で笑った。

「ウィッチャーが！　雇われ怪物殺し屋が！　剣を渡したぞ！　それもあっさりと！　小僧みたいにおとなしく！」

「渡せと言えばあそこだって渡すんじゃないか」

「やってみるか！　どうだ、娘たち？　あそこを引っぱり出せ！」

「ウィッチャーのあそこがどんなもんか見てやろう！」

「そこまで」衛兵長がぴしゃりとたしなめた。「いい加減にしろ、ふしだら女ども。ゴンショレク、こっちだ！　ゴンショレク！」

灰褐色のマントに毛織のベレー帽をかぶった、禿頭の年老いた男が隣室から現れた。部屋に入ったとたん咳きこみ、ベレー帽を取って顔の前をあおぎはじめた。男は剣帯にくるまれた二本の剣を取ると、ついてくるよう身ぶりした。ゲラルトはすぐにしたがった。衛兵所に充満するさまざまな悪臭のなかで、腸内ガスのにおいがいよいよ強くなってきた。

通された部屋はまんなかが頑丈な鉄格子で分かれていた。老人は大きな鍵を錠に差しこみ、格子をギィと開けると、サーベルや両刃の大刀《クレイモア》、段平《だんびら》や短剣の横の釘にゲラルトの剣をかけた。薄汚い帳簿を開き、ひっきりなしに咳をし、息を切らしながらゆっくりと長い時間をかけて書きこんだ。それからようやく完成した預かり票を渡した。

「おれの剣はここで安全に保管されるんだな？　鍵と見張りつきで」

灰褐色のマントをまとった老人は肩で息をしながら鉄格子に鍵をかけ、鍵を見せた。ゲラルトの不安は消えなかった。どんな鉄格子も開けようと思えば開けられる。まんいち強盗が入っても、衛兵所のレディたちの高らかな腸内ガスで物音はかき消されるだろう。だが、ほかにどうしようもない。ケラクに来た目的を果たし、できるだけ早く立ち去ろう。

その居酒屋――看板にはレストラン〈事物の本性《ナトゥーラ・レールム》〉とあった――はシダー材造りの、小さいながら趣味のいい建物で、切り立った屋根から高々と煙突が突き出ていた。正面のポーチから店まで階段が続き、周囲では木桶に植えられたアロエが葉を広げている。料理のにおい――おもにグリルで焼いた肉――が店内からただよってきた。なんとも食欲をそそる香りで、たちまちゲラルトには〈ナトゥーラ・レールム〉がエデンの園で、喜びの庭で、幸せの島で、乳とハチミツが流れる、祝福されし者たちの隠れ家のように思えた。

ほどなくこの楽園には――すべての楽園がそうであるように――番人がいるのに気づいた。店専属のケルベロス、恐ろしげな剣を持つ番人だ。偶然にもゲラルトはケルベロスの働きぶりを目撃した。まさに目の前で、小柄だが見るからにたくましい番人が喜びの庭からひょろりとした若い男を追い出そうとしていた。若者は――わめき、身ぶり手ぶりしながら――抵抗し、番人をてこずらせている。

「おまえは出入り禁止だ、ムウス。よくわかってるだろうが。さっさと出ていけ。二度は言わんぞ」

若い男は番人から突きとばされまいとすばやく階段からよけた。年のわりに禿げあがり、長くて薄い髪はやっと頭頂部のあたりから生えはじめ、それがかなりみっともない印象をあたえている。

「何が、出入り禁止、だ！」男は安全な距離を取ってからどなった。「頼まれても入ってやるか！　店はここだけじゃない！　商売敵《がたき》の店に行ってやる！　気取りやがって！　成りあがりめが！　店の看板は金ぴかでも、おまえのブーツにはまだくそがついてる。おれに言わせりゃ、おまえはそのくそと同じだ。くそはいつまでたってもくそだ！」

ゲラルトは一瞬、不安になった。禿げかかった若い男は、さえない見た目はさておき、かなりりっぱな身なりをしている。さほど高そうではないが、いずれにせよゲラルトより上品だ。もし身なりのよしあしが入店の基準だとすると……。

「で、あんたはどこへ行く？」番人の冷ややかな声にゲラルトはわれに返った。心配が現実になったようだ。

「ここは客を選ぶ店だ」ケルベロスが階段に立ちはだかったまま続けた。「言ってる意味がわかるか。つまり入店お断りってことだ。人によっては」

「なぜおれが？」

「本を表紙で判断してはならない」番人は階段の二段上からウィッチャーを見おろした。「あんたはよそ者だ、まさに古い言い伝えの本に描かれているような。あんたの見かけにあれこれ言うことはない。ページをめくれば隠れた一面があるかもしれんが、せんさくするつもりはない。もういちど言う、ここは客を選ぶ店だ。ごろつきみたいな身なりの人間は入《はい》れない。武器を持った人間も」

「武器は持っていない」

「いかにも持っていそうだ。だから、どうか別の店を探してくれ」

「まあ待て、タープ」

短いビロードの上着をまとった、浅黒い男が店の戸口に現れた。もじゃもじゃ眉毛で、眼光鋭く、わし鼻で、しかも大きい。

「このかたが誰か知らんようだな」わし鼻の男が番人に言った。「いったい誰が来られたと思っている？」

番人は長々と黙りこんだ。本当に知らないようだ。

「リヴィアのゲラルト。ウィッチャーだ。人々を守り、命を救うことで有名な。一週間前も、ここアンセギスで母娘《おやこ》を救った。数カ月前には、知ってのとおり、シズマルで恐ろしい人喰いレウクローテを殺し、任務中に傷を負った。これほどありがたい仕事にいそしむ人の来店をどうして拒めよう？　それどころか、このような客を迎えられてこれ以上の喜びはない。当店に足を運んでいただき、光栄の至りです。マスター・ゲラルト、レストラン〈ナトゥーラ・レールム〉へようこそ。わたしはこのささやかな店の主人フェバス・ラヴェンガ」

給仕長に案内されたテーブルにはテーブルクロスがかかっていた。大半が客で埋まった

〈ナトゥーラ・レールム〉のテーブルすべてにかかっている。飲食店で最後にテーブルクロスを見たのはいつだっただろう？

ゲラルトは興味津々だったが、田舎者とか野暮《やぼ》とか思われたくなくて、あたりを見まわしはしなかった。それでもちらちら視線を向けると、ひかえめながら上品で趣味のいい装飾が目に入った。商人や職人とおぼしき客もまた――必ずしも趣味がいいとはいえないが――上品な身なりだ。日焼けし、あごひげを生やした船長もいる。派手に着飾った貴族も少なくない。店内はあぶった肉とニンニク、キャラウェイシードと大金の、ここちよい、洗練されたにおいがした。

そのときふと視線を感じた。ウィッチャーの感覚は、どんなときだろうと他人の視線に即座に反応する。ゲラルトはすばやく、こっそりあたりを見まわした。

赤ギツネのような髪の若い女がこちらを見ていた。やはりこっそりと、ふつうの人間なら気づかないほどひそかに。女は目の前の料理に夢中なふりをしていた――見るからにおいしそうな、遠くからでも食欲をそそる香りがする何かに。だが、その見た目としぐさに疑いの余地はなかった。ウィッチャーの目はごまかせない。間違いなく女魔法使いだ。

しばし物思いと突然の回想にふけっていたが、給仕長の声でわれに返った。

「本日のメニューです」給仕長が形式ばった、誇らしげな口調で始めた。「仔牛のすね肉と野菜煮こみ、キノコと豆ぞえ。仔羊《ラム》の鞍下肉とナスのロースト。ビール漬けベーコンの砂糖がけ、プラムぞえ。雄豚の肩肉のロースト、リンゴ煮ぞえ。カモの胸肉のフライ、赤キャベツとクランベリーぞえ。チコリ詰めイカのホワイトソース、ブドウぞえ。あぶりアンコウのクリームソース、煮こみ洋ナシぞえ。いつものように、当店自慢のガチョウの腿肉の白ワイン煮、お好みの焼き果物ぞえに、ヒラメの焦がしイカ墨ソース、ザリガニの頭ぞえもございます」

「魚がお好みなら」フェバス・ラヴェンガがふいにテーブル脇に現れ、「ぜひともヒラメをご賞味ください。朝獲りなのは言うまでもありません。当店料理長の誇りと自慢の一品です」

「ではヒラメのイカ墨ソースを」ゲラルトは料理を数皿いっぺんに注文したいという衝動にかられたが、不作法と思って我慢した。「お勧めに感謝する。どれを選ぼうか悩んでいた」

「ワインは何にいたしましょう」と給仕長。

「料理に合うものを選んでくれ。ワインにはあまりくわしくない」

「くわしい人はめったにいません」フェバス・ラヴェンガは笑みを浮かべ、「それを認める人はさらに少ない。ご心配なく、わたくしどもが種類と醸造年を選んで差しあげます、マスター・ウィッチャー。ではごゆっくり、たんと召しあがれ」

店長の祈りはかなわなかった。店がどんなワインを選んだかをゲラルトが知ることもなかった。ヒラメのイカ墨ソースがどんな味かも、その日はわからずじまいだった。

赤毛の女がいきなり人目をはばかる態度をかなぐり捨て、ゲラルトの目をとらえた。そしてほほえんだ。どうみても意地悪そうに。ウィッチャーの全身に震えが走った。

「リヴィアのゲラルトなるウィッチャーはいるか?」知らぬまに、音もなく黒服の三人組がテーブルに近づき、なかの一人がたずねた。

「おれだが」

「法の名のもとに逮捕する」

3

わたしがどんな裁きを恐れましょう、なんの罪も犯していないのに？
——ウィリアム・シェイクスピア著『ヴェニスの商人』

ゲラルトの公選弁護人は視線を合わせようとせず、もったいないほどの忍耐力で紙ばさみの書類をめくった。枚数はほんのわずか、正確には二枚だ。おそらくこの女弁護人は内容をそらで覚えているだろう。反対尋問で相手を打ち負かしてほしい——ゲラルトは願ったが、願いはかないそうもなかった。

「勾留中に二人の同房者を襲いましたね」弁護人がようやく目をあげた。「理由をうかがっても？」

「ひとつ、性的に迫られたから拒んだ。彼らは〝ノー〟が〝やめろ〟の意味だとわかろうとした。ふたつ、おれは人をぶちのめすのが好きだ。三つ、あれは虚言だ。やつらは自分で自分を傷つけた。自分から壁にぶつかった。おれをおとしめるために」

ゲラルトはゆっくりと投げやりな口調で言った。拘置所で一週間も過ごしたいまでは、何もかもどうでもよかった。

弁護人は紙ばさみを閉じると、すぐにまた開き、複雑に結った髪を整えた。

「被害者は告訴しないようです」そう言ってため息をついた。「検察側の告訴に的をしぼりましょう。法廷補佐官はあなたを重大犯罪で告訴し、厳罰を求めています」

〝弁護人になっていなければどんなふうだっただろう〟──ゲラルトは弁護人の顔をしげしげと見ながら考えた。魔法学校に入学したときは何歳だったのだろう。そして退学したときは？

魔法使いを養成するふたつの学校──どちらもサネッド島にある、男子のバン・アルド校と女子のアレッザ校──は男女の卒業生とともに不適合者も輩出する。厳しい入学選抜試験によって見込みのない志願者はふるい落とされ、切り捨てられるが、それでもなんとかまぎれこんだ不適合者が気づかれ、化けの皮をはがされるのに、最初のほんの数学期もあれば充分だ。それは彼らにとって不快で危険な経験となった。潜在的に知力の劣る者や怠け者、勉強嫌いは男女を問わず魔法学校に居場所はない。問題は、彼らの多くが裕福な一族の子であること、もしくは別の理由でないがしろにできないと考えられていることだ。学校を追い出された、この厄介な若者たちをどうにかしなければならない。それでも、バン・アルド校を追われた少年たちはさほど問題なく、外交官や陸海軍、警察機関に身を投じた——ただし政界だけはもっとも愚かな者たちのために残しておいたが。それにくらべると、女の魔法使い不適合者の身の振りかたはもっと難しい。放校されたとはいえ、魔法学校の敷居をまたいだ以上、彼女たちはある程度、魔法の味を知っている。しかも女魔法使いの影響力は各国の統治者や、政治・経済のあらゆる分野におよぶほど強く、若い娘たちが路頭に迷うのを見て見ぬふりはできない。こうして彼女たちは聖域をあたえられ、法曹界に入り、弁護人になった。

弁護人は紙ばさみを閉じ、また開いて言った。

「罪を認めたほうがいいでしょう。そうすればより寛大な罰ですみ——」

「何を認めろと？」ゲラルトがさえぎった。

「罪を認めるかと判事に問われたら肯定するのです。罪を認めれば軽減事由とみなされます」

「おれの弁護はどうなる？」

弁護人は紙ばさみを閉じた。棺の蓋を閉じるように。

「行きましょう。判事がお待ちです」

判事が待っていた。ちょうどひとつ前の裁判の罪人が法廷から連れ出されていた。〝この世の終わりのような顔だ〟――ゲラルトは思った。

壁にはケラク王国の象徴――泳ぐ青イルカ――を描いた盾形紋章がかかり、ぽつぽつとハエがたかっていた。紋章の下に長椅子があり、三人が座っている。やせた書記。青白い顔の副判事。落ち着いた外見と表情の女判事。

判事席の右側には、検察を務める法廷補佐官が座っていた。真剣な表情だ。薄暗い廊下でゲラルトと目を合わせない程度には真剣な。

その反対側、判事席の左が、ゲラルトが座る被告席だ。

それからの展開は速かった。

「ゲラルト――通称リヴィアのゲラルト、職業ウィッチャー――は横領、国家財産の強奪および濫用《らんよう》の罪で告訴された。被告は買収した仲間と結託し、任務に対して出された勘定書の金額を横領目的で不当につりあげ、結果として国庫に損失をあたえた。証拠は検察が資料に含めた犯罪報告書《ノーティティア・クリーミニス》にある。報告書は……」

判事の疲れた表情とうつろな視線から、この社会的地位にある女性がうわの空で、裁判とはまったく関係のないことがらや問題に悩まされているのは明らかだった。洗濯のこと、子どもたちのこと、カーテンを何色にするか、ケシの実ケーキの生地の仕込み、大きな尻にできた、結婚生活の破綻を予感させる肉割れについて。ゲラルトは自分にそれほどの重要性がないという事実を謙虚に受け入れた。そのような悩みに自分が勝てるはずがない。

「被告が犯した罪は」検察官が淡々と続けた。「国家に損害をあたえるのみならず、社会秩序を傷つけ、不満分子を広めるものである。法にしたがい――」

「書類に含まれる報告書は」判事がさえぎった。「法廷により、第三者から提供された証拠――プロパーティオー・デ・レラート――として扱われる必要があります。検察はほかの証拠を提供できますか」

「ほかの証拠はありません……現時点では……。被告は、指摘されたとおり、ウィッチャーです。突然変異体で、人間社会の範囲に収まらず、人間の法律を軽んじ、自分が人間を超越した存在であるとみなしている。この犯罪まがいの反社会的職業において、被告は犯罪者や、伝統的に人間と敵対する種族を含む非人間たちとも付き合いがある。違法行為はウィッチャーの虚無主義的特性の一部です。このウィッチャーの場合、判事どの、証拠不足こそ何よりの証拠であり……それこそが背信と――」

「被告は……」判事は証拠不足が何を証明するかについてはまったく関心を示さなかった。

「被告は罪を認めますか」

「認めない」ゲラルトは弁護人の必死の合図を無視した。「おれは無実だ、いかなる罪も犯していない」

ゲラルトは法律にいくらか心得があり、それで難局を乗り切ったこともある。その分野の用語にもくわしかった。

「おれが告訴されたのは偏見に基づく――」

「異議あり！」と法廷補佐官。「被告は弁明している！」

「異議を却下します」

「――おれの素性と職業を憎む偏見に基づくもの、すなわちプラエイユディーキウムの結果だ。プラエイユディーキウムにはそもそも虚偽が含まれる。さらに、おれは匿名の密告によって告訴された、しかもたった一人の。一人の証言は意味がない《テスティモーニウム・ウーニウス・ノーン・ヴァーレット》。ひとつの証言《テスティス・ウヌス》は、ないのと同じ《テスティス・ヌルス》。ゆえに《エルゴー》、これは告訴ではなく憶測――すなわちプラエスムティオーだ。推測には疑いが残る」

「疑わしきは被告人の利益に《イン・デュビオ・プロ・レオ》！」弁護人が立ちあがった。「疑わしきは被告人の利益に、判事どの！」

「法廷は五百ノヴィグラド・クラウンの保釈金を決定します」判事が小槌で机をたたき、居眠りしていた青白い副判事を起こした。

ゲラルトはほっとため息をついた。二人の同房者は態度を改め、今回のことからなんらかの教訓を得ただろうか。それとも、もう一度ぶちのめさなければならないだろうか。

4

民衆なくして何が都市だ？

――ウィリアム・シェイクスピア著『コリオレイナス』

混みあう市場のはずれに、厚板を釘でぞんざいに打ちつけただけの露店があった。店主はぽっちゃりした赤ら顔に麦わら帽をかぶった、おとぎ話に出てくる〝いい魔女〟のような老婆だ。頭上の看板に〝喜びと幸せあります。ピクルス無料〟と書いてある。ゲラルトは足を止め、ポケットからペニー銅貨を数枚、取り出した。

「幸せをコップ一杯」

陰気な声で注文した。

深く息を吸って、ひといきに飲み干し、ふうっと息を吐き、酒のせいであふれた涙をぬぐった。

ゲラルトは自由の身になった。そして怒っていた。

彼に釈放を告げたのは、奇遇にも知っている男だった。少なくとも顔だけは。レストラン〈ナトゥーラ・レールム〉の階段から追い返されていた、年齢のわりに髪の薄い若者だ。なんと法廷書記だった。

「釈放だ」若い禿男はインク染みのついた細い指を組んだりほどいたりしながら言った。「保釈金が支払われた」

「誰から？」

それは機密事項だと、禿げた書記は明かそうとしなかった。押収された財布についても——ひどくぶっきらぼうに——返却を拒んだ。財布には何より大事な現金と銀行小切手が入っていた。ウィッチャーの個人財産は——書記はざまあみろとでも言うようにこう告げた——当局により経費の担保《カウティオー・プロー・エクスペーンシス》、つまり裁判費用と想定罰金として処理された。

ここで言い争ってもしかたないし、やるだけ無駄だ。釈放に際し、ゲラルトは逮捕されたときにポケットにあったものでよしとするしかなかった。こまごました手まわり品と、わずかな小銭。少なすぎて盗もうとする者さえいなかったようだ。

ゲラルトは残ったペニー銅貨を数え、老婆に笑いかけた。

「喜びも一杯、頼む。ピクルスは遠慮しておく」

老婆の酒を飲んだあとは世界が前より美しく見えた。その感覚もつかのまだとわかっていたから、歩く速度をあげた。ゲラルトにはやらなければならないことがあった。

雌馬ローチはさいわい裁判所の目をまぬかれ、経費の担保には含まれていなかった。あずけた馬小屋でよく世話をされ、食事をあたえられていた。持ち金がどんなに少なくても、誠実な仕事には報いる主義だ。ゲラルトはその場で、鞍の隠し場所に縫いこんでいた片手いっぱいの銀貨を馬番に差し出した。あまりの気前のよさに馬番は息をのんだ。

水平線が暗くなっていた。ゲラルトには稲妻の閃光が見えた気がした。

衛兵所に入る前に新鮮な空気を胸いっぱい吸いこんだが、無駄な抵抗だった。その日、衛兵所の女たちはいつもよりも豆をたくさん食べたに違いない。それはもう大量の豆を。日曜日だったのかもしれない。

いつものように何人かが食事中で、それ以外はサイコロ遊びに興じていた。ゲラルトを見て全員が立ちあがり、まわりを取りかこんだ。

「ウィッチャーだ、見ろ」衛兵長が真横に立って言った。「生きて戻ってきたぞ」

「街を出る。荷物を取りに来た」

「出られるかどうかは、あたしらしだいだ」別の衛兵が偶然めかしてゲラルトを肘で突いた。「見返りはなんだ？　ただじゃ出られないよ、あんた、ただじゃ！　だろ、娘っ子たち？　さて何をしてもらおうか」

「裸のケツにキスしてもらうか！」

「舌でぺろっと！　それとタマで！」

「やめとけ！　変なもんをうつされるかもしれん」

「だけど、なんかお楽しみをもらわないと、だろ？」別の一人が岩のように固い胸を押しつけた。

「アリアを歌ってもらうか」別の誰かがとどろくようなおならをした。「あたしの音に合わせて！」

「いや、あたしだ！」別の一人がさらに大きな音を響かせた。「あたしのほうが強烈だ！」

ほかの女たちが笑いすぎて脇腹を押さえた。

ゲラルトは力を入れすぎないよう気をつけながら女たちを押し分けて奥に進んだ。ちょうど保管所の扉が開き、灰褐色のマントとベレー帽の老人が現れた。保管係のゴンショレクだ。ウィッチャーを見たとたん、保管係はぽかんと口を開けた。

「だ、だんな？」もごもごとつぶやいた。「どういうことで？　だんなの剣は……」

「いかにも。おれの剣を。返してもらえるか」

「でも……しかし……」ゴンショレクは喉を詰まらせ、息を整えようと苦しげに胸をつかんだ。「でも剣はここにはありません！」

「なんと言った？」

「ここにはない……」ゴンショレクの顔は真っ赤になり、それから痛みの発作を起こしたかのようにゆがんだ。「剣は引き取られ――」

「なんだと？」ゲラルトは冷たい怒りに襲われた。

「引き……取られて……」

「引き取られたとはどういうことだ？」ゲラルトは保管係の襟をつかんだ。「誰が引き取った、くそっ。いったいどういうことだ？」

「預かり票を……」

「そうだ！」誰かに腕をぐいとつかまれた。衛兵長が、息もたえだえのゴンショレクからゲラルトを押しのけた。

「そのとおり！　伝票を見せろ！」

伝票はなかった。武器保管庫からもらった預かり票は財布に入れていた。経費と想定罰金として裁判所に押収された財布のなかに。

「伝票は！」

「伝票はない。だが――」

「伝票がなけりゃ引き出せない」衛兵長は最後まで言わせなかった。「剣は引き取られた、聞こえなかったか？　あんたが自分で引き取ったんだろう。それをいまになってこんな茶番を演じる気か。あたしらから何か巻きあげる気か。お断りだ。出ていけ」

「このまま出ていくつもりはな……」

衛兵長はつかんだ手をゆるめずにゲラルトを引きずり、くるりと向きを変えさせた。扉のほうに。

「とっととうせろ」

ゲラルトは女をなぐるタイプではない。だが、相手が格闘家のような肩で、網かけ焼き豚のような腹で、円盤投げ選手のようなふくらはぎで、おまけにラバのように放屁する女なら容赦しない。衛兵長を押しやり、あごに思いきりこぶしを打ちこんだ。得意の右フックで。

まわりが凍りついた。だが、それも一瞬だった。衛兵長が豆とパプリカソースを飛び散らしてテーブルに飛ばされるより早く、全員がウィッチャーに襲いかかった。ゲラルトはとっさに誰かの鼻を砕き、誰かの歯をばきっと音がするほど力いっぱいなぐり、別の二人に〈アードの印《いん》〉を放った。二人は布人形のように鉾槍《ほこやり》立てに吹っ飛び、バキバキ、ガラガラとすさまじい音を立てて鉾槍を残らず突き倒した。

そのあいだにゲラルトはソースをぼたぼた垂らした衛兵長に耳をなぐられ、岩のように固い胸の衛兵に後ろからはがいじめにされた。力まかせに肘鉄を食らわせると、女が悲鳴をあげた。ふたたび衛兵長をテーブルに押しつけ、強打をあびせた。鼻をつぶされた衛兵のみぞおちにこぶしを打ちこむと、女は床に倒れ、げーげーと吐いた。こめかみをなぐられた女が柱に激突してだらりとなり、たちまち目がうつろになった。

だが、まだ四人が立っていた。優位もここまでだ。ゲラルトは後頭部をなぐられ、片耳をなぐられた。そして尻を。誰かに足をひっかけられ、倒れたところに二人にのしかかられて動きを封じられ、げんこつでめったうちにされ、残る二人に足蹴にされた。したたのしかかる一人を頭突きで押しのけたが、すぐに別の誰かに押さえつけられた。したたるソースで衛兵長だとわかった。上から歯をなぐられ、ゲラルトは衛兵長の目にぺっと血を命中させた。

「ナイフだ！」衛兵長が剃りあげた頭をぶんぶん振りまわして叫んだ。「ナイフを持ってこい！　こいつのタマを切り落としてやる！」

「ナイフ？」別の誰かが叫んだ。「あたしなら歯で嚙みちぎってやる！」

「やめろ！　気をつけ！　これはいったいどういうことだ？　気をつけと言うのがわからんのか！」

命令調の大声がなぐり合いの喧騒を切り裂き、衛兵たちを静まらせた。女たちはウィッチャーをつかんでいた手を放し、ゲラルトはあちこち痛む体でよろよろと立ちあがった。戦場の光景に少し気分がよくなり、自分の手柄をいくらか満足げにながめた。壁ぎわに伸びた衛兵は目こそ開けているが、まだ起きあがれない。別の一人は身を折り曲げ、血を吐きながら指で歯をさぐっている。鼻をつぶされた女はなんとか立ちあがろうとして、自分が吐き戻した豆のどろどろですべって何度も転んでいる。まともに立っているのは六人中わずか三人。悪くない。仲裁が入らなければもっとひどいケガを負い、手を借りなければ立てなかったかもしれないという事実はさておき。

意外にも、仲裁に入ったのは高貴な顔立ちで、威厳のある、上品な身なりの男だった。見覚えのない顔だ。だが、高貴な男の連れの顔には嫌というほど見覚えがあった。サギの羽根を挿した派手な帽子に、こてで巻いた金髪を肩まで垂らした伊達《だて》男。赤ワイン色の短《ダブ》い胴衣《レット》に、レースひだのついたシャツ。つねにリュートを持ち歩き、つねに唇にふてぶてしい笑みを貼りつけた男。

「やあやあ、ウィッチャー！　なんてざまだ？　そのぼこぼこの面《つら》ときたら！　笑いすぎて脇腹が裂けそうだ！」

「やあ、ダンディリオン。会えてうれしい」

「いったい何ごとだ」高貴な風貌の男が両手を腰に当てた。「どういうことだ？　なんの騒ぎだ？　報告せよ！　いますぐ！」

「あの男が！」衛兵長が耳から最後のソースを振り落としながら、ゲラルトをなじるように指さした。「あいつのせいです、訴追官どの。あの男が怒って騒ぎを起こし、ケンカを始めたんです。すべては保管所の剣と、あいつが預かり票を持ってないせいで。ゴンショレクに聞けばはっきりと……。おい、ゴンショレク、そんな隅っこで丸くなってどうした？　漏らしたか。さっさとケツを動かして、立って、訴追官どのに話を……。おい！　ゴンショレク？　どこか悪いのか？」

よく見れば、どこが悪いのかは予想がついた。脈を調べるまでもなく、白墨のような蒼白な顔を見れば充分だった。ゴンショレクは死んでいた。実にあっけなくこと切れていた。

「捜査を始める、リヴィア卿」王立裁判所の訴追官フェラン・ド・レテンホーヴが言った。

「きみが正式に苦情と不服を申し立てる以上――法にしたがって――捜査を始める。勾留期間および公判中にきみの所持品に触れた可能性のある者全員を尋問する。いかなる容疑者も拘束する」

「札付きどももか」

「なんと？」

「いや、なんでもない」

「いかにも。本件は必ずや解決し、剣を盗んだ者は処罰されるだろう。もし盗みが本当に行なわれたとすれば。謎を究明し、真実を明らかにすると約束する。遅かれ早かれ」

「早めに願いたい」ゲラルトは訴追官の口調を無視して言った。「剣はおれの存在そのものだ。剣なしには仕事にならない。おれの職業を敵視する人が多いことは知っている。偏見や迷信、未知なるものを恐れる心が引き起こす、こうしたよからぬイメージのせいでおれは迷惑している。この事実が捜査に影響しないことを願いたい」

「その心配はない」フェラン・ド・レテンホーヴはそっけなく応じた。「法と秩序はここでも有効だ」

使用人がゴンショレクの遺体を運び出したあと、訴追官は武器保管庫と衛兵小屋全体の捜索を命じた。予想どおり、ウィッチャーの剣は影も形もなかった。まだゲラルトに怒りが収まらない衛兵長が、死んだ保管係が記入済み伝票を刺していた伝票刺しを指さした。問題の預かり票はすぐに見つかった。衛兵長は束をめくり、しばらくしてなかの一枚をゲラルトの鼻先に突きつけた。

「ほら見ろ」勝ち誇ったように指さした。「ちゃんとここに残ってる。リブリア、ゲラ、ンドの署名もある。だから言ったんだ、ウィッチャーはここに来て、自分の剣を引き取ったと。なのにこうして嘘をついているってことは、賠償金目当てに決まってる。ゴンショレクはこいつのせいで死んだ！　心労のあまり、胆のうが破裂して、心臓が止まって」

だが衛兵長もほかの衛兵たちも、実際にゲラルトが剣を取りに来たとは証言しなかった。いわく、〝ここはいつだって誰かがうろついている〟し、自分たちは食べるのに忙しかったと。

カモメの群れが耳をつんざくような鳴き声をあげ、裁判所の屋根の上を旋回した。風が嵐雲を海を越えた南のほうへ吹きやり、太陽が顔を出していた。

「あらかじめ言っておくが、おれの剣は強力な魔法で守られている」ゲラルトが言った。「触れることができるのはウィッチャーだけで、それ以外の者が触れると生命力が流れ出す。顕著な例としては男の性的能力が失われる。性的に不能になるということだ。完全かつ永久に」

「憶えておこう」訴追官がうなずいた。「だが、当面は街を離れないでくれ。衛兵所での喧嘩には目をつぶる――いずれにせよ、あそこでは日常茶飯事だ。なにしろ衛兵はカッとなりやすい。それにジュリアン——つまりダンディリオン卿——がきみという人物を保証しているから、今回の事件は法廷で問題なく解明されるだろう」

「今回の事件は——」ゲラルトは目を細め、「——嫌がらせ以外の何ものでもない。偏見と憎しみから生じた脅迫で——」

「証拠を精査のうえ——」訴追官はゲラルトの言葉をさえぎり、「——それに基づいて措置を講じる。法と秩序の命じるままに。同じ法と秩序がきみの自由を認めた。保釈中ゆえ条件つきだが。きみは、リヴィア卿、これらの警告を尊重してもらいたい」

「保釈金を払ったのは誰だ？」

フェラン・ド・レテンホーヴはウィッチャーの恩人の身元を明かすことを冷たく拒み、別れの挨拶をすると、従者をしたがえ、裁判所の玄関に向かって歩きはじめた。ダンディリオンはこのときをいまかいまかと待っていた。訴追官の一行が街の広場に出て狭い通りに入るや、知りえたことをすべて話した。

「まさに不幸な偶然、不運な事件のオンパレードだ、ゲラルト。保釈金でいうと、金を出したのはリタ・ネイドなる女で、愛用の口紅の色から友人のあいだでは珊瑚《コーラル》色と呼ばれてる。ケラク小国のベロハン王に仕える魔法使いだ。なぜ彼女が保釈金を出したのか、誰もが頭をひねっている。なにしろきみを牢屋にぶちこんだのはほかでもないコーラルだ」

「なんだと?」

「まあ聞け、いいか。きみを密告したのはコーラルだ。それ自体には誰も驚かなかった、魔法使いがきみを目の敵にしていることは誰だって知ってる。ところがまさに青天の霹靂《へきれき》、コーラルは突如として保釈金を支払い、みずから牢屋に送りこんだきみを今度は救い出した。街じゅうが——」

「みんな知ってる? 街じゅうが? どういうことだ、ダンディリオン」

「比喩と婉曲表現だ。とぼけるなよ、ぼくときみの仲じゃないか。もちろん〝街じゅう〟というのは言葉の綾で、宮廷に近い人間のなかでも一部の情報通だけだ」

「おまえもその一人というわけか」

「そのとおり。フェランはぼくの従兄弟《いとこ》——父の兄弟の息子だ。親戚として、ぼくはたまたま彼を訪ねた。そしてきみのごたごたを知った。すぐさまあいだに入って取りなした、もちろん。きみが善良な人物だと保証した。イェネファーのことを話し——」

「それはどうも」

「皮肉はよせ。彼女の話をしたのは、地元の魔女が嫉妬とうらやましさからきみをそしり、中傷しているという事実を従兄弟にわからせるためだ。そのような非難がどれも嘘で、断じてきみがわざわざ人をだますような人間ではないことを。とりなした結果、王室づき訴追官にして司法高官たるフェラン・ド・レテンホーヴはきみの無罪を確信し——」

「そうは見えなかった」とゲラルト。「むしろ逆だ。あの男はおれを信じていないようだ。例の横領の件も、消えた剣の件も。証拠に関して彼がなんと言ったか聞いたか？　訴追官は証拠至上主義だ。そうして告発は詐欺の証拠となり、伝票に書かれたリブリア、ヘ、ヘ、ヘ、ゲルランドの署名は、おれが剣泥棒にかかわったというほら話の証拠になる。あの男が〝街を離れないでくれ〟と警告したときの表情にいたっては……」

「悪く取りすぎだ」とダンディリオン。「ぼくはきみよりフェランのことを知っている。それに、ぼくがきみを保証した事実が、一ダースの大げさな証拠より価値があるってことも。それに、フェランがきみに忠告したのも当然だ。どうして彼とぼくがそろって衛兵所に向かったと思う？　きみがばかげたことをしでかさないためだ。きみが言うには、誰かがきみをおとしいれ、嘘の証拠をでっちあげているんだろう？　だったらその誰かに動かぬ証拠を渡すべきではない。いま逃げたら、それこそ何よりの証拠だ」

「おまえの言うとおりかもしれん」ゲラルトは認めた。「だが、どうも違う気がする。完全に追いつめられる前にさっさと姿をくらましたほうがいい気がしてならない。逮捕されたと思ったら保釈され、そのすぐあとに剣が……。次はなんだ？　くそっ、剣がないとまるで……まるで殻のないカタツムリになった気分だ」

「心配しすぎだ。ともあれここにはいろんな店がある。あの剣のことは忘れて、新しく買えばいい」

「じゃあきくが、誰かにそのリュートを盗まれたらどうする？　たしか、きわめて劇的な状況で手に入れたものだったな。それでもおまえはかまわないか？　黙ってあきらめるか？　角の店で別のを買うか？」

ダンディリオンは思わずリュートを握りしめ、不安げにあたりを見まわした。通行人のなかには盗みを働きそうな者も、そのふたつとない楽器によからぬ関心を示す者もいなかったが。

「まあ、たしかに」ダンディリオンはため息をつき、「わかった。ぼくのリュートと同じように、きみの剣もまた特別で、替えのきかないものだ。それに……さっきなんと言った？　魔法がかかってるだと？　魔法のせいで性的不能になるとか……。そうか、ゲラルト！　さあ、はっきり言え。つまり、ぼくはきみとよく一緒にいて、手を伸ばせばあの剣が届く場所にあった！　もっと近いときも！　これで何もかもはっきりした、やっとわかったぞ……近ごろどうもうまくいかないと思っていたが、ちくしょう……」

「落ち着け。不能の話はでたらめだ。あの場でとっさにこしらえた――噂が広まればいいと思って。盗んだやつも恐れをなして……」

「恐れをなしたら肥やしの山にでも埋めかねない」ダンディリオンはまだ少し青ざめた顔で、「そうなると二度と取り戻せない。わが従兄弟のフェランを当てにするほうがましだ。訴追官を長年務め、保安官や情報員、密偵からなる一大組織を率いている。窃盗犯はじき捕まる、まあ見てろ」

「犯人がまだここにいればの話だ」ゲラルトは歯ぎしりした。「おれが牢屋にいるあいだにとんずらしたかもしれん。おれをこんな目にあわせた女魔法使いの名前はなんと言った？」

「リタ・ネイド、あだ名はコーラル。きみが何を考えてるかは想像がつく、友よ。だが、いい考えとは思えない。相手は女魔法使いだ。魔法使いで、しかも女。つまり理性的解釈を受け入れず、ふつうの男には理解しがたい仕組みと原理にしたがって行動する、得体のしれない人種だ。というか、なんでぼくがこんなことを言わなきゃならない？　誰よりもきみが知ってるはずだ。なんといっても女魔法使いに関しては実に経験豊富で……。おや、なんの音だ？」

あてもなく通りを歩いているうちに小さな広場のそばに来ていた。金づちの音が絶えまなく聞こえる。見ると、大きな樽屋の作業場だ。乾燥させた樽板の束が通りぞいの日よけの下に平らに積んである。樽板はそこから裸足の若者たちによって台に運ばれ、そこで特殊な架台をつけられ、削り刀《ドローナイフ》で削られる。削られた樽板は次の職人に運ばれ、男たちが足首までおがくずに埋まりながら細長い削り台にまたがって仕上げる。できあがった樽板は樽屋の手に渡り、組み立てられる。ゲラルトは、板が精巧な万力と締め具で押さえられ、ねじで締められて樽の形が現れるさまをしばらく見ていた。金属の輪が樽板に打ちつけられ、だんだんと樽の形になってゆく。樽に湯気を当てるための、大きな銅釜からあがる蒸気が通りに流れ出た。次の工程の前に樽の強度を増すため、火であぶられる板の焦げるにおいが中庭から作業場にただよっていた。

「樽を見るとビールが飲みたくなる」ダンディリオンが言った。「角を曲がった先に、いい宿がある」

「一人で行け。おれは女魔法使いを訪ねる。たぶんあの女だ、前に見かけた。どこに行けば会える？　顔をしかめるな、ダンディリオン。どうやらその女がおれの問題の元凶と原因のようだ。これ以上、事態が悪くなるのを待つ気はない、直接会って問いただす。この街でぶらぶらしてはいられない。ただでさえおれは文無しだ」

「それなら名案がある」ダンディリオンが得意げに言った。「金のことならぼくが面倒を見るから……ゲラルト？　どうした？」

「樽屋に戻って、樽板を一枚持ってこい」

「なんだって？」

「樽板だ。急げ」

　無精ひげを生やした、不細工で、薄汚れた顔の、いかにも腕っぷしの強そうな男が三人、通りに立ちはだかっていた。一人は真四角に近いほど肩幅が広く、先端に金属のついた、巻きあげ機の軸なみに太い棍棒を持っている。二人目は表面が毛皮の羊革の上着をまとい、肉切り包丁を持って腰帯から返しつきの斧をさげ、三人目の船乗りのように日焼けした男は恐ろしげな長いナイフを構えていた。

「おい、そこのリヴィアのろくでなし！」四角男が呼びかけた。「背中に剣がないのはどんな気分だ。剝き出しの尻に風が当たる感じか？」

　ゲラルトは応じず、じっと待った。ダンディリオンが樽板をめぐって樽屋と言い合う声が聞こえた。

「いまのおまえは歯なしだ、この化け物の、毒ウィッチャーガエル」四角男が続けた。三人のなかではいちばん口が立つらしい。「牙のないヘビを誰が怖がる！　牙がなけりゃただのミミズか、ぬるぬるのヤツメウナギと同じだ。そんな虫けらはブーツで踏みつけてドロドロにして、おれたちまともな人間が住む町には二度と入りこめないようにしてやる。そのぬるぬるで町の通りを汚すな、この爬虫類め。さあ、かかれ！」

「ゲラルト！　受け取れ！」
ゲラルトはダンディリオンが投げた樽板を受け取ると、棍棒のひと振りをかわして四角男の側頭部をなぐり、くるりと回転しながら羊革男の肘に板をたたきこんだ。羊革は悲鳴をあげて肉切り包丁を落とした。ゲラルトは羊革の膝を後ろから突き、すり抜けざまに板でこめかみをなぐった。そのまま、羊革男が地面に倒れるより早く、流れるような動きで四角男の棍棒をひょいと頭をさげてかわし、棍棒をつかんでいた指めがけて上から力まかせに樽板を振りおろした。四角男は痛みに叫んで棍棒を落とし、ゲラルトは右耳、脇腹、左耳を順になぐった。仕上げに股を思いきり蹴りつけると、四角男は倒れ、額を地面にこすりつけながら身を縮めて丸くなった。

　三人のなかでいちばん身軽で動きの速い日焼け男がウィッチャーのまわりを周回し、ナイフを器用に左右で持ち替えながら、膝を曲げ、斜めに切りかかった。ゲラルトはそれをやすやすとかわし、あとずさりながら男が歩幅を大きくするのを待った。男が大きく踏みこむと同時に、なぎはらうように樽板を振りまわしてナイフを払い落とし、男のまわりでつま先回転しながら後頭部をなぐった。ナイフ男が膝をついたところで、右腎臓を殴打すると、男は絶叫して身をこわばらせた。さらに耳の下に樽板をたたきこんで神経を絶ち切った。外科医には耳下腺神経叢《じかせんしんけいそう》として知られる個所だ。

「なんと」身を折り曲げ、叫びながらえずき、息もたえだえの男を見おろしてゲラルトは言った。「さぞ痛かろう」

羊革の男は腰帯から斧を抜いたが、何をすればいいかわからず、ひざまずいた姿勢から立ちあがりはしなかった。ゲラルトは男の迷いを払うべく、樽板で首の後ろをなぐりつけた。

街の警備員が群がる野次馬《やじうま》を押し分けながら通りを走ってやってきた。ダンディリオンは警備員たちをなだめ、フェラン訴追官との関係を伝え、誰が襲ってきて、誰が正当防衛だったかを必死に説明した。ゲラルトが身ぶりで詩人を呼びつけた。

「やつらが縛られるのを見届けろ。従兄弟の訴追官に、たっぷりしぼりあげるよう言っておけ。こいつらは剣泥棒に直接かかわったか、もしくは誰かに雇われたかだ。おれが丸腰なのを知って、ずうずうしくも襲ってきた。樽板は樽屋に返してこい」

「あれは買った」とダンディリオン。「思うに正しい判断だった。きみは樽板が使える。肌身離さず持ち歩くべきだ」

「これから女魔法使いに会いに行く。家を訪ねる。樽板を持っていったほうがいいか？」

「女魔法使いにはもっと重いほうが役に立ちそうだ」ダンディリオンは顔をしかめた。「たとえば門柱とか。知り合いの哲学者が言っていた――女を訪ねるとき、決して忘れてならないのは――」

「ダンディリオン」

「わかった、わかった、彼女の家を教えよう。だが、その前に言っておきたいことがある
……」

「なんだ」

「風呂屋へ行け。それと床屋だ」

5

落胆に備えよ、なぜなら外見は当てにならないものだから。ものごとが見た目どおりであることはめったにない。そして女は決して見た目どおりではない。

——ダンディリオン著『詩の半世紀』

噴水の水があたりに金色の小さな水滴をまき散らして渦巻き、沸き立った。コーラルの愛称で知られる女魔法使いリタ・ネイドは片手を伸ばし、安定の呪文を唱えた。水面は油を流したようになめらかになり、きらめきながら脈打った。映像は、最初こそぼんやりとおぼろげだったが、しだいに輪郭がはっきりして脈動を止め、水の動きでいくらかゆがんではいるが、くっきりと鮮明になった。コーラルは身を乗り出した。水中に、街の目抜き通り〈スパイス市場〉が現れた。そして通りを横切る白髪《はくはつ》の男。コーラルは目を凝らし、観察した。手がかりを探した。ささいな特徴のようなものを。正しい判断のもととなるような、これから起こることを予想させるような細かい手がかりを。

本物の男がどのようなものかについては、長年の経験から得た確固たる持論があった。リタは、それなりに成功したにせ者集団のなかから本物の男を見分ける方法を知っていた。見分けるのに肉体関係を持つ必要はなかった。リタは大半の女魔法使いと同じく、男の性的能力をためす方法はただの火遊びではなく、誤解を招き、判断を惑わす要素にもなると考えていた。男を直接、味わうことは、これまでのこころみでわかったように――おそらく一種の嗜好の表れだろうが――多くの場合、苦い後味を残した。消化不良。胸やけ。ときには嘔吐さえ。

リタはほんのささいな、取るに足らないような基準をもとに、遠くからでも本物の男を見分けることができた。本物の男は、これまでの経験から、釣り好きだが毛針しか使わない。おもちゃの兵隊や官能的な版画、帆船模型を集め、そのなかにはみずから組み立てる瓶入り帆船《ボトルシップ》もあって、家には高級酒の空瓶を切らしたことがない。料理が上手で、文字どおり絶品の数々をこしらえてみせる。何より――結局のところ――望ましい男かどうかは、ひとめ見れば充分だ。

リタがこれまで山ほど噂を聞き、大量の情報を仕入れ、いままさに噴水のなかで観察している男──ウィッチャーのゲラルト──は、いまあげた条件のひとつにしか当てはまらないように思えた。

「モザイク！」

「はい、マダム」

「お客さまよ。すべてを抜かりなく、品よく準備して。その前にドレスを」

「黄味がかったピンク色《ティーローズ》の？　それとも明るい青緑色《アクアマリン》？」

「白よ。彼は黒を着ているから、陰と陽で。それとドレスに合うサンダルを選んで、かかとは最低でも十センチ。あまり見おろさせるわけにはいかないわ」

「マダム……あの白いドレスは……」

「何？」

「あれは、その……」

「地味？　装飾もひだ飾りもないから？　ああ、モザイク、モザイク。いったいあなたはいつになったら学ぶの？」

　門扉で出迎えたのは、つぶれた鼻に豚のような小さい目の、たくましい太鼓腹の男で、その小さい目でゲラルトを頭からつま先まで、つま先から頭までながめまわした。それから一歩後ろにさがり、通れと合図した。

なめらかに櫛を入れた——なでつけたような——髪の娘が控室で待っていた。娘は無言でゲラルトを手招いた。

案内されたのは、あちこちに花が咲き、中央で噴水が水しぶきをあげる中庭だ。噴水の中心には裸で踊る少女をかたどった大理石の小像が立っていた。名工の作であるのとは別に、もうひとつの特徴が目を引いた。台座に接しているのが一ヵ所、片足の親指だけだということだ。魔法の力なしに——ゲラルトは思った——これだけで安定するはずがない。

「リヴィアのゲラルト。ようこそ。どうぞこちらへ」

女魔法使いリタ・ネイドは、いわゆる美人というには顔立ちがはっきりしすぎていた。赤珊瑚《コーラル》色の口紅で際立たせた唇の形は完璧すぎるほど完璧だ。だが、問題はそこではなかった。頬《ルージュ》に入れたやわらかいピンク色の紅が鋭さを和らげてはいるが、隠せてはいない。

赤毛だ。典型的な、生まれつきの赤毛。キツネの夏毛を思わせる、やわらかな、明るい赤褐色。赤ギツネをつかまえて隣に並べたら——ゲラルトは確信した——ふたつの色はまったく同じでどっちがどっちか見分けがつかないだろう。リタが頭を動かすと、色の薄い、黄味がかった毛が赤毛のあいだでキツネの毛皮そっくりに光った。このタイプの赤毛にはたいていそばかすがつきものだ——たいていは多すぎるほど。だがリタは違った。

とうに忘れ、眠っていた不安が、体のどこか深いところでふいに目覚めるのを感じた。

ゲラルトには赤毛に弱いという、奇妙で、説明のつかない生来の傾向があり、この毛色のせいで何度か愚かな真似をしでかした。だから用心しなければならない。ゲラルトは固く決意した。さほど難しいことではない。似たような愚かな過ちに惑わされなくなってから、もう一年近くたっていた。

リタ・ネイドの魅力は性欲をかきたてる赤毛だけではなかった。純白のドレスは地味で、なんの印象もあたえないが、それこそが狙いで——それも意図的な——考え抜かれた目的なのは疑いようもなかった。飾り気がないがゆえに見る者の視線をとらえ、魅力的な体形に、大きく開いた胸もとに、注意を引きつける。端的に言えば、リタ・ネイドは予言者レビオダの著書『よき書物』の挿絵つき版の、〝みだらな欲望〟の章に描かれた銅版画のポーズを難なく取れるだろう。

もっと簡潔に言うなら、リタ・ネイドは、よほどのバカでないかぎり二日以上は関係を持ちたくないと思うタイプの女だ。おもしろいのは、そのような女を追いかけるのが、たいていは二日より長くいたがる男たちの群れであるということだ。

リタはフリージアとアプリコットの香りがした。

ゲラルトは頭を下げ、リタの体形と胸の谷間よりも噴水の像が気になるふりをした。

「こちらへ」リタはもういちど呼びかけ、孔雀石張りのテーブルと二脚の籐の肘かけ椅子を指さした。ゲラルトが座るのを待って、形のいいふくらはぎとトカゲ革のサンダルを見せつけながら腰を下ろす。ゲラルトはワインのカラフェと果物鉢に目を奪われているふりをした。

「ワインをいかが？　トゥサン産のヌグラス。わたしに言わせれば、過大評価されているエスト・エストよりすばらしい。赤がよければコテ・ド・ブレスュールもあるわ。注いで、モザイク」

「どうも」ゲラルトは髪をなでつけた娘から脚つきグラスを受け取り、笑いかけた。「モザイク。かわいい名前だ」

娘の目に恐怖が浮かんだ。

リタ・ネイドが自分のグラスをテーブルに置いた。ゲラルトの注意を向けるべく、トンと音を立てて。

「高名なリヴィアのゲラルトがわざわざ訪ねてくるなんて、どんなご用？」リタは赤い巻き毛をさっと揺らし、「ぜひとも知りたいわ」

「あんたはおれを金で出した」ゲラルトはわざと冷たく言った。「つまり保釈金を払った。あんたのお情けのおかげでおれは拘置所から出られた。あんたによってぶちこまれた場所から。そうだろう？　おれが拘置所で一週間過ごしたのはあんたのせいだな？」

「四日よ」

「四日か。そこにどんな動機があるのか、できれば知りたい。ふたつとも」

「ふたつ？」リタは眉とグラスをあげた。「ひとつよ。動機はひとつだけ」

「なるほど」ゲラルトは中庭の奥で忙しそうにしているモザイクにしか興味がないふりをした。「つまりあんたは、同じ理由でおれを密告して牢屋にぶちこみ、出したということか」

「ご名答」

「ではたずねる、なぜだ」

「わたしにはそれができると、あなたに見せつけるため」

ゲラルトはワインをひとくち飲んだ。たしかにかなり美味い。

「できることは証明された」ゲラルトはうなずいた。「それを言うなら、単純におれにそう告げてもよかったはずだ、道で会ったときにでも。おれは信じただろう。だが、あんたは別のやりかたを選んだ。しかも力ずくで。ではたずねる、次はなんだ？」

「自分でも迷っているの」リタはまつげの下から貪欲そうに見あげた。「でも、それはなりゆきにまかせましょう。さしあたり、わたしは魔法友愛会の仲間たちを代表して動いていると言っておくわ。魔法使いの仲間たち数人があなたに関してある計画を持っている。彼らはわたしの外交手腕を見込んで、計画をあなたに伝えるのにふさわしい人物としてわたしを選んだ。当面、あなたに話せるのはそれだけよ」

「少なすぎる」

「そうね。でも、いまのところ、認めたくないけれど、わたしもこれ以上のことは知らないの。あなたがこんなに早く現れるとは思わなかったし、保釈金の出どころをこんなに早く突き止められるとも思わなかった。絶対にばれないという話だったから。もう少し情報が入ったら、あなたにももう少し話すわ。それまで我慢して」

「ではおれの剣は？　あれも駆け引きの一部か。謎の魔法使いたちの計画か。それともあんたの能力を見せつけるためのさらなる証拠か」

「剣のことは何も知らないわ、それにどんな意味や利害があるとしても」

信用できなかったが、この件については深く追及しなかった。

「近ごろ友愛会の魔法使いたちは、誰がおれにいちばん嫌悪と敵意を見せるかを競い合っている」ゲラルトは言った。「おれを敵にまわし、おれの人生を困難なものにすることにしのぎを削っている。おれに降りかかるあらゆる災難に魔法使いたちの指紋が残っているに違いない。まさに不幸な偶然のオンパレードだ。おれを牢屋にぶちこんでおいて釈放したかと思うと、おれに関する計画があると言ってくる。あんたのお仲間たちの次なるもくろみはなんだ？　想像するだに恐ろしい。しかもあんたはおれに我慢しろと言う、ああ、実に外交上手だ。だが、おれに選択の余地はない。あの密告によって引き起こされた事件が法廷で裁かれるまで待つしかない」

「でも、それまでは自由を存分に味わい、その恩恵を楽しめばいい」リタはほほえみ、「あなたは釈放されて裁判を待つ身よ。そもそもこの件が法廷に持ちこまれるとしたら。でもそれはたぶんないと思う。たとえ持ちこまれたとしても心配はいらないわ、本当よ。信用して」

「信用しろと言われても無理な話だ」ゲラルトは笑みを浮かべて切り返した。「友愛会仲間の最近の行動を見れば、信用したくても信用できない。だが、せいぜい努力しよう。おれはおれの道を行く。信用し、我慢づよく待とう。よい一日を」

「まだ行かないで。ゆっくりしていって。モザイク、ワインを」

リタが座ったまま姿勢を変えた。ゲラルトは頑なにドレスのスリットからのぞく膝と太ももが見えないふりをした。

「いいわ」しばらくしてリタが言った。「ごまかしても無駄ね。友愛会において、これまでウィッチャーが一目置かれたことは一度もなかった、だからあなたのことは無視しておけばよかった。少なくともある時点までは」

「つまり――」持ってまわった言いぐさにはうんざりだ。「――おれがイェネファーと恋仲になるまでは」

「あら、それは違うわ」リタは翡翠《ひすい》色の目でゲラルトを見返し、「それもふたつの点で。ひとつ、あなたがイェネファーと恋仲になったんじゃなくて、イェネファーがあなたに惚れた。ふたつ、二人の関係に驚いた者はほとんどいなかった、わたしたちはあのような過激な行動には慣れている。転機はあなたたちが別れたことよ。あれはいつだった？　一年前？　ああ、ときがたつのはなんて早い……」

リタはウィッチャーの反応を待って、わざとらしく間を取った。

「ちょうど一年前」そして反応がないのを見てから続けた。「会の何人か――多くはないけれど影響力のある数人――があなたに注目した。あなたたち二人のあいだに、実際、何があったのかは誰にもわからなかった。イェネファーが正気を取り戻し、あなたをふって追い出したという者もいれば、あなたがイェネファーの本性を知って彼女を捨て、逃げ出したという者もいた。その結果、さっきも言ったようにあなたは興味の対象になった。あなたの推察どおり、嫌悪の対象にも。事実、あなたになんらかの罰をあたえたがった者もいた。あなたにとっては幸運にも、大半がそこまで手をわずらわせるまでもないと判断した」

「あんたはどうなんだ？　どの党派に属している？」

「二人の情事を楽しむだけの党派、と言えばいいかしら」リタは珊瑚色の唇をゆがめた。「ときにはおもしろがったり。ときには純粋に賭博めいたスリルを感じたり。個人的にはあなたのおかげでかなり儲けさせてもらったわ、ウィッチャー。あなたがイェネファーといつまでもつか賭けをしたの――かなり高額な。結局わたしの読みがいちばん正確で、賭け金を丸ごと手に入れた」

「そういうことならさっさと立ち去ったほうがよさそうだ。おれはあんたを訪ねるべきではないし、一緒にいるところを見られるべきでもない。共謀して賭けを操作していたと思われる」

「思われたら迷惑？」

「そうでもない。むしろあんたが勝ってよかった。あんたが出した保釈金の五百クラウンを返そうと思っていた。だが、おれをだしにして賭け金をかっさらったのなら、もう義理を感じなくてすむ。あいこだ」

「保釈金を返さなくてよくなったからといって、こっそり姿をくらますつもりじゃないでしょうね？　裁判を待たずに」リタ・ネイドの緑色の瞳が意地悪そうに光った。「いいえ、まさか、あなたはそんなことは思わない、思うはずがない。そんなことをしたらまた拘置所に送り返されるとわかっているはずだから。嫌というほどわかっている、でしょう？」

「あんたにそれができることを証明してもらうまでもない」

「しなくてすむことを願うわ。心から」

リタはゲラルトの視線を向けようと片手を胸の谷間に置いた。ゲラルトは気づかないふりをし、またもやモザイクに視線を向けた。リタが咳払いした。

「賭け金を山分け、もしくは相殺することについては、たしかにあなたの言うとおりよ。あなたにはその権利がある。あえてあなたにお金を差し出しはしないけれど……〈ナトゥーラ・レールム〉をつけで好きなだけ利用できるというのはどう？　あなたがここに滞在しているあいだ。わたしのせいで前回の訪問は始まる前に終わった、だから――」

「遠慮しておく。申し出と好意はありがたい。だが、けっこうだ」

「本当に？　まあ、きっと本当ね。わたしはあなたを拘置所に送りこんだと言った……言う必要もないのに。あなたがそうさせた。わたしを惑わせた。あなたの目、その不思議な、突然変異した目、見るからに誠実そうで、絶えずさまよい……惑わす。あなたは少しも誠実じゃない。ええ、ええ、わかってる、〝女魔法使いから言われたら、それは誉め言葉だ〟――いまそう言おうとした、でしょう？」

「当たりだ」

「それで、あなたは誠実になれる？　どうしてもと頼んだら」

「どうしてもと言われれば」

「そう。じゃあそうしましょう。教えて。なぜイェネファー？　なぜ彼女で、別の誰かではないの？　説明できる？　理由をあげられる？」

「これも別の賭けなら――」

「違うわ。どうしてよりによってヴェンガーバーグのイェネファーなの？」

モザイクが亡霊のように現れた。新しいカラフェとビスケットを持って。ゲラルトが目をのぞきこむと、娘はすぐに顔をそむけた。

「なぜイェネファーか」ゲラルトはモザイクを見ながら言った。「なぜほかでもない彼女なのか。正直に答えよう。自分でもわからない。世のなかにはある種の女がいる……ひとめ見ただけで……」

モザイクが口を開き、そっとかぶりを振った。おびえた表情で。娘はわかっていた。やめてと乞うていた。だがゲラルトはすでに駆け引きのなかに深く入りこんでいた。

「世のなかには磁石のように引き寄せられる女がいる」ゲラルトはモザイクの体に視線をさまよわせながら言った。「そこから目を離せないような……」

「さがって、モザイク」リタの声には流氷と金属をこすり合わせたような響きがあった。「そしてあなたも、リヴィアのゲラルト、礼を言うわ。訪ねてくれたことに。あなたの我慢に。そしてあなたの誠実さに」

6

ウィッチャーの剣（図版四〇）の特徴は、言うなれば、それ自体がほかの剣の混合物であり、ほかの武器にとって最良とされる第五の要素であるという点だ。最高級の鋼を使い、ドワーフの鋳造所と鍛冶屋に特有の方法で鍛えられた刃は、軽量ながら驚異の弾性を備えている。ウィッチャーの剣は研磨においてもドワーフ流の秘伝が用いられ、さらに言えば秘伝は永遠に秘伝でありつづける、なぜなら、山岳ドワーフの技術は門外不出であるからだ。ドワーフによって研がれた剣は宙に投げた絹のスカーフをふたつに切断できる。実際に見た者によれば、ウィッチャーの剣も同じ芸当ができるという。

——パンドルフォ・フォルテゲラ著『刃物武器論』

朝の驟雨《しゅうう》があたりの空気を洗い流したのもつかのま、パルミラからの風に乗って、ふたたびゴミや焦げた脂や腐った魚のにおいが強くなった。

ダンディリオンはゲラルトを宿に泊めた。借りた部屋はこぢんまりしていた。こぢんまりしすぎて、すれ違うたびに体がこすれ合うほどだ。さいわいベッドは、すさまじい音を立ててきしみ、わらぶとんは過激な婚外交渉に熱心なことで知られる旅商人たちによって押し固められていたが、ゆうに二人ぶんの広さがあった。

ゲラルトは――どういうわけか――その晩、リタ・ネイドの夢を見た。

ウィッチャーと吟遊詩人は近くの屋根つき市場に朝食を食べに出かけた。ダンディリオンお勧めの、絶品イワシが食べられる店があるという。金を出すのもダンディリオンだが、ゲラルトは気にしなかった。なぜならこれまでダンディリオンが文無しのときは、いくどとなくおごってやったからだ。

粗削りのテーブルに陣取り、手押し車の車輪ほどもありそうな木の大皿に盛られたパリパリの揚げイワシにかぶりついた。気づくと、ダンディリオンはときおりあたりをこわごわと見まわしている。通りすがりの男がやけにしつこく目を細めて見ているような気がして、ぎくりと身をこわばらせた。

「思うに、きみはなんでもいいから武器を手に入れるべきだ」ようやく詩人はつぶやいた。

「それも、ひとめでわかるように身につけておけ。昨日の事件でよくわかっただろう？ほら、あそこに盾と鎖かたびらが並んでるのが見えるか。武具屋だ。きっと剣もある」

「この街で武器の携行は禁じられている」ゲラルトはイワシの背骨をきれいに取り出し、エラを吐き出しながら、「よそ者の武器は押収される。ここで武器を持ってうろつけるのは盗賊だけらしい」

「そのようだ」ダンディリオンは、長い戦斧《せんぷ》を肩に載せて通りすぎるごろつきにあごをしゃくった。「だが、ここケラクで禁止令を出し、施行し、違反を取り締まるのはフェラン・ド・レテンホーヴ、きみも知る、わが従兄弟だ。男どうしの縁故は聖なる自然の法則であるから、ここの禁止令を気にすることはない。ぼくらは、いいか、武器を所有し、持ち歩く資格がある。さっさと朝食を終えて、武器を買いに行こう。女主人よ！　この魚は最高だ！　もう一ダース揚げてくれ！」

「イワシを食べながら気づいた――おれが剣を失ったのは自分の欲と俗物主義に対する罰にほかならないと」ゲラルトはしゃぶりつくしたイワシの骨を投げ捨てた。「少しばかりぜいたくしようと思った罰だ。近くに仕事があったから、ケラクに立ち寄り、街で評判の〈ナトゥーラ・レールム〉でおいしいものを食べようと思った。牛の胃とか、キャベツと豆の煮こみとか、魚のスープとかを食べられる場所はほかにいくらでもあったのに……」

「それを言うなら——」ダンディリオンは指をなめながら、「——たしかに〈ナトゥーラ・レールム〉の料理は有名だが、数ある名店のひとつにすぎない。同等どころか、もっとおいしい食事を出す店はいくらでもある。たとえばゴルス・ヴェレンの〈サフランと胡椒〉、自前の醸造所があるノヴィグラドの〈ヘン・ケルビン〉。近いところでは、この海岸一帯でも最高の魚介料理を出すシダリスの〈ソナチナ〉。マリボルにある〈リヴォリ〉の、豚の脂をたっぷり塗ったブロキロンふうオオライチョウときたら——この世のものとは思えない。アルダースバーグの〈フェル・ド・モリーヌ〉の名物料理、ヴィデモント王ふうウサギの鞍下肉のアミガサダケぞえ。ヒルンダムの〈ホフメイヤー〉。ああ、あの店を秋の、サウィンを過ぎたころに訪れたなら、西洋ナシのソースをかけたガチョウのローストが……。アルド・カレイから数キロ離れた〈二匹のドジョウ〉は十字路にあるなんの変哲もない居酒屋だが、ここの豚のすね肉はこれまで食べたなかでも最高の……。おっと！　誰が来たかと思えば。噂をすればなんとやら！　やあやあ、フェラン……いや、その……訴追官どの……」

フェラン・ド・レテンホーヴは従者たちに通りで待つよう身ぶりし、ひとりで近づいてきた。

「ジュリアン。リヴィア卿。知らせたいことがあって来た」

「正直、いつ来るのかと思っていた」とゲラルト。「罪人たちはなんと証言した？　丸腰なのに乗じて昨日おれを襲った連中は。やつらはそのことを声高に、大っぴらに話していた。剣泥棒にかかわっていた何よりの証拠だ」

「盗みを裏付ける証拠は見つかっていない、残念ながら」訴追官は肩をすくめた。「あの三人はどこにでもいるごろつきで、おまけに頭が弱い。きみが剣を持たないのを知って大胆になり、襲撃したのは事実だ。窃盗の噂はまたたくまに広まった、おそらくは衛兵所の女たちのおかげで。すると、すぐにこれさいわいとその気になる輩《やから》が現れ……。まあ、驚くことではない。きみはあまり好感を持たれておらず……。もとより好かれたいとも人気者になろうとも思っていない。勾留中にきみは同房者を襲い——」

「そうだ」ゲラルトはうなずいた。「すべておれのせいだ。昨日の襲撃者たちにもケガをさせた。連中は訴えなかったか？　損害賠償を求めなかったか？」

ダンディリオンは声を立てて笑ったが、すぐに黙りこんだ。

「昨日の事件の目撃者は」フェラン・ド・レテンホーヴはそっけなく続けた。「三人の男が樽屋の樽板でなぐられたと証言した。それも度を越して激しくぶちのめされたと。激しすぎて、なかの一人は……失禁したと」

「興奮したんだろう」

「三人は、動けなくなってからもなぐられた」訴追官は表情を変えずに言った。「つまり、必要な自己防衛の限界を超えていた」

「心配はしていない。おれにはいい弁護人がついている」

「イワシをどうだ？」ダンディリオンが重苦しい沈黙を破った。

「捜査は継続中だ」ようやく訴追官は言った。「昨日、逮捕された男たちは剣の窃盗とは無関係だ。関与の可能性のある数人を尋問したが、証拠は見つかっていない。情報屋からの手がかりもなかった。だが知ってのとおり――これがここに来た大きな理由だが――剣にまつわる噂に地元の暗黒街はざわついている。よそ者までもがウィッチャーを――とりわけ丸腰の――相手にしようと殺気立っている。だから用心したほうがいい。これから先、何が起こっても不思議はない。そしてジュリアン、この状況でリヴィア卿と行動をともにするのはどう考えても――」

「ぼくはもっと危険な場面でもゲラルトと一緒だった、田舎のごろつきどもには想像もつかないような窮地で」ダンディリオンはむっとして言い返した。「そんなに心配なら、ぼくらに武装した護衛をつけてくれ、従兄弟よ。誰も手を出せないように。さもなければ、次にぼくとゲラルトがクズどもをぶちのめしたら、必要な自己防衛の限界を超えたと文句を言われかねない」

「それが本当にクズどもで、誰かに雇われた殺し屋でなければな」とゲラルト。「捜査はその方面も当たっているのか」

「あらゆる事態を考慮している」フェラン・ド・レテンホーヴはゲラルトにそれ以上、言わせなかった。「捜査は続ける。護衛を手配しよう」

「感謝する」

「ごきげんよう。幸運を祈る」

街の家並みの上空でカモメが鋭く鳴いた。

武具屋には入ってみるまでもなかった。陳列された剣をひとめ見れば充分だった。それでもゲラルトは値段を確かめて肩をすくめ、無言で店を出た。

「てっきりきみも納得してると思っていた」ダンディリオンは通りを歩きはじめたゲラルトに追いつき、「なんでもいいから買うんじゃなかったのか、丸腰と思われないために！」

「なんでもいいものに金を捨てる気はない。たとえおまえの金でも。あれはがらくただ、ダンディリオン。粗悪な大量生産品だ。少し飾りのついた長剣は廷臣用で、仮面舞踏会で剣士の格好をしたいならちょうどいい。しかも値段ときたら、ばかばかしくて笑いが出そうだ」

「別の店を探そう！　工房でもいい！」

「どこも同じだ。安くて質の悪い、お上品なケンカに一度しか使えないようなしろものしかない。しかも、勝ったほうにさえ役に立たない。現場から回収した時点ですでに使い物にならないからだ。伊達男がこれみよがしに持ち歩く、ピカピカのお飾りを売る店ならある。ソーセージも切れないような。切れたとしてもレバーソーセージがせいぜいだ」

「大げさだな、いつもながら」

「おまえに言われたら誉め言葉だ」

「本気で言ってるんだ！　じゃあ教えてくれ、どこに行ったらいい剣が手に入る？　盗まれた剣に匹敵するような。あるいはそれよりもいい剣は？」

「たしかに名工と呼ばれる刀鍛冶はいる。まともな刃を在庫として持っているところもあるかもしれん。だが、おれの剣はおれの手に合っていなければならない。注文どおりに鍛え、仕上げてもらわなければならない。それには数カ月、場合によっては一年かかる。そんな時間はない」

「だとしても、とりあえず剣を手に入れるべきだ」ダンディリオンは真顔で言った。「それもできれば今すぐ。となると、あとはなんだ？　たとえば……」

そこで声を落とし、あたりを見まわした。

「たとえば……たとえばケィア・モルヘンとか。あそこなら間違いなく――」

「たしかに」ゲラルトは言葉をさえぎり、奥歯を嚙みしめた。「たしかに。あそこにはいろんな種類の刃がある、銀も含めて。だが遠すぎるし、いまは毎日のように嵐か土砂降りだ。川はあふれ、道はぬかるんでいる。馬でもひと月はかかる。それに――」

ゲラルトは誰かが投げ捨てた、ぼろぼろの果物かごを腹立たしげに蹴った。

「おれは強盗にあったんだ、ダンディリオン、おめでたいカモ同然に裏をかかれ、剣を盗まれた。ヴェセミルは容赦なくバカにするだろう。仲間たちも――たまたまあそこで居合わせたら最後――おもしろがって、この先、何年からかわれるかわからん。だめだ。どう考えてもケィア・モルヘンはありえない。別の方法でなんとかする。自力で」

笛と太鼓の音が聞こえてきた。小さな広場に野菜市が立ち、放浪学生の一団が芸をしていた。午前中の出しものとあって、ばかばかしいだけで、少しもおもしろくなかった。ダンディリオンは露店のあいだを歩きまわり、賞賛すべき――かつ驚くべき――才能で、売台に並んだキュウリやビーツやリンゴをさっそく吟味し、味見しながら店主をひやかし、からかっている。

「ザワークラウトだ!」ダンディリオンは木製トングで樽から少しつまみ取り、「食べてみろ、ゲラルト。最高だろ？　おいしくて体にいいぞ、このキャベツは。ビタミンが不足する冬は壊血病の予防になる。鬱病にももってこいだ」

「なぜだ」

「ザワークラウトの大瓶を平らげ、乳酸発酵乳《サワーミルク》をひと瓶飲めば……すぐに鬱なんかどうでもよくなる。憂鬱な気分なんか忘れてしまう。ときには長いあいだ。誰を見てる？　あの娘か？」

「知り合いだ。ここで待っていろ。ちょっと話をしたらすぐ戻る」

ゲラルトが見つけたのはリタ・ネイドの屋敷で会ったモザイクだった。髪をなでつけ、紫檀《したん》色の、地味だが上品なドレスを着た、女魔法使いの恥ずかしがり屋の教え子。野菜くずが散らばっていかにもすべりやすそうなでこぼこした石畳の通りを、コルクのかかとの靴でとても優雅に歩いている。

ゲラルトは近づき、トマトを売る店の横で、腕にかけたかごにトマトを詰めていた娘を驚かせた。

「やあ」

ゲラルトを見て、もともと青白い顔の娘はさらに青ざめた。トマトの露店がなかったら一、二歩あとずさっていただろう。モザイクは買い物かごを背中に隠すようなしぐさをした。いや、かごではない。手だ。絹のスカーフできつく巻いた片方の上腕と手を隠している。ゲラルトはそのしぐさに気づき、言いようのない衝動にかられて娘の手をつかんだ。

「放して」モザイクはささやき、手を振りほどこうとした。

「見せろ。いいから」

「ここではだめ……」

ゲラルトはモザイクと一緒に市場を離れ、二人きりになれる場所に移動してスカーフをほどいた。そしてこらえきれず毒づいた。ひどい言葉で、長々と。

左手が百八十度、ひねられていた。手首でねじられて。右にあるはずの親指が左に突き出し、手の甲が下を、手のひらが上を向いている。生命線はふつうに長い——ゲラルトは思わず目をやった。感情線ははっきりしているが、点々と途切れていた。

「誰にやられた？　あの女か」

「あなたよ」

「なんだと？」

「あなたがやったのよ！」モザイクは手を引き抜いた。「あなたはあたしをもてあそび、マダム・リタをバカにした。あのような行為をあの人は見過ごさない」

「まさかこんなことになるとは——」

「――予想できなかった?」モザイクはゲラルトの目をのぞきこんだ。ゲラルトは見誤っていた――モザイクは内気でもなければ、おびえてもいなかった。「できたはずだし、するべきだった。それでもあなたは火遊びを選んだ。そうする意味があった? 満足して、いい気分になった? 酒場で友人たちに自慢できる何かが得られた?」

ゲラルトは答えなかった。言葉が見つからなかった。だがモザイクは意外にも、ふっと微笑した。

「恨んではいないわ」モザイクは気楽な調子で言った。「あなたがしかけたゲームはおもしろかった。マダムにおびえていなければ笑い声をあげていたかもしれない。かごを返して、急いでいるの。まだこれから買い物があって。そのあと錬金術師を訪ねる約束が……」

「待て。このままにはしておけない」

「お願い」モザイクの声がかすかに変化した。「かかわらないで。状況を悪くするだけ……。とにかく、これだけですんだのだから」しばらくして娘は言葉を継いだ。「マダムは寛大にも手当てをしてくれた」

「寛大にも?」

「両手首をねじられていたかもしれない。足首をねじられ、かかとが前になっていたかもしれない。左足を右足に、右足を左足に付け替えられていたかもしれない。あの人が誰かにそうするのを見たことがある」

「それは――」

「――痛かったか？　一瞬だけ。なぜならすぐに気を失ったから。どうしてそんな目で見るの？　実際そうだった。もとに戻してもらうときもそうだといいと願ってる。数日後、あの人が復讐を楽しんだあとで」

「リタに会いに行く。いますぐ」

「やめて。あなたにはとうてい――」

ふいにゲラルトがさっと手をあげ、モザイクの言葉をさえぎった。群衆のざわめきが聞こえ、人波が分かれた。放浪学生たちが演奏をやめた。ダンディリオンが遠くからとつぜん、狂ったように手を振って合図をしている。

「そこのやつ！　汚らわしいウィッチャーよ！　決闘を挑む！　受けて立て！」

「まずい。どいていろ、モザイク」

革の仮面と牛の煮革の胸当てをつけた、小柄でがっちりした男が群衆のなかから進み出た。男は手にした三叉の槍を振り、左手でいきなり魚網を広げて振りまわし、揺らした。

「われは網闘士《レティアリウス》のトントン・ズロガ！　おまえに決闘を申しこむ、ウィ――」

ゲラルトは片手をあげ、ありったけの力をこめて〈アードの印〉を放った。群衆が叫んだ。レティアリウスのトントン・ズロガは——自分の網にからまり、両脚を蹴り出しながら——宙を飛んだかと思うと、ベーグルの露店を押しつぶして地面に落ち、紳士服店の前に意味もなく置かれていた、しゃがむノームの鋳鉄の小像にがつんと頭をぶつけた。みごとな空中劇に放浪学生たちが割れんばかりの拍手を送った。地面に倒れたレティアリウスは、息はあるが、意識はほとんどなかった。ゲラルトはゆっくりと近づき、肝臓のあたりを思いきり蹴りつけた。そのとき誰かに袖をつかまれた。モザイクだ。

「だめ。お願い。お願いだからやめて。そんなことしないで」

止められなければ網の闘士を蹴りつづけていただろう。ゲラルトには、してはいけないこと、していいこと、しなければならないことがよくわかっていた。そうしたことに関して、他人の言葉に耳を貸すタイプではなかった。とりわけ、これまで一度もたたきのめされた経験のない人間の言葉には。

「お願い」モザイクが繰り返した。「その人に八つ当たりしないで。あたしに当たれないからといって。マダムに腹が立ったからといって。自分が面倒を引き起こしたからといって」

ゲラルトは言われるままに蹴るのをやめ、モザイクの両腕を取り、じっと目をのぞきこんだ。

「きみの女主人に会いに行く」決然と言った。

「やめたほうがいい」モザイクは首を振った。「ただではすまないわ」

「きみにとって？」

「いいえ。あたしではない」

7

女魔法使いの尻には、縞模様の魚が美しい色使いで細密に描かれた、凝った入れ墨があった。

〝何があっても驚くな《ニル・アドミラリ》〟――ウィッチャーは思った。〝ニル・アドミラリ〟

「わが目を疑うわ」リタ・ネイドが言った。

起こったこと、そんなふうになってしまったことの責任は彼に――彼だけに――あった。

リタの屋敷に向かう途中、ゲラルトは庭の前を通り、我慢できずに花壇からフリージアを一本つみ取った。リタの香水でいちばん強かった香りを憶えていた。

「現実かしら」リタ・ネイドは言った。その日は本人が出迎え、たくましい門番はいなかった。たぶん休みなのだろう。

「おそらくあなたはモザイクの手のことでわたしをなじりに来た。しかも花を一輪たずさえて。白いフリージア。入って、大騒ぎになって、街じゅうに噂が広まる前に。男が花を持ってわが家の戸口に現れるなんて！　前代未聞よ」

リタは絹とシフォンを組み合わせた、ゆったりした黒いドレスを着ていた。なかが透けるほど薄い生地で、空気をはらむたびに波打つ。ゲラルトは笑おうとしたが笑えるはずもなく、突き出した手に持ったフリージアをにらんでいた。〝ニル・アドミラリ〟頭のなかで、オクセンフルト大学哲学部の入口にかかげられた装飾枠飾り《カルトゥーシュ》のなかの格言をもういちど思い浮かべた。リタの屋敷に来るまでずっと、この言葉を繰り返していた。

「どならないで」リタはゲラルトの指からフリージアをさっとつまんだ。「あの子が戻ったら、すぐに手をもとに戻すわ。痛くないように。あの子に謝ってもいい。あなたには謝る。だからどならないで」

ゲラルトは二度と笑うまいと頭を振った。だが、つい口もとがほころんだ。

「もしかして――」リタはフリージアを顔に近づけ、翡翠色の目で見つめた。「――この花の象徴的な意味を知ってる？　そこに秘められた言葉が何か。フリージアの花言葉を知ってて、意識的に伝えようとしているの？　それともこの花を選んだのはまったくの偶然で、それが伝える意味を……知らなかった？」

〝ニル・アドミラリ〟

「まあ、どちらでもかまわない」リタが近づいた、すぐそばに。「あなたがわたしに望むことをはっきりと、意識的に、計算高く伝えようと……あなたの隠れた欲望が知らぬまに表れたのであろうと。どちらにしても感謝するわ。この花に。この花が持つ意味に。ありがとう。お返しをさせて。わたしもあげたいものがある。その引き紐。引いて。遠慮しないで」

〝おれがいちばん得意なことだ〟――ゲラルトは紐を引きながら思った。編んだ引き紐が刺繍《ししゅう》のある穴からするするとすべり出た。最後まで。リタの体から絹とシフォンのドレスが水のように流れ落ち、足首のまわりにふわりとひだを作った。裸身を見たとたん、ふいに閃光が射したように目がくらみ、一瞬、目を閉じた。〝おれは何をしている？〟――女の首に腕をまわしながら思った。〝おれは何をやっている？〟――唇で珊瑚色の口紅を味わいながら思った。〝いまやっていることはどう考えてもばかげている〟――中庭の脇の整理だんすにやさしく女をいざない、孔雀石の表面に寝かせながらゲラルトは思った。

リタはフリージアとアプリコットのにおいがした。そのほかにも何か。タンジェリンか。レモングラスか。

それはしばらく続き、たんすが激しく揺れて終わりに近づいた。コーラルはゲラルトにしがみつきながらも、握ったフリージアを一度も放さなかった。花のにおいは彼女の香りをかき消しはしなかった。

「あなたの情熱はうれしいし」リタはキスから口を引き離して目を開けた。「賞賛に値するけれど、うちにもベッドくらいあるわ」

たしかにベッドはあった。それも巨大な。小型船の甲板ほどもありそうな。リタが先に立ち、ゲラルトは女から目を離せぬままついていった。リタは振り返らない。男がついてくるとわかっていた。自分がみちびくところへ迷いもなくついてくると。自分から目をそらすことなく。

ベッドは大きく、天蓋《てんがい》がついていた。寝具は絹地で、シーツは繻子《サテン》。大げさではなく、二人はベッドを余すところなく使った。寝具の隅から隅まで。シーツのひだのすべてを。

「リタ……」

「コーラルと呼んで。でも、しばらくは何も言わないで」

〝ニル・アドミラリ〟フリージアとアプリコットの香り。枕に広がる赤毛。

「リタ……」

「コーラルと呼んで。それと、さっきのをもう一回やって」

女魔法使いの尻には、縞模様の魚が美しい色使いで細密に描かれた、凝った入れ墨があった。大きなひれのせいで三角形に見える。エンゼルフィッシュと呼ばれるこの種の魚は、金持ちや気取ったにわか成金たちがよく水槽や鉢で飼っている。だからゲラルトは──彼だけではないが──このような魚を見ると、つい俗物主義や、これみよがしの顕示欲を連想した。だからこそ、コーラルがよりによってこの魚を入れ墨に選んだのが意外だった。理由はすぐにわかった。リタ・ネイドは見た目も印象もかなり若いが、入れ墨を入れたのは実年齢で若いころだった。異国からエンゼルフィッシュが入ってきた当時はとてもめずらしく、金持ちの数も少なく、にわか成金はせっせと財産を築いているころで、水槽を買える者はほとんどいなかった。〝つまりこの入れ墨は出生証明書のようなものか〟──ゲラルトは指先でエンゼルフィッシュをなでながら思った。〝それをなぜリタは魔法で消しもせず、そのままにしているのだろう。だが考えてみれば〟──ゲラルトは魚から少し離れた場所に指をずらしながら思った──〝若いころの思い出には愛着があるものだ。そうした思い出の跡を消すのは簡単ではない。たとえそれが時代遅れで、滑稽なほど陳腐だとしても〟

ゲラルトは片肘をついて身を起こし、ほかにも——同じくらい昔を思い出させる——跡がないかと顔を近づけた。だが、ほかにはなかった。期待していたわけではなく、ただ見たかっただけだ。コーラルが息を漏らした。あいまいで——目的のない——手の動きに飽きたらしく、ゲラルトの手をつかむと、迷わずある特定の場所に向けさせた——リタに言わせれば唯一のふさわしい場所に。〝望むところだ〟——ゲラルトはリタを引き寄せ、髪に顔をうずめた。縞模様の魚などどうでもいい。これより夢中になれるものがどこにある、これより考える価値のあるものがどこにあるとでもいうように。

〝帆船模型もいいかもしれない〟——コーラルは荒い息を必死に抑えながら、乱れる頭で考えた。〝おもちゃの兵隊も、毛針釣りも悪くない。でも重要なのは……。いちばん大事なのは……。男がどんなふうにわたしを抱くか〟

ゲラルトはコーラルを抱いた。自分にとって世界のすべてとでもいうように。

最初の夜はあまり眠らなかった。リタが寝入ったあともゲラルトは眠れなかった。リタの片腕が腰にきつく巻かれて息苦しく、リタの片脚はゲラルトの太ももに投げ出されていた。

次の晩、リタはそこまで所有欲をあらわにはしなかった。前の晩ほどきつく腕をまわしもせず、しがみつきもしなかった。そのころにはもう、男が夜明け前に出ていく心配はないとわかっていた。


「何か考えてる。浮かない男の顔。理由は？」

「考えていた……その……おれたちの関係における自然主義について」

「どういう意味？」

「言ったとおり。自然主義だ」

「いま〝関係〟という言葉を使った？　その概念が持つ意味の許容範囲は実に驚異的よ。それに、さっきの声には〝性交後の悲哀〟の響きがあった。これはきわめて自然な状態で、あらゆる高等生物がそうなると言われている。不可解な涙が一粒わたしの目にも浮かんでいるわ、ウィッチャー……。さあ、元気を出して。冗談よ」

「きみはおれをおびき寄せた……雄ジカをおびき寄せるように」

「なんですって？」

「おれをおびき寄せた。昆虫のように。魔法の〈フリージアとアプリコットのフェロモン〉で」

「本気？」

「怒るな。頼む、コーラル」

「怒ってはいない。むしろ逆よ。考えてみたら、たしかにあなたの言うとおりかもしれない。そう、もっとも純粋な自然主義。ただし、まったく逆だけれど。わたしをだまして誘惑したのはあなたよ。最初に会ったときに。あなたはわたしに、自然主義的かつ獣欲主義的に雄の求愛表現をしてみせた。飛び跳ね、足を踏み鳴らし、尾をふくらませ……」

「嘘だ」

「――尾をふくらませ、クロライチョウのように羽をばたつかせた。クワックワッ、コッコッと鳴いて――」

「鳴いていない」

「いいえ、鳴いた」

「鳴いてない」

「鳴いた。抱いて」

「コーラル」

「何？」

「リタ・ネイドというのは……本名じゃないんだろう？」

「本名は面倒なの」

「なぜ」

「早口で言ってみて――アストリッド・リトネイド・アスゲイルフィンビョルンズドッティル」

「わかった」

「どうかしら」


「コーラル」

「ん？」

「じゃあモザイクは？　どこであんなあだ名がついた？」

「わたしが嫌いなものが何か知ってる、ウィッチャー？　ほかの女に関する質問。とりわけ、質問者がベッドで隣に寝ているとき。目の前のことはそっちのけで、あれこれ質問されるとき。イェネファーとベッドにいるとき、そんなことはしないはずよ」

「おれも特定の名前を出されるのが嫌いだ。とりわけ――」

「そうは言ってない」

「じゃあやめる？」

コーラルはゲラルトの腕にキスした。

「あの子が入学したときの名前はアイク。苗字は憶えていない。あの子は名前が変わっていただけでなく、肌の色素が欠けていた。頬に色の薄い部分がまだらにあって、本当にモザイクみたいだった。もちろん、一学期が終わってから治療を受けた——女魔法使いに欠点があってはならないから。それでも意地悪なあだ名は残った。それはすぐに意地悪ではなくなった。あの子自身が気に入ったから。でも、あの子の話はもうたくさん。わたしのことを話して。さあ、いますぐ」

「いますぐ、何を」

「わたしのことを。わたしがどんなふうか。きれい、でしょ？　ほら、言って！」

「美しい。赤毛。そばかすがある」

「そばかすはないわ。魔法で消した」

「全部じゃない。いくつか忘れている。おれは見つけた」

「どこに……。そうね。まあいいわ。たしかに。わたしにはそばかすがある。ほかには？」

「甘い」

「なんですって?」

「甘い。蜂蜜ウエハースのように」

「からかってる?」

「おれを見ろ。この目を。不誠実さのかけらでも見えるか」

「いいえ。そこがいちばん心配なの」

「ベッドの縁に座って」

「ほかにどこに座れと?」

「お返ししてあげる」

「なんだと?」

「そばかすを見つけてくれたことに。あなたの努力と飽くなき……探求心に。お返しして、あなたに報いたい。いい?」

「喜んで」

このあたりの多くの屋敷と同じように、リタの屋敷には眼下に海を見渡せるテラスがついていた。リタはテラスに座り、大型の望遠鏡を三脚に載せ、停泊中の船を何時間も眺めるのを好んだ。ゲラルトは海にも、そこに浮かぶものにもそれほど興味はなかったが、一緒にテラスにいるのは好きだった。リタの真後ろに座り、赤い巻き毛に顔を寄せ、フリージアとアプリコットの香りを楽しんだ。

「ガリオン船が錨を下ろしてる、あそこ、見て――」コーラルが指さした。「――旗に青い十字。あれは〈シントラの誉《ほまれ》〉。たぶんコヴィリに向かうところよ。あのコグ船はシダリスの〈アルケ〉で、生皮を積みこんでいるようね。向こうのは〈テティーダ〉、ケラクとナストログのあいだを往復する四百トンの貨物船で、ここからでも大きく見えるわ。それから、ほら、あそこ、ノヴィグラドのスクーナー船〈パンドラ・パルヴィ〉がちょうど錨を下ろしてる。それはそれは美しい船よ。レンズをのぞいてみて。あなたにも見えるはず……」

「望遠鏡がなくても見える。おれは変異体だ」

「ああ、そうね。忘れてた。あそこのガレー船〈フクシア〉は櫂が三十二本で、八百トンの荷を運べる。優雅な三本帆柱《マスト》のガリオン船は〈ヴァーティゴ〉で、ラン・エグゼターから来た船よ。それからあそこ、遠くに赤紫色の旗が見えるのはレダニアのガリオン船〈アルバトロス〉。三本マストで船幅は三・六メートル……。ほら、見て、見て、ポヴィスのガリオン船がピンと帆を張って……」

ゲラルトはリタの髪を背中から払いのけ、ゆっくりと、ひとつずつ留め具をはずし、肩からドレスをすべり落とした。やがて彼の手と関心は、ピンと帆を張った一対のガリオン船に完全に集中した。世界じゅう、どこの航路や港湾、港や海軍本部の登録簿を探しても見つからない、ふたつのガリオン船に。

リタは抵抗しなかった。接眼レンズから目をはずしもしなかった。

「十五歳の少年みたい」途中でリタが言った。「乳房を見るのが初めてとでもいうように」

「おれにとってはいつだって初めてだ」ゲラルトはしぶしぶ打ち明けた。「それに、おれは本当の意味で十五だったことが一度もない」

「スケリッジ出身なの」そのあとリタはベッドのなかで言った。「海が血のなかに流れてる。その感覚が愛おしい」

「いつか船で遠くへ行ってみたい」ゲラルトが黙っていると、リタは続けた。「ひとりきりで。帆をあげて海へ出る……。はるか遠くへ。水平線まで。まわりは海と空だけ。塩からい泡が顔にかかり、風が男の愛撫のように髪をなぶる。そしてわたしはひとり、完全にひとりきり、見知らぬ、敵意に満ちた世界のなかで永遠にひとりきり。見知らぬ海原のなかの孤独。そんな夢を見ることはない？」

〝いや、ない〟――ゲラルトは思った。〝おれは毎日がそうだ〟

夏至のあと、一年でもっとも短い、魔法の夜が来る――森のなかでシダの花が咲き、裸の娘たちがハナヤスリシダで肌をこすり、露に濡れた空き地で踊るとき。

まばたきするまもない短い夜。

雷光が明るく照らし出す、奔放な夜。

夏至の翌朝、目覚めるとひとりだった。台所で朝食が待っていた。待っていたのは朝食だけではなかった。

「おはよう、モザイク。いい天気だな。リタは？」

「今日は休んでください」モザイクは目を合わせず答えた。「唯一無二のマダムは予定がいっぱいです。夜遅くまで。患者の順番待ちリストが長くなって――あの人が……快楽にふけっているあいだに」

「患者？」

「不妊治療。女性特有の不調あれこれ。知らなかった？　でもこれでわかったはずよ。ごきげんよう」

「ちょっと待て。おれは――」

「あなたが何をしたいかは知らないけれど」モザイクがさえぎった。「いい考えとは思えない。あたしに話しかけないほうがいい。あたしはいないと思って」

「コーラルはこれ以上きみを傷つけない、本当だ。いずれにしても彼女はここにいないから、おれたちのことは見えない」

「マダムは見たいと思えばなんでも見える――いくつかの呪文と魔道具がひとつあれば。それと、自分があの人に影響力を持っているとは思わないほうがいい。あれくらいのことで……」モザイクは寝室にあごをしゃくり、「お願いだから、あの人の前であたしの名前を出さないで。冗談半分でも。あの人は決して忘れさせない。たとえ一年かかっても、あの人はあたしに思い出させる」

「あんな仕打ちをされるから……だからきみは出ていけないのか」

「どこへ行けというの」モザイクは気色《けしき》ばんだ。「機織《はたお》り工場？　お針子と一緒に働けと？　それとも迷わず売春宿へ行けと？　あたしには誰もいない。あたしは何者でもない。この先ずっと。それを変えられるのはマダムだけ。そのためならどんなことにも耐えられる……。でも、お願いだからこれ以上、悪くしないで」

モザイクはしばらくしてゲラルトを見やった。「街であなたの友だちに会ったわ。詩人のダンディリオン。あなたのことをきかれた。心配していた」

「心配するなと言ってくれたか？　おれは無事だと。安全だと」

「どうして嘘をつかなきゃならないの？」

「どういうことだ」

「あなたは無事じゃない。あなたがマダムと一緒にいるのは別の人を失った悲しみを埋めるため。どんなに近くにいても、あなたは別の女のことしか考えていない。あの人はそれを知っている。知ってて、調子を合わせてる、そうするといい気分だから。そしてあなたはみごとにごまかしている、あきれるほど本当らしく。あなたが本心をさらけ出したらどうなるか、考えたことはある？」


「今夜もあの女のところか」

「そうだ」とゲラルト。

「もう一週間だ、知ってたか」

「四日だ」

ダンディリオンは指を派手にすべらせてリュートの弦を鳴らし、居酒屋のなかを見まわした。それからジョッキを一気にあおり、鼻から泡をぬぐった。

「ぼくの知ったことじゃない」いつになく強い、有無をいわさぬ口調で言った。「口出しすべきじゃないのもわかってる。きみが口出しされるのが嫌いなことも知ってる。でも、わが友ゲラルトよ、世のなかには言わずにはいられないこともある。コーラルは、ぼくに言わせれば、どこから見ても危険信号をまとった女だ。〝見よ、されど触れるなかれ〟という信号を。動物園ならガラガラヘビの飼育器に入れられるようなタイプだ」

「わかっている」

「あの女はきみをからかい、もてあそんでる」

「わかっている」

「そうやってきみは──どうしても忘れられない──イェネファーと別れたあとの空白を埋めようとしてるだけだ」

「わかっている」

「だったらなぜ──」

「わからない」

夜は二人で出かけた。あるときは公園、あるときは港を見渡せる丘。〈スパイス市場〉を散策するだけのときもあった。

何度か連れだってレストラン〈ナトゥーラ・レールム〉を訪れた。フェバス・ラヴェンガはたいそう喜び、彼の指示で、給仕が数人つきっきりで世話を焼いた。ゲラルトはようやくヒラメのイカ墨ソースを味わった。ガチョウの腿肉の白ワイン煮と仔牛のすね肉の野菜ぞえも。まわりの客の、ぶしつけであからさまな好奇の目は不快だったが、それも最初の——短い——時間だけだった。その後はリタにならって無視した。地元のワインも大いに役立った。

それから屋敷に戻った。コーラルは控室でドレスを脱ぎ——真っ裸で——ゲラルトを寝室にいざなった。

ゲラルトはついていった。リタからひとときも目を離さず。ゲラルトはリタを見るのが好きだった。

「コーラル」

「何？」

「噂によると、きみはいつでも見たいものが見えるそうだな。いくつかの呪文と魔道具がひとつあれば」

「噂の出どころのどこかを、もういちどひねってやらなければならないようね」リタは片肘をついて上半身を起こし、ゲラルトの目をのぞきこんだ。「噂話をしてはいけないとわからせるために」

「どうかそれだけは――」

「冗談よ」リタがさえぎった。その声に楽しげな響きはみじんもなかった。

「それで、何を見たいの？」ゲラルトが黙りこむのを見てリタは続けた。「未来を占ってほしい？　いつまで生きるか。いつどんなふうに死ぬか。〈大トレトリアン賞〉でどの馬が勝つか。選挙人団がノヴィグラドの司祭長に誰を選ぶか。イェネファーがいま誰と一緒にいるか」

「リタ」

「何か気がかりなことでも？」

ゲラルトは盗まれた剣のことを話した。

稲妻が光り、一瞬ののちに雷鳴がとどろいた。

噴水がかすかにしぶきをあげた。水盤は濡れた石のにおいがした。大理石像の娘は濡れ、光り、踊る姿勢のまま動かない。

「像と噴水は、これみよがしの俗悪芸術愛を満足させるためのものでも、俗物崇拝を表現したものでもない」コーラルが早口で言った。「もっと具体的な目的のためよ。像のモデルはわたし。縮小版の。わたしが十五歳のときの」

「きみがこんなにも美しく成長すると、そのとき誰が思っただろう」

「これはわたしと強く結びついた魔道具。噴水は——正確には水だけど——予知に作用する。予知が何かは知ってるでしょう？」

「なんとなく」

「剣が盗まれたのは約十日前。それがどんなに昔でも、過去のできごとを解釈し、分析するのにもっとも有効で確実なのは夢占いだけど、それには夢判断という、わたしにはない稀有な才能が必要なの。くじ占い、サイコロ占いはあまり役に立たない。火占いや空気占いもだめ。これらは人の運命を予言する場合に、より効果がある——占う対象の所有物……髪の毛とか爪とか服の切れ端といったものがあれば。でも物体には使えない——つまり、この場合は剣ね。

だから残された方法は予知だけ」リタは額から赤い房を払いのけた。「予知は、知ってるように、これから起こることを見せ、予言する魔法よ。ちょうど本物の嵐の季節が始まったから天候も利用できそうね。予知と雷占いを組み合わせてみるわ。近づいて。わたしの手を握って放さないで。身を乗り出して、水をのぞきこんで、でも何があっても触ってはいけない。集中して。剣のことを考えて！　頭に強く思い浮かべて！」

リタの呪文が聞こえた。水盤の水が反応し、言葉がひとつ発せられるたびに泡立ち、さらに強く波打った。底から大きな泡が湧きはじめた。

水面が静まり、濁った。やがて完全に透明になった。

水の底から濃いスミレ色の目が見返す。漆黒の髪が肩にこぼれ落ち、きらめき、クジャクの羽根のように光を反射し、動くたびにのたうち、波打ち……。

「剣よ」コーラルが静かに、冷やかすように言った。「剣のことを考えるんじゃなかった？」

水が渦を巻き、スミレ色の目をした黒髪の女は渦のなかに消えた。ゲラルトは小さく息を吐いた。

「剣のことを考えて」リタが噛みつくように言った。「彼女のことじゃなく！」

リタが次の雷光のなかで呪文を唱えた。噴水の像が乳白色に輝き、水面がふたたびおだやかに、透明になった。そのときゲラルトは見た。

ゲラルトの剣。それに触れる手。いくつもの指輪をした指。

「……隕鉄製。すばらしいバランス、刃と柄《つか》の重さがまったく同じで……」

もう一本の剣。銀製。同じ手。

「……銀をかぶせた鋼の刀心《とうしん》……刃全体にルーン文字……」

「見える」ゲラルトはつぶやき、リタの手をきつく握った。「おれの剣が見える……間違いなく――」

「静かに」リタがさらに強く握り返した。「黙って、集中して」

剣が消え、黒い森が見える。一面に広がる石。岩。なかのひとつは巨大で、そびえるほど高く、細く……強風で奇妙な形に削られ……。

水がつかのま泡立った。

黒いビロードの袖なし胴着《ジャーキン》に金綾織のチョッキを着た、白髪交じりの、高貴な顔立ちの男がマホガニーの見台に両手を載せている。「出品番号十」男が大声で宣言する。「まぎれもなき珍品、またとない掘り出し物、二本のウィッチャーの剣……」

大きな黒猫がその場でくるりと回転し、頭上で揺れる鎖のついたメダルに懸命に前足を伸ばしている。金の楕円のメダルはエナメル張りで、表面に泳ぐ青いイルカが見える。

川が木々のあいだを流れる、水面に垂れかかる枝や小枝の天蓋の下を。体にぴったりした長いドレスの女が一本の大枝に身じろぎもせずに立っている。

水がつかのま泡立ち、すぐにまたなめらかになった。

一面の草原が見えた。地平線まで続く果てしない草原。それを空から見ていた、鳥の目で見るかのように……。それとも丘の頂上からか。丘の斜面をおぼろげな人影の列がくだってゆく。人影が振り向くと、動かない顔、盲目の、死んだ目が見えた。〝死んでいる〟

――ゲラルトは瞬時に理解した。〝これは死者の行列だ……〟

リタの指がまたしても彼の手を握りしめた。万力のように強く。

稲妻が光り、突風が二人の髪をなぶった。水盤の水が隆起し、沸き立ち、泡となって盛りあがり、波となって壁の高さまで上昇した。そのまま一気に押し寄せ、二人はあわてて噴水から後ろに飛びのいた。リタがよろけ、ゲラルトが支えた。雷鳴がとどろいた。リタが呪文を叫び、片腕を振った。光が屋敷じゅうに降りそそいだ。

ついさっきまで大渦のように沸き立っていた水盤の水は静かに、おだやかになり、噴水のものうげなしたたりに揺れるだけだ。ほんの一瞬前にはまぎれもない津波が襲いかかったのに、あたりには水滴ひとつない。

ゲラルトは大きく息を吐いて立ちあがった。

「最後の……」リタが立ちあがるのに手を貸しながらつぶやいた。「最後の光景……丘と……死者の行列……あれはどういう意味だったのか……あれがなんだったのか見当もつかない……」

「わたしも」リタが不安そうに言った。「でも、あれはあなたの光景じゃない。あれはわたしに向けられていた。どんな意味かはわたしにもわからない。でも、なぜか悪いことのような気がする」

雷が静まった。嵐が過ぎ去っていた。内陸のほうへ。

「いんちきだよ、あの女が見せる予知なんてものは全部」ダンディリオンはリュートの糸巻《ペ》きを調整しながら繰り返した。「だまされやすい連中に見せる、いかさまの、幻影だ。暗示《グ》の力、それ以上の何ものでもない。きみは剣のことを考えていた、だから剣が見えた。ほかに何が見えたって？　死者の行進？　大波？　奇妙な形の岩？　それになんの意味がある？」

「巨大な鍵のようだった」ゲラルトは思案げに言った。「紋章の十字をふたつ半、並べたような……」

ダンディリオンも考えこんだ。やがて指をビールに浸し、テーブルに何かを描いた。

「こんなふうか」

「ああ。よく似ている」

「そうか！」ダンディリオンが弦をはじき、居酒屋じゅうの客が目を向けた。「そういうことか！　ハハハ、ゲラルト、わが友よ！　きみは何度ぼくを窮地から救い出してくれた？　何度ぼくを助けてくれた？　願いをきいてくれた？　数えもせずに！　さあ、いまこそぼくの出番だ。きみの高名なる剣を取り戻すのに一肌脱ごう」

「なんだ？」

ダンディリオンが立ちあがった。

「きみがくどき落としたばかりのマダム・リタ・ネイドに、傑出した予言者にして比類なき千里眼という称号を返そう、なぜなら——予知のなかで——ぼくが知っている場所を示したからだ。明白に、はっきりと、疑いの余地なく。これからフェランに会いに行く。いますぐ。やつの陰の人脈を利用して謁見を取りつけさせる。そして衛兵所のがみがみ女を避けるため、正門から堂々と街を出る通行証を発行してもらう。これから出かけるぞ。実のところ、ここからそう遠くない」

「どこへ」

「きみが見た岩が何かわかった。専門家はモゴーテと呼び、地元民は〈グリフォン〉と呼ぶ。見間違えようのない目印、きみの剣について何か知っているかもしれない人物の根城に通じる道しるべだ。これから向かう場所はラヴリンと呼ばれている。ぴんと来ないか？」

8

ウィッチャーの剣の質を決めるのは、その出来ばえとすぐれた加工技術だけではない。神秘的なエルフやノームの刃と同様——それらの秘密は失われたが——ウィッチャーの剣が持つ神秘の力は、それを振るうウィッチャーの手と腕前にかかっている。そして、まさしく、その魔法めいた神秘ゆえに、ウィッチャーの剣は〈闇の力〉に対して大きな威力がある。

——パンドルフォ・フォルテゲラ著『刃物武器論』

秘密をひとつ教えよう。ウィッチャーの剣について。彼らの剣になんらかの秘めたる力があるというのはでたらめだ。すばらしい武器だという通説も。あれよりすぐれた剣はないという評判も。すべては、そう見せかけるために生まれた作り話だ。ぼくはこの事実を、ある確かな筋から聞いた。

——ダンディリオン著『詩の半世紀』

〈グリフォン〉と呼ばれる岩はすぐにわかった。それは遠くからでも見えた。

二人が向かったのはケラクとシダリスの中間あたり——両都市を結ぶ、森や岩だらけの荒地をくねくねと延びる道から少し離れた場所だ。目的地まではしばらくかかる。そのあいだ二人はとりとめのないおしゃべりをした。しゃべるのは大半がダンディリオンだ。

「世間では、ウィッチャーが使う剣には魔力があると言われている」詩人が言った。「性的不能にまつわるでまかせは別にしても、そこにはいくらか真実があるはずだ。きみたちの剣はふつうじゃない。何か言いたいことは？」

ゲラルトは雌馬の手綱を引いた。ローチは馬小屋に長く留めおかれたせいで退屈し、走りたくてうずうずしていた。

「ある。おれたちの剣はふつうじゃない」

「怪物を死にいたらしめるウィッチャーの剣の魔力は、刃となる鋼にあると言われている」ダンディリオンはバカにしたような答えが聞こえなかったふりをして続けた。「まさにその金属、つまり空から落ちてきた隕石に含まれる鉱物にあると。なぜだ？　隕石は魔法でもなんでもない、ひらたく言えば、科学で説明できるひとつの自然現象だ。魔力というのはどこから来る？」

　ゲラルトは北のほうから暗くなる空を見あげた。次の嵐が生まれつつあるようだ。ずぶ濡れになるかもしれない。

「おれの記憶によれば」ゲラルトは質問に質問で答えた。「おまえは大学で自由七科をすべて学んだんだろう？」

「しかも最優等で卒業した」

「そのなかの上級四科目――算術、幾可、音楽、天文学――のうち、天文学ではリンデンブログ教授の講義を受けた、そうだな？」

「〈たわごと教授〉と呼ばれたリンデンブログじいさんか」ダンディリオンは声を立てて笑った。「もちろんだとも！　いまでも彼が尻をかき、差し棒で地図や地球儀をたたきながら一本調子でだらだらとしゃべる姿が目に浮かぶ。宇宙の球体《デ・スファエラ・ムンディ》は、ええ、四大元素に分かれておる。〈土〉、〈水〉、〈気〉、〈火〉だ。〈土〉と〈水〉が球体を作り、そのまわりをぐるりと、ええ、〈気〉すなわちエアがおおっている。〈気〉の上空には、ええええ、アエテール、すなわち〈燃える気〉、〈火〉が広がり、さらに〈火〉の上空にはフィルマメントゥムと呼ばれる〈幽玄なる星天空〉があり、これは本来、球形である。その上にはエラーント・シーデレアすなわち迷い星が存在し、フィークサ・シーデレアすなわち恒星が……」

「これ以上どこをほめたらいいんだ、おまえの物まねの才能か、記憶力か」ゲラルトはあきれた。「ともかく肝心の話に戻ると、隕石――すなわち、われらが〈たわごと教授〉が〝落下する星〟とか〝シーデレア・カデーンス〟とかなんとか呼んだ物体は天空を突き破って落下し、われらが愛する地球に突入する。突入するあいだに、ほかのすべての〈面〉を突き抜ける、つまり〈元素面〉だけでなく――同じく存在すると言われている――〈超元素面〉をも。〈元素面〉と〈超元素面〉は、知ってのとおり強力なエネルギーを含んだ、あらゆる魔法と超自然力の源泉で、隕石はそこを突き抜けるさいにエネルギーを吸収し、蓄える。隕石から製錬された鋼は――そのような鋼から鍛えられた刃もまた――そうした〈面〉の要素を大量に含んでいる。それが魔力だ。剣全体が魔力を帯びている。以上、証明終わり。わかったか」

「よくわかった」

「じゃあ、いまのは忘れろ。全部でたらめだ」

「なんだと？」

「でたらめ。作り話だ。どこの茂みの下を探しても隕石など見つからない。ウィッチャーが使う剣の半数以上は磁鉄鉱から生成した鋼でできている。おれのもそうだ。磁鉄鉱も、空から落ちて〈面〉を突きぬけた鉄隕石も、すぐれた材質であるという点では同じだ。なんの違いもない。だが、これはここだけの話にしてくれ、ダンディリオン、頼む。誰にも言うな」

「なんだと？　黙っていろと？　それはないだろう！　ひけらかせない知識を知る意味がどこにある？」

「頼む。おれは神秘的な武器を持った、神秘的な存在だと思われたい。だからこそ人はおれを雇い、おれに金を払う。かたや、ふつうはありきたりと同じで、ありきたりは価値が低い。だから人には言うな。約束するか」

「わかった。約束する」

〈グリフォン〉と呼ばれる岩はすぐにわかった。それは遠くからでも見えた。たしかに、少し想像力を働かせれば、長い首の上に載ったグリフォンの頭に見えないこともない。だが――ダンディリオンが指摘したように――むしろリュートの指板か、何か別の弦楽器に似ていた。

近づいてみると、〈グリフォン〉は巨大な隕石孔《クレーター》を見おろす島状丘《とうじょうきゅう》だった。ゲラルトは、このクレーターが〈エルフの要塞〉と呼ばれているのを思い出した。あまりに整然とした形のせいで、城壁や櫓《やぐら》、稜堡《りょうほ》などをすべて備えた古い建物の廃墟を思わせるからだ。だが、エルフのであろうと誰のであろうと、ここに要塞が置かれたことは一度もない。クレーターの形は自然にできたもので、たしかにみごとな自然の産物だ。

「あそこだ」ダンディリオンが鐙《あぶみ》に立って指さした。「見えるか？　あそこが目的地。三角堡《ラヴリン》だ」

まさにその名のとおり、島状丘は驚くほど正確な巨大三角形をなし、〈エルフの要塞〉から稜堡のように突き出ていた。三角形の内部から堡塁《ほうるい》のような建物がそびえ、壁のある要塞野営地のようなものが周囲を取りまいている。

ゲラルトはラヴリンについて、ちまたに流れている噂を思い出した。そこに住んでいる人物のことを。

二人は道からはずれた。

いちばん手前の壁の奥に入口が数カ所あり、すべてに完全武装の衛兵が立っていた。色とりどりの、さまざまな身なりから傭兵であるのはひと目でわかる。二人は最初の衛兵所で止められた。ダンディリオンが大声で面会の約束があると伝え、上層部との良好な関係を強調したが、馬からおりて待つよう命じられた。それもかなり長いあいだ。ゲラルトがいらだちはじめたころ、ようやくガレー船の奴隷のようなたくましい男が現れ、ついて来いと言った。男が遠まわりしながら建物の裏側に向かっていることは、建物の中心から聞こえるざわめきや音楽ですぐにわかった。

やがて跳ね橋を渡った。橋を渡りきったところに、意識の朦朧《もうろう》とした男があたりを手探りしながら横たわっていた。顔は血だらけで、ひどく腫れあがっているせいで目はほとんど見えない。呼吸は荒く、息を吐くたびにつぶれた鼻から血の泡ができた。案内役のたくましい男は地面の男に一瞥《いちべつ》もくれなかった。だからゲラルトとダンディリオンも見なかったふりをした。ここではむやみに好奇心をあらわにしないほうがいい。ラヴリンの内情には首を突っこまないほうが身のためだ。噂によると、ラヴリンで首を突っこんだら、その首は持ち主と別れるはめになり、突っこんだ場所から出られないという。

続いて、料理人たちがあわただしく駆けずりまわる厨房を通った。ぐつぐつ音を立てるいくつもの大鍋から、ゲラルトはカニとイセエビとザリガニのにおいを嗅ぎ取った。桶のなかではアナゴがのたうち、深鍋では二枚貝とムール貝が煮え、巨大なフライパンでは肉がじゅうじゅう焼けている。召使たちが料理を山盛りにした盆や鉢を持ち、廊下の奥へ運んでいた。

次の部屋は——打って変わって——女性の香水と化粧品の香りが立ちこめていた。一糸まとわぬ裸から、さまざまな段階の乱れ姿の女たち十数人がとめどなくしゃべりながら、ずらりと並んだ鏡の前で化粧の仕上げをしている。ここでもゲラルトとダンディリオンは考えを表情に出さず、過度に視線をさまよわせなかった。

次の部屋では徹底的な身体検査が待っていた。検査をするのは、いかめしい顔つきの、いかにもプロらしいしぐさと迷いのない動きの男たちだ。ゲラルトは短刀を押収され、一度も武器を帯びたことのないダンディリオンは櫛とコルク抜きを取りあげられた。だが——一瞬の間のあと——リュートの携行は認められた。

「閣下の前に椅子がある」ようやく案内人が指示した。「そこに座れ。座ったら閣下が命じるまで立ってはならない。閣下が話しているときにさえぎってはならない。閣下が〝いい〟と合図するまでしゃべってはならない。では入れ。この扉から」

「〝閣下〟?」ゲラルトが小声できいた。

「かつては僧侶だった」ダンディリオンも小声で返した。「だが心配するな、僧侶らしいところは少しもない。部下たちには何かしら呼び名が必要で、本人は〝親方《ボス》〟と呼ばれるのに耐えられないだけだ。ぼくらが閣下と呼ぶ必要はない」

なかに入ると、すぐに何ものかが立ちはだかった。山のように大きく、強烈な麝香《じゃこう》のにおいがする。

「やあ、ミキタ」ダンディリオンが山に挨拶した。

閣下の用心棒とおぼしき、ミキタと呼ばれた巨人はオーグルとドワーフを掛け合わせた異種交配種だった。交配の結果生まれたのは、身長二メートル十センチをゆうに超える禿げたドワーフで、首がなく、もじゃもじゃのあごひげを生やし、イノシシのように突き出た歯と、膝まで届く腕をしていた。このような異種交配種を目にすることはまずない。見てわかるように、オーグルとドワーフは遺伝的にまったく異なり、ミキタのような生き物が自然に生まれるはずがないからだ。きわめて強力な魔法がなければ起こりえない。それも禁じられた魔法が。噂によると、少なからぬ魔法使いがこの禁止令を無視しているらしい。噂が本当である証拠が、まさにいま目の前に立っていた。

言われたとおりの作法にしたがって二人は籐椅子に座った。ゲラルトはあたりを見まわした。部屋のいちばん隅にある大きな長椅子の上で、申しわけ程度の服を着た二人の若い女が悦ばせ合っている。その二人を見ながら一人の男が犬に餌をやっていた。花の刺繍をほどこした、ゆったりした長衣に房つきのフェルト帽をかぶった、小柄で、目立たない、背中の丸まった、どこにでもいそうな男だ。男はイセエビの最後のかけらを犬にあたえると、手を拭いてこちらを向いた。

「よく来てくれた、ダンディリオン」男は正面に置かれた、籐製だが玉座と見まがうような椅子に座りながら言った。「やあ、リヴィアのマスター・ゲラルト」

閣下ことパイラル・プラット——それ相応の理由で一帯の犯罪組織の長とみなされている男——は引退した絹商人のように見えた。引退した絹商人たちのピクニックに参加しても目立たず、にせ者だと気づかれることもなかっただろう。少なくとも遠くから見たかぎりでは。近づいてみると、パイラル・プラットにはほかの絹商人にはないものがあるのに気づいたはずだ。ナイフで切られたような、頬骨の上の消えかかった古傷。醜く不吉にゆがむ薄い唇。ニシキヘビの目のように動かない、光る、黄色っぽいふたつの目。

しばらく誰も口をきかなかった。どこか外から音楽が流れてきて、がやがやというざわめきが聞こえた。

「きみたち二人に会えて実にうれしい」ようやくパイラル・プラットが口を開いた。その声には、長年、蒸留の粗い安酒を愛飲してきた痕跡がはっきりとあった。

「とくにきみは大歓迎だ、歌い手よ」閣下がダンディリオンにほほえんだ。「きみが演奏してくれた、わが孫娘の結婚式以来だ。ちょうどきみのことを考えていた、次の孫娘が結婚を急いでいる。昔のよしみで、今度は断りはせんだろう？　どうだ。式で歌ってくれないか？　前回のように何度も頼まなくてもよかろう？　無理に……説得しなくとも」

「歌います、歌いますとも」ダンディリオンは少し青ざめ、あわてて請け合った。

「それで、今日、立ち寄ってくれたのはわたしの体調うかがいか？」プラットが続けた。

「いや、最悪だ、わが体調とやらは」

ダンディリオンとゲラルトは無言だ。オーグル＝ドワーフから麝香のにおいがした。パイラル・プラットは深々と息を吐いた。

「胃潰瘍と拒食症にかかり、食卓の楽しみとはいまや無縁となった。肝臓が悪いと診断され、酒も禁じられた。椎間板ヘルニアが頸椎にも腰椎にも影響し、暇つぶしの狩りも、過激な運動もできなくなった。かつては賭けごとに使っていた金の大半が薬と治療に消えている。わが一物は勃《た》つには勃つが、それを保つのがいかに難儀なことか！　悦びを感じる前にすべては萎《な》え……。そうなると、あとに何が残る？　え？」

「政治？」

パイラル・プラットはフェルト帽の房が揺れるほど大笑いした。

「よく言った、ダンディリオン。いつもながら的確だ。政治か――たしかに、いまのわたしにこそふさわしい。最初はさほど気乗りしなかった。売春で稼ぎ、売春宿に投資するほうがましだと思っていた。だが政界内を動きまわり、多くの政治屋を知ってからは、売春業はあきらめたほうがいいと確信した、なぜなら少なくとも娼婦には彼女たちなりの誇りがあり、ある種の道義があるからだ。とはいえ、どうせ人をあやつるなら売春宿からより町役場からあやつるほうがいい。たとえ国家は無理でも、せめて小さな町くらいはこの手で自由に動かしたい。古いことわざにもある――長いものには巻かれろ……」

そこでプラットは言葉を切ると、首をひねって長椅子を見やり、大声で言った。

「ふりをするな、娘たち！　感じているふりをするな！　もっと気を入れろ！　さて……なんの話だったか？」

「政治の」

「ああそうだった。だが政治はさておき、ウィッチャーよ、きみは名高い剣を盗まれた。わざわざここまでやってきたのは、それのせいではないか」

「まさにそのことだ」

「何者かに剣を盗まれた」プラットはうなずいた。「さぞ痛手だろうな。そうに違いない。しかも取り戻すすべもない。やれやれ、だからつねづね言っているのだ、ケラクは盗人《ぬすっと》だらけだと。釘づけされてないものを見つけたら片っ端からかっさらうとは、よく知られた話だ。そして釘づけされたものを見つけたときのために、つねにかなてこを持ち歩くと。捜査は継続中だな？」しばらくしてプラットは続けた。「フェラン・ド・レテンホーヴの主導で。だが、事実を見よ、紳士諸君。フェランから奇跡は期待できん。気を悪くせんでもらいたいが、ダンディリオン、きみの従兄弟は捜査官よりも会計士向きだ。あの男の頭には本と法典と条項と規則しかない。つまり、一にも証拠、二にも証拠、三、四がなくて五にも証拠だ。ヤギとキャベツの話みたいなものだな。知っているか？　納屋にヤギとキャベツ一株を入れて鍵をかけた。朝になるとキャベツは跡形もなく、ヤギが緑色のふんをしていた。だが、証拠はなく、目撃者もいない、だからこの件はなかったことになった、事件は終わりだ。破滅論者にはなりたくないが、ウィッチャーのゲラルト、盗まれた剣も同じ運命をたどりかねん」

ゲラルトは今度も沈黙を守った。

「一本目は鋼の剣」パイラル・プラットがいくつも指輪をはめた手であごをさすった。「隕石の鉄、隕鉄製だ。マハカムの地で、ドワーフの金づちによって鍛造された。全長百三センチ、刃渡り六十九センチ。すばらしいバランスで、刃と柄の重さはまったく同じ、剣全体の重量はわずか一キロ。柄と十字鍔《つば》の細工は簡素ながら品がある。

もう一本は、長さと重さは鋼の剣とほぼ同じだが、銀製だ。もちろん全部ではない。鋼の刀心《とうしん》に銀をかぶせてあり、刃先も鋼、なぜなら純粋な銀はやわらかすぎて鋭利にできないから。十字鍔と刃全体にルーン文字と絵文字が描かれ、わが鑑定士いわく、解読不能だが、魔法がかかっているのは間違いない」

「じつに正確だ」ゲラルトは無表情で言った。「その目で見たかのように」

「たしかに見た。目の前に差し出され、買わないかと持ちかけられた。現所有者の代理を務める仲買人は非の打ちどころがない評判の人物で、わたしとも懇意の仲だが、剣は合法的に手に入れたものであり、ソドンの古代共同墓地フェン・カーンで見つかったと保証した。フェン・カーンからは次々に宝物や魔道具が発掘されている、だから、理屈からすれば、出どころの信ぴょう性を疑う理由はない。だが、わたしは疑問を持った。だから買わなかった。聞いているか、ウィッチャー？」

「一言一句に耳を傾けている。結論を待っている。ことの詳細を」

「結論はこうだ――この世は持ちつ持たれつ……。詳細には金がかかる。情報には値札がついているものだ」

「待ってくれ」ダンディリオンがいらだたしげに言った。「昔のよしみでここまで来たんだ、困っている友人を連れて――」

「商売は商売」パイラル・プラットがさえぎった。「言ったように、わたしが持っている情報には値段がある。大事な剣の運命について何か知りたければ、リヴィアのウィッチャーよ、代償を払わなければならない」

「値札はいくらだ」

プラットは長衣の下から大きな金貨を取り出し、オーグル＝ドワーフに渡した。巨人はまるでビスケットを割るように難なくパリッとふたつに割った。ゲラルトは首を振り、ゆっくりと言った。

「ありふれた茶番もいいところだ。あんたはおれに金貨の半分を渡し、誰かがいつか、おそらく数年後かに、もう半分を持って現れる。そしておれに願いをかなえろと迫る。おれがかなえるしかない願いを。断る。それが値段なら話はなしだ。事件《カウサ・フィーニタ》は終わり。行こう、ダンディリオン」

「剣を取り戻したくないのか」

「い、いや、それほどでも」

「そうではないかと思った。だが、聞くだけ聞いてみても悪くはなかろう。別案がある。今度はきみも断らないはずだ」

「行くぞ、ダンディリオン」

「帰ってもいいが、別の扉からだ」プラットが頭で指し示した。「向こうの。まずは服を脱いでからだ。下着だけはそのままでいい」

ゲラルトは表情を変えずにいたつもりだった。だが、そうではなかったらしく、いきなりオーグル＝ドワーフが警告するように叫び、さっきよりもにおいを倍増させ、片手を振りあげて近づいた。

「これは何かの冗談だ」ダンディリオンが例によって恐れ知らずにも、べらべらしゃべりながらゲラルトの脇に立った。「あんたはぼくたちをからかっている、パイラル。だから、ごきげんよう、これで帰らせてもらう。来たときと同じ扉から。ぼくを誰だと思ってる！失礼する！」

「それはどうかな」パイラル・プラットは首を振った。「きみは前にそれほど賢くないことを証明した。だが、いまここから出ていこうとするほどバカではないはずだ」

主人の言葉の重みを増すべく、オーグル＝ドワーフがスイカほどもあるこぶしを振りまわした。ゲラルトは無言で、さっきからずっと巨人を観察し、蹴りに弱そうな部分を探っていた。いずれ蹴ることになりそうな気がした。

「よかろう」プラットは手ぶりで用心棒をなだめ、「少しばかり譲歩し、善意と妥協案を示そう。ここには地元の商工業関係のおえらがたに金融業者、政治家、貴族、聖職者、さらにはお忍びの王子までが集まっている。彼らにこれまで見たこともないような見世物を約束した、誰も下着姿のウィッチャーを見たことはなかろう。ともかく、こうしよう――きみは上半身裸で出ていく。そうすればいますぐ約束の情報を渡す。さらに特別手当として……」

パイラル・プラットはテーブルから小さな紙を取りあげた。

「……特別手当として二百ノヴィグラド・クラウン。ウィッチャーの年金基金として。さあ、ギアンカルディ銀行の持参人手形で、どの支店でも現金化できる。どうだ」

「なぜたずねる？」ゲラルトは目をすがめた。「たしかにあんたは、おれが拒めないとはっきりさせた」

「たしかに。わたしはきみが拒めない提案だと言った。だが、思うにこれはたがいに有益な話だ」

「小切手を取っておけ、ダンディリオン」ゲラルトは上着のボタンをはずし、脱ぎ捨てた。

「話せ、プラット」

「よせ」ダンディリオンはますます青ざめた。「せめて扉の向こうに何があるかを確かめてからにしたらどうだ？」

「話せ、プラット」

「言ったとおり」閣下は玉座にもたれ、「仲買人から剣を買うのは断った。だが、さっきも言ったが、相手はわたしがよく知る、信頼できる人物だったから、もっと儲かる方法を提案した。現所有者に、競売にかけてはどうかと助言したのだ。ノヴィグラドの〈ボルソディ兄弟競売場〉に。世界でも最大かつ、もっとも有名な収集市だ。稀少品、骨董品、風変わりな美術品、一点もの、その他ありとあらゆる珍品愛好家が世界じゅうから集まる。驚きの一品を収集に加えようと、そうした奇人たちが狂人のごとく競《せ》り合う場だ。〈ボルソディ兄弟競売場〉では諸国の変わり者たちがしばしば巨額の金を投じる。あれほどものが高く売れる場所はほかにない」

「話せ、プラット」ゲラルトはシャツを脱いだ。「聞いている」

「〈ボルソディ兄弟〉で競売が行なわれるのは三ヵ月に一度。次の開催は七月十五日だ。盗人は必ずやきみの剣を持って現れる。少しばかり運があれば、競売にかけられる前に盗人から取り戻せるかもしれん」

「それで全部か」

「充分だろう」

「盗人は誰だ？　その仲買人とは――？」

「盗人が誰かは知らぬ」プラットがさえぎった。「仲買人の身元を明かすつもりもない。これは商売だ、法、規則、そして――これが何より重要だが――しきたりがものを言う。無視すれば面目を失う。わたしはきみに情報を渡した、わたしがきみに求めたことに充分見合うだけの。ウィッチャーを闘技場へ案内しろ、ミキタ。きみは、ダンディリオン、わたしと来るがいい、一緒に見物しよう。何をためらっている、ウィッチャーよ？」

「おれは丸腰で出るんだな？　上半身が裸というだけでなく、素手で」

「客にはこれまで見たことのない出し物を約束した」プラットは子どもに説明するようにゆっくりと言った。「武器を持ったウィッチャーなら誰でも見たことがある」

「なるほど」

　気がつくと砂地の闘技場のなかにいた。円形に埋めこまれた支柱のあいだに鉄の横棒が渡してあり、そこに無数のランタンが吊るされ、揺らめく光を放っていた。どなり声と歓声、拍手と口笛が聞こえた。闘技場の上方にいくつもの顔と、大きく開けた口と、興奮した目が見えた。

　正面の、闘技場のいちばん奥で何かが動き、跳びあがった。

　ゲラルトはとっさに上腕で〈ヘリオトロープの印〉を結んだ。魔法が、襲いかかる獣を跳ね返し、観衆がいっせいに叫んだ。

　二本脚のオオトカゲは翼竜《ワイバーン》に似ているが、それより小さく、大型のグレートデンほどの大きさだ。だが、頭はワイバーンのそれよりはるかに大きく、あごにはワイバーンよりはるかに多くの歯が並び、先が細くなったしっぽははるかに長い。オオトカゲは長いしっぽを激しく振りまわして砂を飛ばし、支柱に叩きつけると、頭を低くして、ふたたび飛びかかった。

待ち構えていたゲラルトは〈アードの印〉で跳ね返したが、しっぽの先端でびしっとたたかれた。観衆がまたもや叫び、女たちが甲高い悲鳴をあげた。服を脱げと言われた理由がようやくわかった。そして敵の正体も。これはヴィギロサウル――護衛と防御のため、特殊な交配で生まれ、魔力で変異させられたトカゲだ。まずい。ヴィギロサウルにとって闘技場はねぐらのようなものだ。だから、そこに現れたゲラルトは打ち負かすべき、そして必要とあらば抹殺すべき侵入者だった。

ヴィギロサウルはシューシューと激しく息を吐き、支柱に体をこすりつけながら闘技場をまわった。そしてすばやく、ウィッチャーに印を結ぶまもあたえず飛びかかった。ゲラルトはずらりと歯が並ぶ口を難なくかわしたが、振りまわされるしっぽはよけきれず、最初の一発の隣に、もうひとつみみず腫れができた。

〈ヘリオトロープの印〉がふたたびヴィギロサウルを封じた。振りまわすたびにしっぽがしゅっと音を立てる。ゲラルトが音の変化をとらえ、聞き取るまもなく、しっぽの先端が背中を打ちつけ、目がくらむほどの激痛が走り、血があふれた。観客が狂乱した。

印の威力が弱くなってきた。ヴィギロサウルは周回速度をあげ、ゲラルトはついていくのがやっとだ。二度しっぽをかわしたが、三度目が肩甲骨の固く突き出た部分を直撃した。

血がだらだらと背中に流れた。

会場がどよめき、見物人はわめき、その場で跳びはねた。もっとよく見ようと観客がランタンを吊るした鉄の横棒にのしかかり、手すりごしに身を乗り出したとたん、重みで横棒が折れ、ランタンごと闘技場に転げ落ちた。横棒が砂に突きささり、ランタンがヴィギロサウルの頭に当たってぼっと燃えあがった。オオトカゲは火花を滝のようにあたりにまき散らし、頭を闘技場の支柱にこすりつけてランタンを振り落とした。その一瞬のすきにゲラルトは砂から鉄の棒を引き抜き、短い助走をつけて跳びあがり、トカゲの頭に思いきり突き刺した。棒はまっすぐ貫通した。ヴィギロサウルは脳みそに刺さった棒を引き抜こうともがき、前足をぶざまにばたつかせた。ぎくしゃくと跳ねまわったあと、ついに支柱によろよろと倒れこみ、柱の木に歯を沈めた。しばらくはぴくぴくとのたうちまわり、鉤爪で砂をかきまわし、しっぽを打ちつけていたが、やがて動かなくなった。

周囲の壁が歓声と拍手で揺れた。

ゲラルトは誰かがおろした縄ばしごをのぼって闘技場から出た。興奮した見物人がまわりに群がった。腫れあがった肩をたたかれ、ゲラルトはたたいた男の顔をなぐりそうになった。若い女が頬にキスした。もっと若い女は薄手の綿のハンカチで背中の血をぬぐい、すぐさま広げて友人たちに自慢げに見せびらかした。それよりずっと年寄りの女がしわだらけの首から首飾りをはずし、渡そうとしたが、ウィッチャーの表情を見てこそこそと人ごみにまぎれこんだ。

麝香のにおいがした。オーグル＝ドワーフのミキタが海藻をかき分ける船よろしく群衆をかき分け、ウィッチャーを守るようにして外へ連れ出した。

外科医が呼ばれ、傷を縫合し、包帯を巻いた。ダンディリオンは顔面蒼白だ。パイラル・プラットは平然としていた。何ごともなかったかのように。だが、ゲラルトの表情から多くを読み取ったらしく、あわてて弁解した。

「ちなみに闘技場の棒は、わたしの命令で前もってやすりで削り、尖らせておいた」

「手まわしのよさに感謝する」

「観客は大満足だ。コペンラス市長までが大喜びで、満面の笑みを浮かべていた。あのげす野郎を満足させるのは並大抵ではない。何を見ても鼻で笑い、月曜の朝の売春宿のように陰気な男だ。これで町議の地位は手にしたも同然だ、ハハッ。もっと高い地位にのぼれるかもしれん、もしも……。今週じゅうにまた出演してくれないか、ゲラルト？　似たような出し物に」

「ヴィギロサウルの代わりにあんたが闘技場に入るというのならば、プラット」ゲラルトはズキズキする肩を激しく動かした。

「それはいい、ハハハ。聞いたか、なかなか冗談がうまい男だな、ダンディリオン」

「たしかに聞いた」ダンディリオンはうなずき、ゲラルトの背中を見て歯ぎしりした。

「だが、いまのは冗談じゃない、まったくの本気だ。ぼくも同じくらい本気で、あんたの孫娘の結婚式では演奏しない。忘れてくれ、ゲラルトにあんな仕打ちをされたあとで、どうしてできる？　ほかのどんな儀式もお断りだ、洗礼式だろうと葬式だろうと。たとえあんた自身のでも」

パイラル・プラットが鋭く見返し、爬虫類のような目のなかで何かがひらめいた。

「失礼ではないか、歌い手よ」プラットはまのびした口調で、「きみはまたしてもわたしに敬意を忘れている。まだわからないか。ならばこの先、忘れられないような……」

ゲラルトが近づき、プラットの正面に立った。ミキタが息を荒くし、こぶしを振りあげた。ぷんと麝香がにおった。パイラル・プラットが手ぶりでなだめた。

「面目を失ってもいいのか、プラット」ゲラルトはゆっくりと言った。「あんたは取引した、昔ながらのやりかたで、規則と同じくらい大事なしきたりにしたがって。あんたの客は出し物に満足し、あんたは信望を勝ち取り、町議の地位も約束された。おれは必要な情報を手に入れた。この世は持ちつ持たれつ。たがいに満足した、だから恨みも怒りもなく別れるべきだ。なのにあんたは脅しに訴えようとしている。面目丸つぶれだ。行くぞ、ダンディリオン」

パイラル・プラットは少し青ざめ、それから背を向けて肩をそびやかした。

「夕食をごちそうしようと思っていたが、どうやらお急ぎのようだ。ではごきげんよう。だが、きみたちがそろって生きてラヴリンから出ていけるのは幸運だと思ったほうがいい。いつもなら、敬意を示さぬ者には罰をあたえるところだ。しかし、引き留めはしない」

「さすがだ」

プラットが振り向いた。

「なんだと?」

ゲラルトはプラットの目を見て言った。「あんたは自分が賢いと思っているが、それほどでもない。だが、おれを引き留めようとするほどバカではない」

小山を通りすぎ、街道のポプラ並木のいちばん手前にたどりつくと同時に、ゲラルトは手綱を引いて耳を澄ました。

「追われている」

「なんだと!」ダンディリオンの歯が恐怖でカタカタ鳴った。「誰だ? プラットの手下どもか?」

「誰かはどうでもいい。おまえは全速力でケラクに向かえ。従兄弟にかくまってもらうといい。明日の朝いちばんで銀行に小切手を持っていけ。〈カニとサヨリ〉亭で会おう」

「きみは？」

「おれのことは心配するな」

「ゲラルト――」

「黙って拍車をかけろ。行け。急げ！」

ダンディリオンは言われるままに鞍から身を乗り出し、拍車をかけて全速力で駆け出した。ゲラルトは振り向き、静かに待った。

暗がりから馬に乗った人影が現れた。全部で六人。

「ウィッチャーのゲラルトか」

「そうだ」

「同行願いたい」いちばん近くにいた男がしゃがれ声で言い、ゲラルトの馬に手を伸ばした。「だがバカな真似はするな、聞こえたか」

「手綱から手を放せ、痛い目にあいたくなければ」

「バカな真似はよせ！」男は手をひっこめた。「早まるな。われわれは合法的集団だ。スリではない。王子の命を帯びている」

「どの王子だ?」

「じきにわかる。ついてこい」

一行は出発した。そういえば、どこかの王子がお忍びでラヴリンに滞在しているとプラットが言っていた。嫌な予感がした。王子とかかわって楽しかったためしはほとんどない。そして、たいていは悲惨な結末を迎える。

目的地はさほど遠くはなかった。着いたのは、煙のにおいがして明かりが揺らめく、十字路の居酒屋だ。大部屋に入ると、遅い夕食をとっている商人が数人いるだけでがらんとしていた。個室に通じる扉の前に青いマントの武装した男が二人立っていた。ゲラルトを連れてきた六人のマントと色もデザインも同じだ。一行はなかに入った。

「王子殿下——」

「さがれ。きみは座れ、ウィッチャー」

テーブル席に座る男のマントは従者たちと似ているが、豪華な刺繡がほどこしてあった。顔は頭巾に隠れて見えない。隠すまでもなく、テーブルの油壺の火が照らすのはゲラルトだけで、謎の王子は暗がりのなかだ。

「プラットの闘技場できみを見た。実にすばらしい出し物だった。あの跳躍と、全体重をかけて威力を増した上からの一撃……。あの武器はただの棒きれだが、ナイフをバターに入れるようにオオトカゲの頭蓋骨を貫通した。たとえばあれが熊槍とか鉾だったら、鎖かたびらどころか板金鎧すら貫通したかもしれない……。どう思う？」

「もう時間も遅い。眠いと頭が働かない」

陰のなかの男はふんと鼻で笑った。

「では無駄話はやめて本題に入ろう。きみの力がほしい。きみの、ウィッチャーの。ウィッチャーの仕事を頼みたい。そして、きみもわたしの力が必要なようだ。もしかしたらわたし以上に。

わたしはケラクのザンダー王子。ケラク国王ザンダー一世になりたいと心底、願っている。嘆かわしくも、国家の損失ながらも、もっかケラク王はわが父ベロハンだ。あのおいぼれはまだ心身ともに壮健で、この先ゆうに二十年は王位に居座りかねない。わたしにはそのような時間も、そんなに長く待つ気もない。たとえ待ったとして、確実に王位を継承できるともかぎらない、なぜなら、あのじいさんがいつ誰を継承者に指名するかわからないからだ。あの男には山ほど子どもがいる。現にいまも、さらにその数を増やそうと、ルーナサの祝日に王国ではまかなえないほど豪華絢爛《けんらん》な結婚式を計画している。あの男は――便器のエナメルが減るのを惜しんで公園で用を足すほどのしみったれのくせに――自分の婚礼式には大金を使う気だ。国庫を食いつぶして。わたしのほうがよりよい王になれる。

問題はいますぐなりたいということだ。できるだけ早く。そのためにきみの力を借りたい」

「宮廷革命はおれの仕事に含まれない。国王殺しもだ。殿下が考えているのはおそらくそれだろう」

「わたしは王になりたい。そのためには父を王でなくしてしまわなければならない。兄弟たちも継承者リストから排除しなければならない」

「国王殺しに兄弟殺しか。いや、殿下。断る。残念だが《リグレット》」

「違うな」王子が暗がりから鋭く返した。「きみはまだ後悔《リグレット》していない。いまはまだ。だが、いまに後悔する、必ず」

「殿下ほどのおかたなら、おれを殺すと脅しても意味がないとわかるはずだ」

「誰が殺すなどと言った？　わたしは王子だ、人殺しではない。これは二者択一の話だ。わたしに好かれるか、それとも嫌われるか。要求に応じれば、わたしの好意に浴することができる。そして、きみはどうしてもわたしの好意が必要なはずだ。さて、きみを待ち受ける金銭詐欺事件の審理と判決の件だが、これから数年はガレー船を漕ぐ運命になりそうだ。きみはうまく切り抜けたつもりでいるらしい。あの一件は片がつき、気まぐれできみとベッドをともにする魔女のネイドは告訴を取り下げ、すぐにでも問題は解決すると。それは間違いだ。アンセギスの代官アルベルト・スムルカが証言した。それによってきみは有罪になる」

「証言は嘘だ」

「証明するのは難しい」

「証明されるべきは罪だ。無罪ではない」

「うまい冗談だ。じつにおもしろい。だが、わたしがきみなら笑わない。これを見るがいい。記録文書だ」ザンダー王子は紙束をテーブルに放り投げた。「公的供述、目撃証言が書かれている。シズマルの町、雇われウィッチャー、レウクローテを退治。請求書の金額は七十クラウン、実際の支払いは五十五クラウン、差額は地元役人と山分け。ソトニンの集落、巨大グモ。勘定書の殺害報酬は九十クラウン、地元議員の証言によれば、実際の支払いは六十五クラウン。ティバーギエンで始末されたハーピー、請求書は百クラウン、実際は七十クラウン。さらにきみの過去の手柄と不正な金もうけについて。ペトレルスティン城の、実際は存在しない吸血鬼に城主が払った大枚千オレン。グアーメッツから来た人狼の呪いを解き、魔法で人間に戻して百クラウン。じつに疑わしい。そのような呪いを解く報酬としてはあまりに安すぎる。エキノプス、というか、きみがマルティンデルカンポの市議のもとに届け、エキノプスと称したもの。ズグラゲンの町近くの墓地から現れた数頭のグールに地元住民は八十クラウンを払ったが、グールの死体を見た者は一人もいなかった、なぜなら、ハハッ、ほかのグールに食われたからだ。これをどう説明する、ウィッチャー？　これが証拠だ」

「殿下は勘違いしておられる」ゲラルトは反論した。「それは証拠ではない。捏造《ねつぞう》された、しかもお粗末な中傷だ。おれはティバーギエンで雇われたことは一度もない。ソトニンの集落など聞いたこともない。だから、そこにある支払い書は明らかに偽造だ、調べればすぐわかる。おれがズグラゲンで殺したグールはたしかに、ハハッ、ほかのグールに食われた、それがグールの習性だからだ。それ以降、ズグラゲンの墓場に埋められた死体は平和に腐敗しつつある。生き残ったグールがそこを出ていったからだ。これ以上、その報告書に書かれたでたらめに見解を述べるつもりはない」

「きみに対する告訴状はこの報告書をもとに作られる」王子は紙束に片手を載せた。「訴訟は長引くだろう。証拠は本物だと証明されるのか？　誰が証明できる？　最終的にどんな評決に達する？　それがなんだ？　なんの意味もない。重要なのは悪評が広がることだ。それは死ぬまできみにつきまとう。きみをいみ嫌う者はいたが、やむなく小さな悪として、人々をおびやかす怪物を殺す者だからと目をつぶってきた」王子は続けた。「変異体であるきみに耐えられず、人ならぬ生き物に対するような嫌悪を覚え、いまわしき存在だと感じる者もいた。きみをひどく恐れ、そんな恐れを感じる自分を憎む者もいた。だが、そんなことはすべて忘却のなかに消えるだろう。凄腕の怪物殺しの名声も、邪悪な魔法使いの評判も風に飛ばされる羽根のように消え、嫌悪も恐怖も忘れ去られるだろう。そして強欲な盗人とペテン師としてだけ記憶される。昨日はきみと、きみの魔術を恐れ、目をそらし、姿を見たとたん唾を吐き、あるいは護符に手を伸ばした者も、明日には大笑いしながら仲間を肘で突《つつ》いて言うだろう――〝見ろ、あの汚らわしい詐欺師でペテン師のウィッチャー、ゲラルトがやってくる！〟と。わたしが依頼する任務を拒めば、わたしはきみを破滅させる、ウィッチャー。きみの評判をつぶす。わたしに仕えなければ。決めるがいい。イエスかノーか」

「ノーだ」

「言っておくが、きみが頼みにするフェラン・ド・レテンホーヴも、赤毛の女魔法使いの愛人も当てにはならない。王室づき訴追官が自分の立場を危うくするはずがないし、魔法院はあの女に犯罪にかかわることを禁じるだろう。きみが司法のからくりの歯車に巻きこまれたら最後、誰も助けはしない。わたしは決めよと命じた。イエスかノーか」

「ノー。断じてノーだ、殿下。そろそろ寝室に隠れている男に出てきてもらってはどうだ」

ゲラルトが驚いたことに、王子は鼻を鳴らして笑い、手のひらでテーブルをたたいた。扉がぎいと音を立て、隣の寝室から人影が現れた。暗がりのなかでも見覚えのある人物だ。

「賭けはきみの勝ちだ、フェラン」王子が言った。「明日、書記に勝ちを伝えるがいい」

「恐れ入ります、殿下」王室づき訴追官のフェラン・ド・レテンホーヴが小さくお辞儀した。「しかし、賭けは純粋に象徴的な意味で言ったまでのこと。いかにわたしが正しいかを強調するためだけに。断じて金にこだわったのでは──」

「きみが勝ち取った金もまた」王子がさえぎった。「わたしにとってはノヴィグラド造幣局の紋章や、そこに刻印された統治者の横顔と同じように象徴だ。そして二人に知ってほしいのは、わたしもまた勝者ということだ。わたしは永遠に失ったと思っていたものを取り戻した。つまり人民に対する信頼だ。リヴィアのゲラルトよ、フェランはきみの反応をまったく疑わず予想していた。わたしは、実のところ、買いかぶりすぎだと思った。きみが折れると思っていた」

「誰もが何かに勝った」ゲラルトは苦々しい口調で言った。「では、おれは？」

「きみもだ」王子は真顔で言った。「説明を、フェラン。いま何が行なわれているかを話してやるがいい」

「ここにおられるエグムンド王子は、しばし弟ザンダー王子のふりをされた」フェランが始めた。「象徴的な意味では、ほかの兄弟、つまり王位を狙う者たちのふりをされたと言ってもいい。エグムンド王子は、ザンダー王子もしくは別の兄弟の誰かが王位簒奪《さんだつ》をもくろみ、便利なウィッチャーを利用するのではないかと案じられた。それでこのような……芝居を打つことにした。そしていま、まんいちそのような事態になっても……。誰かが実際にそのようなことを持ちかけても、きみは決して王子の頼みに応じないことがはっきりした。脅しや恐喝にも動じないと」

「たしかにすばらしい才能だ」ゲラルトはうなずいた。「王子はみごとに役になりきった。殿下がおれについて述べた言葉や、おれに抱く感情にわざとらしさはみじんもなかった。それどころか、そこにまぎれもない本音が――」

「なりすましたのには理由があった」エグムンド王子がぎこちない沈黙を破った。「わたしは芝居を演じた、それをきみの前で弁明するつもりはない。きみも利を得る。金銭的に。本気できみを雇いたい。報酬ははずむ。説明を、フェラン」

「エグムンド王子は、ルーナサの祝日に予定されている婚礼の際に父君ベロハン王の暗殺が行なわれるのではないかと恐れておられる」フェランが言った。「そのおりに誰か……ウィッチャーのような人物に……国王の身を守ってほしいと願っておられるのだ。ああ、ああ、ウィッチャーが用心棒ではないことは言われなくてもわかっている。ウィッチャーの存在理由《レゾン・デートル》は危険な魔力を持つ、超自然かつ反自然的怪物から人々を守ることであり——」

「書物にはそう書いてあるが」王子がいらだたしげにさえぎった。「現実はそう単純ではない。ウィッチャーは怪物がうようよしている荒地や森林地帯を移動する隊商の護衛に雇われてきた。しかし、商人を襲うのが怪物ではなく、ただの追いはぎのときもあり、どんなにウィッチャーが人間を攻撃しないと言っても、場合によってはそうすることもあったはずだ。わたしには、婚礼式典のあいだに国王が襲われるのではないかと恐れる理由がある……バシリスクによって。王をバシリスクから守る任務を引き受けてくれないか」

「場合による」

「どのような?」

「これがまだ茶番の続きなのかどうか。おれが別の罠の標的なのかどうか。たとえば、これが誰か別の兄弟がしかけた罠なのかどうか。なりすましの才能は、どうやら王家ではさほどめずらしくはないようだ」

フェランが怒りに身をこわばらせ、エグムンド王子がこぶしでテーブルをたたいた。

「思いあがるな」きつい口調で言った。「何さまのつもりだ。任務を引き受けるかときいたのだ。答えよ!」

「架空のバシリスクから王を守る任務となれば引き受けないでもない」ゲラルトはうなずいた。「だが、残念ながらおれはケラクで剣を盗まれた。当局はいまなお犯人の足取りをつかめておらず、捜査にはあまり熱心ではないようだ。剣がなくては誰であろうと守れない。任務を受けられないのは現実的な理由からだ」

「たんに剣のことならなんの問題もない。剣は取り戻す。そうだな、訴追官」

「確実に」

「このとおり。王室づき訴追官が確実に請け合った。どうだ」

「まずは剣が戻ってきてからだ。確実に」

「一筋縄ではいかぬ男だな。まあいい。はっきりさせておくが、任務には報酬を出す、間違ってもわたしはケチではない。だが、報酬以外の利益のいくつかは、わたしの善意の証《あかし》として今すぐ前金で渡すこともできる、望むならば。きみに対する告訴は取り下げられると思っていい。もちろん、いくつか手続きを踏まねばならず、司法官僚は急に棄却される理由を不審に思うだろうが、いまやきみの容疑は晴れ、どこでも自由に移動できる」

「大変ありがたい。証拠と請求書はどうなる？　シズマルのレウクローテ、グアーメッツの人狼は？　資料文書は？　殿下が……小道具として利用された文書については？」

「文書は手もとに置いておく」エグムンド王子はウィッチャーの目をのぞきこんだ。「安全な場所に。確実に安全な場所に」

ゲラルトが屋敷に戻ると同時にベロハン王の鐘が真夜中を告げた。

コーラルは——さすがに——冷静で落ち着いていた。自分を抑えるすべを知っていた。声の調子ひとつ変わらなかった。完全ではないにせよ。

「誰がこんなことを」

「ヴィギロサウル。オオトカゲのような……」

「オオトカゲが縫い合わせたの？　トカゲに縫合させたの？」

「縫合したのは外科医だ。トカゲは——」

「トカゲなんかどうでもいいわ！　モザイク！　メス、ハサミ、毛抜き。針と腸線。イヌゴマエキス。アロエ煎じ薬。オルトラン軟膏。湿布と滅菌包帯。それからカラシナの種とハチミツ湿布。急いで！」

モザイクが手早く準備し、リタが治療を始めた。ゲラルトは座り、無言で耐えた。

「魔法を知らない外科医の施術は禁じるべきね」縫合しながらリタがゆっくりと言った。

「大学で講義をするのは大いにけっこう。死体を縫い合わせるだけならいくらでもどうぞ。でも、生きている患者に触れさせるべきじゃないわ。わたしが生きているうちは無理そうだけど。すべては逆方向に進んでいるから」

「治療するのは魔法だけではない」ゲラルトが意見を差しはさんだ。「外科医も必要だ。治療を専門とする魔法使いはほんのひと握りだ。ふつうの魔法使いは病人の手当てなどしたがらない。そんな時間がないか、もしくはするに値しないと思っている」

「そう考えるのも当然よ。人口が増えすぎると悲惨なことになりかねない。それは何？何をいじっているの？」

「ヴィギロサウルの体についていた。死ぬまで取れないよう、表皮に貼りつけられて」

「勝者の戦利品として剝ぎとったわけ？」

「きみに見せようと思って」

コーラルは子どもの手のひらほどの大きさの、楕円形の真鍮板をしげしげと見た。そしてそこに型押しされた印を。

「奇妙な偶然ね」ゲラルトの背中にカラシナの湿布を貼りながらリタが言った。「あなたがその方角に向かっている事実を考えれば」

「おれが？　ああ、そうか、忘れていた。きみのお仲間と、おれに関する計画のことか。計画が動きだしたんだな」

「そう。知らせが届いた。リスベルグ城にご足労願えないかと」

「ご足労？　それは光栄だ。リスベルグ城。高名なるオルトランの本拠地か。どうせ断れないんだろう」

「断らないほうがいいわ。すぐに来てほしいそうよ。背中のケガを考慮して、いつなら出発できる？」

「おれのケガを考慮するなら教えてくれ。外科医どの」

「教えるわ。あとで……でもいまは……。しばらくいなくなると思うと淋しい……。気分はどう？　その気になれば……。ここはもういいわ、モザイク。部屋に戻って、邪魔をしないで。その薄笑いは何？　永遠にその口に貼りつけてほしい？」

幕間

ダンディリオン著『詩の半世紀』
（正式には出版されなかった草稿の一部）

まったくもって、ウィッチャーはぼくに大きな恩義があった。それも日を追うごとにますます大きくなった。

ラヴリンのパイラル・プラットを訪ねたことは、知ってのとおり、大荒れで、血まみれの結果に終わったが、それでも行っただけのことはあった。ゲラルトは剣泥棒の手がかりをつかんだ。それはある意味ぼくのおかげだ。機転をきかせ、ゲラルトをラヴリンに連れていったのはぼくなのだから。その翌日、彼に新しい武器を見つけてやったのもほかならぬぼくだ。丸腰の彼を見るのは耐えられなかった。きみは言うかもしれない、そもそもウィッチャーが丸腰のときなどあるのかと。どんな闘いにも対応できる変異体で、並の人間の二倍強く、十倍速いのではないかと。いったい誰が樽屋のカシの樽板で武器を持った三人のごろつきを一瞬で倒せる？　しかもウィッチャーは印《いん》を結んで魔法を使える、これが武器でなくてなんだ？　そのとおり。だが、剣は剣だ。ゲラルトは絶えずこう言った、剣がないと裸でいるような気がすると。だからぼくは彼に剣を調達してやった。

知ってのとおり、プラットはぼくとウィッチャーに褒美を出した、さほど大金ではないが文句は言うまい。翌日ぼくはゲラルトに言われたとおり、小切手を持ってギアンカルディ銀行の支店に走り、換金した。銀行の前に立ってあたりを見まわしていると、誰かがぼくをじっと見ている。さほど年寄りでもないが、かといってうら若き乙女でもない、趣味のいい服を品よく着こなした女性だ。女の喜びの表情がわからぬぼくではない。多くの女がぼくの男らしい、野性的な顔立ちの魅力にはあらがえない。

女はふいに近づいて、エトナ・アサイダーと名乗り、ぼくのことを知っていると言う。ああ、なんと！　誰もがぼくを知っている、わが名声はぼくが行くところどこへでもついてまわるのだ。

「噂は聞きました、詩人どの」彼女は言う。「ご友人のウィッチャー、リヴィアのゲラルトに降りかかった不幸な事件のことは。大事な剣をなくし、すぐにでも新しい剣が必要だと。よい剣がなかなか見つからないことも知っています。それがいま、たまたまわたしの手もとに。亡き夫の形見です――彼の魂に神のご加護を。これを売ろうと銀行に来たんです、未亡人が剣を持っていてなんになりましょう？　銀行は剣を査定し、委託販売でよければ引き取りたいと。でも、わたしはいますぐ現金が必要なんです、亡夫の借金があって、払えなければ債権者がしつこく取り立てに。だから……」

そう言って女はダマスク織の布の包みを取り出し、なかから剣を出して見せた。それがなんと驚きの一品だった。羽根のように軽く、鞘は上品で優美、柄《つか》はトカゲ革、十字鍔は金箔張りで、柄頭《つかがしら》にはハトの卵大の碧玉《へきぎょく》が埋めこまれている。剣を抜いてわが目を疑った。十字鍔の真上の刃には太陽をかたどった型抜き。その少し奥には〝理由なくわれを抜くべからず、名誉なくわれを収むべからず〟の文字。つまり、すぐれた武器の鍛造で世界に名だたる、ニルフガード帝国の都市ヴィロレダで造られた刃だ。親指の先で触れてみると――まさにカミソリのように鋭い。

ぼくもバカではないから、そんなことはおくびにも出さず、忙しそうに行きかう銀行員や、扉の真鍮の取っ手を磨く哀れな老女のように何も知らぬふりをした。

「ギアンカルディ銀行は二百クラウンと見積もりました」小柄な未亡人が言う。「正規で販売すれば。でも現金払いなら百五十になると」

「ほほう」ぼくは言う。「百五十でもかなりの大金だ。小さい家なら一軒買える。郊外ならば」

「ああ、ダンディリオン卿」女は両手をもみしぼり、涙を流す。「からかっておられるのね。なんてひどいおかた、未亡人の弱味につけこむなんて。でも背に腹は代えられません――では百で」

こうして、親愛なる読者よ、ぼくはウィッチャーの問題を解決した。

〈カニとサヨリ〉亭に急ぐと、ゲラルトはすでにベーコンとスクランブルエッグを前に座っていた。赤毛の魔女宅で白チーズとチャイブの朝食をすませてきたに違いない。ぼくはつかつかと近づき――ガチャリ！――テーブルに勢いよく剣を置いた。ゲラルトの度肝を抜くように。彼はスプーンを落とし、鞘から剣を抜いて、しげしげとながめまわした。無表情で。だが、変異体の性質に慣れっこのぼくは、彼が感情を顔に出さないのを知っている。どんなにうれしくても幸せでも、顔には出ない。

「いくらで手に入れた？」

〝きみの知ったことじゃない〟と言いたいところだったが、すぐに彼の金で払ったことを思い出した。だから正直に答えた。ゲラルトはぼくの腕をきつく握った、何も言わず、表情ひとつ変えず。いかにもゲラルトらしく。そっけなく、だが心をこめて。

それから彼は街を出ると言った。ひとりで。

「おまえはケラクに残ってくれ」彼はぼくの反論を制して言った。「目を光らせ、耳をそばだてていろ」

ゲラルトは前日の一件を話した、その晩、エグムンド王子と話した内容について。そのあいだじゅう、新しいおもちゃをもらった子どものようにヴィロレダの剣をいじっていた。

「王子に仕える気はない」彼は繰り返した。「八月に行なわれる王家の婚礼に用心棒として参加する気もない。エグムンド王子とおまえの従兄弟はすぐにでも剣泥棒をつかまえる気でいる。そう簡単にいくとは思えない。だが、そのほうがかえって好都合だ。剣が見つかれば、エグムンド王子はおれに強気に出るだろう。おれはこの手で、七月にノヴィグラドの〈ボルソディ兄弟競売場〉で剣が競り落とされる前に盗人をつかまえたい。剣を取り戻したら二度とケラクには顔を出さない。おまえは、ダンディリオン、へたなことをしゃべるな。プラットがおれたちに話した内容は誰も知りえない。誰も。おまえの従兄弟の訴追官も」

ぼくは墓石のように黙っていると約束した。ゲラルトは不審の目で見返した。とても信じられないというように。

「何が起こるかわからない、だから代替策も必要だ」彼は続けた。「エグムンド王子とその兄弟たちについてできるだけ情報がほしい――王位継承を主張できるすべての人物について、国王自身について、王室全体について。彼らが何を計画し、何をたくらんでいるか。

誰が誰と手を組み、どんな派閥が動いているかというような。いいか」

「きみはこの件にリタ・ネイドを巻きこみたくないようだ」ぼくは言った。「賢明だと思う。赤毛の美女がきみに関する事件を完全に把握しているのは間違いないが、王国の監視の目は厳しく、きみの肩を持つとは考えられない、それがひとつ。それと、きみがもうじきケラクを去って二度と戻らないことは知られないほうがいい。彼女が知ったらどれだけ荒れるかわからない。きみが身をもって学んだように、女魔法使いというのは誰かに黙って去られるのが嫌いだ。それ以外はまかせてくれ」ぼくは約束した。「つねに目を開き、耳をそばだて、必要な場所に向けておく。親愛なる王家一族とはすでに懇意で、噂話をたっぷり仕入れた。われらが慈悲深きベロハン王には山ほど子がいる。なにしろしょっちゅう妃《きさき》が替わるからな。新しい妃候補を見つけると、前の妃は都合よく、運命のいたずらによってとつぜん薬の効かない病にかかり、この世に別れを告げる。こうして王にはそれぞれ母親の違う四人の嫡男がいる。何人もいる娘たちは──王位継承権がないから──除いてだ。婚外子もしかり。だが、ケラクの重職や公職のすべてが王の娘たちの夫で占められていることは言っておこう──わが従兄弟フェランは例外として。非嫡出の息子たちも商業界、工業界を牛耳っている」

ゲラルトは熱心に耳を傾けていた。

「四人の嫡男を年齢順に言うと」ぼくは続けた。「最初の子は名前も知らない。宮廷でその名を出すことは禁じられている。父親と口論になって王家を飛び出し、跡形もなく姿を消して以来、見た者は誰もいない。二番目のエルメルはいかれた大酒飲みで、鍵のかかる場所に収監されている。国家機密のはずだが、ケラクではみな知っている。王位をねらう本命はエグムンドとザンダーだ。犬猿の仲だが、ベロハン王はそれをうまく利用し、つねに相手を疑うよう仕向けている。王位継承について言えば、婚外子の誰かをこれみよがしに引き立て、約束をちらつかせることもしばしばだ。ところが最近の陰の噂によると、王はルーナサの祝日に正式に娶るという新しい妃に、生まれる息子の王位を約束したらしい。だが、従兄弟のフェランとぼくが思うに、そんなものは空約束だ」ぼくは続けた。「老ベロハンが若妻を興奮させるための。なぜなら本物の継承者はエグムンドとザンダーしかいないのだから。そしてもし政変《クーデター》があるとすれば、実行するのは二人のどちらかだ。ぼくは従兄弟を通して両王子に会った。二人とも――ぼくの印象では――マヨネーズのなかのくそみたいにつかみどころがない。この意味がわかるならば」

言いたいことはわかるし、自分がエグムンド王子と話したときも同じ印象を持ったとゲラルトは言った――ぼくほど華麗な言葉で表現することはできなかったが。それから深く考えこんだ。

「すぐに戻る」ようやく彼は言った。「おまえはじっとしていないで、あちこちに目を光らせておけ」

「さよならを言う前に」とぼくは言った。「よければ、きみの魔女の教え子について教えてくれないか。あの髪をなでつけた。彼女こそまさしくバラのつぼみだ、少し手をかければ美しい花になる。だからぼくがこの身をささげて——」

そのとたんゲラルトは顔色を変え、いきなりビールジョッキが飛びあがるほど激しくテーブルをこぶしでたたいた。

「モザイクに手を出すな、大道芸人」そして容赦なくぼくに食ってかかった。「そんな考えは頭からたたき出せ。女魔法使いの弟子はどんな上品ないちゃつきも厳しく禁じられているのを知らないのか？　ちょっとでも違反したら、コーラルは教える価値がないと判断して学校に送り返す。それは本人にとってとてつもない恥辱で、弟子としての面目を失うことになる。そのせいで自殺した者もいると聞いた。コーラルにつきまとうのもよせ。彼女にユーモアは通じない」

ぼくはコーラルの尻の割れ目をメンドリの羽根でくすぐってみたらどうだと言ってやりたくなった。これをされたら、どんなに陰気な人間も陽気にならずにはいられない。でも言わなかった。彼の性格は知っている。ゲラルトは自分の女を冗談のたねにされることに我慢できない。たとえその場かぎりのたわむれでも。そこでぼくは名誉にかけて、髪をなでつけた修練生の純潔を議題から消し、口説きもしないと誓った。

「そんなに心がうずくなら」ゲラルトは別れぎわに明るく言った。「街の裁判所で会った女弁護人はどうだ。その気がありそうだった。代わりに口説いてみたらいい」

冗談じゃない。ゲラルトのやつ、ぼくが裁判所の人間と寝るとでも？

いや、案外悪くないかも……。

幕間

ケラク、山手地区　シクラメン邸
誉れ高きマダム　リタ・ネイド殿
発信――復活後一二四五年七月一日、リスベルグ城

親愛なるコーラル、

この手紙を読むきみが心身ともにすこやかであらんことを願う。そして、すべてがきみの望みどおりであらんことを。

リヴィアのゲラルトなるウィッチャーが、ようやくわれらの城に現れたことを取り急ぎ知らせたい。到着して一時間もせぬうちに、彼はひどく耐えがたき人物であることを露呈し、われわれ全員を完全に敵にまわした――温情の権化と呼ばれ、誰からも好かれる尊師オルトランまでも。あのウィッチャーに関して流布する見解の数々が少しも誇張ではなく、

彼が行く先々で嫌悪と敵意で迎えられるのには揺るがぬ根拠があるとわかった。しかし、それゆえにわたしは彼に対し――好き嫌いは別にして《シネ・イーラ・エト・ストゥディオー》――敬意を示す最初の人間になろうと思う。あの男は、こと職務に関するかぎり徹底したプロであり、全幅の信頼を寄せるに値する。なんであろうと彼が挑み、成し遂げようとすれば必ずやってのけることに疑いの余地はない。

ゆえに、われわれの計画の目的は達せられたと言っても過言ではなく、それはひとえにきみのおかげだ、親愛なるコーラル。われわれはきみの尽力に謝意を表し――いつものように――ありがたく思っている。とりわけわたしの思いは格別だ。旧友として、きみと二人でこれまで分かちあったことを思えば、わたしは――ほかの誰よりも――きみが払った犠牲を理解している。あの男に、まさに耐えがたき悪徳を混ぜ合わせたようなあの男に近づくのは、さぞ苦痛だったに違いない。深い劣等感に由来する皮肉主義、尊大で内向的性質、不誠実な性格、野蛮な精神、凡庸な知性と過剰な傲慢さ。きみを不快にさせぬよう、彼の手が醜く、爪が欠けている事実には目をつぶろう、親愛なるコーラル。きみがそのようなものを嫌いなことはよく知っている。だが、すでに言ったように、きみの苦痛、苦労、苦悩は終わった。きみがあの男との関係を絶ち、一切の接触をやめることを阻むものはもう何もない。その過程において、口さがない者たちによって広められた偽りの中傷に終止符を打ち、反論することを阻むものもない。彼らは恥知らずにも、あのウィッチャーに対するきみの――はっきり言って――偽りにして見せかけのやさしさをみだらな情事にすり替えようとした。だが、これくらいにしておこう。こんなことをくどくどと述べても意味がない。

きみがリスベルグ城に来てくれたら、わがいとしのコーラル、どんなに幸せだろう。言うまでもないが、きみの言葉ひとつ、しぐさひとつ、ほほえみひとつでもあれば、わたしはすぐにでもきみのもとへ駆けつける。

心からの敬意をこめて、

ピネティ

追伸―先に述べた口さがない者たちは、ウィッチャーに対するきみの好意が、いまなお彼を忘れられずにいる同志イェネファーを怒らせるためだと断じている。こうした陰謀家たちの単純さと無知は実に嘆かわしい。なぜなら、いまイェネファーが宝石業を営む若き企業家と熱烈な関係にあり、ウィッチャーのことも、彼とのつかのまの恋のことも、去年の雪ほどにしか思っていないことは誰もが知っているのだから。

幕間

リスベルグ城
誉れ高きアルジャノン・グインカンプ卿殿
発信――復活後一二四五年七月五日、ケラク郊外

親愛なるピネティ、
手紙をありがとう、あなたからの手紙なんて何年ぶりかしら。たしかに、これまでは書くこともなければ書く理由もなかったけれど。
わたしの心身を案じてくれてうれしく思います――物ごとが望みどおりに進んでいるかについても。すべては当初の計画どおり進みつつあり、それについてはいかなる努力も惜しんでいないと自信を持ってお伝えします。知ってのとおり、人は誰でも自分の船をあやつるもの。わたしはわたしの船を操っていることを忘れないで――嵐が吹き荒れるときも、

頭を高くあげ、突風や岩礁を切り抜けていることを。

　健康については、実のところとてもいい。身体だけでなく、最近は精神面も、というのも長いあいだ欠けていたものを手にしたから。それを手にして初めて、自分がいかにそれを求めていたかがわかったの。

　ウィッチャーの参加を必要とする計画が順調に進んでいるようでよかった――微力ながら計画に貢献できた自分を誇りに思います。わたしが傷つき、犠牲を払い、苦しんだと思っているのなら、心配しないで、親愛なるピネティ。それは言うほど悪くはなかった。たしかにゲラルトは悪徳の寄せ集めのような人物だけれど、それでもわたしは彼のなかに――好き嫌いは別にして《シネ・イーラ・エト・ストゥディオー》――美徳もあることに気づいた。それも少なからぬ美徳に。それを知ったら、きっと多くの男が不安になり、うらやましがるでしょう。

　わたしたちは陰口や噂話、でまかせや、あなたが書いたような陰謀には慣れているし、対処法も知っているはずよ、親愛なるピネティ。やりかたは簡単――無視すればいい。わたしたちのあいだに何かあると噂になったとき、あなたとサブリナ・グレヴィシグの関係がささやかれたのを憶えているでしょう？　わたしはそれを無視した。あなたもそうすればいいわ。

　ごきげんよう

コーラル

追伸——わたしはいまとても忙しいの。この先しばらくは会えないと思います。

9

彼らは諸国を渡り歩き、その価値観と気質は何ものにも依存しない。つまり彼らはいかなる権威も――人間であれ神であれ――認めない。いかなる法も原則も尊重しない。何ものにも従属せず、いかなる従属とも無縁だと信じている。彼らは生来の詐欺師で、純朴な人々を占いでだまし、密偵として雇われ、にせ護符やにせ薬、興奮剤や睡眠薬をばらまいて生計を立て、売春業にも手を染め、下卑た快楽を買う客にみだらな女をあてがう。金が尽きると物乞いやけちな盗みを働くこともいとわないが、むしろ詐欺やペテンを好む。純朴な人々に向かってもっともらしく、自分たちは人々を守り、人々の安全のために怪物を殺すと言うが、それは嘘だ。はるか昔、彼らにとって殺戮は極上の気晴らしであり、彼らが自分たちの楽しみのために怪物殺しをやっていることが証明された。彼らは任務の前に魔法の呪文を唱えるが、それは人々の目を欺くためにほかならない。かつて敬虔な僧侶たちが彼らの欺瞞《ぎまん》とペテンを暴き、みずからをウィッチャーと呼ぶ、あの悪魔の僕《しもべ》たちを狼狽させた。

――作者不詳『怪物《モンストルム》――もしくはウィッチャーの生態』

リスベルグ城は威圧的でもなければ壮麗でもなかった。切り立った山の斜面に優雅に建つ、平均的な大きさの城で、明るい壁が常緑のトウヒの森に映え、片方が高くて片方が低い、ふたつの四角い塔が梢を見おろしていた。城壁は――近づいてみると――さほど高くもなく、狭間胸壁もなく、敷地の隅と門番小屋の上にそびえる小塔は、防衛のためというより飾り物のようだ。

丘にそってくねくねと曲がる道には激しい往来の跡があった。実際かなりの交通量だ。ゲラルトはすぐに荷車や荷馬車、馬で行く者や徒歩で行く者たちを追い越した。多くの旅人が反対方向、つまり城のあるほうからもやってくる。目的地は想像がついた。それが正しかったことは森を離れてすぐにわかった。

城壁の下に広がる平らな丘の頂上に丸太や葦や藁でできた小さな町があり、大小さまざまな建物と屋根全体を、馬や家畜用の塀や囲いがぐるりと取りかこんでいた。がやがやと騒がしく、市場か市《いち》のように人々がせわしなく動きまわっている。実際にそれは市で、バザーで、青空市場だったが、売り買いされているのは家禽でも魚でも野菜でもなかった。

城の下にある町で売られていたのは魔法だ——護符、魔除け、霊薬《エリクサ》、アヘン、媚薬、煎じ薬、各種エキス剤、抽出液、調合薬、香《こう》、シロップ、香水、粉薬、軟膏、その他魔法を使ったさまざまな実用品や道具、家庭用品や装飾品、子どものおもちゃまである。豊富な品揃えが多くの買い物客を引き寄せていた。需要のあるところ供給あり——どうやら商売は繁盛しているようだ。

道路が分かれ、城門に通じる道を進んだ。買い物客が市場に向かう道よりもずっと平坦だ。門番小屋の前の石畳を横切り、城のために特別に並べたとおぼしき巨石——大半が馬にまたがるゲラルトよりもはるかに高い——の通りにそって歩いてゆく。やがて付け柱と切妻装飾で飾られた、城塞よりも宮殿に似合いそうな門が現れた。ウィッチャーのメダルが激しく振動した。ローチがいななき、石に蹄鉄をぶつけ、いきなり脚を止めた。

「名前と用件を」

反響した、こすれるような、明らかに女の声がしてゲラルトは頭をあげた。声は三角壁に描かれたハーピー——顔が女で体が鳥の怪物——の大きく広げた口から聞こえるようだ。メダルが震え、ローチが鼻を鳴らした。ゲラルトはこめかみが変に締めつけられるのを感じた。

「名前と用件を」

浮き彫り《レリーフ》の開口部から声がした。さっきよりも少し大きい声だ。

「リヴィアのゲラルト。呼ばれて来た」

ハーピーの頭が集合ラッパのような音を発した。入口を遮断していた魔法が消え、同時にこめかみの圧迫感も消え、雌馬はうながされずとも歩きだした。蹄が石に当たって音を立てた。

門を抜けた先は回廊に囲まれた袋小路になっていた。二人の召使——実用的な茶色と灰色の服を着た少年——がすぐに駆け寄ってきた。一人が馬を引き取り、もう一人が案内役を務めた。

「どうぞこちらへ」

「ここはいつもこんなふうなのか？　あんなに賑やかなのか？　下の町は」

「いいえ」少年はおびえた目で客人を見やり、「水曜日だけです。水曜が市の日で」

次の門は装飾のあるアーチ形で、装飾枠飾り《カルトゥーシュ》のなかに口を開けた両頭ヘビのレリーフがあった。これにも魔法がかかっているに違いない。門は凝った装飾のある、頑丈そうな鉄格子で閉ざされていたが、召使が押すと、すっと簡単に開いた。

次の中庭は前の庭よりかなり広く、城の本当の姿はここからしかわからないことに気づいた。遠くから見えるのは表向きの仮の姿だ。

リスベルグ城は見た目よりはるかに大きかった。城の建築ではめったに見ることのない、簡素で味気ない建物群が山肌の奥のほうまで続いている。工場のような建物で、実際そうなのだろう、あちこちから煙突や排気管が突き出ている。硫黄、アンモニア、何かが燃えるにおいがあたりにただよい、地面がかすかに揺れているのは地下でなんらかの機械が動いている証拠だ。

召使は咳払いしてゲラルトの注意を工場群から引き戻し、別の道を進みはじめた――もっと古風な、いかにも城らしい建物の上にそびえる、ふたつの塔の下に向かって。内装もよくある宮殿ふうで、ほこりと木と蠟と古いがらくたのにおいがした。あたりは明るく、光の暈《かさ》でおおわれた魔法球――魔法使いの住まいでは一般的な照明――が水槽の魚のようにものうげに天井の下に浮かんでいる。

「ようこそ、ウィッチャー」

二人の魔法使いが出迎えた。面識はないが、誰かはわかった。ハーラン・ツザーラのことは、前にイェネファーが教えてくれた。記憶に残っていたのは、頭を完全に剃りあげた魔法使いはおそらくほかにいないからだ。もうひとりの魔法使い、アルジャノン・グインカンプ、通称ピネティのことはオクセンフルト大学で見たことがあった。

「リスベルグ城へようこそ」ピネティが呼びかけた。「来てくれてうれしい」

「からかっているのか？　好きで来たんじゃない。ここに来させるために、リタ・ネイドはおれを牢屋にぶちこみ――」

「だがリタはすぐに助け出し」ツザーラがさえぎった。「たっぷりと褒美をあたえた。きみが味わった苦痛を大いなる――なんというか――献身的愛情であがなった。聞けば、きみは少なくとも一週間は楽しんだらしい、彼女との……親交を」

ゲラルトはツザーラの顔をなぐりたいという激しい衝動をこらえた。殺気に気づいたピネティが片手をあげてなだめた。

「穏便に。穏便に、ハーラン。つまらぬ言い争いはなしだ。このような悪口と鋭い皮肉の応酬はよそう。ゲラルトがわれわれに腹を立てていることは言葉の端々から明らかだ。理由はわかっている、イェネファーとの一件がいかに彼を悲しませたか。そしてあの一件に魔法界がどう反応したか。それを変えるつもりはない。だがゲラルトはプロだ、いずれ克服するだろう」

「おそらく」ゲラルトは嫌味たっぷりに返した。「だが、問題は彼が克服したいかどうかだ。そろそろ本題に入ってもいいか？　なぜおれがここに？」

「きみが必要だ」ツザーラがそっけなく言った。「ほかでもないきみが」

「ほかでもないおれが。光栄に思うべきか。それとも恐れをなすべきか」

「きみは一流だ、リヴィアのゲラルト」ピネティが言った。「きみの功績と手柄が瞠目と賞賛に値することは誰もが認めている。きみからすれば、われわれの賞賛はあまり当てにならないかもしれない。われわれは賞賛をあまり表に出さない、とくにきみのような人物に対しては。とはいえプロ意識を認め、経験に敬意を払うことはできる。事実はおのずと物語る。きみは、あえて言うなら、傑出した……ふむ――」

「なんだ？」

「――抹殺者だ」ピネティはさらりと言った。前もって考えていたのだろう。「人々を危険にさらす怪物や獣を抹殺する者」

ゲラルトは無言で続きを待った。

「われわれの目的、つまり全魔法使いの目的もまた人々の繁栄と安全だ。つまり、われわれの利害は一致する。ときおり生じる誤解によってそれが妨げられるべきではない。つい最近、この城の主《あるじ》にそう諭された。きみに一目置き、直接会いたがっている。それが彼の望みだ」

「オルトランか」

「大師範《グランドマスター》オルトラン。そして彼に近い共同研究者たちだ。紹介しよう。だが、それはあとだ。召使が部屋へ案内する。旅の疲れを洗い流すといい。よく休んでくれ。のちほど使いを出す」

ゲラルトは考えをめぐらした。大師範オルトランについてこれまで聞いたことをすべて思い出した。誰もが認める、生ける伝説のことを。

オルトランは生ける伝説で、魔法にとてつもない貢献を果たした人物だ。彼が執着したのは魔法の大衆化だ。魔法使いの多数派とは違い、彼は、超自然力から得られる利益と利点は世界の繁栄と安寧と万人の幸福を高めるために使われるべきだと考えた。魔法の霊薬や医薬を誰もが自由に使えるようにすることがオルトランの夢だった。魔法の護符、魔除け、さまざまな魔道具は誰でも自由に手に入れられるべきであり、テレパシー、念動、瞬間移動《テレポーテーション》、遠隔通信は万人の権利であるべきだと。この実現に向けてオルトランはさまざまなものを生み出した。つまり発明だ。そのなかには彼自身と同じように伝説的なものもあった。

だが、現実は崇高なる魔法使いの夢を無残にも打ち砕いた。魔法の大衆化と民主化を目的にした彼の発明のうち、試作段階を超えたものはひとつもなかった。彼が考えつくものはすべて——原理としては単純なのに——とてつもなく複雑になった。大量生産をめざしながら、すべてに恐ろしく金がかかった。それでもオルトランはくじけず、へこたれるどころか、大失敗をさらなる努力の糧《かて》にした。さらなる大失敗に行きつくための。

失敗の原因は——もちろんオルトラン本人は知るよしもなかったが——往々にして完全な妨害行為にあったらしい。これはたんに魔法使いどうしのねたみとか、魔法を選ばれた精鋭である自分たちだけのものにしておきたいという彼らの抵抗から——少なくともそれだけによって——引き起こされたものではなかった。何より彼らが恐れたのは、軍事や人命にかかわる発明だった。

やがて恐れは現実になった。あらゆる発明家の例にもれず、オルトランの情熱は爆発しやすく燃えやすい物質、投石機、装甲戦車、原始的な火器、自動こん棒、毒ガスといった段階に移っていった。老発明家は、世界の平和こそ繁栄の条件であり、平和は自衛によってこそ達成されることを証明しようとした。戦争を阻止するもっとも確実な方法は抑止力となる凶器を持つことで、それは恐ろしければ恐ろしいほど永続性があり、平和を確実にすると。オルトランは議論に耳を貸す人間ではなかった。だから、危険な発明の妨害者は彼の発明班のなかにいた。彼の発明はほとんど日の目を見なかった。例外は悪名高き飛翔体発射器《ミサイル》で、これにはいくつもの逸話がある。それは鉛製のミサイルを入れる巨大な格納庫をそなえた、一種の念動弩《いしゆみ》のようなものだった。このミサイル発射器は——その名のとおり――ミサイルを目標に向けて連続して発射するためのもので、試作品は――驚くことに――リスベルグ城の壁を越え、どこかの紛争で試されたことさえあった。しかし、結果は惨憺《さんたん》たるものだった。実際に発射器を使った砲撃手はその有効性を問われ、〝義理の母のようなものだ〟と言ったという。いわく、重くて、不格好で、まったく役に立たず、川に運んで投げこむくらいしか使いみちがない。これを伝え聞いたオルトランはまったく意に介さなかった。あれはおもちゃみたいなもので――彼はこう言ったという――すでに製図板には大量破壊を可能にする改良品の計画がいくつもできあがっていると。オルトランなる人物は人類に平和の恩恵をもたらそうとしていた――たとえその前に人類の半分を殺さなければならなかったとしても。

案内された部屋の壁には、牧歌的な緑の風景をみごとに織りあげた大きなタペストリーがかかっていた。一カ所だけ、完全には洗い落とされていない、大イカに似た染みがついている。〝ごく最近、誰かがこの傑作の上に吐いたようだ〟――ゲラルトは思った。

部屋の中央に置かれた長テーブルの椅子に七人が座っていた。

「マスター・オルトラン」ピネティが小さくお辞儀した。「リヴィアのゲラルトを紹介します。ウィッチャーの」

オルトランを見てもゲラルトは驚かなかった。オルトランは存命の魔法使いのなかで最高齢と言われている。真偽はともかく、最高齢に見えるという事実は変わらない。彼が有名なマンドラゴラ薬――魔法使いが老化を抑制するために使う霊薬――の考案者であることを考えると不思議だが、やっとのことで魔法薬の製法を確立したのに、オルトラン自身はあまり恩恵を受けなかった。その時点ですでにかなりの高齢だったからだ。マンドラゴラ薬は老化を抑えることはできても、若返りの効果はない。だから、長年この薬を飲んできた甲斐もなく、オルトランはおいぼれじいさんのように見えた――そろって壮年期ににに見える高名な男性魔法使いと、乙女のような見た目の厭世的な女性魔法使いと並べばなおさらだ。本当の生誕日は時の霧のなかに消し去り、若さと魅力を振りまく女性魔法使いと、髪にかすかに灰色の交じる男性魔法使いたちは、オルトランの生み出した霊薬の秘伝が世に広まるのを惜しみ、あっさりとその存在を否定しさえした。そうして当のオルトランには、老化抑制の霊薬が誰でも手に入れられるようになり、おかげで人類はほぼ不死となり――結果として――このうえなく幸せであると信じこませていた。

「リヴィアのゲラルト」灰色のあごひげをくしゃっと握りながらオルトランが繰り返した。「いかにも、いかにも、噂は聞いている。かのウィッチャーだな。人々を〈悪〉から守る擁護者にして守護者と噂の。すべての恐るべき〈悪〉に対する予防薬にして最良の解毒剤という」ゲラルトは神妙な表情で頭をさげた。

「いかにも、いかにも……」オルトランはあごひげを引っぱって続けた。「ああ、知っているとも。聞くところでは、人々を守るためなら手加減しない、決して力を出し惜しみはしない。その仕事ぶりたるや、まったくもって尊敬に値し、その手腕は賞賛に値すると。ようこそわれらが城へ、きみをここへ連れてきた運命に感謝する。知らないかもしれんが、きみは巣に戻る鳥のように戻ってきた……。まったくもって鳥のように。会えてうれしい、きみもわれわれに会えてうれしいだろう。え？」

ゲラルトはオルトランになんと呼びかけようか迷っていた。もともと魔法使いは敬称にこだわらず、敬称で呼ばれたいとも思わない。しかし、その慣例が、髪もあごひげも白くなりつつある、しかも生ける伝説の老人に通用するのかどうか。答えるかわりにゲラルトはもういちど頭をさげた。

ピネティがテーブルに勢ぞろいした魔法使いを順に紹介した。ゲラルトが話に聞いたことがある者も何人かいた。

〝あばたのアクセル〟のあだ名で知られるアクセル・エスパルザは、たしかに額《ひたい》と頬がぽつぽつとあばたにおおわれていた。噂によれば、痕を消さなかったのは筋金入りのつむじまがりゆえらしい。わずかに白髪の交じるマイルス・トレセヴェイと、それより白髪の多いスタッコ・ザンゲニスはひかえめな関心の目でゲラルトを見ていた。そこそこ魅力的な金髪のビルタ・イカルティの関心はもう少し強そうだ。肩幅が広く、魔法使いというより騎士にふさわしそうな体格のイゴ・ターヴィックス・サンドヴァルは壁のタペストリーを見ていた――彼もまた、そこについた染みに感嘆し、いったい誰が、どうやってつけたのかと考えているかのように。

オルトランの隣に座るソレル・デジェルンドは七人のなかでもっとも若く、長髪のせいか少し女っぽく見えた。

「わたくしたちも人々の擁護者である有名なウィッチャーを歓迎します」ビルタ・イカルティが言った。「来てくださってうれしく思います――わたくしたちも同じように、ここリスベルグ城で大師範オルトランの援助のもと、進歩によって人々の暮らしをより安全に、より楽にするために努力しているのですから。人々の最大利益は、われわれにとっても何より重要な目的です。大師範のご年齢を考えると、会合の時間はあまり延ばせません。だから手短にたずねます――何か望みはある、リヴィアのゲラルト？　何かわれわれにできることは？」

「感謝します、大師範オルトラン」ゲラルトはふたたびお辞儀した。「そして高名なる魔法使いのかたがた。せっかくのご質問なので……。いかにも頼みがある。これについて……ご啓蒙いただきたい。これだ。殺したヴィギロサウルから剝ぎ取った」

そう言って、子どもの手ほどの大きさの、楕円の金属板をテーブルに置いた。表面に文字が刻まれている。

「**リス　偽爬虫　四型／〇〇二‐〇二五**」あばたのアクセルが声に出して読みあげ、金属板をサンドヴァルに渡した。

「ここリスベルグ城で、われわれが作った変異体だ」サンドヴァルが淡々と言った。「製造は偽爬虫類部門。護衛トカゲ。四型第二組二五号。すでに廃番で、改良型を製造しはじめてかなりになる。ほかに何が知りたい？」

「彼はヴィギロサウルを殺したと言った」スタッコ・ザンゲニスが顔をしかめた。「つまり、これは説明ではなく、賠償の問題だ。ここで受け付け、調査するのは、ウィッチャーよ、正式な購入者からの、購入証明書に基づいた苦情だけだ。ここで引き取り、欠陥を取り除くのは購入証明書に基づく場合だけで……」

「この型の保証期間はとうに切れている」とマイルス・トレセヴェイ。「いずれにせよ、製品の不適切な使用、もしくは操作手順書を無視した結果生じた不具合は保証の対象外だ。製品が不適切に使用された場合、リスベルグに責任はない。いかなる責任も」

「では、この責任はどうだ？」ゲラルトはポケットからもう一枚の金属板を取り出し、テーブルの上に放り投げた。

さっきのと形も大きさも似ているが、こちらは黒ずみ、変色している。くぼみに泥が埋まって溝がふさがっているが、それでも文字は読めた――

イドル　ユリ　試九　〇〇一二　ベータ

長い沈黙がおりた。

「ユリーヴォのアイダーラン」ピネティがようやく、驚くほど静かに、驚くほどおずおずと言った。「アルズールの弟子の一人。まさかこんなものが……」

「どこで手に入れた、ウィッチャー？」あばたのアクセルがテーブルに身を乗り出した。

「どうしてきみの手に？」

「知らないかのような口ぶりだな」とゲラルト。「殺した怪物の甲殻から取り出した。その地区で少なくとも二十人を殺した怪物だ。少なくとも二十――実際はもっと多かったはずだ。おそらく何年にもわたって殺戮を続けていた」

「アイダーラン……」ターヴィックス・サンドヴァルがつぶやいた。「彼の前にはマラスピナとアルズール……」

「だが、われわれではない」とザンゲニス。「それを作ったのはわれわれではない。リスベルグとは無関係だ」

「試作九型」ビルタ・イカルティが思案げに言った。「ベータ版。標本一二号……」

「標本一二号」ゲラルトがとげとげしく口をはさんだ。「いったい全部でいくつあった？　何体、作られた？　責任に関する質問の答えは得られそうにない、それははっきりした、なぜならそれを作ったのはあんたたちではない、リスベルグとは関係ないからだ。あんたたちは潔白で、それをおれに信じさせようとしている。だが、せめて教えてくれ、あんたたちはそのうち何体が森をうろつき、人を殺しているかを知っているはずだ。これからおれは何体、見つけなければならない？　いくつ斬り殺さなければならない？　さっきのピネティの言葉を借りれば、いくつ抹殺しなければならない？」

「なんだ、それは」オルトランがいきなり活気づいた。「そこにあるのはなんだ？　見せてくれ！　おお……」

ソレル・デジェルンドがオルトランの耳に顔を寄せ、長々とささやいた。マイルス・トレセヴェイが金属板を見せながら反対側の耳にささやくと、オルトランはあごひげを引っぱった。

「殺した？」そしていきなり、甲高い、か細い声で叫んだ。「ウィッチャーが？　アイダーランの天才的作品を破壊した？　殺しただと？　考えもなく破壊した？」

ゲラルトはこらえきれず鼻で笑った。高齢と白髪に対する敬意がふいに跡形もなく消え、もういちど鼻で笑った。それから声に出して笑った。心の底から、途切れなく。テーブルに居並ぶ魔法使いの無表情にひるむどころか、ますます笑いがこみあげた。

〝なんてことだ〟――ゲラルトは思った――〝こんなに心から笑ったのはいつ以来だろう。ケィア・モルヘンで。ヴェセミルが便所に入っていて、腐った床板が壊れたとき以来だ〟

「まだ笑っている、この若造め」オルトランが声を張りあげた。「ロバのようにいなないている！　この大バカ者が！　人がどんなにおまえをけなしても、わしはかばってやったというのに！　〝では、あの男がかわいいイェネファーに惹かれたらどうする？〟――わしは言った。〝かわいいイェネファーがやつに惚れたらどうする？　人の心は奴隷ではない〟――わしは言った――〝だから二人の好きにさせておけ！〟と」

ゲラルトは笑うのをやめた。

「それでおまえは何をした、愚かな殺し屋よ」老魔法使いが叫んだ。「何をした？　自分がどんな芸術作品を、どんな遺伝子の奇跡を破壊したかわかるか？　いや、いや、その浅はかな頭でわかるはずがない、このしろうとが！　おまえに天才の考えがわかるものか！アイダーランや彼の師匠アルズールのような、天賦の才と並はずれた能力を持った者たちのことがわかるものか！　人類のため、私利も求めず、卑しい金も取らず、楽しみも気晴らしもなく、ひたすら進歩と公共の福祉のためにすばらしい作品を発明し、創造してきた者たちのことが！　おまえにその何がわかる？　何もわかっていない、何ひとつ、ひとかけらも！　それだけではない」オルトランは息を切らしながら続けた。「おまえはこの無分別な殺戮によって自分の父たちの成果を汚したのだ。なぜならコジモ・マラスピナと、そのあとを継いだ弟子のアルズール、そう、アルズールこそウィッチャーの生みの親なのだから。彼らが変異を作り出し、そのおかげでおまえたちのような変異体が生まれた。そのおかげでおまえは存在し、そのおかげでこの地上を歩きまわっているというのに、なんと恩知らずな。おまえはアルズールとその後継者に、彼らの成果に敬意を払ってしかるべきで、破壊するなどもってのほかだ！　ああ、なんという……ああ、なんという……」

老魔法使いはふいに黙りこみ、天をあおいで重々しくうめいた。

「用を足したい」そして哀れっぽく訴えた。「漏れそうだ！　ソレル！　わがいとし子よ！」

ソレル・デジェルンドとマイルス・トレセヴェィが跳ねるように立ちあがり、老魔法使いが立つのに手を貸し、用足しに連れていった。

しばらくしてビルタ・イカルティが立ちあがった。ウィッチャーにひどく意味ありげな一瞥を向け、無言で出ていった。サンドヴァルとザンゲニスはゲラルトのほうを見もせず、ビルタのあとに続いた。あばたのアクセルが立ちあがって胸の前で腕を組み、ゲラルトをじっと見つめた。長々と、いかにも不快そうに。

「きみを招いたのは間違いだった」あばたの魔法使いがようやく言った。「こうなるとわかっていた。だが、きみも少しは礼儀をわきまえるのではないかと自分を納得させた」

「招きに応じたのは間違いだった」ゲラルトは冷ややかに返した。「おれにもわかっていた。だが、疑問の答えが得られるのではないかと自分を納得させた。番号つきの傑作がいまどれだけ野放しになっている？　名高きオルトランはどうだ？　マラスピナとアルズールとアイダーランは似たような傑作をいくつ作った？　名高きオルトランはどうだ？　リスベルグの金属板をつけた怪物をあと何体、殺さなければならない？　予防薬で、解毒剤であるウィッチャーのおれは？　答えは得られず、得られない理由もよくわかった。だが、礼儀については――知ったことか、エスパルザ」

あばた顔のアクセル・エスパルザが力まかせに扉を閉めて出ていった。あまりの激しさに天井からしっくいのかけらがぱらぱらと落ちた。

「嫌われたようだ」とゲラルト。「もともと期待もしていなかったから落胆もない。だが、あれだけではないんだろう？　あれだけのことで、おれをここへ呼ぶのにあんな手間をかけるはずが……。それともこれで終わりか？　ああ、そういうことなら……町で酒を飲ませる宿でも探すか。ぼちぼち帰らせてもらっても？」

「いや」とハーラン・ツザーラ。「それはできない」

「なぜなら話はこれからだからだ」ピネティが言い添えた。


　案内されたのは、一般的に魔法使いが客を迎える部屋とは趣《おもむき》が異なっていた。魔法使いが人と会うときはたいてい、妙に改まった、簡素で、殺風景な大部屋を使うことはゲラルトもよく知っていた。彼らが私的な部屋に人を招くことは現実的に考えられない。私室にはその人の気質や好み、嗜好――とりわけ彼らが生み出す魔法の種類や具体的な性質――に関する情報が多いからだ。

　それが今回はまったく違った。部屋の壁には版画と水彩画がずらりと飾られ、そのすべてに官能的な、あるいは露骨に性的な場面が描かれている。棚には帆船模型が並び、細部まで正確な造りが見て楽しい。瓶のなかの小さな船の上で小さな帆が誇らしげにはためいていた。大小さまざまな大量の陳列ケースにはおもちゃの兵隊がびっしり並び、騎兵や歩兵があらゆる隊列を組んでいる。入口の正面には、同じくガラスケースに入った剥製の茶色いマス《ブラウントラウト》が飾られていた。マスにしてはかなり大きい。

「座ってくれ、ウィッチャー」ピネティのひとことで、彼がしきっているとわかった。

ゲラルトは腰を下ろし、剝製のマスをじっと見た。生きていたときの重さは七キロほどだろうか。しっくい製の模造品でなければ。

「ここには盗み聞き防止の魔法がかかっている」ピネティが宙で大きく手を動かした。「これでようやく、きみをここに呼んだ本当の理由について心おきなく話ができる、リヴィアのゲラルト。きみが興味を示したマスは、リボン川で、毛針で釣りあげた。重さは六・六キロ。生きたまま放し、ケースのなかにあるのは魔法で造った複製だ。さて、話に集中してもらおう。わたしがこれから話すことに」

「いつでも。どんな内容でも」

「悪魔を相手にした経験について知りたい」

ゲラルトは眉をあげた。意外だった。ついさっきまで、これから何を言われても決して驚かないと思っていたのに。

「では、悪魔とはなんだ？　あんたの考えでは」

ハーラン・ツザーラが顔をゆがめ、さっと体を動かした。それをピネティが視線でなだめた。

「オクセンフルト大学には超自然現象学部があり、魔法使いが特別講義を行なう」ピネティが言った。「そのなかに悪魔と悪魔学の講義があり、その超自然現象を多くの視点から論じる——形而下学的《フィジカル》、形而上学的《メタフィジカル》、哲学的、倫理的側面から。だが、それをここで話す必要はないだろう、なぜならきみはその講義を受けたのだから。きみのことは憶えている、特別聴講生としていつも教室の最後列に座っていた。だから、悪魔にまつわる経験について再度たずねる。頼むから答えてくれ。できれば利口ぶらず。驚いたふりもせず」

「驚いたふりなどこれっぽっちもしていない」ゲラルトはそっけなく答えた。「痛いほど本気だ。一介のウィッチャーで、ただの予防薬で、それよりもっと単純な解毒剤であるおれが悪魔との経験をたずねられて、どうして驚かずにいられる？　しかもそれをたずねるのが、大学で悪魔学とその解釈について講義する魔法の達人だとしたら」

「質問に答えよ」

「おれはウィッチャーで、魔法使いではない。だから、悪魔に関するおれの経験はあんたのそれとはまったく違う。おれはオクセンフルトであんたの講義に出た、グインカンプ。重要な内容は教室の最後列まで伝わった。悪魔というのは、ことは別の世界からやってきた生き物だ。〈元素面〉……次元とか時空とか呼ばれる場所から。悪魔となんらかのかかわりを持つには悪魔を呼び出さなければならない、つまり悪魔のいる〈元素面〉から力ずくで引っぱり出す。それを可能にする方法はただひとつ、魔法を使って——」

「魔法ではない、妖術だ」ピネティがさえぎった。「そこには根本的な違いがある。われわれがすでに知っていることを言う必要はない。きかれた質問に答えよ。これで三度目だ、われながらなんと忍耐強い」

「質問に答えよう。そうだ、おれは悪魔と闘った。悪魔を……抹殺するために二度、雇われ、二度、闘った。一度目は狼に乗り移った悪魔。二度目は人間にとりついた悪魔だ」

「きみは悪魔に対処したんだな」

「そうだ。簡単ではなかったが――」

「それでもやってのけた」ツザーラが口をはさんだ。「通説に反して。悪魔を消滅させるのは不可能だと言われている」

「消滅させたとは言っていない。悪魔が乗り移った狼を殺し、人間を殺しただけだ。詳細を知りたいか」

「ぜひとも」

「白昼、狼が十一人を殺し、ずたずたに切り裂いたときは僧侶と一緒だった。魔法と剣が力を合わせた勝利だ。激しい闘いのあと、やっと狼を殺すと、とりついていた悪魔は巨大な光球となって逃げ出した。森林のかなりの面積を破壊し、あたりに木々をまき散らした。おれにも僧侶にも見向きもせず、森の奥に走っていった。そして消えた、たぶんもとの次元に戻ったんだろう。僧侶は自分の手柄で、自分の悪魔祓いが悪魔を追い払ったと言い張ったが、おれが思うに、悪魔が逃げたのはたんに退屈したからだ」

「もうひとつは――」

「――もっとおもしろかった。悪魔にとりつかれた男を殺した」ゲラルトは自分から話を続けた。「それだけだ。目をみはるような現象は何も起こらなかった。光球もオーロラも、落雷も竜巻もなく、嫌なにおいひとつしなかった。悪魔がどうなったかはわからない。数人の僧侶と魔法使い――あんたのご同輩たち――が死んだ男を調べた。とりたてて何も見つからなかった。死体は火葬された、腐敗の進行はごくふつうで、とても暑い日だったから――」

そこで言葉を切った。二人の魔法使いが顔を見合わせた。表情は読めない。

「どうやらそれが悪魔に対処する唯一の正しい方法のようだ」ハーラン・ツザーラがようやく言葉を発した。「エナギューメン――とりつかれた人間――を殺し、消滅させる。ここで大事なのは、人間という点だ。とりつかれた人間はただちに、ためらいも迷いもなく殺されなければならない。剣で斬り刻まれなければならない。それで終わり。それがウィッチャー流か？　ウィッチャーのテクニックか？」

「下手だな、ツザーラ。それではだめだ。誰かを本気で侮辱したければ、強い欲求と熱意と真剣さ以上のものが必要だ。あんたにはテクニックが足りない」

「穏便に、穏便に」ピネティがまたも口論を阻止した。「われわれはたんに事実を検証しているだけだ。きみは男を殺したと言った、まさにその言葉で。きみたちウィッチャーの規範では、人間を殺してはならないことになっている。きみは悪魔にとりつかれた男を殺したと言った。その事実のあと、つまり男を殺したあと、きみの言葉をふたたび引用すれば、〝目をみはるような現象は何も起こらなかった〟。では、きみが殺したのが人間でなかったという根拠はどこに――」

「もういい」ゲラルトがさえぎった。「よせ、グインカンプ、そんな当てつけはなんの意味もない。事実がほしい？ いいだろう、事実はこうだ。おれは男を殺した、そうする必要があったからだ。ほかの人々の命を守るためにおれは男を殺した。それを認める特免状をもらっていた。やけに御大層な言葉だったが、彼らは即座におれに許可をあたえた。〝どうしてもそうせざるを得ない状態にあり……法を無視した許されざる行為を排除しなければならず……ひとつの善を守るためには別の善を犠牲にせざるをえず……これは現実に目の前にある脅威だ〟と。それはまさに、現実に目の前にある脅威だった。とりつかれた男が動くさまをあんたたちに見せてやりたかった。男が何をし、何ができたかを。悪魔の哲学的、形而上学的《メタフィジカル》な性質は知らないが、悪魔の肉体的《フィジカル》な性質はまったくもって一見に値する。まさに驚くべきものだ、誓ってもいい」

「そうだろう」ピネティはうなずき、またもやツザーラと視線をかわした。「もちろん信じる。われわれも一、二度、見たことがあるからだ」

「そうだろうな」ゲラルトは顔をゆがめた。「オクセンフルトであんたの講義を受けたときもそう思った。あんたは自分が何を話しているかを理解している口ぶりだった。理論的な基礎は、あの狼と、とりつかれた男に対峙したときにとても役に立った。おかげで何が起こっていたかがわかった。ふたつの事件には同じ原理が働いていた。それをなんと呼んだ、ツザーラ？　流儀？　テクニック？　それを言うなら今回の事件は魔法の流儀で、テクニックもまた魔法だ。どこかの魔法使いが呪文を使って悪魔を呼び出し、力ずくで〈元素面〉から引きずり出した。自分たちの魔法の目的のために利用するという明白な意図をもって。それが悪魔術の原理で――」

「――妖術だ」

「――それが妖術の原理だ。悪魔を呼び出し、利用したあげく、野放しにする。理論的には。というのも、現実にはその魔法使いは利用したあと悪魔を逃がしはせず、魔法で肉体に閉じこめている。たとえば狼の体に。あるいは人間の体に。なぜなら魔法使いは――アルズールやアイダーランが示したように――実験が大好きだ。解き放たれた悪魔が別の肉体のなかで何をするのかを観察したくてしかたない。なぜなら魔法使いというのは——アルズールがそうだったように——悪魔によってなされる殺戮を見るのを楽しみ、喜ぶ、反吐《へど》が出そうな倒錯者だから。それがここで起こった、そうだな？」

「さまざまなことが起こった」ハーラン・ツザーラがゆっくりと、まのびした声で言った。「一般化するのは愚かで、それを責めるのは下劣だ。盗みにひるまなかったウィッチャーの話を引き合いに出すのと同じように。雇われ殺し屋として働くのをためらわなかった男たち。猫頭のメダルをさげ、周囲で行なわれる殺戮までも楽しんだ、いかれた男たちの話を思い出させたほうがいいか？」

「二人ともよせ」ピネティが片手をあげ、反論しようと構えていたゲラルトを制した。「これは町議会の討論ではない、だから欠陥と病状で相手をやりこめるのはよそう。完璧な人間はおらず、誰にでも欠陥はあり、たとえ天上の生き物でも病による変化と無縁ではないと認めたほうが賢明だ。おそらく。目の前の解決すべき問題に戻ろう」

長い沈黙のあとでピネティは言った。「妖術は禁じられている。非常に危険な行為だ。残念ながら、悪魔を召喚するだけなら大した知識も高度な魔力も必要ない。黒魔術の手引書が一冊あれば充分だ。闇市に行けばいくらでも売っている。だが、ひとたび知識も技術もなく悪魔を呼び出したら、それを制御するのは難しい。呼び出された悪魔があっさり立ち去り、どこかに逃げてくれたら、しろうと妖術者は幸運と思ったほうがいい。彼らの多くはずたずたにされて終わる。ゆえに〈元素面〉や〈超元素面〉から悪魔やほかの生き物を呼び出す行為は禁じられ、厳罰が課せられている。禁止令が遵守されているかどうかを監視する管理体制もある。しかし、その管理をまぬかれる場所がある」

「リスベルグ城だ。言うまでもなく」

「言うまでもなく。リスベルグ城は管理できない。いま言った妖術の監視体制はここで作られた。ここで行なわれた実験の結果、生まれた。ここで実施される試験のおかげで、いまも体制に不備はない。ここでは別の調査や実験も行なわれている。実に多種多様な。ここではさまざまな事象や現象が研究されているのだ、ウィッチャー。さまざまなことが行なわれ、それがつねに合法的とはかぎらないし、倫理的だとも言えない。目的は手段を選ばず――この格言をリスベルグ城の門の上にかかげてもいい」

「その格言の下にはこう付け加えるべきだ――〝リスベルグで起こることはリスベルグにとどまる〟」ツザーラが言い添えた。「ここで行なわれる実験は管理下にある。すべてが監視されている」

「すべてではないようだ」ゲラルトが苦々しげに言った。「その証拠に何かが逃げ出した」

「何かが逃げ出した」ピネティが芝居がかった、冷静な口調で言った。「現在この城では十八人の魔術師の師範が働いている。さらに八十人を超える見習いや修練生がいる。修練生の大半は〝師範〟の称号まで、あとほんの二、三の手続きを踏むだけの段階に来ている。われわれが恐れるのは……その大人数のなかの誰かが以前、妖術を使おうとしたのではないかということだ」

「誰かわからないのか？」

「わからない」ハーラン・ツザーラはまばたきもせずに言った。だが、ゲラルトには嘘だとわかった。

「五月と六月の初め、近くで大規模な殺戮が行なわれた」ツザーラが次の質問を待たずに続けた。「近く、というのは、ここリスベルグ城から二十キロから三十キロほど離れた〈丘〉の上だ。毎回、森の集落、森林監督官や森林労働者の家屋が狙われた。そこの住人全員が殺され、生き残りは一人もいなかった。検死の結果、悪魔のしわざだと裏付けられた。もっと正確に言えばエナギューメン、つまり悪魔にとりつかれた男のしわざだと。この城で呼び出された悪魔だ」

「われわれは問題を抱えている、リヴィアのゲラルト。なんとしても解決しなければならない。手を貸してくれないか」

10

物質の転送は複雑で、高精度で、細心の注意を要するものであるから、瞬間移動を始める前には必ず大便を済ませ、膀胱を空《から》にしておかなければならない。

——ゲオフリー・モンク著『〈門《ポータル》〉の理論と実践』

いつものように、ローチは毛布を見たとたん鼻を鳴らして抵抗し、恐怖と抗議をあらわにした。雌馬は頭に毛布をかけられるのを嫌がった。毛布をかけられたすぐあとに起こることは、もっと嫌がった。ローチの反応にゲラルトは少しも驚かなかった。彼自身も嫌いだったからだ。もちろん彼は鼻を鳴らしたり、唾を吐き散らしたりはしないが、別のやりかたで抵抗を表したい気持ちは止められなかった。

「瞬間移動に対するきみの嫌悪は、まったくもって驚きだ」ハーラン・ツザーラがまたしても驚きを口にした。これで何度目だろう。

ゲラルトは相手にしなかった。ツザーラはもとより期待していない。

「きみを瞬間移動させはじめて一週間以上になるが」ツザーラは続けた。「そのたびにきみは絞首台に連行される死刑囚のような顔をする。ふつうの人間ならまだわかる。彼らにとって物質転送はいまも恐怖に満ちた、想像を絶する話だ。だが、ウィッチャーのきみは魔法に関してもっと経験豊富だと思っていた。これはゲオフリー・モンク時代の原始的な〈門〉《ポータル》ではない！　現代の瞬間移動はありふれた、きわめて安全な移動手段だ。瞬間移動に危険はない。そして、わたしが開けた〈門〉は絶対に安全だ」

ゲラルトはため息をついた。安全に作動する〈門〉の威力を見たことは何度もあるが、〈門〉を通った人間の残骸の分類を手伝ったこともある。だから、安全に関する彼らの言明が〝うちの愛犬は嚙まない〟とか、〝うちの息子はいい子だ〟とか、〝このシチューはできたてだ〟とか、〝借りた金は遅くとも明後日には返す〟とか、〝彼はわたしの目から何かを取っていただけでキスしていたわけじゃない〟とか、〝祖国の利益はすべてに優先する〟とか、〝いくつか質問に答えたらどこへ行くのも自由だ〟といった言葉と同類だと知っていた。

とはいえ、ほかに手段もなく、代替案もない。リスベルグ城で採用された計画にしたがい、ゲラルトは毎日、〈丘〉のなかから選ばれた地区や集落、居住地や家屋を巡回することになった。悪魔にとりつかれた男が次に襲うのではないかと、ピネティとツザーラが恐れる場所だ。そのような集落は〈丘〉全体に点在し、場所によってはそれぞれがかなり離れている。瞬間移動の魔法を使わずに効率的に巡回するのは不可能だという事実を認め、受け入れるしかなかった。

秘密保持のため、ピネティとツザーラはリスベルグ研究施設のいちばんはずれに〈門〉を開けていた。クモの巣が顔に貼りつき、乾燥したネズミのふんがブーツの下で音を立てる、改修が必要な、がらんとしてカビくさい大部屋だ。湿った部分とぬるぬるする染みでまだらにおおわれた壁の上で魔法が作動し、まぶしく光る扉——というより通路——の輪郭が現れ、その奥で不透明の虹色の光が渦巻くのが見える。目隠しをした雌馬を引いて光のなかに足を踏み入れたとたん、不快な感覚に包まれる。閃光が走り、何も見えず、何も聞こえず——冷たさのほかには——何も感じない。黒い無のなかで、音も形も時間もない空間のなかで、感じるのは冷たさだけだ。瞬間移動はそれ以外のすべての感覚を鈍らせ、消してしまう。さいわい、それは一瞬で、その一瞬が過ぎるといきなり現実世界が戻り、恐怖に鼻を鳴らしていた馬の蹄鉄が現実の固い地面に当たる音がするのだ。

「馬がおびえるのはわかる」ツザーラがまたも言った。「だがきみの不安は、ウィッチャー、まったくもって不可解だ」

〝不安は決して不可解ではない〟——ゲラルトは思った。〝心的障害でないかぎり。修行中のウィッチャーが最初に教わることのひとつだ。恐れを感じるのはいいことだ。恐れを感じるのは、恐れるべきものがあるという意味だから、用心せよ。恐怖は克服すべきものではない。ただ、それに屈してはならない。そうすればそれから学ぶことができる〟

「今日はどこだ？」ツザーラが魔法の杖をしまっている漆塗りの箱を開けながらたずねた。

「どのあたりだ？」

「〈乾燥岩〉だ」

「日没前には〈カエデの森〉に来てくれ。ピネティかわたしがそこで出迎える。準備はいいか」

「なんなりと」

ツザーラがオーケストラを指揮するように宙で手と杖を振ると、本当に音楽が聞こえた気がした。続いて、長い呪文をリズミカルに、詩を朗読するように唱えると、燃える線が壁に現れ、つながり、光る四角い輪郭になった。ローチにまたがったゲラルトは小声で毒づき、振動するメダルをなだめ、かかとで馬を蹴って乳白色の無のなかへ踏み出した。

漆黒の闇、静寂、形も時間もない空間。冷たさ。突然の閃光と衝撃、蹄が地面に当たる音。

魔法使いたちが悪魔にとりつかれた男のしわざだと言う殺戮が起こったのは、リスベルグ城に近い、テメリアとブルッゲをへだてる古い森林におおわれた、人の住まない台地が連なる場所で、〈トゥカイの丘〉と呼ばれていた。丘の名前は、トゥカイという伝説の英雄に由来するという者もいれば、まったく違うことを主張する者もいた。周囲にそれ以外の丘がないため、〈トゥカイの丘〉はたんに〈丘〉と呼ばれるようになり、地図にも短い名前のほうがよく載るようになった。

〈丘〉は長さが約百五十キロ、幅が三十キロから五十キロほどの幅広い帯状で、とくに西側は森林労働者によって集中的に手が入っていた。大規模な伐採が行なわれ、伐採や林業に関する産業や手工業が発展した。やがて森林手工業で生計を立てる人々の集落や居住地、家屋や仮設小屋が荒地にいくつも現れた。大きいもの、中くらいのもの、小さいもの、ごく小さいもの、定住型、仮設型、まあまあの造りのもの、お粗末な造りのもの。魔法使いたちは、そのような集落が〈丘〉全体で五十近くあると見積もった。

誰ひとり生きては逃げられなかった大量殺戮は、そのうちの三カ所で起こった。

〈乾燥岩〉は深い森に囲まれた、石灰岩質の低い丘が集まる場所で、〈丘〉の西端に当たり、巡回区域の西の境界だ。ゲラルトは前にも来たことがあり、あたりを知っていた。森のはずれの空き地に石灰岩を焼くための石灰窯《いしばいがま》が建っていた。窯焼きの最後にできるのが生石灰だ。ピネティと一緒にここに来たとき、石灰の用途を説明してもらったが、うわの空だったので忘れてしまった。石灰など――どんな種類であれ――どうでもよかった。ただ、石灰窯のそばには必ず石灰で生計を立てる人々の居住地がある。ゲラルトの任務はその住民を守ること。大事なのはそれだけだ。

石灰焼きたちが気づき、誰かが帽子を振った。ゲラルトも挨拶を返した。〝これがおれの仕事だ〟――ゲラルトは思った。〝おれは自分の任務を果たしている。支払われたぶんの任務を〟

ローチを森に向かわせた。これから森林道を三十分ほど馬で行く。次の集落まで約一キロ半。そこは〈ポインターの空き地〉と呼ばれていた。

一日に十一キロから十六キロの距離を移動した。場所によって五、六軒から十数軒の家屋を見まわったあと、あらかじめ決められた場所へ行き、そこから魔法使いのどちらかが瞬間移動で日没までに城へ連れ戻す。この手順は翌日、〈丘〉の別の地域を巡回するときも同じだった。決まったやりかたと手順では簡単に気づかれるかもしれないと、巡回する場所は無作為に選んだ。それでも任務はきわめて単調だった。だが、単調さは苦にならなかった。ウィッチャーの仕事に単調さはつきものだ。多くの場合、忍耐とねばりと決意が成果につながる。何より、いまだかつて——ここが重要なところだが——彼の忍耐とねばりと決意にリスベルグ城の魔法使いほど気前のいい報酬を提示した者はいなかった。だからゲラルトに文句はなかった。頼まれた仕事をしさえすればよかった。

この巡回作戦がうまくいくとは思えないまま。

「あんたたちはおれがリスベルグ城に着いてすぐ、オルトランやほかの上級魔法使いに会わせた」ゲラルトは二人の魔法使いに指摘した。「たとえあの場に妖術と大量殺戮の実行者がいなかったとしても、ウィッチャーが城に来たことは知れわたっていた。ここにいる悪党は——仮にいるとして——すぐに事態を察知し、身をひそめ、悪行をやめるだろう。完全に。少なくともおれがここを去るまでは鳴りをひそめるはずだ」

「きみが去ったように見せかければいい」ピネティが答えた。「きみが城にいつづけることとは秘密にする。心配するな、秘密にしておくべきことは決して漏らさぬ魔法がある。信じてくれ、われわれはそのような魔法が使える」

「つまり、おれが毎日やっている巡回には意味があるということか」

「もちろんだ。きみは自分の仕事をすればいい、ウィッチャー。それ以外のことは心配するな」

ゲラルトは神妙な顔でうなずいたが、本心ではなかった。魔法使いを完全に信じてはいなかった。疑っていた。

だが、それを明かすつもりはなかった。

〈ポインターの空き地〉には斧の音が威勢よく響き、鋸《のこ》を引く音がし、伐ったばかりの木材と樹脂のにおいがした。休みなく木を伐るのは木こりのポインターとその大家族だ。一族の年配者が木を伐って鋸を引き、中堅が幹から枝を落とし、若い者が粗朶《そだ》を運ぶ。ポインターがゲラルトを見て幹に斧を打ちこみ、額をぬぐった。

「やあ」ゲラルトが馬で近づいた。「調子はどうだ？　問題はないか」

ポインターは深刻そうな顔でしばらくゲラルトを見つめてから言った。

「悪いことが起こった」

「どうした？」

ポインターは長いあいだ黙っていたが、ようやくうなるように言った。

「誰かに鋸を盗まれた。鋸だぞ！　どういうことだ、え？　なんでだんなは空き地を見まわってる、え？　トーキルも部下たちを連れて森をうろついてる、だろ？　おれたちを守ってんだろ？　なのに鋸がなくなるとはどういうことだ！」

「調べよう」ゲラルトはさらりと嘘をついた。「それについては調べておく。じゃあ」

ポインターは唾を吐いた。


次の〈デュデクの空き地〉はなんの問題もなかった。デュデクをおびやかす者もいなければ、何かを盗んだ者もいないようだ。ゲラルトは立ち寄りもせず、次の集落に向かった。そこは〈灰焼き〉と呼ばれていた。

森の道には荷馬車の跡が残り、集落間の移動は楽だった。林産物を積んだ荷車や、これから積みに行く空《から》の荷車としばしばすれちがった。森を徒歩で行く者たちの一団も見かけた。驚くほど人が行き交っている。森の奥深くでも、完全に無人ということはめったにない。よつんばいになってベリーや森の果物を集める女の大きな尻が、波間から背中を見せるイッカクのようにシダの上に現れることもあった。ゾンビのような姿勢と表情でぎくしゃくと森のなかをうろつく、キノコ探しの変なじいさんにも遭遇した。ときおり、興奮した叫び声とともに下生《したば》えがぴしっと折れる音がした――棒きれとひもで作った弓を構える、木こりや炭焼き人の子どもたちだ。そんな素朴な武器でも、森はひどく荒らされる。いつかこの子たちが大人になって本物の弓を使うようになると考えると寒けがした。

〈灰焼き〉集落は――仕事を妨げるものも作業する人々をおびやかすものもない、同じように平和な場所で――もともとガラスやせっけんを作るのに欠かせない薬剤である炭酸カリウムを製造することから、その名がついた。魔法使いの説明によれば、炭酸カリウムはこの地で焼かれる炭の灰から取れる。ゲラルトはすでに近くの炭焼き集落を訪れ、その日もういちど訪ねるつもりだった。最寄りの集落は〈カシの森〉と呼ばれ、名前のとおり、そこに通じる道路脇には樹齢数百年のカシの大木からなる巨大な木立があった。カシの木の下にはいつも、昼間でも、雲ひとつない空で太陽が照っているときでも、ぼんやりした影ができていた。

四、五日前、初めてトーキル保安官と分隊に会ったのが、まさにそのカシの木立だった。緑の迷彩服に長弓を背負った男たちがカシの木立から駆け足で現れ、四方を取りかこんだとき、ゲラルトはとっさに〈森林警備隊〉だと思った。〝森の守護隊〟を自称する、義勇兵からなる悪名高き準軍事組織で、その使命は非人間族——とりわけエルフと木の精——をつかまえ、念入りに殺すことだ。たまたま森を通った旅人が、非人間に手を貸したとか、彼らと取り引きしたとか疑われて〈森林警備隊〉に捕まることもあった。前者は罰せられ、後者はリンチされ、無実を証明するのはまず不可能だ。そういうわけで、カシの木立で出会ったときは激しい乱闘を覚悟したが、緑衣の騎乗隊が任務中の法の執行人とわかってほっとした。分隊司令官は目つきの鋭い、よく日焼けした男で、ゴルス・ヴェレンの執行吏に仕える保安官と名乗った。ぶしつけに、そっけなく身元をたずねられ、ゲラルトが答えると、保安官はウィッチャーの記章を見せろと言った。法の番人は牙を剝き出す狼のメダルに満足しただけでなく、敬服の念も抱いたようだ。彼の敬意はゲラルト本人にもおよんだらしく、馬からおりると、ゲラルトにもそうするよううながし、短い会話を始めた。

「わたしはフラン・トーキル」不愛想な役人の仮面をはずした保安官は、冷静で仕事熱心な男だった。「きみがあのウィッチャー、リヴィアのゲラルトか。ひと月前、アンセギスで人喰い怪物を殺し、女と子どもの命を救った、あのリヴィアのゲラルト」

ゲラルトは唇を固く引き結んだ。さいわいにもアンセギスのことは忘れていた——金属板をつけていた怪物のことも、自分のせいで死んだ男のことも。あの一件のことはずっと気にかかり、ようやく〝おれはできるだけのことをやった、母と娘を救い、怪物がほかの人間を殺すのを阻止した〟と自分を納得させたところだった。それがいますべてよみがえってきた。

自分の言葉のせいでウィッチャーの眉に影が差したことにフラン・トーキルが気づくはずもない。たとえ気づいたとしても気にしなかっただろう。

「どうやらウィッチャーよ、われわれは同じ理由でこのあたりの茂みを見まわっているようだ」トーキルが続けた。「春以降、〈トゥカイの丘〉で恐ろしいことが起こりはじめ、ここでも実にいまわしい事件が起こった。そろそろ終わらせなければならない。〈アーチ〉での殺戮のあと、わたしはリスベルグ城の魔法使いにウィッチャーを雇うよう進言した。人から言われたことはしたがらない連中だが、どうやら本気になったようだな」

保安官は帽子を取り、ついていた針葉や種を払い落とした。トーキルの帽子はダンディリオンのと同じデザインだが、フェルトの質は粗悪で、サギの羽根のかわりにキジの尾羽根がついている。

「長年〈丘〉の法と秩序を守ってきた」トーキルはゲラルトの目を見ながら言った。「自慢じゃないが、多くの悪党をつかまえ、多くの木から死体を吊るした。だが、近ごろ起こっていることときたら……。誰かの助けが必要だ、きみのような。魔法に通じ、怪物に詳しく、獣も幽霊も竜も恐れないような人物が。そしてわれわれは力を合わせ、人々の安全を守らねばならない。わたしはわずかな給金と、きみは魔法使いの財布と引き換えに。連中はこの仕事にたっぷり払うんだろう？」

〝前金として五百ノヴィグラド・クラウンが銀行口座に振りこまれた〟——ゲラルトはそれを明かす気はなかった。〝リスベルグ城の魔法使いはこの金額でおれの奉仕と時間を買った。おれの十五日間を。十五日が過ぎたら、何が起こるかに関係なく、ふたたび同じ額が振りこまれる。かなりの額だ。充分すぎるほどの〟

「そうだろうとも、かなりの金を出すはずだ」答えはないと、フラン・トーキルは即座に判断した。「彼らにはそれができる。そしてこれだけは言っておくが、ここではいくら出されても多すぎることはない。なぜならウィッチャーよ、これはとてつもなく恐ろしい事態だからだ。恐ろしく、邪悪で、常軌を逸している。ここで暴《あ》れた悪しきものは、誓ってもいいが、リスベルグ城から来たものだ。魔法使いの魔法で何か手違いが起こったに違いない。彼らの魔法は毒ヘビを入れた袋のようなものだ、どんなに固く口を縛っても毒のあるものが必ず這い出てくる」

保安官はゲラルトをちらっと見た。それだけで、ウィッチャーに何も話す気がなく、魔法使いとの契約の詳細を明かす気もないと理解した。

「連中は詳細を話したか？　〈イチイの森〉、〈アーチ〉、〈ロゴヴィヅナ〉で何が起こったか」

「おおまかには」

「おおまかには」トーキルは繰り返した。「ベルティンの三日後、〈イチイの森〉の集落で九人の木こりが殺された。五月なかば、〈アーチ〉の木挽きたちの住まいで十二人が殺された。六月初め、炭焼き人の居住地〈ロゴヴィヅナ〉。犠牲者十五人。これがおおまかな状況だ、今日までのところは、ウィッチャー。だが、これで終わりではない。断じてこれでは終わらない」

〝〈イチイの森〉、〈アーチ〉、〈ロゴヴィヅナ〉。三カ所での大量殺人。つまり、偶然のできごとでもなければ、稚拙な妖術使いが悪魔を制御しきれず、そいつが逃げ出して暴れたのでもない。あらかじめ仕組まれた、すべて計画された事件だということだ。誰かが三度、悪魔を寄生体に閉じこめ、三度、解き放って人を殺させた〟

「いくつもの事件を見てきた」保安官があごの筋肉に力をこめた。「いくつもの戦場、たくさんの死体。強盗、略奪、追いはぎ、襲撃、一族内のむごたらしい復讐と不意打ち。ある結婚式では六人が遺体で運び出され、そのなかに新郎がいたこともあった。だが、瞼を断ち切って動けなくしてから虐殺する？　頭の皮を剝ぐ？　喉を嚙み切る？　人を生きたまま引きちぎり、腹から内臓を引きずり出す？　あげくの果てに殺された者たちの頭でピラミッドを作る？　いったいこれはどういうことだ？　魔法使いたちから聞かなかったか？　なぜ彼らにウィッチャーが必要か」

〝リスベルグ城の魔法使いになぜウィッチャーが必要か？　それも、脅しをかけて協力を強いるほどに？　魔法使いならばたいした苦労もなく、どんな悪魔にも、どんな寄生体にも手際よく対処できたはずだ。火球とか黄金の稲妻とかなら――数ある魔法のなかでたまたまこのふたつが最初に頭に浮かんだ――百メートル離れたところからでも悪魔にとりつかれた人や獣に威力があり、これを浴びたらまず命はない。それでも魔法使いはウィッチャーを選ぶ。なぜか。答えは簡単だ。魔法使いの誰かが、仲間か同志の誰かが悪魔にとりつかれたからだ。仲間の誰かが悪魔を呼び出し、自分の体に取りこみ、人を殺してまわっている。その誰かはすでに三度、人をなぶり殺した。だが、どんな魔法使いも、同輩には火球を放つこともできず、黄金の稲妻で貫くこともできない。仲間をしとめるにはウィッチャーが必要だ〟

ゲラルトにはトーキルに話せないこと、話したくないことがあった。リスベルグ城で魔法使いに言ったことは話せず、話したくなかった。それを聞いた彼らが、見当違いだとでもいうように肩をそびやかしたことは。

「あんたたちは今もやりつづけている。あんたたちの言う、妖術なるものをいじくりまわしている。いまなおこうした生き物を呼び出し、彼らが存在する〈面〉から、閉じられた扉の向こうから召喚している。またしても同じ話の繰り返しだ、〝われわれは彼らを制御し、支配し、従わせ、利用する。彼らの秘密を学び、彼らの謎と神秘を力ずくで解き明かし、それによって魔法の力を倍増させ、癒し、治療し、病と自然災害を取り除き、世界をより住みやすい場所にし、人々をより幸せにする〟それはいつだって嘘で、あんたたちにとって大事なのは権力と支配力だけだと証明される」

反論したくてうずうずしているツザーラを、ピネティが押しとどめた。

「閉じた扉の向こうから来た生き物については」ゲラルトは続けた。「おれたちが――便宜上――〝悪魔〟と呼ぶ生き物については、あんたたちもおれたちウィッチャーと同じくらい知っているはずだ。おれたちがはるか昔に得た知識、ウィッチャーの記録と年代記に書かれていることについて。悪魔は決して秘密や神秘を人間に明かしはしない。誰かに利用されもしない。悪魔が呼び出され、この世界に現れる理由はただひとつ、殺したいからだ。それが悪魔の楽しみだから。それはあんたたちも知っている。それでもやつらを呼び出している」

「そろそろ理論から実践に移ろう」長い沈黙のあとでピネティが言った。「それについてもウィッチャーの記録と年代記に書いてあるはずだ。そして、われわれがきみに望むのは倫理論ではなく、現実的解決策だ、ウィッチャー」

「会えてよかった」フラン・トーキルはゲラルトの手を握った。「そろそろ仕事に戻ろう。人々を危険から守るために。そのためにわれわれはここにいる」

「そうだな」

トーキルは鞍にまたがって身を乗り出し、小声で言った。

「これから言うことは、きみがいちばんよくわかっていると思う。それでも言わせてくれ。気をつけろ、ウィッチャー。油断するな。きみが話さなくても、事情は想像がつく。魔法使いがきみを雇ったのは、自分たちが楽しみにふけったつけを清算するため、自分たちの不始末に片をつけるためにほかならない。だが、何かまずいことが起こったら彼らはいけにえを探す。きみはその条件にうってつけだ」

森の上空が暗くなった。突風が木々の枝を揺らし、遠くで雷がとどろいた。

「嵐でなければ土砂降りだ」次に会ったとき、フラン・トーキルは言った。「雷と雨が一日おきにやってくる。足跡を探そうとすると、雨がすべてを流し去る。実に都合よく、そうじゃないか？ まるで誰かに命じられたかのように。これもまた魔法のにおいがする──もっと言うなら、リスベルグ城の魔法のにおいだ。魔法使いは天候も魔法であやつれるらしい。魔法で風を起こしたり、風を好きな方角に吹かせたり。雲を追い払い、雨や雹《ひょう》を降らせ、嵐も起こす、まるでねらったように。彼らの都合のいいように。たとえば足跡を消すために。どう思う、ウィッチャー？」

「たしかに魔法使いにはいろんな能力がある」ゲラルトは答えた。「彼らは昔から──〈初上陸〉のときから──天候をあやつってきた。あのとき天災を追い払ったのはヤン・ベッケルの魔法だけだったらしいが。とはいえ、不幸と災難をすべて魔法使いのせいにするのは少し言い過ぎだろう。あんたが言っているのは結局のところ自然現象だ、フラン。そんな季節だというだけだ。嵐の季節だと」

ゲラルトはローチに拍車をかけた。日は暮れかけていたが、暗くなる前にあといくつか集落をまわりたかった。まずは〈ロゴヴィヅナ〉という空き地にある、ここからいちばん近い炭焼き人の居住地だ。最初にそこを訪れたときはピネティと一緒だった。

意外にも、大量殺戮が起こった場所は陰気でさびれた荒れ地ではなく、仕事に精を出す人々で活気に満ちていた。炭焼き人——本人たちはみずからを〝煙屋《けむりや》〟と呼ぶ——が炭を焼くための新しい窯の建設現場で働いていた。炭焼き窯は木製のドーム形で、それも木をでたらめに積みあげたようなものではなく、表面が平らになるよう緻密に組み合わされた小山のようだ。ゲラルトとピネティが空き地に着いたときは、炭焼きたちが小山のような釜を苔でおおい、その上に慎重に泥を載せていた。すでにできていた別の炭焼き窯が稼働中で、もくもくと煙を吐いている。目に染みる煙が空き地じゅうに立ちこめ、つんとする樹脂のにおいが鼻を刺激した。

「どれくらい前……」ゲラルトは咳をしながらたずねた。「どれくらい前だと言った、事件は——？」

「ちょうどひと月前だ」

「それなのに、何もなかったかのように働いているのか」

「炭の需要は大きい」ピネティは言った。「金属の精錬に必要な高温を生み出せる燃料は炭だけだ。これなしにドリアンやゴルス・ヴェレン付近の溶鉱炉は動かない、しかも精錬は何より重要で、きわめて将来性のある工業分野だ。需要があるから炭焼き仕事はもうかる。そして経済というのは、ウィッチャー、自然と同じで、何もない状態を嫌う。殺された煙屋たちはあそこに埋葬されている、墓が見えるか？　砂はまだ新しい黄色のままだ。殺された炭焼きの代わりに新しい炭焼きがやってくる。炭焼き窯は煙を吐き、日々の営みが続く」

二人は馬をおりた。煙屋たちは仕事に忙しく、見向きもしない。関心を示す者がいるとすれば女と子どもくらいで、何人かが掘っ建て小屋のあいだを走っていた。

「いかにも」ゲラルトの質問を制してピネティが言った。「土墳《どふん》には子どもも眠っている。三人。女が三人。男と若者が九人。こっちだ」

束になって乾燥されている材木のあいだを二人は歩いた。

「何人かはその場で殺された、頭部を打ちくだかれて」ピネティが言った。「それ以外は体の自由を奪われ、逃げられなかった、鋭利な刃物で足の腱を切断されて。子どもも含む多くが腕もへし折られた。そうして動けなくなったところを殺された。喉を掻き切られ、内臓を引きずり出され、胸部を切り裂かれた。背中の皮を剝がれ、頭皮も剝がれた。ある女は――」

「もういい」ゲラルトはカバの木の幹にいまも残る黒い血の跡を見た。「もう充分だ、ピネティ」

「きみには誰を——何を——相手にするのかを知ってもらわなければならない」

「もう知っている」

「では最後にもうひとつだけ。数人の胴体の行方がわからない。犠牲者は全員、頭部を切断された。その頭部がピラミッド型に積みあげられていた、ちょうどここに。頭の数は十五、胴体は十三。ふたつが消えた。

ほかのふたつの集落——〈イチイの森〉と〈アーチ〉の住人もほぼ同じ手口で殺された」しばらくしてピネティは続けた。「〈イチイの森〉で九人、〈アーチ〉で十二人。明日、案内する。今日はこれから〈新タール場〉にも立ち寄る、ここからそう遠くない。次に木《もく》タールを何かにすりこむときは、それがどこでできたかがわかるはずだ」

「ひとつききたい」

「なんだ」

「あんたたちは本当に脅しに頼る必要があったのか。おれが自分の意思でリスベルグに来るとは思わなかったのか」

「意見は分かれた」

「おれをケラクの牢屋にぶちこんで釈放し、さらに裁判で脅すというのは誰のアイデアだ? 誰が思いついた? コーラル、そうだな?」

ピネティはゲラルトを見つめた。長々と。

「そうだ」そしてようやく認めた。「彼女のアイデアだ。計画も彼女が立てた。投獄し、釈放し、脅す。そして最終的に訴訟を棄却させる。コーラルはきみが発ったあとすぐ、詐欺事件に片をつけた。いまやケラクにおけるきみの書類には何の汚点もない。ほかに質問は? ない? では〈新タール場〉へ行って木タールの見学だ。それから〈門〉を開けて城に戻る。夜は毛針釣りに出かけようと思う。カゲロウが群がり、それを目当てにマスが集まり……。釣りをしたことは、ウィッチャー? 狩猟は好きか」

「釣りは魚が食べたくなったときだけだ。つねに釣り糸を持ち歩いている」

ピネティは長いあいだ黙っていた。

「釣り糸か」ようやく発した声には奇妙な響きがあった。「鉛の錘《おもり》のついた釣り糸。小さな鉤がたくさんついた。それに虫を串刺しにするんだな?」

「そうだ。それがどうした?」

「なんでもない。きくまでもなかった」

次の炭焼き集落〈マツの梢〉に向かう途中で、ふっと森が静かになった。カケスが黙りこみ、カササギの鳴き声がふいに消え、キツツキが木をつつく音が途絶えた。森が恐怖に凍りついていた。

ゲラルトは馬に拍車をかけ、猛然と駆けだした。

11

〈マツの梢〉の炭焼き窯は伐採場のすぐそばにあった。炭焼き人が伐採後の端材を利用するからだ。炭焼きは少し前から始まっており、ドームのてっぺんから火口のように、嫌なにおいと黄色がかった煙が流れ出ていた。だが、そのにおいも、空き地全体をおおう殺戮のにおいは消せなかった。

ゲラルトは馬をおり、剣を抜いた。

頭と両足のない最初の死体が炭焼き窯のすぐ横に転がり、窯をおおう土に血が飛び散っていた。そこからさほど遠くないところに、原形をとどめないほど切断された死体が三つ。血が吸水性のある森の砂に染みこみ、まだらな黒ずみになっている。

さらにふたつの死体——男と女——が空き地の中心と、石で丸く囲んだ焚火の近くに横たわっていた。男は頸動脈が見えるほど無残に切り裂かれ、女は上半身を熾火《おきび》のなかに横たえ、ひっくり返った鍋からこぼれたひきわり麦で汚れていた。

少し離れた、薪の山のそばには子どもの死体があった。まだ幼い、おそらく五歳ぐらいか。少年はふたつに引き裂かれていた。誰かが――というより何かが――左右の脚をつかみ、半分に裂いていた。

次の死体は腹を切り裂かれ、腸が引き出されていた。最後まで――つまり二メートルほどの大腸と六メートルを超える小腸がすべて。引き出された腸は灰桃色の光る直線となってマツの枝でできた炭焼き小屋まで延び、小屋のなかに消えていた。

小屋のなかで、細身の男が簡素な寝床にあおむけに横たわっていた。ひどく場違いなのはひとめでわかった。豪華な服は血まみれで、なかまで染みこんでいたが、その血はどこかの大動脈からほとばしったものでも、噴き出したものでも、したたったものでもなかった。

男の顔は乾きかけた血におおわれていたが、見覚えがあった。オルトランとの顔合わせのとき、ソレル・デジェルンドと紹介された、あの長髪で、細身の、どこかなよっとした魔法使いだ。あのときもほかの魔法使いと同様、いまと同じモールのついたマントと刺繍の入ったダブレットを着て座り、仲間たちと同じように、あからさまな嫌悪の目でウィッチャーを見ていた。あの魔法使いが、いま血まみれで、右手首に人間の腸を巻きつけ、炭焼き小屋で意識を失って横たわっている。十メートルも離れていない場所に横たわる死体の腹から引き出した腸を巻きつけて。

ゲラルトは息をのんだ。〝意識が戻らないうちにたたき斬るべきか？　ピネティとツザーラはそれを望んでいるのか？　とりつかれた男を殺すべきか？　悪魔を呼び出して悦ぶ妖術使いを抹殺すべきか？〟

うめき声がしてゲラルトはわれに返った。魔法使いが意識を取り戻しかけていた。頭をあげ、うめき、ふたたび寝床にどさりと倒れこみ、やがて上体を起こし、呆然とあたりを見まわした。ウィッチャーに気づいて口を開き、返り血を浴びた自分の腹を見て片手をあげた。自分が持っているものを見ようとして。そのとたん、叫びはじめた。

ゲラルトは自分の剣を——ダンディリオンが手に入れた、十字鍔が金箔張りの剣を——見た。それからソレルの細い首を見た。そこに浮かぶ、ふくれた血管を。

ソレル・デジェルンドが右手から腸を引きはがした。叫ぶのをやめ、ただ震え、うめいている。それから、まずよつんばいになり、ようやく立ちあがった。よろよろと炭焼き小屋から出てあたりを見まわし、叫び、駆け出そうとした。ゲラルトはその襟首をつかみ、その場に立たせ、押さえつけて膝をつかせた。

「いったい……何が……」デジェルンドはなおも震えながら、ぼそぼそとつぶやいた。「ここで……何が……起こった？」

「知らないとは言わせない」

魔法使いがごくりと唾をのんだ。

「どうして……どうしてぼくはこんなところに？　何も……何も思い出せない……何も憶えていない。まったく何も！」

「とても信じられない」

「召喚……」ソレル・デジェルンドは両手で顔をつかみ、「召喚したら……そいつが現れた。五芒星と白墨で描いた円のなかに……そして入りこんだ……ぼくのなかに」

「これが初めてじゃない、そうだな？」

デジェルンドはすすり泣いた。ゲラルトにはどこか芝居がかって見えた。悪魔が肉体から出ていく前に目を覚まさせればよかった。そんなことを悔やむのは間違いだと自分でもわかっていた。悪魔と対峙するのがどれほど危険かは知っている。そうならずにすんで喜ぶべきだ。だが喜べなかった。なぜなら相手が悪魔なら、少なくとも対処法があったはずだから。

〝ここに居合わせたのはおれでなければならなかった〟――ゲラルトは思った。〝フラン・トーキルとその分隊ではなく。トーキルなら、なんの迷いも呵責も抱かなかっただろう。血まみれで、自分が殺した人間のはらわたを手首に巻きつけた魔法使いはその場で首に縄をかけられ、手近な枝から吊るされていたはずだ。トーキルなら、なんのためらいも疑念も持たずにそうしただろう。このめめしい、やせた魔法使いに、服にしみこんだ血が乾く間も固まる間もないほど短時間でこれだけ多くの人間を殺せるはずがないという事実も、トーキルは気にかけなかっただろう。素手で子どもをまっぷたつに引き裂けるはずがないということも。トーキルはなんの迷いも感じなかっただろう。

だが、おれは感じる。

ピネティもツザーラも、おれにそんな迷いはないと思っている〟

「殺さないで……」デジェルンドが泣きついた。「どうか殺さないでくれ、ウィッチャー……もう二度と……決して――」

「黙れ」

「誓って、二度とこんな――」

「黙れ。おまえは魔法が使えるほど正気か？　リスベルグからここに魔法使いを呼び出せるか？」

「印形《いんぎょう》がある……自分を……リスベルグに瞬間移動させることはできる」

「おまえだけじゃない。おれもだ。変な小細工はよせ。立つな、膝をついたままだ」

「立たなければできない。そしてきみは……瞬間移動するには、ぼくのそばに立たなければならない。すぐそばに」

「なぜだ？　いいからさっさとやれ。護符を出せ」

「護符ではない。印形だ」

デジェルンドが血染めのダブレットとシャツの前を開けた。薄い胸に、重なり合うふたつの円の入れ墨が彫られていた。ふたつの円に大小さまざまな点が散っている。かつてオクセンフルト大学でほれぼれとながめた、惑星軌道図に少し似ていた。

魔法使いが歌うように呪文を唱えた。ふたつの円が青く、大小の点が赤く光り、回転しはじめた。

「さあ。近くに」

「近いだろう」

「もっと近く。しがみついて」

「なんだと？」

「もっと近づいて、ぼくを抱いて」

デジェルンドの声が変わった。さっきまで涙を浮かべていた目が恐ろしげに光り、唇がいやらしくゆがんだ。

「ああ、そうだ。きつく、やさしく。きみの愛するイェネファーを抱くように」

ゲラルトはこれから何が起こるかを悟った。だが、デジェルンドを押しやることも、剣の柄頭でなぐることも、首を斬りつけることもできなかった。そうするにはあまりに遅すぎた。

目のなかで虹色の光がひらめいた。その瞬間、ゲラルトは漆黒の無に沈みこんだ。刺すような冷たさと、静寂と、形も時間もない世界のなかに。

どさっと降り立った瞬間、石の床板が跳ねあがったような気がした。着地の衝撃で二人は分かれた。ゲラルトはあたりをまともに見ることすらできなかった。汚物のにおいと麝香が混じったような、強烈なにおいが鼻をつく。気がつくと、二組の力強い巨大な手で腋と後頭部をつかまれていた。太い指が軽々と上腕を締めあげ、鋼のような親指が痛いほど神経に——腕神経叢《しんけいそう》に——食いこんだ。腕は完全に麻痺し、動かない手から剣がすべり落ちた。

目の前に、腫れものだらけの醜い顔で、頭に剛毛がまばらに生えた、背中の曲がった男がいた。曲がった脚を大きく開き、大きな弓——というか二本の鋼弓を上下に重ねた弩《いしゆみ》——をゲラルトに向けている。二本の四角い太矢は幅がゆうに五センチほどあり、カミソリのように鋭い。

ソレル・デジェルンドが正面に立っていた。

「気づいていると思うが、ここはリスベルグ城ではない」デジェルンドが言った。「ぼくの避難所で、秘密の隠れ家だ。ぼくが師匠とともに実験を行なう場所で、リスベルグの人間は誰も知らない。ぼくは、知っているだろうが、ソレル・アルベルト・アマドール・デジェルンド、魔法の達人《マジスター・マジクス》。そしてまだ知らないと思うが、きみに痛みと死をあたえる者だ」

おびえた真似、パニックにおちいったふり、そんなそぶりのすべてが風に飛ばされたように消えていた。炭焼き人の空き地でのことはすべて芝居だったのだ。節くれだった手に、しびれるほど強くつかまれて持ちあげられたゲラルトの前には、まったく違うソレル・デジェルンドが立っていた。勝ち誇り、傲慢さとうぬぼれではちきれんばかりのソレル・デジェルンド。残虐な笑みを浮かべるソレル・デジェルンド。その笑みは、扉の下のすきまから忍びこむムカデ、荒らされた墓場、屍肉のなかでうごめくウジ虫、スープ碗のなかで脚をうごめかすウマバエを思い起こさせた。

デジェルンドが近づいた。長い針のついた鉄の注射器を持って。

「空き地で、きみは子どものようにだまされた」吐き捨てるように言った。「きみは子どものようにうぶだった。あのウィッチャー、リヴィアのゲラルトが！　彼の直観は正しかったが、彼は殺さなかった、なぜなら確信がなかったからだ。彼がよいウィッチャーで、善人だからだ。善人がどういうものか教えてやろうか、よきウィッチャーよ。それは、邪悪であることを利用して得をする機会に恵まれなかった者たちだ。もしくは機会があったのに愚かにもそれを利用しなかった者たち。きみがどちらの部類であろうと関係ない。きみはまんまとだまされ、罠に落ちた、生きてここを出ることはまずないだろう」

デジェルンドが注射器をかかげた。ゲラルトはちくっと刺されるのを感じ、すぐさま激痛に襲われた。突き刺すような痛みで視界が暗くなり、全身がこわばり、すさまじい痛みに悲鳴をあげそうになるのを必死にこらえた。心臓が激しく鼓動しはじめた。彼の通常の心拍──ふつうの人間より四倍遅い──からすると、ひどく不快な感覚だ。あたりが暗くなり、世界が回転し、ぼやけ、溶けた。

そのまま、剝き出しの壁と天井で揺らめく魔法球の光のなかに引き出された。途中の壁の一面は血の染みでおおわれ、武器がずらりと並んでいた。幅広で湾曲した三日月刀、巨大な鎌、鉤槍、戦斧、鉄球。すべてに血の跡がついている。〝イチイの森〟、〈アーチ〉、〈ロゴヴィヅナ〉で使われた武器〟──ゲラルトははっきりと思った。〈マツの梢〉の炭焼き人を惨殺するのに使われた武器だ。

全身がしびれ、何も感じなくなり、握りつぶさんばかりにつかまれている感覚さえなくなった。

「ブエフルルエエフブィーー！　ブエヒーー！」

それが楽しげな笑い声だとわかるまでにしばらくかかった。誰か知らないが、どうやらゲラルトを引きずる状況を楽しんでいるようだ。

弩を持って前を歩く背曲がり男は口笛を吹いている。

ゲラルトの意識が遠のきかけた。

背もたれのまっすぐな椅子に荒々しく座らされてようやく、巨大な手で彼の腕を握りつぶさんばかりにつかみ、引きずっていた者たちの姿が見えた。

パイラル・プラットの用心棒――オーグル＝ドワーフの巨人ミキタ――が頭に浮かんだ。目の前の二人はミキタに少し似ていた。近い親戚と言ってもよさそうだ。どちらも身長はミキタくらいで、同じようなにおいがし、同じように首がなく、下唇からイノシシの牙のように歯が突き出ている。ミキタは禿げて、あごひげを生やしていたが、こっちにあごひげはない。サルのような顔は剛毛におおわれ、卵形の頭のてっぺんにほどけた麻の繊維のような毛が生えている。目は小さく、血走り、耳は大きく、先が尖り、ぞっとするほど毛深い。

服には血の筋が残り、吐く息は何日もニンニクとくそと死んだ魚しか食べていないようなにおいがした。

「ブエエエ！　ブエエヒーヒー！」

「ブー、バン、笑うのはそれくらいにして仕事に戻れ、二人とも。ここはもういい、パストル。だが、近くにいろ」

二人の巨人が大きな足をぱたぱたさせながら出ていった。背中の曲がった、〟パストル〟と呼ばれた男もあわててあとを追った。

ソレル・デジェルンドが視界のなかに現れた。汚れを落とし、髪に櫛を入れ、清潔な服に着替えた、なよなよした姿で。椅子を引き寄せ、腰を下ろした。テーブルには分厚い本が積まれ、背後には魔術書が並んでいる。ゲラルトを見て悪意に満ちた笑みを浮かべた。金の鎖を指に巻きつけ、鎖の先端についたメダルをもてあそび、揺らしながら。

「さっきのはシロサソリの毒の抽出液だ」デジェルンドはこともなげに言った。「嫌な気分だろう？　手も脚も動かせない、指一本さえ、だろう？　まばたきも、唾をのむことすらできないだろう？　だが、それは序の口だ。すぐに眼球も動かせず、目も見えなくなる。それからけいれんを、すさまじく激しいけいれんを起こす、肋間筋もひきつるような。歯ぎしりも加減できず、歯が何本か折れるだろう。そのあとよだれがだらだらと垂れ、ついには呼吸さえ苦しくなる。ぼくが解毒剤を打たなければ、きみは窒息する。だが心配するな、ちゃんと打ってやる。きみはまだ死なない、しばらくのあいだは。だがすぐに死ななかったことを後悔するだろう。説明しよう。時間はある。でも、まずはきみが青ざめるところを見たい」

しばらくして魔法使いは続けた。「六月の最終日、顔合わせのあいだ、きみを観察していた。きみはぼくたちの前で傲慢に振る舞った。きみより百倍も上等で、きみがとうていかなわないぼくたちの前で。きみが火遊びに興じ、興奮しているのがわかった。そのときぼくは決めた——火遊びはやけどのもとで、魔法や魔法使いの内情に口を出せば、やけどと同じくらい痛い目にあうことをきみにわからせようと。もうじき身をもってわかるだろう」

ゲラルトは動こうとしても動けなかった。手脚と全身が麻痺して何も感じない。手と足の指がぴりぴりし、顔は完全に無感覚で、唇は何かで綴じ合わされたかのようだ。視界がぼやけ、目がかすみ、濁った粘膜でくっつきそうな気がした。

デジェルンドが脚を組み、メダルを揺らした。紋章がついている。何かの記章が、青いエナメルの上に。だが何かはわからない。目がますます見えなくなった。魔法使いの言葉どおり、急激に視力が落ちていた。

「ようするに、いいか、ぼくは魔法使いの階段をのぼりつめたい」デジェルンドは屈託なく続けた。「ぼくの構想と計画で重要なのがオルトラン——きみがリスベルグ城を訪れ、記念すべき謁見をした相手だ」

舌が腫れ、口いっぱいにふくらんだ気がした。気がするだけではないかもしれない。シロサソリの毒は命にかかわる。これまでサソリの毒に触れたことはなく、ウィッチャーの体にどんな影響があるかはわからない。ゲラルトは本気で焦り、全身をむしばむ毒に必死にあらがった。かなり危険な状況だ。どこからか助けが来るとも思えない。

「数年前」デジェルンドは自分の声に酔いながら続けた。「ぼくはオルトランの助手になった。魔法院から助手に任じられ、リスベルグの研究班に承認された。ぼくの任務は前任者と同様、オルトランを監視し、危険な発明を妨害することだった。ぼくが選ばれたのは、魔法の才能だけでなく、この見た目と魅力のせいでもあった。というのも、魔法院はあの老人に彼好みの助手をあてがうのを常としていたから。

知らないかもしれないが、オルトランが若いころ、魔法使いのあいだでは〝女嫌い〟と〝男どうしの友愛関係〟が盛んで、それはしばしばただの友情では終わらず、かなり親密な関係にもなった。それゆえ若い見習いや修練生は、こうした点でいやおうなく師匠の言いなりになるしかなかった。嫌がる者もいたが、そうなったら受け入れるしかなかった。なかにはそれを好む者もいた。きみの想像どおり、オルトランは後者だった。鳥のあだ名

——ズアオホオジロ《オルトラン》——がよく似合う青年は指導教官との経験を経て、〝生涯を通じて気高き男の友情と愛の信奉者にして擁護者となった〟——詩人ならそう書くだろう。これが散文になると、もっと無骨で下品な表現になりそうだが」

大きな黒猫がしっぽをブラシのようにふくらませ、喉を鳴らして魔法使いのふくらはぎに体をこすりつけた。デジェルンドは身を乗り出して猫をなで、目の前でメダルを揺らした。猫は前足でちょんとメダルを突《つつ》いていたが、やがてこの遊びには飽きたというようにそっぽを向き、胸の毛をなめはじめた。

「気づいているとは思うが、ぼくの見た目は特別で、女たちはぼくを美青年と呼んだ」デジェルンドが続けた。「正直、ぼくは女が好きだが、基本的に同性愛に対しては昔もいまもなんの偏見もない。それが、ぼくの出世に役立つという条件を満たしさえすれば。

オルトランとの肉体関係はさほど苦痛ではなかった。彼の年齢はとうに性的能力と欲望がある時期を終えていた。それでもぼくは人にそう思われないよう努めた。オルトランはぼくにぞっこんだと信じこませようとした。オルトランは麗しき愛人の願いを何ひとつ拒まないと。ぼくだけが彼の暗号を知り、ぼくだけが彼の秘蔵本や覚え書きを自由に見ることができると。これまで誰にも見せたことのない魔道具や護符をぼくにあたえていると。禁じられた呪文を——妖術も含め——ぼくに教えていると。すると、それまでぼくを見くだしていたリスベルグ城のえらい魔法使いたちが、とつぜん尊敬の目を向けはじめた。彼らの目の前でぼくの地位はあがった。彼らは自分たちが夢見たことをぼくがやっていると信じた。ぼくが成功しつつあると。

超人間主義がどんなものか知っているか？　それがどのような特殊化であるか。放射性種分化はどうだ？　遺伝子移入は？　知らない？　恥じることはない。ぼくもよくは知らない。でも人はみな、ぼくがなんでも知っていると思っている。オルトランの指導と庇護のもと、人間を完璧なものにする研究を行なっていると信じている。人間を向上させ、改良するという崇高な目的をもって。人間が生きる状況をよりよいものにし、病気や身体的障害をなくし、老化をなくし、とかなんとかかんとか。なぜなら、それが魔法の目的と任務だからだ。マラスピナ、アルズール、アイダーランといった偉大なる先人たちに続くこと。雑種形成、変異、遺伝子組み換えの大家たちのあとを追うことこそが」

さっきの黒猫がミャオと鳴いてふたたび現れ、魔法使いの膝に飛び乗り、伸びをして喉を鳴らした。デジェルンドがリズミカルになでてやると、猫はますます喉を鳴らし、トラそっくりの鉤爪を伸ばした。

「きみも雑種形成くらいはわかるだろう、つまり異種交配だ。異種交配、交雑、雑種を生み出す工程――これらはどれもすべて同じだ。リスベルグの魔法使いはこの研究に勤《いそ》しみ、奇種や怪物、突然変異体を際限なく生み出している。広く実用化に成功した例もいくつかある、たとえば街から出るゴミの山をきれいにする疑似ゼグル、木の寄生虫を殺す疑似キツツキ、マラリア蚊の幼虫を捕食する変異型カダヤシ。あるいはきみが顔合わせのときに殺したと自慢した、護衛トカゲのヴィギロサウル。だが、彼らにとってそんなものはささいな副産物にすぎない。彼らが本気でめざしているのは、人間と人型生物の交配と変異だ。禁じられた行為だが、リスベルグでは禁止令などないに等しい。魔法院も見て見ぬふりだ。それとも、こっちのほうがありそうだが、さいわいにも鈍感すぎて知らないのか。

マラスピナ、アルズール、アイダーランがどこにでもいる小型生物を実験室に持ちこみ、巨大化させていたのは確かだ、たとえばムカデ、クモ、コシチェイ、その他あれこれ。ならば――彼らは問いかけた――ふつうの小柄な人間を巨人に、もっと力の強い、日に二十時間働けて、病気にもならず、百歳まで健康で生きられる人間に作り変えて何が悪い？

彼らがそれをやりたかったことは知られている。そして苦労の末に成功したらしい。だが、彼らは交配の秘密を墓場まで持っていった。彼らの業績を生涯、研究してきたオルトランでさえ、その秘密はほとんど解明できなかった。きみをここへ引きずってきたブーとバンを見たか？　あれはオーグルとトロールを魔法で掛け合わせた交配種だ。弓使いのパストル？　いや、たしかに見た目はそんなふうだが、あれは醜悪な女と不細工な男が交わってできた自然の産物だ。だがブーとバンは、そう、正真正銘オルトランの試験管から生まれた。きみは言うだろう、いったい誰があんな恐ろしい生き物をほしがるのか、いったいなんのためにあんなものを生み出すのかと。まったく、ぼくもつい最近まで知らなかった。やつらが木こりと炭焼き人を引き裂くのを見るまでは。ブーは人の頭を肩からひと抜きでもぎ取り、バンは子どもをローストチキンのように引き裂くことができる。そんなやつらに凶器をあたえたらどうなるか、ハハッ！　ぞくぞくするような大虐殺をやってのけるというわけだ。オルトランにたずねれば、異種交配は遺伝病を排除するためのものだと答え、感染症に対する免疫力を高めるとか、そんな時代遅れのたわごとをだらだらと述べるだろう。ぼくのほうがよほどわかっている！　そしてきみも。ブーやバン、そしてきみがアイダーランの金属板を剝ぎ取った交配標本に適した行為はただひとつ——殺すことだ。それでいい、なぜならぼくがほしいのは殺人機械だったのだから。その点については自分の技と能力に自信がなかった。実のところ、不本意ながら、それはのちに証明された。数だが、リスベルグの魔法使いたちは異種交配や変異、遺伝子操作に明け暮れている。多くの実験を成功させ、あきれるほど多くの交配種を生み出した。彼らはそのすべてが有益で、人々の生活をより楽に、より快適にすると思っている。背後から犯しながら、同時にグラスに入ったシャンパンを置いてソリテアができるような、完全に平らな背中の女を作るのにあと一歩のところまで来ているのは確かだ。

それはさておき、問題の核心に戻ろう。つまりぼくの科学者としての出世についてだ。誇れるような、目に見える成果が何もなかったぼくは、何かしらそれらしきものを生み出さなければならなかった。簡単なことだった。

われわれの住む世界とは違う、別の世界が存在するのを知っているか？　〈天体の合〉によって接触が断たれた世界のことを。〈元素面〉と〈超元素面〉と呼ばれる世界。悪魔と呼ばれる生き物が住んでいる世界のことを。アルズールと仲間たちの業績は、そのような〈面〉と、そこにいる生き物に接触する方法を得たことで正当化された。彼らはそのような生き物を呼び出し、手なずけることに成功し、異界の生物の秘密と知識をつかみ取り、手に入れたと。すべてはなんの根拠もないたわごとだろうが、みなそれを信じた。信じる力があまりに強いとどうなると思う？　先人たちが手にした秘密をもう少しで解明できるとまわりに信じこませるために、ぼくはリスベルグの面々に悪魔を呼び出す方法を知っていると思わせる必要があった。かつては妖術をうまくあやつっていたオルトランだが、その技術をぼくに教えようとはしなかった。彼はぼくの魔法力をあざけり、ぼくに身のほどをわきまえさせようとした。いいとも、出世のためならわきまえてやろうじゃないか。いまに見てるがいい！」

黒猫はなでられるのに飽きて、魔法使いの膝からぴょんと飛びおりた。大きく見開いた金色の目で冷ややかにウィッチャーを見やると、しっぽを高く上げて歩き去った。

ゲラルトの呼吸はますます苦しくなり、こらえようのない震えが全身を駆けめぐってい た。状況は深刻で、望みがあるとしたらふたつだけだ。ひとつ、自分はまだ生きている、〝そして生きていれば望みはある〟——ケィア・モルヘンの師匠ヴェセミルがよく言っていた。

ふたつめはデジェルンドの過剰な自尊心と思いあがりだ。若いデジェルンドは自分の言葉に陶酔し、その言葉はどうみても自己愛の表れとしか思えなかった。

「妖術使いになれないのなら」魔法使いはメダルをもてあそび、とめどなく自分の言葉に酔いつづけた。「妖術使いのふりをすればいい。そんなふりを。妖術使いが呼び出した悪魔が逃げ出し、破壊をもたらすことは誰でも知っている。だから、そんなふうにしてみせた。何度か。いくつかの集落で人を殺した。彼らは悪魔のしわざだと信じた。

彼らがいかにだまされやすいかを知ったら驚くだろう。前に一度、農民をつかまえて頭を切断し、生分解性の腸線を使って男の首に大きなヤギの頭を縫いつけた、縫い目はしっくいと絵の具でごまかして。そしてわが博識なる同僚たちに、ヤギの頭を持つ悪魔バフォメットとして披露した——動物の頭を持つ人間を作り出す分野で、きわめて困難とされる実験の結果として。完全な成功とはいえなかった、結局は死んでしまったのだから。だが驚くなかれ、彼らは本物だと信じた。ぼくはいよいよ尊敬を集めた。いまも彼らは、ぼくが〝生きつづける何か〟を生み出すのを待っている。彼らに信じこませるために、ぼくは頭のない死体に何かの頭をせっせと縫いつけているというわけだ。

だが、いまのは余談だ。どこまで話した？　ああ、集落での大量殺戮だ。思ったとおり、リスベルグの師匠たちは、それを悪魔もしくは悪魔にとりつかれたもののしわざだと考えた。だが、ぼくはミスを犯した。少しばかりやりすぎた。木こりの集落ひとつなら誰も気にしなかっただろうが、ぼくらはいくつかの集落を襲った。大半はブーとバンがやったが、ぼくもできるかぎり参加した。

最初の〈イチイの森〉とかいう居住地では、実のところあまり貢献できなかった。ブーとバンがやっていることを見て、ぼくはマントじゅうに吐き散らした。もう捨てるほかなかった。シルバーミンクの縁取りのある、最高級の毛織のマントで、百クラウン近くしたんだが。でも、それからはだんだん要領がよくなった。まず、ふさわしい格好をした、労働者のような。次に、この遠出が次第に好きになった。誰かの脚をちょん切り、切断部から血が噴き出すのを見るのがすごく楽しくなった。目をえぐり出すのも。切断された腹から湯気の立つ腸をつかんで引っぱり出すのも……。手短に言おう。今日の分を入れると、老若男女合わせて五十人ほどだ。

リスベルグはぼくを止めなければならないと判断した。でもどうやって？　彼らはいまも妖術使いとしてのぼくの力を信じ、ぼくが呼び出す悪魔を恐れている。ぼくに首ったけのオルトランを怒らせることを。きみが切り札になるはずだった。ウィッチャーが」

ゲラルトは浅い息をしながら、希望を抱きはじめていた。視界がかなり回復し、震えも収まってきた。ゲラルトはほとんどの毒に耐性がある。ふつうの人間には致命的なシロサソリの毒も、さいわい例外ではなかったようだ。症状は――最初こそすさまじかったが――時間とともに弱まり、消えつつあった。ウィッチャーの体が毒をすばやく中和しているのだろう。デジェルンドはそれを知らないか、うぬぼれるあまり高をくくっていた。

「ぼくをとらえるため、きみを送りこむ計画だとわかった。ちょっと怖くなった、それは否定しない、なにしろウィッチャーについてはあれこれ聞かされていたから。とりわけきみの話は。そこであわててオルトランのもとへ走り、〝助けてください、愛する師匠よ〟と泣きついた。わが愛する師匠は最初こそぼくを叱り、木こりを殺したのはあまりに残虐だ、あれはまずかった、あんなことはもう最後にすべきだとかなんとかぶつぶつ言った。だがそのあと、きみをだまして罠にかける方法を教えてくれた。数年前、このたくましい胸に彫りこんだ瞬間移動の印形を使って、どうやってきみをつかまえればいいかを。ただ、殺してはならないと言われた。間違っても温情からではない。オルトランはきみの目をほしがっている。正確にはタペタム――眼球の内側を縁取る層状組織で、光受容細胞に当たる光を反射し、強める組織を。これのおかげで、きみは夜でも暗闇でも猫のように物が見える。オルトランの最近の強迫観念は、人類全体に猫のように見える能力をあたえることだ。この崇高な目的の準備段階として、きみのタペタムを製作中の別の変異体に移植しようと考えている。移植する組織は生きた提供者のものでなければならない」

ゲラルトは指と手をそっと動かした。

「倫理を重んじ、慈悲深い魔法使いオルトランは――かぎりなき善良さで――眼球を取り除いたあとのきみを生かしておくつもりだ。彼に言わせれば、死ぬより盲目で生きるほうがましで、きみの恋人ヴェンガーバーグのイェネファーを苦しめると思うと殺すのは忍びないのだそうだ。なにしろオルトランはイェネファーに大いなる――彼の嗜好からすれば不可解な――愛情を抱いている。加えて、魔法を使った再生薬の製法も完成まぢかだ。数年後、オルトランに頼めば視力を戻してくれるだろう。うれしいか？　うれしくない？　そうだろうな。なんだ？　何か言いたいことがあるか？　遠慮なく言ってくれ」

ゲラルトは唇を動かせないふりをした。実際、ふりをするまでもなかった。デジェルンドが椅子から立ちあがり、顔を近づけた。

「何を言ってるのかさっぱりわからない」そう言って顔をゆがめた。「何にせよ、きみが言いたいことなどどうでもいい。ただ、きみにはまだ言っておきたいことがある。ぼくの数ある才能のなかには千里眼がある。ぼくにははっきりと見える――オルトランがきみを盲目にして解放したあと、ブーとバンが待ち構えている場面が。そしてきみは今度こそ本当にぼくの実験室にたどり着く。ぼくはきみを生体解剖する。おもに楽しみのためだが、きみのなかみがどうなっているかにも少しばかり興味がある。だが、それが終わったら――肉処理場の専門用語を使えば――きみを解体する。きみの残骸をひとかけらずつリスベルグに送りつける、ぼくを敵にまわしたらどうなるかを知らしめるために。いまに見てるがいい」

ゲラルトはありったけの力をかき集めた。たいした力はなかったが。

「だがイェネファーに関して言えば」――そう言って、さらに顔を近づけた魔法使いの吐息はハッカのにおいがした――「オルトランと違って、ぼくは彼女が苦しむと思うとうれしくてたまらない。だから、彼女にとっていちばん大事なきみの一部を切り取って、ヴェンガーバーグに送り――」

ゲラルトは指で印を結び、魔法使いの顔に触れた。とたんにソレル・デジェルンドは喉を詰まらせ、椅子にだらりともたれかかって鼻から荒い息を吐いた。目が深くくぼみ、頭が片方の肩にがくりと垂れ、力の抜けた指からメダルの鎖がすべり落ちた。

ゲラルトはさっと立ちあがった――いや、立ちあがろうとしたが、実際は椅子から床に倒れこんだだけだ。顔の正面にデジェルンドの靴、鼻先に魔法使いが持っていたメダルがあった。金の楕円に描かれた、青いエナメルの泳ぐイルカ。ケラクの紋章だ。だが、驚く時間も考える時間もなかった。デジェルンドがぜいぜいと息をしはじめ、目を覚ましかけていた。〈ソムネの印〉は効いたが――毒でひどく体力が落ちていたせいで――効果は弱く、短かった。

ゲラルトはテーブルにつかまり、上に載っていた本や巻物を落としながら立ちあがった。そこへパストルが部屋に駆けこんできた。ゲラルトは印を結ぼうともせず、テーブルから革と真鍮で綴じた魔術書をつかみ、背曲がり男の喉にたたきこんだ。パストルは弩を落とし、どすんと床に座りこんだ。ゲラルトはもういちどなぐりつけた。もっとなぐるつもりだったが、大型本はしびれた指からすべり落ちた。そこで本の上にあったカラフェをつかみ、今度は額にたたきつけた。背曲がり男は血と赤ワインまみれになりながらもしぶとく、まぶたからガラスの破片を払いもせずに向かってきた。

「ブーー！」パストルがゲラルトの膝をつかみながら叫んだ。「バーーン！　こっちだ！　いますぐ――」

ゲラルトはテーブルから別の魔術書をつかんだ。ずしりと重く、背表紙には人間の頭蓋骨の破片がちりばめてある。それをパストルにたたきつけると、骨片が四方に飛び散った。デジェルンドが唾を吐き、片手をあげようとしていた。魔法をかける気だ。重い足音がしだいに大きくなり、ブーとバンが近づいてくるのがわかった。パストルが弩を探してあたりを探り、ふらつきながら立ちあがった。

ゲラルトはテーブルに剣があるのを見つけてひっつかみ、よろよろと倒れそうになりながらデジェルンドの襟をつかみ、首に刃を押しつけた。

「印形だ！」魔法使いの耳にどなった。「瞬間移動でここから出せ！」

三日月刀を持ったブーとバンが戸口で鉢合わせし、ぶつかったまま動けなくなった。どちらも相手を通すだけの知恵はない。扉の枠がきしんだ。

「瞬間移動だ！」ゲラルトは魔法使いの髪をつかみ、後ろにぐいとねじまげた。「急げ！さもないと喉を掻き切る」

ブーとバンが戸口の枠ごと引きはがして転がりこんだ。パストルが弩を探しあて、構えた。

魔法使いは震える手でシャツの前を開け、呪文を叫んだが、暗闇にのみこまれる前に身を振りほどいてウィッチャーを押しのけた。ゲラルトがデジェルンドのレースの袖口をつかみ、引き寄せると同時に〈門〉が作動し、すべての感覚が――触覚も含め――消えた。ゲラルトは大渦に巻きこまれるかのように〈元素〉の力に吸いこまれ、引きまわされるのを感じた。しびれるような冷たさ。ほんの一瞬だが、これまでの人生でもかなり長い、かなり恐ろしい一瞬だった。

気がつくとどさっと地面に投げ出されていた。背中から。

目を開けた。真っ暗闇が、先も見通せない闇が、あたりを取りまいていた。〝目が見えなくなった〟――ゲラルトは思った。〝おれは視力を失ったのか？〟

そうではなかった。たんにとても暗い夜というだけだ。デジェルンドが学者ぶって言った〝タペタム〟が機能しはじめ、闇のなかにあるすべての光をとらえはじめた。やがて周囲に数本の木の幹と、茂みか下草のような輪郭が見えた。見あげると、雲の切れ間で星がまたたいていた。

幕間

翌日

　彼らにあの機械を渡して正解だった――フィンデタンの建設作業員は自分たちの仕事を心得ていて、怠け者でもなかった。彼らの仕事ぶりはこれまで何度か見てきたが、シェヴロヴは改めて杭打ち機が組み立てられる様子に見入った。連結した三本の木材が、ぶらさがる滑車のてっぺんで三脚になった。滑車に縄をかけ、先端に金属のついた重い角材――建築用語では杭打ち槌と呼ぶ――を滑車に固定する。作業員たちが調子よく声をかけながら縄を引っぱり、三脚の真上まで杭打ち槌を引きあげ、さっと手を放す。すると、穴のなかに立てた杭の上に槌がどすっと落ち、杭を地中深くまで埋めこむ。これを三度、多くても四度繰り返せば、杭はしっかり固定される。作業員たちはすばやく三脚をはずして荷馬車に載せ、そのあいだに誰かがはしごをのぼり、レダニア国の紋章――赤地に銀のワシ――

―のエナメル板を釘で杭に打ちつけた。

シェヴロヴと傭兵隊――並びに杭打ち機とその威力――のおかげで、レダニア国の一部であるリヴァーサイド州はその日、領土を広げた。それも大幅に。

現場監督が帽子で額をぬぐいながら近づいてきた。罵声を浴びせるほかには何もしていないのに汗だくだ。シェヴロヴは何をきかれるかわかっていた。毎回のことだ。

「次はどこです？　司令官どの」

「こっちだ」シェヴロヴは手綱を引いて馬の向きを変えた。「ついてこい」

御者が雄牛にムチを入れ、作業員の荷馬車が尾根にそって、最近の嵐でいくらかやわらかくなった地面をのろのろと進んだ。ほどなく次の場所に着いた。黒地にユリの飾り板のついた杭が地面に横たわり、前もって茂みのなかに転がされていた。シェヴロヴの部下は抜かりない。

〝これが進歩の勝利だ〟――シェヴロヴは思った。〝これぞ技術的思考の勝利だ〟人力で埋められたテメリアの杭は一瞬で引き抜かれ、投げ捨てられる。杭打ち機で埋めこまれたレダニアの杭はそう簡単には引き抜かれない。

シェヴロヴは作業員に片手を振って場所を示した。五、六百メートルほど南の、村の向こうを。

村の住人は――数軒の掘っ建て小屋と差し掛け小屋を村と呼べるとして――シェヴロヴ率いる騎乗兵によって芝の上に追いやられ、逃げまわり、土ぼこりのなか、馬によって押し戻されていた。短気な性格のエスケイラクが容赦なく牛追いムチを振りまわし、ほかの兵たちが馬に拍車をかけて家屋を囲むように駆けまわっている。犬たちが吠え、女たちが泣き叫び、子どもたちが泣きわめいた。

三人の騎乗者がシェヴロヴのもとに駆け寄った。熊手のようにひょろりとした、ポーカーというあだ名のヤン・マルキン。スペリーの名で知られるプロスペロ・バスティ。灰色の雌馬にまたがるフリガことアイリーチ・モル＝ドゥ。

「命令どおり一カ所に集めました」女兵士のフリガがヤマネコの毛皮の縁なし帽を後ろへ押しやりながら言った。「村ごと全部」

「黙らせろ」

集まった村人はムチや竿でおどされ、押し黙った。シェヴロヴが近づいた。

「このみすぼらしい場所はなんという？」

「〈木の地〉」

「また〈木の地〉か。このあたりの農民どもは想像力のかけらもないな。作業員を連れてこい、スペリー。杭を打ちこむ場所を教えてやれ、また間違えられたら面倒だ」

スペリーが馬の向きを変えながら口笛を吹いた。シェヴロヴが両脇にフリガとポーカーをしたがえ、集まった村人に馬で近づいた。

「〈木の地〉の住人たちよ！」鐙《あぶみ》に立って呼びかけた。「これから言うことをよく聞け！この地を治めるヴィジミル国王陛下のご意思と命《めい》により、本日をもって境界杭までの土地はレダニア王国の領土となり、ヴィジミル王が領主にして君主となった！ヴィジミル王に対し、おまえたちには礼節と服従と納税の義務が課される。ついては地代と税の支払いが遅れている！国王の命にしたがい、ただちに納付せよ。土地の管財人の金庫に」

「なんだと？」村人の一人が叫んだ。「支払いとはどういうことだ？金はもう払ったぞ！」

「税金はとっくにふんだくられた！」

「税金をふんだくったのはテメリアの管財人だ。しかも違法に――なぜならここはテメリアではなくレダニアだ。杭がどこにあるかをよく見ろ」

「でも昨日はまだテメリア領だった！」別の住民が泣き叫んだ。「こんなのはあんまりだ。おれたちは言われたとおりに金を納め……」

「あんたにそんな権利があるものか！」

「誰だ？」シェヴロヴがどなった。「いま言ったのは誰だ？わたしには権利がある！

王の勅令を受けている！　われわれは王国部隊だ！　農場にとどまりたければ最後の一ペニーまできっかり払え、いいか！　拒む者は追放だ！　テメリアに払っただと？　つまりおまえたちはテメリア人だと言いたいんだな！　ならばさっさと境界の外へ出ていけ！　だが持っていけるのは運べるものだけだ、なぜなら農場と家畜はレダニアの財産である！」

「強盗だ！　これじゃまるで強盗と略奪だ！」髪を束ねた大柄の農民が前に出ながら叫んだ。「王の家臣どころか、ただの追いはぎじゃないか！　あんたにそんな権利は――」

エスケイラクが馬で近づき、大口をたたいた男をムチでなぐった。男は倒れ、ほかの住人は槍の柄で鎮められた。シェヴロヴの分隊は農民のあつかいかたを心得ていた。この一週間、国境地域を移動し、いくつもの集落を平定してきた連中だ。

「誰かが全速力でやってくる」フリガがムチで指し示した。「フィッシュか」

「ほかに誰がいる？」シェヴロヴが目の上に手をかざした。「あの化け物を荷馬車からおろして引き渡せ。おまえは、フリガ、男を二、三人連れてあたりを見まわれ。空き地と伐採場に点々と住人が残っている。いま地代を払うべき相手は誰かを教えてこい。抵抗されたらどうするかはわかっているな」

フリガはちらっと歯を見せ、邪悪な笑みを浮かべた。シェヴロヴはフリガがこれから訪れる集落の住民に同情した。だが、彼らがどうなろうと知ったことではない。

シェヴロヴは太陽を見あげて思った――〝急がなければ。昼までにテメリアの杭をもう数本、引き抜いておこう。そしてレダニアの杭をあと数本、打ちこむ〞

「ポーカー、ついてこい。客のおでましだ」

客は二人。一人は麦わら帽をかぶった、えらが張り、あごの突き出た、数日分のあごひげで顔全体が青白い男。もう一人はたくましい体格の、まさに巨人のような大男だ。

「やあ、フィッシュ」

「曹長」

シェヴロヴは顔をしかめた。ジャヴィル・フィッシュは――無理もないが――二人が正規軍で一緒だったころの呼称で呼びかけた。シェヴロヴはあのころを思い出したくなかった。フィッシュのことも、軍役のことも、下士官時代の給料のことも。

「傭兵隊か」フィッシュが村の方角にあごをしゃくった。どなり声と叫び声がここまで聞こえていた。「忙しそうだな。討伐か？　焼き討ちもやるのか」

「おまえには関係ない」

〝焼き討ちはやらない〞――シェヴロヴは思った。残念ながら。シェヴロヴも分隊の連中も村を焼き払うのが好きだ。だが、焼き討ちの命令は受けていない。命じられたのは国境線を引きなおし、住民から税を徴収することだ。抵抗する者を追い出してもいいが、所持品や財産に手をつけてはならない。彼らの持ち物は、ここに連れてこられる新たな入植者たちのものになる。不毛の地でも人がひしめいているという、北の国々から来る者たちの。

「怪物女をとらえて拘束した」シェヴロヴは言った。「頼まれたとおり。縄で縛ってある。かなりてこずった。そうとわかっていたらもっと高くしていたが、約束は五百だったから、五百でいい」

フィッシュがうなずくと、大男が馬で近づき、シェヴロヴにふくらんだ財布をふたつ渡した。大男の上腕には、短刀に巻きつくヘビの入れ墨があった。シェヴロヴはその意匠に見覚えがあった。

分隊の騎馬兵が囚人を連れてきた。化け物女は膝まで届く袋を頭からかぶせられ、両腕をひもで縛られていた。熊手のように細い、裸足の両脚が袋から突き出ている。

「これはなんだ?」フィッシュは囚人を指さした。「曹長? これが五百ノヴィグラド・クラウン? なかみもわからないのに高すぎないか」

「袋はただだ」シェヴロヴは冷たく答えた。「ためになる忠告もただでいい。縄をほどくな、なかを見るな」

「なぜだ」

「危険だ。こいつは噛みつく。魔法をかけるかもしれない」

大男が女を鞍にくくりつけた。それまでおとなしかった怪物女が暴れ、足を蹴り出し、袋のなかで吠えたが、袋は体にぴったりしていて動く余裕はなく、無駄な抵抗に終わった。

「これが金を出して頼んだ女だとどうしてわかる？」フィッシュが言った。「たまたま見つけた女じゃないだろうな？　このあたりの村の女とか」

「おれが嘘をついているとでも？」

「とんでもない」ポーカーが鞍から下げた戦斧の柄をなでるのを見て、フィッシュはなだめた。「信じるとも、シェヴロヴ。あんたは信頼できる。おれたちは仲間、だろ？　昔からの――」

「急いでいる、フィッシュ。仕事だ」

「じゃあな、曹長」

「いったい」二人が馬で去っていくのを見てポーカーが言った。「いったいあんなもので何をしようってんだ。あんな化け物女。あんたは何もきかなかった」

「ああ」シェヴロヴは冷たく答えた。「あのようなものについては詮索しないものだ」

シェヴロヴは少しだけ女をあわれんだ。だが、化け物の運命など知ったことではない。どうせみじめなだけだ。

12

十字路に立つ道しるべには東西南北を指す四枚の板が打ちつけてあった。

〈門《ポータル》〉から放り出され、投げ出された場所に夜明けが訪れた。そこは茂みのなかの露に濡れた草地で、近くに鳥が群がる沼だか小さな湖だかがあり、ゲラルトはガッガッ、クワックワッという鳴き声で疲労困憊の深い眠りから覚めた。夜中にウィッチャーの霊薬《エリクサ》を飲んだ。霊薬は銀の瓶に入れて、肌身離さず、腰帯に縫いこんだ隠し場所に持ち歩いている。その〈コウライウグイス〉という霊薬は万能薬で、とくにあらゆる種類の中毒や感染症、あらゆる毒腺や毒素の反応に効果がある。〈コウライウグイス〉にはこれまで幾度となく救われてきたが、その夜のような効果があったのは初めてだった。飲んで一時間後、けいれんと激しい吐き気に襲われ、せっかく飲んだ薬を吐いてなるものかと必死に耐えた。その結果、吐き気には耐え抜いたものの、疲れ切って深い眠りに落ちた。サソリの毒と霊薬と瞬間移動が合わさった影響もあったのかもしれない。

瞬間移動に関するかぎり、何が起こったのかわからなかった。デジェルンドが開けた〈門〉がなぜ、どうやって沼だらけの荒地に自分を吐き出したのか。あの男がわざとそうしたのか。いや、おそらく、ゲラルトがこの一週間ずっと恐れていた、たんなる瞬間移動の失敗だろう。これまで何度も話に聞き、何度か目《ま》の当たりにしたような手違いが起こり、〈門〉が移動者を予定とは違う、どこか別の、まったく予期せぬ場所へ放り出したのだ。

気がつくと、右手に剣、握りしめた左手に布の切れ端をつかんでいた。朝の光のなかで見ると、布はシャツの袖だ。ナイフを使ったかのようにきれいに切り取られている。だが、血痕はないから、〈門〉が切断したのはデジェルンドの手ではなくシャツだけだったようだ、残念ながら。

これまで見た瞬間移動の失敗で最悪だったのは——そのせいで死んでも瞬間移動はごめんだと思ったのは——ウィッチャーになってすぐのことだ。そのころ、ある場所から別の場所へ一瞬で移動するのが、にわか成金や裕福な小君主、金持ちの若者のあいだで流行し、魔法使いのなかには天文学的な値段でそのようなお楽しみを提供する者もいた。ある日、ゲラルトはたまたまその場に居合わせ、瞬間移動愛好者が体の中心から縦にまっぷたつになって〈門〉に現れるのを見た。まるでコントラバスのケースを開けたように。次の瞬間、男の体からなかみがすべて飛び出し、あふれ出た。その事故のあと、瞬間移動熱はみるみる下火になった。

〝あれにくらべれば〟――ゲラルトは思った――〝沼に着地するくらいなんでもない〟

まだ体には力が入らず、めまいと吐き気がしたが、ぐずぐずしてはいられない。〈門〉には痕跡が残り、魔法使いたちは瞬間移動の経路を追跡できる。もっとも、ゲラルトの読みどおり〈門〉に欠陥があったとしたら、移動経路を追うのは事実上、不可能だ。だが、いずれにせよ着地点の近くに長居はしないほうがいい。

体を温め、ほぐすために速足で歩いた。〝すべては剣から始まった〟――水たまりの水を跳ね散らしながら思った。〝ダンディリオンはなんと言った？　そう、悪運と不幸のオンパレードだ。最初に剣を失った。それから三週間もたたないうちに今度は馬を失った。〈マツの梢〉に残したローチは狼に食われたに違いない――誰にも見つからず、盗まれなかったとすれば。剣、馬。次はなんだ？　考えるのも恐ろしい〟

沼のあいだを一時間ほど歩くと、少し乾いた地面に出た。さらに一時間歩くと、踏み固められた街道に出た。そこを半時間ほど歩いた先に十字路があった。

十字路に立つ道しるべには東西南北を指す四枚の板が打ちつけてあった。板きれはどれも飛び交う鳥のふんで汚れ、太矢の穴がいくつも開いている。ここを通る旅人はみな、道しるべを射抜《いぬ》かねばならないという思いにかられるらしい。だから、書かれた文字を読むには、すぐそばまで近づかなければならなかった。

標識に近寄り、文字を読んだ。太陽の位置から判断して、西を指す板にはチッピラ、東を指す板にはテグモンド。三枚目の板にはフィンデタンとあり、四枚目の文字はタールで塗りつぶされて読めない。それでもここがどこか、おおよそ見当がついた。

ゲラルトが〈門〉から放り出されたのは、ポンター川の二本の支流からなる沼地だ。南側の支流は、その大きさから地図製作者によって別名をあたえられ、多くの地図にエムブラ川と記載されている。支流にはさまれた土地——というか土地の切れ端——はエムブロニアと呼ばれた。少なくともかつてはそうだった。そしてかなり昔に、なんとも呼ばれなくなった。エムブロニア王国は半世紀前に消滅した。それには理由があった。

ゲラルトが知る王国や公国、あるいは別形態の国家や社会的共同体の大半は秩序があり、かなりまともな状態にあったと言っていいだろう。もちろん、ときおり体制が揺らぐことはあったが、それでも機能していた。社会的共同体の大半は支配階級が支配し、間違っても盗みと、賭博場と売春宿を交互に作ることだけに明け暮れてはいなかった。社会的エリート集団のなかで、〝衛生《ハイジーン》〟が売春婦のことで、〝淋病《ガノリア》〟がカナリアの仲間だと思っている者の割合はごくわずかだ。知能が退化し、明日と明日のウォッカのことすら理解できず、今日と今日のウォッカのためだけに生きる労働者や農民は数えるほどしかいなかった。僧侶の多くはひたすら寺院にこもり、信仰における解きがたき謎の探究に全身全霊をささげ、間違っても未成年を堕落させたり人から金をだまし取ったりはしなかった。異常者や奇人、変人やうすのろはみずからの人生を破滅させるのに忙しく、政治や行政の重職からは遠ざけられた。村の愚か者はたいてい納屋の裏に身をひそめ、民衆の指導者として活動したりはしなかった。ほとんどの国がそうだった。

だが、エムブロニア王国は多数派ではなかった。いま挙げたすべての点で少数派だった。ほかの多くの点においても。

こうしてエムブロニア王国は衰退し、ついに消滅した。そこで強力な隣国であるテメリアとレダニアがエムブロニアをめぐって争った。エムブロニア王国は、政治的には無能だったが、それなりの富があった。ポンター川の沖積層の谷間に位置していたため、洪水によって運ばれた泥炭が何世紀にもわたって堆積していた。きわめて肥沃で農業価値の高い泥炭は、沈泥から作られる。エムブロニア歴代国王の統治下で、せっかくの泥炭はぬかるむ荒地となりはじめ、ほとんど何も育たず、まして収穫物など望むべくもなかった。そのころテメリアとレダニアでは人口が急増し、農産物の生産が最重要課題になっていた。エムブロニアの泥炭は魅力だった。そこで、ポンター川で分かれていた両国はエムブロニアをさっさと自分たちで分け合い、その名を地図から消し去った。テメリアが併合した土地はポンタリアと呼ばれ、レダニアが分捕《ぶんど》った土地はリヴァーサイドとなった。土地を耕すために多くの入植者がやってきた。有能な管理人による監督と、賢明な農業と灌漑《かんがい》のおかげで、たちまちこの地域は狭いながらも文字どおり〈豊穣の角《つの》〉となった。

紛争もたちまち起こり、ポンタリアの泥炭がもたらす収穫量が増えるほどに激しさを増した。テメリアとレダニアの境界を決める条約はあらゆる解釈を可能にする条件を含み、条約に添えられた地図は地図製作者の仕事がいいかげんで、使い物にならなかった。川そのものも問題を複雑にする一因で、激しい雨季のあとは流れが変わり、三メートルから五メートル近く位置がずれた。こうして〈豊穣の角〉は争いの種となった。政略結婚や同盟締結といった努力の甲斐もなく、外交文書の交換、関税戦争、通商停止が始まった。境界争いの激化と流血は避けられない状況だった。それは実際に起こり、定期的に起こりつづけた。

仕事を求めて旅するとき、ゲラルトはたいてい武力抗争の多い場所を避ける。仕事が見つかりにくいからだ。正規軍や傭兵隊、襲撃団に一度でもやってこられた土地の農民たちは、狼男やストリガ、橋の下のトロールや土墳に現れるワイトなどはささいな問題で、たいした脅威ではなく、そんなもののためにウィッチャーを雇うのは概して金の無駄使いだと思うようになる。そんなことより、もっと切羽詰まった問題があった——たとえば軍に焼き払われた丸太小屋を立て直すとか、兵士たちに盗まれ貪《むさぼ》られたメンドリを補充するとか。そんなわけでゲラルトはエムブロニア——新しい地図ではポンタリアとリヴァーサイド——の土地に不案内だった。道しるべに書かれた地名のどこがいちばん近いかも、十字路からどの方向に向かえばいちばん早く荒地を離れ、ふたたび文明に出会えるかもわからない。

結局はフィンデタン——つまり北に向かうことにした。おおよそノヴィグラドがある方角で、剣を取り戻したければ向かうべき場所だ、それも七月十五日までに。

一時間ほど速足で歩いて行きついた先は、しかし、できることならもっとも避けたい場所だった。

伐採場の近くに農家の藁ぶきの家が一軒と丸太小屋がいくつか建っていた。そこで何かが起こっていることは、犬の大きな吠え声と家禽の激しい鳴き声でわかった。子どもの泣き声と女の悲鳴。ののしり声。

ゲラルトは運の悪さと罪の意識に小さく毒づきながら近づいた。

武装した男がニワトリの羽根を飛び散らせながら鞍にくくりつけようとしていた。別の男は地面にちぢこまる農民をムチで叩き、別の一人が、ぼろぼろの服に子どもをしがみつかせた女と取っ組みあっている。

ゲラルトは近づくと、ためらいもせず、声もかけず、ムチを振りあげる男の手をつかんでひねった。男が悲鳴をあげた。ゲラルトは男を鶏小屋の壁に押しつけ、もうひとりの男の襟をつかんで女から引きはがし、塀に押しつけた。

「うせろ。いますぐ」

短く言うと、本気のしるしにすばやく剣を抜いた。ふざけた真似をしたらどうなるかをはっきりさせるために。

武装兵の一人が大声で笑った。別の一人が自分の剣の柄を握り、調子を合わせた。

「おれたちを誰だと思ってる、この流れ者めが。死にたいのか」

「うせろと言ったんだ」

ニワトリをくくりつけていた兵が馬から振り向いた。よく見ると女だ。いまいましげに目を細めているが、きれいな顔をしている。

「もう充分、生きたってか」女は唇を醜くゆがめてみせた。「それとも頭が足りないのか？　数が数えられないのか？　だったら手伝ってやろう。あんたは一人、こっちは三人。

つまり、あんたは数で負けている。つまり、おとなしく背を向け、その脚をさっさと動かして立ち去ったほうが身のためだ。脚があるうちに」

「うせろ。もう二度は言わない」

「なるほど。三人くらい朝飯前ってことか。だったら一ダースはどうだ?」

蹄の音が響き、ゲラルトはあたりを見まわした。武装した騎乗兵が九人。矛と熊槍の先を向けている。

「何者だ! このたわけ者! 剣を捨てろ!」

ゲラルトは無視し、背後を守るべく鶏小屋のほうに移動した。

「どうした、フリガ」

「この住人が抵抗して」フリガと呼ばれた女があざけるように言った。「税は払わない、すでに払ったとかなんとかぬかすんで、道理をわからせてやろうとしてたら、いきなりこの白髪男がどこからともなく現れて。誰かと思えば、どこかの騎士か、気高き男か、虐げられた貧しき人々の擁護者らしい。たった一人であたしらの喉を狙ってきた」

「ずいぶん威勢がいいな」騎乗兵の一人が高らかに笑い、矛先を向けたままゲラルトに近づいた。「ジグを踊らせるか!」

「剣を捨てろ」羽根つきのベレー帽をかぶった、分隊長らしき男が命じた。「剣を地面に置け！」

「槍で突くか、シェヴロヴ？」

「手を出すな、スペリー」

シェヴロヴが鞍からウィッチャーを見おろして言った。

「剣を捨てる気はないってことか。それほどの英雄か？　それほどの猛者《もさ》か？　牡蠣《かき》を殻ごと食うのか？　テレビン油で流しこんで？　誰にも頭は下げない主義か？　体を張るのは不当なあつかいを受ける者たちを守るときだけか？　それほど悪事には敏感な質《たち》か？確かめてみよう。ポーカー、リジェンザ、フロケット！」

こんな場面は初めてではないらしく、三人の武装兵はすぐさま指示にしたがった。よく訓練された動きで馬からおりると、一人が住民の喉にナイフを当て、二人目が女の髪をつかんで引っぱり、三人目が子どもをつかんだ。子どもが泣きはじめた。

「剣を捨てろ」シェヴロヴが言った。「いますぐ。さもないと……リジェンザ！　農民の喉を切れ」

ゲラルトは剣を落とした。と同時に三人が飛びかかってゲラルトを壁板に押しつけ、刃物を突きつけた。

「どうだ！」シェヴロヴが馬からおりながら言った。「うまくいった！」

「しくじったな、農民の擁護者よ」そっけなく続けた。「おまえは王国軍分隊の任務を邪魔し、妨害した。公務の執行を妨害する者は誰であれ逮捕し、法の裁きにゆだねよという勅命を受けている」

「逮捕?」リジェンザと呼ばれた男が顔をしかめた。「何をそんな面倒な！　さっさと首に縄をかけて縛りあげろ！　それで終わりだ！」

「それともこの場でバラバラに切り刻むか！」

「こいつは前に見たことがある」ふいに騎乗兵の一人が言った。「ウィッチャーだ」

「なんだと?」

「ウィッチャー。怪物を殺して金を稼ぐ魔法使いだ」

「魔法使い?　ぐえっ！　魔法をかけられる前に殺しちまえ」

「黙れ、エスケイラク。話せ、トレント。こいつをどこで見た?　どんな状況で?」

「あれはたしかマリボルだ。あそこの城主に仕えていたとき、怪物を殺すためにこの男が雇われた。どんな怪物だったかは忘れたが、こいつのことは白髪《はくはつ》で憶えている」

「なんと！　つまり、おれたちを襲ったということは、誰かに雇われたってことか」

「怪物退治がウィッチャーの仕事だ。ウィッチャーは怪物から人々を守るだけだ」

「ほらみろ！」フリガがヤマネコの毛皮の帽子を後ろへ押しやった。「だから言ったろ！

擁護者だって！　こいつはリジェンザが農民を打ちのめし、フロケットがあの女を犯そうとしているのを見て……」

「つまりおまえたちは正しく分類されたわけだ」シェヴロヴが鼻で笑った。「怪物として。それは幸運だった。いや、冗談だ。なぜなら、おれに言わせれば問題はいたって単純だ。ウィッチャーについては、軍にいたころまったく違う話を聞いた。やつらは雇われればどんな仕事でもやる。密偵、用心棒、暗殺さえも。やつらは自分たちを〝猫派〟と呼んでいた。トレントはこの男をテメリアのマリボルで見たと言った。つまり、こいつは国境線を見張るために雇われた、テメリアの雇われ人だ。フィンデタンではテメリアの傭兵に気をつけろと警告された。捕らえたら賞金が出るそうだ。だったらこいつを縛ってフィンデタンに連行し、司令官に引き渡して褒美をもらおうじゃないか。さあ、縛りあげろ。何をぐずぐずしてる？　怖いのか？　こいつは抵抗しない。変な真似をしたら農民がどんなめにあうか知っている」

「誰がこいつに触る？　もし魔法使いだったら？」

「触らぬ神にたたりなし！」リジェンザが地面に唾を吐いた。

「臆病者め！」フリガが鞍袋のひもをほどきながら大声で言った。「この腰抜けども！　あたしがやる、ここにいるのは意気地なしばっかりだ！」

ゲラルトは黙って縛られた。おとなしくしておくことにした。しばらくのあいだは。

杭と建物の材料を積んだ荷馬車が二台、雄牛に引かれて森のなかからガタゴトと現れた。

「誰か、大工と執行官のところへ行って呼び戻せ」シェヴロヴが指さした。「かなりの杭を埋めたから、いまのところは充分だろう。しばらくここで休憩だ。農場で馬のまぐさになりそうなものを探してこい。人間の食べ物も」

リジェンザが、ダンディリオンが手に入れたゲラルトの剣を拾い、しげしげとながめた。それをシェヴロヴがさっともぎとり、重みを確かめ、構え、振りまわした。

「おれたちが大勢で来てさいわいだったな。そうでなければ、この剣であっさり切り刻まれていたところだ、フリガも、フロケットも。ウィッチャーの剣にはいくつもの伝説がある。最高級の鋼を何度も折り曲げては鍛え、また折り曲げては鍛える。しかも特殊な魔法で守られていて、並はずれた抗張力と鋭さを備えている。ウィッチャーの剣の刃は、いいか、甲冑《かっちゅう》も鎖かたびらも麻のドレスのように斬り裂き、ほかの刃を麵のように断ち切る」

「ありえない」仲間と同じように、小屋で見つけて、がぶのみしたばかりのクリームを頰ひげから垂らしたスペリーが言った。「いくらなんでも麵はない」

「まさかね」とフリガ。

「いくらなんでもそれはないな」とポーカー。

「ほう？」シェヴロヴは剣士のポーズを取り、「誰か受けて立て、そうすればわかる。さあ、誰だ？　どうした？　なんでそう静かになった？」

「わかった」エスケイラクが前に出て、剣を抜いた。「おれが受けて立つ。やってやろうじゃないか。本当かどうかはっきりさせてやる……。構えろ、シェヴロヴ」

「いいとも。一、二……三！」

　剣と剣がカーンとぶつかり、刃が悲しげな音を立てて折れた。折れた破片がフリガのこめかみの横をしゅっとすり抜け、フリガはとっさに首をひっこめた。

「くそっ」シェヴロヴが金箔張りの十字鍔の数センチ上で折れた刃を呆然と見つめ、毒づいた。

「おれのには切れこみひとつない！」エスケイラクが自分の剣をかかげた。「ハ、ハ、ハ！　切れこみひとつ！　傷跡ひとつ！」

　フリガが若い娘のようにくすくす笑い、リジェンザがベエエと雄ヤギのような声をあげ、それ以外が大笑いした。

「ウィッチャーの剣だと？」スペリーがあざわらった。「麺のように断ち切るだと？　あんたこそふざけた麺野郎だ」

「これは……」シェヴロヴは唇を引き結び、「どうしようもないがらくただ。ゴミだ……。

そしてきさまは……」

そう言って折れた剣を投げ捨て、ゲラルトをにらみ、なじるように指さした。

「きさまはペテン師だ。詐欺師でペテン師だ。ウィッチャーのふりをして、あんながらくたを振りまわすとは……。まともな剣かと思えば、こんなゴミを持ち歩いてるのか。これまで何人のお人よしをだましてきた？　何人の貧民から金を巻きあげた、この詐欺師め。フィンデタンでそのせこい罪を白状しろ、長老がうまく取り計らってくれよう！」

シェヴロヴは息を切らし、唾を吐き、片足で地面を踏みつけた。

「馬に乗れ！　引きあげるぞ！」

一行は笑い、歌い、口笛を吹きながら走り去った。分隊が去っていくのを、農民とその家族がうらめしそうに見ていた。ゲラルトは彼らの唇が動いているのに気づいた。シェヴロヴと分隊に災《わざわ》いあれと願っているに違いない。

だが、その農民も──どんなに勝手な妄想のなかでも──まさかその願いがそのまま現実になるとは思わなかっただろう。しかも、まさかこんなにすぐに。

分隊が十字路に差しかかった。谷にそって西に延びる道に車輪と蹄のあとがついている。大工たちの荷馬車はこの道を通ったようだ。分隊も西に向かいはじめた。ゲラルトはフリガの馬の後ろを、鞍頭にくくりつけられた縄に引かれて歩いた。

先頭を歩いていたシェヴロヴの馬がいななき、後ろ脚で立ちあがった。

とつぜん何かが谷の横で燃え、炎が上がり、白濁した虹色の球体になった。球体は見るまに消え、奇妙な一団が現れた。数人が抱き合い、からみ合っている。

「なんだ、ありゃ」ポーカーが毒づき、馬をなだめるシェヴロヴに近づいた。「いったい何ごとだ?」

奇妙な一団が四人に分かれた。やせ型で、少しなよっとした感じの長髪の男。腕の長い、がにまたの二人の巨人。そして鋼弓を二本重ねた弩を構える、背中の曲がった小男。

「ブエーーーヒュルーーーーエーーーーブエーーーーー! ブエーーヒーー!」

「武器を取れ!」シェヴロヴが叫んだ。「武器を取れ、引くな!」

弩の二本の弦《つる》が続けざまにびしっと音を立てた。シェヴロヴが頭に矢を受け、即死した。ポーカーは矢が貫通したばかりの腹を見おろし、鞍から落ちた。

「戦え!」武装兵がいっせいに剣を抜いた。「戦え!」

交戦の行方をぼんやり立って見守るつもりはない——ゲラルトは〈イグニの印〉を結んで腕を縛っていた縄を焼き切ると、フリガを腰帯でつかんで地面に放り投げ、鞍に飛び乗った。

目もくらむような閃光が走り、馬がいななき、前脚の蹄を蹴り出し、暴れはじめた。騎乗兵の数人が落馬し、踏みつけられて悲鳴をあげた。フリガの灰色の雌馬も、ゲラルトが押さえるまもなく猛然と駆けだした。フリガが跳ね起き、跳びあがって轡《くつわ》と手綱をつかんだが、ゲラルトはフリガをなぐりつけて振り切り、拍車をかけて走りだした。

馬の首に低く身をかがめていたせいで、デジェルンドが魔法の雷光で馬をおどし、騎乗兵たちの目をくらませたところは見なかった。ブーとバンがわめき、片方が戦斧、片方が幅広い三日月刀で兵たちに襲いかかるところも見なかった。血が噴き出すところも見なかったし、殺される者たちの悲鳴も聞かなかった。

エスケイラクが死に、そのすぐあとにスペリーが魚のように三枚おろしにされたところも、ブーがフロケットと馬に襲いかかり、馬の下からフロケットを引き出すところも見なかった。ただ、フロケットのくぐもった悲鳴と、メンドリが首を切られる声はいつまでも聞こえた。

それはゲラルトが街道を離れ、森のなかに駆けこむまで続いていた。

13

マハカムふうジャガイモスープの作りかた——夏ならアンズタケ、秋ならキシメジを集める。冬もしくは早春ならば大きめの干しキノコを片手一杯ぶん用意する。平鍋に入れ、水をひたひたに注いで一晩つけおき、翌朝、塩を加え、タマネギ半個を加えて煮る。ざるで漉《こ》すが、出汁《だし》は捨てず、平鍋の底にたまる砂をていねいに取り除く。ジャガイモをゆで、さいの目に切る。脂身の多いベーコンを切って炒める。タマネギを半割の薄切りにし、ベーコンの脂でべたつくくらいまで炒める。大鍋を用意し、すべての材料を——切ったキノコも忘れずに——入れる。キノコの出汁を注ぎ、必要に応じて水を足し、好みでライ麦のパン種を入れる（パン種の起こしかたは本書別ページのレシピを参照のこと）。沸騰させ、好みで塩、コショウ、マジョラムで味を調える。最後に溶けた背脂を加える。クリームを入れるかどうかは好みだが、念のために言っておくと、ドワーフの伝統には反する。ジャガイモスープにクリームを加えるのは人間流である。

——エレオノラ・ルンドゥリン＝ピゴット著『マハカム料理大全——科学的調理と料理のすべて。肉、魚、野菜、さまざまな調理ソース、ケーキ、ジャム、加工肉、保存食、ワイン、蒸留酒《スピリッツ》など、役に立つ多様な調理と保存のコツを網羅した、やりくり上手な賢い主婦の必読書』

多くの宿駅《しゅくえき》と同じように、その宿駅も二本の道が交わる十字路にあった。シラカバの木立のなかに建つ、馬小屋と薪小屋を備えた、アーチ形の板ぶき屋根の建物だ。ひとけはない。客も旅人もいないようだ。

灰色の雌馬は疲れ果て、ふらつき、がくがくと頼りない足取りで、いまにも頭が地面に着きそうなほどうなだれていた。ゲラルトは馬を引き、馬小屋の男に手綱を渡した。見たところ四十歳くらいで、その年月の重みで腰が曲がっている。馬番は雌馬の首をなで、その手をしげしげと見たあと、ゲラルトを上から下までながめまわし、両足のあいだに唾を吐いた。ゲラルトは首を振り、ため息をついた。無理もない。こうなったのは自分のせいだ。馬を全速力で走らせすぎた、それも厳しい地形を。ソレル・デジェルンドと手下たちから、できるだけ遠くへ逃げるために。けしからん弁解だとわかっていた。彼自身、馬がへたばるまで走らせる人間を軽蔑している。

馬番は何やらぶつぶつ言いながら雌馬を連れていった。何をつぶやき、何を思ったかは想像がついた。ゲラルトはため息をつき、宿の扉を押し開けてなかに入った。

いいにおいがした。気づけば、もう丸一日何も食べていなかった。

「馬はない」カウンターの奥から駅長が現れ、質問に先まわりして答えた。「次の郵便馬車が来るのは二日後だ」

「何か食べさせてくれないか」ゲラルトは高い丸天井の棟と垂木を見あげた。「金はある」

「何もない」

「まあそう言うな、駅長」部屋の隅から声がした。「旅人にそんな言いぐさはなかろう」

隅のテーブルの椅子に一人のドワーフが座っていた。亜麻色の髪に、亜麻色のあごひげ、刺繍をほどこした柄《がら》入りの栗色の上着は、前と両袖に真鍮のボタンがついている。赤い頬に、大きい鼻。たまに市場でめずらしい形の桃色がかったジャガイモを見かけるが、ドワーフの鼻はそれと色も形もそっくりだ。

「わしにジャガイモスープを勧めたじゃないか」ドワーフはもじゃもじゃの眉毛の下から

じろりと駅長をにらんだ。「あんたの妻が一杯ぶんしか作らなかったとは思えん。このだんなのぶんもあるはずだ。まあ座れ、旅人よ。ビールをどうだ」

「喜んで」ゲラルトは腰を下ろし、腰帯の隠し場所から硬貨を取り出した。「だが、ここはおごらせてくれ。見た目はこんなふうだが、放浪者でも宿なしでもない。ウィッチャーだ。任務中で、服はみすぼらしく、格好はだらしないが勘弁してくれ。ビールを二杯だ、駅長」

すぐにビールがテーブルに運ばれた。

「じきに妻がジャガイモスープを持ってくる」駅長がぼそりと言った。「さっきのは悪く思わんでくれ。つねに食べ物を用意しておかねばならんのだ。どこかの有力者とか王室の使者とか郵便馬車とかが来て……。そんなときに食べ物がなく、何も出せなかったら――」

「わかった、わかった……」

ゲラルトはジョッキをかかげ、乾杯の言葉を口にした。ドワーフの知り合いは多いから、酒飲みの流儀は知っている。「大義に幸運を！」

「ならず者に混乱を！」ドワーフが言葉を継ぎ、ジョッキをかちんと合わせた。「しきたりと礼儀を知ってる相手と飲むのはいいもんだ。わしはアダリオ・バッハ。本当はアダリオンだが、みなアダリオと呼ぶ」

「リヴィアのゲラルトだ」

「あのウィッチャーの、リヴィアのゲラルトか」アダリオ・バッハは頬ひげからビールの泡をぬぐって言った。「名前は聞いている。旅暮らしのウィッチャーなら、しきたりに詳しいのも道理だ。わしは郵便馬車──南のほうでは〝ディリー〟と呼ぶ──でここに来た。ドリアンとトレトゴールを往復する郵便馬車に乗り換えるのを待っているところだ。さあ、ようやくジャガイモスープが来たぞ。さて、どんなもんかな。言っておくが、マハカムの女たちが作るジャガイモスープは最高だ、あれほどうまいものはほかでは食べられん。黒パンとライ麦のどろっとしたパン種を使い、キノコとよく炒めたタマネギと……」

アンズタケと炒めたタマネギがたっぷり入ったジャガイモスープは絶品だった。ドワーフの女が作るマハカムふうにはおよばないとしても、ゲラルトにはどこが劣っているのかわからなかった。しかしアダリオ・バッハは感想も言わず、黙ってそそくさと食べた。

駅長がふと窓の外を見やり、それに気づいてゲラルトも外を見た。

建物の外に二頭の馬が立っていた。ゲラルトが奪った馬よりもさらに疲れきった様子だ。騎乗者は三人。正確には男が二人と女が一人だ。ゲラルトは用心深く室内を見まわした。

扉がぎいと音を立て、フリガが入ってきた。あとからリジェンザとトレントが続いた。

「馬なら――」駅長が言いかけ、フリガの手に剣があるのを見て言葉をのみこんだ。

「ご名答」フリガが言葉を引き継いだ。「そのとおり、馬がほしい。三頭だ。さっさと馬小屋から連れてこい」

「――馬がほしいのなら――」

またもや駅長が言い終わらないうちにフリガがさっと飛び出し、駅長の目の前で剣をひらめかせた。ゲラルトが立ちあがった。

「おい、待て！」

三人がゲラルトのほうを向いた。

「あんたか」フリガがゆっくりと言った。「あんたか。いまいましい浮浪者め」

フリガの頬には、ゲラルトになぐられてできたあざがあった。

「何もかもあんたのせいだ」フリガがこしゃがれ声で言った。「シェヴロヴ、ポーカー、スペリー……。分隊がほぼ丸ごと殺された。そして、くそ野郎のあんたはあたしを鞍から突き落として馬をかっさらい、ケツをまくって逃げ出した。ただですむと思うな」

フリガは華奢で小柄だが、見た目にだまされるゲラルトではなかった。これまでの経験から、この世界では、どんなに恐ろしくて危険なものも――宿駅でやり取りされる荷物と同じように――きわめてありふれた包みに入っていることを知っていた。

「ここは宿駅だ！」駅長がカウンターの奥から叫んだ。「王国の庇護のもとにある！」

「聞こえたか」ゲラルトは淡々と言った。「ここは宿駅だ。出ていけ」

「白髪のならず者はあいかわらず計算が苦手なようだ」フリガが低い声ですごんだ。「また数えてほしいか？　あんたは一人、こっちは三人。つまりこっちの数が多い」

「おまえたちは三人」ゲラルトは三人をながめ渡し、「おれは一人。だが、おまえたちは、どうあがいても三人だ。これは数学的逆説で、法則の例外と言ってもいい」

「つまり？」

「つまり、さっさと出ていけ。出ていけるうちに」

フリガの片目が光ったのを見て、ゲラルトは気づいた。この女は視線の先とはまったく違う場所を攻撃できる、特異なタイプだ。だが、その技も覚えたてらしく、ゲラルトはだまし討ちをやすやすとかわし、短く体を半ひねりして裏をかき、女の左脚を蹴り払ってカウンターに投げ飛ばした。フリガは木のカウンターにどさっと倒れこんだ。

リジェンザとトレントはこれまでもフリガの必殺技を見てきたに違いなく、それがかわされたのを見て唖然とした。二人がぽかんと口を開け、その場に立ちつくしているまに、ゲラルトはさっきから目をつけていた、部屋の隅のカバの小枝でできたホウキをつかんだ。まずホウキの先でトレントの顔をなぐり、次にホウキの柄で頭をなぐった。それからホウキを脚の前に置き、トレントの膝の後ろを蹴って転ばせた。

われに返ったリジェンザが剣を抜いて飛びかかり、逆手で力まかせに斬りかかった。ゲラルトは半回転でかわし、さらに一回転して肘を突き出した。その肘が、勢いで前につんのめったリジェンザの気管を突き、リジェンザがあえいで膝をついて床に倒れるより早く、ゲラルトはリジェンザの手から剣を抜き取り、真上に垂直に放り投げた。剣は垂木にどすっとめりこみ、突き刺さった。

フリガが低い姿勢から攻めてきた。ゲラルトはとっさにかわしてフリガの手から剣をたたき落とし、腕をつかんで回転させ、ホウキの柄で転ばせ、ふたたびカウンターに投げ飛ばした。

トレントが飛びかかり、ゲラルトは目にもとまらぬ速さでホウキを顔にたたきつけた。一度、二度、三度。続いてホウキの柄で左右のこめかみと首を力まかせになぐった。そうして両脚のあいだに柄をはさんで近づき、相手の手首をつかんでひねり、剣をもぎ取って真上に放り投げた。剣は垂木にめりこみ、突き刺さった。トレントはあとずさり、長椅子につまずいて倒れた。これ以上、痛めつける必要はなさそうだ。

リジェンザは立ちあがったものの、両腕をだらりと垂らして立ちつくし、天井の垂木に刺さった、手の届かない二本の剣を見ている。フリガは最後まであきらめなかった。

剣を振りまわし、フェイントをかけながら短く逆向きに斬りかかった。この戦法は狭くて薄暗い酒場でのケンカには有効だが、ウィッチャーは周囲が明るくても暗くても関係ない。何よりこの作戦は知り尽くしていた。フリガの剣は空を切り、フェイントの勢いでまわりすぎ、気がつくとウィッチャーに背後に立たれていた。フリガはホウキの柄を腋に差しこまれ、肘をひねられて悲鳴をあげた。ゲラルトは女の手から剣をもぎとり、体を押しやった。

「これはもらっておこうかと思った」刃をしげしげと見ながらゲラルトは言った。「おれが注いだ労力の代償として。だが気が変わった。盗人《ぬすっと》の武器を持ち歩く趣味はない」

言うなり、剣を頭上に放った。刃が垂木にめりこみ、ぶるぶると震えた。フリガは羊皮紙のように青ざめ、ゆがめた唇のすきまから歯を見せ、かがむと同時にブーツからナイフを抜いた。

「それはどうみても」ゲラルトはフリガの目を正面から見つめ、「愚かな考えだ」

道路に蹄の音が響き、馬が鼻を鳴らし、武器がぶつかる音がした。宿駅の中庭にとつぜん人馬がわらわらと現れた。

「おれがおまえたちなら隅の長椅子に座る」ゲラルトは三人に向かって言った。「そして、いないふりをする」

扉がばたんと開き、拍車のぶつかる音がして、キツネの毛皮の帽子に銀モールのついた短い黒のジャーキン姿の兵士たちが入ってきた。隊長は口ひげを生やし、深紅の肩帯をつけている。

「王国軍だ！」男は腰に差した槌矛《つちほこ》にこぶしを置いて名乗った。「テメリア、ポンタリア、マハカムの慈悲深き君主フォルテスト王の国王軍第一中隊、第二分隊のコヴァクス軍曹だ。レダニアの盗賊団を追っている！」

フリガ、トレント、リジェンザは隅の長椅子に座り、ブーツの先をにらんだ。

「レダニアの略奪団、雇われ殺し屋と盗賊からなる無法集団が国境を越えた」コヴァクス軍曹は続けた。「悪党どもは境界の杭を倒し、火をつけ、略奪し、王国臣民を痛めつけ、殺している。国王軍を敵にまわしたら勝ち目はない、ゆえに連中は森に身をひそめ、ひそかに国境を越える機会をうかがっている。このあたりに現れる可能性が高い。言っておくが、連中に手を貸し、情報や援助をあたえれば反逆罪とみなされ、反逆罪は絞首刑を意味する！

このあたりでよそ者を見なかったか？　見慣れない者たち。つまり、あやしげな連中だ。ついでに言うと、略奪者を見つけた者、もしくは逮捕に協力した者には賞金がある。百オレンだ。駅長？」

駅長は肩をすくめて頭を下げ、何ごとかつぶやくと、低く身をかがめてカウンターをふきはじめた。

コウヴァクス軍曹は室内を見まわし、拍車を鳴らしてゲラルトに近づいた。

「きみは誰だ？　なんと！　きみは見たことがある。マリボルで。その白髪でわかった。ウィッチャー、だろう？　あらゆる怪物を追いつめ、しとめる者。そうだな？」

「いかにも」

「ならば何も文句はない、実にりっぱな職業だ」軍曹は断言し、次にアダリオ・バッハを値踏みするように見た。「ドワーフのだんなも問題ない、これまで略奪団にドワーフがいたことは一度もないからな。だが、念のためにたずねる。ここで何をしている？」

「シダリスから乗合馬車で来て、ここで乗り換えを待っている。待ち時間が長いんで、誉れ高きウィッチャーと座り、話し、ビールを小便に変えているところだ」

「乗り換えか」軍曹は繰り返し、「なるほど。それで、そこの二人の男は？　おまえたちは何者だ？　ああ、おまえだ、おまえに話している！」

トレントが口をぽかんと開けた。目をぱちくりさせ、何か言葉を発した。

「なんだと？　おい。立て！　誰だときいている」

「ほっといてやってください、軍曹どの」アダリオ・バッハがよどみなく答えた。「わしが雇った召使です。少し頭の弱い、いかれたまぬけ男で。一族の病《やまい》でしてね。さいわい、こいつの弟妹は無事です。母親はいまになってようやく、妊娠中に伝染病患者が出た家の外のたまり水を飲むんじゃなかったと後悔してます」

トレントはさらに大きく口を開き、うなだれ、何やらつぶやき、うめいた。リジェンザもぶつぶつうなり、立ちあがるようなふりをしてみせた。アダリオがリジェンザの肩に手を置いた。

「立たんでいい、ぼうず。おとなしく、静かにしてろ。進化論は知ってるし、人間がどんな生物から進化したかも知ってる、思い出させてもらうまでもない。そいつも勘弁してやってください、司令官。それもわしの召使で」

「ふむ、そうか……」コヴァクス軍曹はなおも二人をいぶかしげに見つめ、「召使だと？　まあ、そう言うんなら……。では、その女は？　男物の服を着た若い女。おい！　立て、顔をよく見せろ！　おまえは誰だ？　きかれたら答えろ！」

「ハハハ、司令官どの」アダリオが笑った。「これですか。この女は娼婦、つまりふしだら女です。夜の相手をさせるためにシダリスで買いました。女のあそこがあれば旅のあいだも家を恋しがらずにすむ――どんな哲学者も認めるところです」

そう言ってアダリオはフリガの尻をぱんと叩いた。フリガは怒りに青ざめ、歯ぎしりした。

「たしかに」軍曹は顔をゆがめた。「自分としたことが、なぜすぐに気づかなかったのか。ひとめ見ればわかりそうなものだ。ハーフエルフの女だと」

「そういうあんたは半分《ハーフ》ペニスだ」フリガが言い返した。「ふつうの半分の大きさしかないくせに」

「まあまあ、静かに」アダリオがフリガをなだめた。「怒らんでくれ、大佐どの。たまたま手に負えない女に当たったようだ」

兵士が部屋に駆けこみ、何かを報告した。コヴァクス軍曹は姿勢を正し、大声で言った。「盗賊団が見つかった！ 全速力で追わねばならん！ 邪魔したな。好きにやってくれ！」

軍曹は分隊兵たちを連れて出ていった。やがて中庭から蹄の音が聞こえた。

「さっきの芝居は赦《ゆる》せよ、思わず出た言葉も、下品なしぐさも」短い沈黙のあと、アダリオ・バッハがフリガ、トレント、リジェンザに向かって言った。「正直、おまえたちのことは知らんし、どうなろうと知ったことじゃない。むしろ嫌いだが、絞首刑を見るのはもっと嫌いだ。首を吊られた者が足を蹴り出しているのを見るとひどく気が滅入る。ドワーフ流の軽薄さは、そういうわけだ」

「おまえたちはドワーフ流の軽薄さで命拾いした」ゲラルトが言葉を継いだ。「このドワーフに感謝するがいい。おまえたちが農家で暴れるのを見て、どれほどの悪党かは知っている。おれなら、おまえたちをかばうために指一本、動かさなかった。この気高きドワーフがやったような芝居をやる気もないし、やりかたすら知らん。彼がいなければおまえたちは首をくくられていただろう、三人とも。だからここから出ていけ。行くのなら、軍曹と騎兵隊が向かったほうとは反対の方角を選んだほうが身のためだ」

「あきらめろ」垂木に刺さった剣を見あげる三人を見てゲラルトは言った。「剣は渡さない。剣がなければ略奪や強盗をする気も少しは減るだろう。うせろ」

「どうなるかと思った」三人が出ていき、扉が閉まると同時にアダリオ・バッハが息を吐いた。「なんてこった、まだ手が少し震えてる。あんたは？」

「いや」ゲラルトは場面を思い出して笑みを浮かべた。「その点に関して、おれは……いくらか欠落している」

「それも悪いばかりじゃない」アダリオがにやりと笑った。「やつらのくそ度胸さえ状況しだいでは役に立つ。もう一杯ビールをどうだ」

「やめておこう」ゲラルトは首を振った。「そろそろ行かなければ。この状況からすると急いだほうがよさそうだ。一カ所に長くいすぎるのはよくない」

「そうだろうと思った。あれこれきく気はない。だけどな、ウィッチャー、どういうわけか、わしはこの宿駅でだらだらとあと二日も馬車を待つ気がうせた。まず退屈に耐えられん。次に、さっきの騒動であんたがホウキでやっつけた女が、おれにさよならを言ったとき妙な顔をした。あのときは興奮して、ちょっとやりすぎた。あの女はケツをたたかれ、娼婦呼ばわりされて黙っている女じゃなさそうだ。いつ戻ってくるかわからん。そのときここにいたくはない。だから、わしも一緒に行こうと思うが、どうだろう」

「喜んで」ゲラルトはもういちどほほえんだ。「いい連れがいれば旅もさみしくはない――どんな哲学者も認めるところだ。向かう方角が合いさえすれば。おれはノヴィグラドに行く。七月十五日までに。十五日には必ず」

どんなに遅くとも七月十五日にはノヴィグラドにいなければならない。魔法使いに雇われ、二週間の任務を引き受けたとき、ゲラルトは念を押した。〝問題ない〟ピネティとツザーラはばかにしたような目で言った。〝心配するな、ウィッチャー。あっというまにノヴィグラドに送ってやる。われわれが〈中央通り〉のどまんなかに瞬間移動させてやろう〟

「十五日までか、ふむ」アダリオ・バッハはあごひげをくしゃくしゃにした。「今日が九日。あまり時間はないな、なにしろ長い道のりだ。だが、間に合う方法がある」

た。ドワーフは立ちあがり、てっぺんがとがった、つば広の帽子を壁の釘から取ってかぶった。そしてかばんを肩にかけた。

「くわしいことは歩きながら話す。行くぞ、リヴィアのゲラルト。わしには歩くほうが向いている」

二人はきびきびと歩いた、速すぎるほどきびきびと。アダリオ・バッハは典型的なドワーフだった。ドワーフも、必要なときや楽をしたいときは乗り物や馬を利用し、荷運び動物や引き具をつけた動物にも乗るが、そうでなければ断然、徒歩を選ぶ。彼らは生まれながらの健脚だ。一日に五十キロ弱――人間が馬で移動できる距離とほぼ同じ――を歩くことができる、しかもふつうの人間が持ちあげることもできないほどの荷物をかついで。荷物を持たずに歩くドワーフに人間がついてゆけるはずがない。それはウィッチャーだろうと同じだ。ゲラルトはそのことを忘れていて、ほどなく、アダリオに少し速度を落とすよう頼まなければならなかった。

森の道を歩き、ときに荒地を通った。アダリオは道を熟知し、あたりの地形にもくわしかった。彼の説明によれば、家族がシダリスに住んでおり、大家族ゆえに、結婚式や洗礼式、葬式や通夜と、つねに何かしら祭儀が行なわれる。ドワーフのしきたりでは、そのような集まりに出席しなくてもいいのは公証人が署名した死亡証明書があるときだけで、生きているうちは誰であろうと決してこのしきたりから逃れられないのだそうだ。そんなわけでアダリオはシダリスに行って戻る道を知りつくしていた。

「これから向かうのはヴィアテルナという集落で、ポンター川の氾濫流域にある」歩きながらアダリオが言った。「ヴィアテルナには港があり、よく小型帆船やボートが係留されている。運がよければ、そのどれかに乗れるだろう。わしはトレトゴールに用があるから〈ツル草むら〉で降りる。あんたはそのまま乗っていれば、三日か四日でノヴィグラドに着く。それがいちばん速い方法だ、わしを信じろ」

「信じるとも。速度を落とせ、アダリオ。ついていくのがやっとだ。あんたは歩くのが仕事か？　行商人か？」

「鉱夫だ。銅山の」

「そうだった。ドワーフはみな鉱夫だ。マハカムの鉱山で働くんだな。つるはし片手に採鉱面に立って石炭を掘る」

「固定観念もはなはだしい。いまに、ドワーフはみな下品な言葉を使うとか言い出すんじゃないか。強い酒を二、三杯飲んだら戦斧で人を襲うとか」

「とんでもない」

「わしが働いているのはマハカムじゃない、トレトゴール近くの〈銅の町〉だ。立ちっぱなしでもないし、採掘もしない。炭鉱吹奏楽団のホルン吹きだ」

「おもしろい」

「いや、おもしろいのはそこじゃない」アダリオは声を立てて笑った。「おもしろい偶然だがな。楽団の傑作のひとつに《ウィッチャーの行進》ってのがある。こんなふうだ――タラ・ララ、ブーン、ブーン、ウンパ・ウンパ、リム・シム・シム、パパララ・タラ・ララ、タラ・ララ、ブーン・ブーン・ブーン・ブーン……」

「いったいどこからそんな題名を思いついた？　ウィッチャーが行進するところを一度でも見たことがあるのか。いつ？　どこで？」

「実は――」アダリオ・バッハは少しうろたえ、「――《強者《つわもの》のパレード》に少しばかり手を加えただけだ。だが、炭鉱吹奏楽団はどこも《強者のパレード》か《選手団入場》か《旧友の行進》を演奏する。わしらは独創性にこだわったわけだ。タ・ラ・ラ、ブーン・ディ・アイ！」

「速度を落とせ、くたばりそうだ！」

森のなかは人っ子ひとりいなかった。だが、よく出くわす牧草地や森の空き地では対照的に人々が仕事に精を出し、干し草が刈られ、かき集められ、山積みにされていた。アダリオ・バッハが草刈り人に陽気に声をかけると、陽気な声が返ってきた。返事がないときもあった。

「あれを見ると、別の行進曲を思い出す」アダリオはせっせと働く草刈り人を指さし、「《干し草作り》ってやつだ。とくに夏はよく演奏する。曲に合わせて歌も歌う。炭鉱に詩人がいて、これがうまい韻を踏んでみせる。伴奏《アカペラ》なしでも歌えるぞ。こんなふうだ――

草刈り行くのは　男たち
ついて行くのは　女たち
空を見あげて　ちぢこまる
干し草濡らす　雨こまる
われら集まり　暖を取れ
大嵐から　身を隠せ
われら自慢の　熊手取れ
嵐なんぞ　吹き飛ばせ

そして最初に戻る。行進は楽しい、だろ？」

「ペースを落とせ、アダリオ！」

「落とせん！　これは行進曲だ！　行進のリズムと調子がつきものだ！」

丘の上に、白壁の一部と建物と見覚えのある塔からなる廃墟が見えた。塔の形から寺院だとわかった。どんな神がまつられていたのかは記憶にないが、寺院にまつわる話はいくつも聞いた。はるか昔、そこには僧侶たちが住んでいた。噂によると、地元住民は彼らの強欲で放埒《ほうらつ》で好色な振る舞いに耐えかねて寺から追い出し、森の奥へ追放した。すると僧侶たちは、森の精霊を改宗させようとやっきになったらしい。それもみじめな結果に終わったようだ。

「〈古《こ》エレム〉だ」アダリオが言った。「寄り道せずに歩いたから思ったより早かった。夕方には〈森林ダム〉に着くだろう」

道ぞいを小川が流れていた。上流では小石や水底《みなそこ》の上でぽこぽこと音を立て、下流に行くにつれて広がり、大きな水たまりになった。これは、流れをせきとめるために木と土で作られたダムのせいだ。ダムの脇では作業が行なわれ、数人の一団が忙しく働いていた。

「ここが〈森林ダム〉だ」アダリオが言った。「あそこに見える建造物がダムで、空き地から材木を流すのに使われる。この川は、見てのとおり川底が浅く、いかだはあやつれない。そこで水位を上げ、材木を集めてダムを開く。すると大きな波が起こり、いかだで材木を運べるというわけだ。炭の原料はこうやって運ばれる。炭は——」

「——鉄の精錬になくてはならない」ゲラルトが言葉を引き取った。「そして精錬は工業でもっとも重要で、将来性のある分野だ。知っている。つい最近、ある魔法使いから聞いた。炭と精錬にくわしい男から」

「くわしくて当然だ」アダリオはふんと鼻を鳴らした。「魔法使いで構成される魔法院はゴルス・ヴェレンの工業施設をなす会社の主要な出資者で、鋳造所と金属加工工場をいくつか丸ごと所有している。魔法使いは精錬業から多額の利益を得ているわけだ。ほかの分野からも。しかも正当に。なにしろ技術の多くは彼らが作り出したものだからな。しかし、いまに連中は偽善行為をやめ、魔法はほどこしでも利他的慈善行為でもなく、利益を生むために作り出された産業だと言い出しかねん。だが、なんでわしがあんたにこんな話をしてるんだ？　あんたが知らんはずがない。ほれ、あそこに小さい居酒屋があるから、そこで休もう。きっと寝床もある、見ろ、暗くなってきた」

小さい居酒屋は、居酒屋とは名ばかりのしろものだったが、二人とも驚きはしなかった。それは木こりやダムで働くいかだ乗りたち相手の店で、彼らは飲むものがありさえすればどこで飲もうとかまわない。雨漏りのする藁ぶき屋根の丸太小屋で、柱に渡した日よけに、粗い厚板のテーブルと長椅子がいくつか、石の暖炉がひとつあるだけだが、地元民はこれ以上の贅沢を望みも期待もしていなかった。大事なのは仕切りの奥にあるもの、つまり宿の主人が注いでくれるビールの入った樽と、主人の妻が――その気があって機嫌がよければ――有料で熾火であぶってくれるソーセージだけだ。

ゲラルトもアダリオもたいして期待はしていなかった。ビールが栓を開けたばかりの樽から注がれた新鮮なもので、主人の妻がフライパンいっぱいのあぶったブラッドソーセージとタマネギを出してくれただけで満足だった。森のなかを一日じゅう歩きつづけたあとのブラッドソーセージは、仔牛肉の野菜ぞえとか、豚の肩肉とか、イカ墨ソースのヒラメとか、レストラン〈ナトゥーラ・レールム〉の料理長自慢のどんな名物料理ともくらべようがなかった。まあ、正直、あのレストランが少しばかり恋しい気もしたが。

「ところで、あの予言者がどうなったか知ってるか」アダリオが女将《おかみ》にビールのお代わりを手ぶりで頼みながら言った。

店に入って食べる前に、二人はカシの大木の横に立つ、苔むした巨大な石柱をしげしげとなかめた。表面には次のような文字が彫られていた――復活後一一三三年の春分の日《ビルケ》の祝日に、この地で予言者レビオダが信奉者たちに教えを説いたのを記念し、一二〇〇年、リンデの組みひも名人スピリドン・アプスの出資によりオベリスクが建立された。店舗は〈小市場〉にあり、上質の品を手ごろな価格でご提供、ぜひお訪ねあれ。

「予言者とも呼ばれた、あのレビオダの話を？」アダリオはそう言ってブラッドソーセージの残りをフライパンからこそいだ。「話と言っても、本当の話だ」

「どんな話も知らん」ウィッチャーはフライパンをパンでぬぐいながら答えた。「本当の話も作り話も。興味もない」

「だったら聞け。ことが起こったのは百年以上も前、たぶんあの石に刻まれた日からさほどたたないころだ。あんたもよく知るとおり、いまではよほど険しい山脈とか荒れ地でもないかぎり、竜を見ることはまずない。だが当時はもっとひんぱんに現れる厄介者だった。やつらは家畜がひしめく牧草地に行けば、たいした苦労もなく腹いっぱいになることを覚えた。巨大な爬虫類とはいえ、三カ月に一度か二度、ごちそうを食べにくるうちはまだよかったが、やがて決まった場所に目をつけ、農場をおびやかすほど貪るようになった。あるとき、一頭の巨大な竜がケイドウェンのある村に決まって来るようになった。飛んできては羊を二、三匹、牝牛を二、三頭、デザートに池の鯉を数匹たいらげる。最後に火を噴き、納屋や稲わらを燃やし、飛び去ってゆく」

アダリオはビールをひと口飲んで、げっぷをした。

「村人たちはいろんな罠やしかけで追い払おうとしたが、どれもうまくいかなかった。そこへ運よくレビオダが信奉者を引き連れて近くのバン・アルドにやってきた。そのころすでにレビオダは高名で、予言者と呼ばれ、たくさんの信者がいた。農民たちが助けを乞うと、意外にもレビオダは断らなかった。竜がやってくると、レビオダは牧草地へ行って悪魔祓いを始めた。すると竜はカモを焼くようにレビオダを焼き、呑みこんだ。あっさり丸呑みにした。そして山のなかに飛び去った」

「それで話は終わりか」

「いや。まあ聞け。信奉者たちは予言者の死を嘆き悲しみ、狩人を雇った。竜のことにはくわしい、われらがドワーフ狩人団だ。彼らはひと月、竜を追いかけた。竜が落としたふんを追うという伝統的な方法でな。信奉者たちはふんを見つけるたびにひざまずき、あたりを探り、泣き叫びながら師の残骸をほじくり出した。そうして残骸をひとつにつなげた。まあ、弟子たちは全身の骨だと思ったようだが、実際は人間と牛と羊の汚れた骨の寄せ集めだ。そのすべてがいま、ノヴィグラドの寺院の石棺に収められている。奇跡の遺物として」

「正直に言え、アダリオ。作り話だろう。でなければ大幅に脚色したか」

「なぜそう思う？」

「おれはある詩人とよく一緒にいる。そいつは本当の話と、より魅力的な話を選ばなければならないときは必ず後者を選び、しかもそれを脚色する。それについて問われると、そいつはどんな非難も屁理屈で笑い飛ばす、いわく〝どこかが本当でなくても、それがまったくの嘘というわけではない〟」

「その詩人が誰か当ててやろうか。ダンディリオンだ、言うまでもなく。それに、物語には物語のルールがある」

「〝物語とは、その大半が愚かな歴史家によって作られ、その大半がくだらないできごとで、その大半が作り話である〟」そう言ってゲラルトは笑みを浮かべた。

「いまの引用の作者を当ててみよう」アダリオ・バッハはにやりと笑い、「コルヴォのヴィソゴタ、哲学者にして道徳家だ。歴史家でもある。だが予言者レビオダについては……まあ、さっきも言ったように、歴史は歴史だ。しかし、聞いたところによると、ノヴィグラドでは僧侶たちがときおり石棺から予言者の遺骨を取り出し、信者に渡してキスをさせるらしい。たとえその場にいたとしても、わしはごめんだがな」

「おれも遠慮しておく」ゲラルトは断言した。「そのノヴィグラドだが――」

「心配するな」アダリオがさえぎった。「遅れはせん。早起きして、すぐにヴィアテルナに向かう。うまく話をつけて、あんたは遅れずにノヴィグラドに着ける」

〝そう願おう〟――ゲラルトは思った。〝そう願いたい〟

14

人と動物はさまざまな種に属するが、キツネは人と動物にまぎれて生きる。生者と死者はさまざまな道をさまようが、キツネは生者と死者のあいだを行き来する。神々と怪物はさまざまな道を闊歩《かっぽ》するが、キツネは神々と怪物のあいだを歩く。光の道と影の道は決してひとつにならず、交わりもしないが、キツネの亡霊はそのあいだにひそむ。不死者と悪魔はそれぞれの道を行く――キツネの亡霊はそのあいだのどこかにいる。

――紀昀《きいん》――中国清朝時代の学者

夜中に嵐が通りすぎた。

二人は干し草の納屋で眠り、肌寒くも晴れた翌朝、夜明けとともに出発した。道しるべのある道を進み、広葉樹林地帯や泥炭地、ぬかるみの多い草地を通った。一時間ほどぐんぐん歩くと、建物のある場所に着いた。

「ヴィアテルナ」アダリオ・バッハが指さした。「話していた港だ」

川に着くと、さわやかな風が吹きつけた。二人は木の桟橋におりた。川は湖のように広く、主水路から少し離れているせいか、水はほとんど動いていないように見えた。川岸からヤナギやコリヤナギ、ハンノキの枝が水面に垂れさがり、水鳥がさまざまな声で鳴きながら、そこらじゅうを泳いでいる——マガモ、シマアジ、オナガガモ、アビ、カイツブリ。一隻の小型船が水面を優雅にすべり、鳥の群れを驚かしもせず風景に溶けこんでいた。帆柱は一本で、後方に大きな帆がひとつ、船尾に三角帆がいくつか見える。

「かつて誰かが、いみじくも世界でもっとも美しい光景を三つあげた」アダリオ・バッハが景色に見入りながら言った。「帆をいっぱいに張った船、疾走する馬、そして……ベッドに横たわる裸の女」

「踊る、だな」ウィッチャーの唇に微笑が浮かんだ。「踊る女だ、アダリオ」

「まあそう言うんなら」ドワーフはうなずき、「裸で踊る女だ。それにしてもあの小型ボートが水に浮かぶさまは実に美しい」

「小型ボートじゃない、小型船だ」

「カッターです」ヘラジカ革のジャーキンを着た、がっちりした中年男が近づき、言いなおした。「カッター船ですよ、だんながた。艤装《ぎそう》を見ればすぐわかる。大きな主帆、船首三角帆、前檣《ぜんしょう》前支索の上に支索帆が二枚。伝統的な型です」

小型帆船――カッター――が、船首像が見えるほど桟橋に近づいた。彫り物は船首像によくある、胸の大きい女でも人魚でも竜でもウミヘビでもなく、わし鼻の禿げた老人だ。

「なんてこった」アダリオ・バッハがぼそりとつぶやいた。「あの予言者はわしらに恨みでもあるのか」

「全長約二十メートル」中年男は誇らしげに続けた。「総帆面積は三百七平方メートル。ノヴィグラドの造船所で建造され、約一年前に進水した最新のコヴィリ型カッター船〈予言者レビオダ〉です」

「あの船にくわしいようだな」アダリオ・バッハが咳払いした。「実によく知っている」

「あの船のことならなんでも知っています、なぜならわたしの船ですから。船尾の記章が見えますか？　手袋が描いてあるでしょう。わが社の記章です。わたしはケフェナルド・ファン・フリート――手袋商人です」

「こりゃどうも」アダリオは握手をし、手袋商人を鋭く見あげた。「すばらしい船だ、姿も美しく、速力もある。なんでまたそんな船がポンタリアの主要航路をはずれ、こんなに広くて何もないヴィアテルナの港に？　しかも船は川に浮かび、持ち主のあんたは陸の上の、こんなへんぴな場所にいる。何かあったのか」

「いや、いや、何も」と手袋商人。ゲラルトには、妙にあわてた、わざとらしい口調に思えた。「食料を積みこんでいるだけで、ほかに理由はありません。こんな場所にいるのは、まあ、やむをえぬ事情でして。救出を急ぎたければ航路にこだわってはいられません。その救出というのが――」

「そこまでだ、ミスター・ファン・フリート」数人の一団がいきなり栈橋を揺らして近づき、なかの一人がさえぎった。「こちらの殿方に興味があるとは思えない。興味を持たれてもならない」

村の方角からやってきた五人の男が栈橋におりていた。声をかけたのは麦わら帽をかぶった、数日ぶんの無精ひげと突き出た大きなあごが目立つ男だ。割れたあごが小さい尻のように見える。巨人なみの長身の用心棒をしたがえているが、顔つきと表情からしてバカではなさそうだ。三人目の、がっちりした体格で日焼けした男は、毛織の帽子から耳飾りまで、どこから見ても船乗りだ。あとの二人は甲板員らしく、食料の入った収納箱を引きずっている。

「こちらの二人連れが誰にせよ」あご割れ男が続けた。「われわれが誰で、何をしているかとか、そんな内輪の事情を知られる筋合いはない。この紳士がたも他人の事情に首を突っこむ権利など誰にもないとわかってるはずだ、たまたま出会った、見も知らぬ人ならなおのこと――」

「見も知らぬ人じゃない」大男が言葉をはさんだ。「ドワーフのだんな、たしかにあんたのことは知らないが、こっちの白髪《はくはつ》の男は知ってる。リヴィアのゲラルト、だろ？ウィッチャーの。違うか？」

〝おれもずいぶん顔が知られてきたようだ〟――ゲラルトは胸の上で手を組みながら思った〝有名になりすぎた。いっそ髪を染めてみるか。それともハーラン・ツザーラのように剃りあげるか〟

「ウィッチャーですと！」ケフェナルド・ファン・フリートが目を輝かせた。「本物のウィッチャーが！　なんという幸運！　気高き紳士がたよ！　ああ、これぞまさに天の恵み！」

「あの有名なリヴィアのゲラルトだ！」大男が繰り返した。「ここで、この状況で会うとはなんという幸運だ！　彼ならきっと助けに――」

「しゃべりすぎだ、コビン」あご割れ男がさえぎった。「早口で、しゃべりすぎる」

「どういうことです、ミスター・フィッシュ」手袋商人が不満げに言った。「これがどれほどの偶然かわからないんですか？　ウィッチャーのような御仁の助けがあれば――」

「ミスター・ファン・フリート！　ここはおれにまかせろ。こうしたことにかけては、おれのほうが経験豊富だ」

誰もが押し黙り、沈黙のなか、あご割れ男がゲラルトをじろじろと眺めまわした。

「リヴィアのゲラルト」ようやく男は言った。「怪物と超自然生物の征服者。伝説の征服者と言ってもいい。伝説を信じるならば。それで、名高いウィッチャーの剣はどうした？　見えないようだが」

「見えなくて当然だ。なぜならウィッチャーの剣は目に見えない。おや、ウィッチャーの剣にまつわる伝説を聞いたことがないか？　知識のない者には見えない。おれが呪文を唱えたら現れる。必要なときに。そのような場面になったら。なぜなら、おれは剣がなくても多くのダメージをあたえられるからだ」

「その言葉を信じよう。おれはジャヴィル・フィッシュ。ノヴィグラドでいろんな商売を手がけている。これは相棒のペトル・コビン。こっちは〈予言者レビオダ〉の船長ミスター・パドロラク。そして、すでに知ってるように、ケフェナルド・ファン・フリート閣下、カッター船の船主だ。

見たところ、ウィッチャー、あんたは半径三十キロ内にひとつしかない集落の桟橋に立っている」ジャヴィル・フィッシュは周囲を見まわし、「ここから大きな街道に出るには森のなかをてくてく歩くしかない。それよりも、この僻地から水に浮かぶ乗り物に乗って川を行くほうがよくはないか？　ちょうど〈予言者レビオダ〉はノヴィグラドに向けて出発するところだ。客を乗せることもできる。あんたや連れのドワーフのような。どうだ？」

「続けてくれ、ミスター・フィッシュ。聞いている」

「見てのとおり、この船はそんじょそこらのおんぼろ船じゃないから、船賃を払ってもらわねばならん、それもたっぷりと。まあ、聞け。その見えない剣でわれわれを護衛する気はあるか？　ありがたきウィッチャーの働きに金を出そう、つまり、ここからノヴィグラドの港までの船旅を護衛し、われわれを危険から守ってくれたら船賃はただでいい。ウィッチャーの仕事はいくらだ？」

ゲラルトはフィッシュを見返した。

「真相を突き止める値段も含めてか」

「なんだと？」

「あんたの提案には裏がある」ゲラルトは淡々と言った。「おれが自分で突き止めなければならないなら金額は高くなる。正直に言ったほうが安くつくぞ」

「不信感は疑いのもとだ」フィッシュは冷たく答えた。「詐欺師はつねに悪意を嗅ぎつける。ことわざにもある――罪の意識がある者に告発者は不要だと。あんたを護衛として雇いたい。難しいことは何もない、単純な仕事だ。いったいどんな裏があると言うんだ？」

「護衛の話はまったくの作り話だ」ゲラルトは相手の目を見て言った。「その場で思いついたのは見え見えだ」

「そう思うか」

「ああ。その証拠に、この手袋商人が救出とかなんとか口をすべらせると、あんたは、ミスター・フィッシュ、強引に黙らせた。すると今度はあんたの相棒が、この状況で会うとはなんという幸運とかなんとか口走った。だから、協力するとなれば作り話はなしにしてもらいたい。これはどんな旅で、誰の救出を急いでいる？　なぜそうも口を閉ざす？　解決したい問題とはなんだ？」

「説明しよう」フィッシュがファン・フリートを制して言った。「すべてを話そう、ウィッチャー――」

「だが続きは船の上で」そのときまで黙っていたパドロラク船長がしゃがれ声で言った。「これ以上、桟橋でぐずぐずしているのはもったいない。いい風が吹いている。出航だ」

帆がひとたび風をとらえると、〈予言者レビオダ〉は主水路を目指して小島のあいだをすり抜け、入り江のような広い水域を軽快に進んだ。索がぶつかり、帆桁がきしみ、手袋の記章が旗竿でばたばたとはためいた。

ケフェナルド・ファン・フリートは約束どおり、船がヴィアテルナの桟橋を離れると同時にゲラルトとアダリオを船首に呼んで話しはじめた。

「旅の目的は」手袋商人は、不機嫌そうなフィッシュをちらちら見ながら口を開いた。「誘拐された子どもを救うことです。子どもの名はヒメナ・ド・セプルヴェダ――ブリアナ・ド・セプルヴェダのひとり娘です。あなたも聞きおぼえがあるでしょう。革なめし、水漬け、縫製工場を経営する毛皮商で、莫大な年間生産量を誇り、売上高も巨額です。豪華で高そうな毛皮の女性を見たらブリアナの工場のものを着ていると思って間違いありません」

「その娘が誘拐された。身代金目的か」

「それが違うんです。信じないでしょうが……。娘は怪物にさらわれたんです。キツネ女に。つまり変化《へんげ》する妖怪。雌ギツネ魔《ヴィクセン》に」

「あんたの言うとおり」ゲラルトは冷ややかに言った。「おれは信じない。キツネ女もしくはヴィクセン――より正確にはアグアラ――がさらうのはエルフの子だけだ」

「いかにも、そのとおり」フィッシュが語気荒く言った。「前代未聞だが、そのノヴィグラドの毛皮商は非人間だ。娘の母親ブリアナ、別名ブレイネ・ディアルベル・エプ・ムイは純粋な女エルフで、夫のヤコブ・ド・セプルヴェダの死後、全財産を相続した。一族は遺言書を破棄することも、異人種婚は無効だと宣言することもできなかった、たとえそれが慣習と聖なる掟に反しようとも――」

「要点を言ってくれ。要点を」ゲラルトがさえぎった。「つまり、この純粋な女エルフの毛皮商に、誘拐された娘を取り返してほしいと頼まれたのか」

「おれたちをかつぐ気か」フィッシュが顔をしかめた。「おれたちにボロを出させるつもりか？　キツネ女に子をさらわれたエルフは、決して取り戻そうとはしない、あんたもよく知っているはずだ。エルフたちはあきらめ、忘れる。運命だと受け入れ――」

「ブリアナ・ド・セプルヴェダも最初はそんなふりをしました」ケフェナルド・ファン・フリートが言葉をはさんだ。「絶望しつつも、エルフらしく、ひそかに悲しんでいた。表向きは無表情で、乾いた目で……。〝ヴァ＝エッセ・デリーダ・エプ・イーゲン、ヴァ＝エッセ・エイ・ファイダ＝ル〟――そう繰り返して。エルフ語で、意味は――」

「――何かが終わり、何かが始まる」

「そのとおり。でも、そんなのはバカげたエルフ話です、何も終わらない、いったい何が終わるっていうんです？　なぜ終わらなければならない？　ブリアナは長いあいだ人間のなかで生きてきた、人間の法と慣習にしたがい、その血が人間でないだけで心はほとんど人間です。たしかにエルフの信念と迷信は強い。おそらくブリアナはほかのエルフの手前、平気なふりをしているだけで、心の底では娘を取り戻したがっているに違いありません。ひとり娘を取り戻すためならなんだって手放すでしょう、相手がキツネ女だろうとなんだろうと……。正直、ウィッチャーのだんな、ブリアナは何も頼まず、なんの助けも求めなかった。それでもわれわれは彼女の絶望を黙って見ておれず、手を貸すと決めたんです。商人ギルド全体で協力し、旅の資金を出し合って。わたしはこの船〈予言者レビオダ〉を提供し、みずから参加することにしました、これからあなたも会う、商人ミスター・パルラヒーと一緒に。しかし、われわれは商売人で、冒険者ではない、だからジャヴィル・フィッシュどのに助けを求めたんです——賢く、目端がきき、危険を恐れず、どんな困難も巧みに切り抜け、その知識と経験で有名な——」

「その経験で有名なフィッシュどのは——」ゲラルトは本人をちらっと見やり、「——救出作戦が無意味で、最初から失敗する運命にあるとあんたたちに言わなかった。理由はふたつ考えられる。ひとつ、フィッシュどの自身、あんたたちをどんな状況におとしいれたかわかっていない。ふたつ——こっちのほうがありそうな話だが——フィッシュどのは金を受け取っている。あんたたちをどことも知れぬ場所に連れまわし、手ぶらで返すのに充分な大金を」

「それは言いすぎです！」ケフェナルド・ファン・フリートが、いまにも食ってかかりそうなフィッシュを手ぶりで制した。「それに、やる前から失敗すると考えるのは性急すぎる。われわれ商人はつねに前向きに考え……」

「りっぱな考えかただ。だが、今回は役に立たない」

「なぜです？」

「アグアラにさらわれた子を取り戻すことはできない」ゲラルトは淡々と説明した。「どう考えても。キツネ女の生態がほとんどわからないから見つけられないというだけではない。アグアラが絶対に子どもを渡さないからだけでもなく、キツネの姿であろうと人間の姿であろうと生半可な覚悟で戦える相手ではないというだけでもない。問題は、さらわれた子どもが子どもでなくなるという点だ。キツネ女にさらわれた少女たちには変化が起こる。娘たちは変態し、みずからもキツネ女になる。アグアラは生殖しない。エルフの子をさらい、変態させることで種を保つ」

「そんな化けギツネ種は根絶やしにするべきだ」ここぞとばかりにフィッシュが口をはさんだ。「あんなふうに姿を変える、いまわしきものどもはすべて滅びればいい。たしかにキツネ女はめったに人間の邪魔はしない。やつらはエルフの子をさらい、エルフを痛めつけるだけだから、それ自体は一向にかまわん。非人間が迫害されればされるほど、純粋な人間が受ける利益は大きくなる。だが、キツネ女は怪物だ、怪物は抹殺され、滅ぼされ、種として抹消されるべきだ。しょせんあんたは、ウィッチャー、それで生計を立て、それに加担している。ならば、われわれが怪物殺しに手を貸しているからといって恨まないでもらいたい。だが、こんな話は無駄だ。あんたは説明をほしがった、だからこのとおり話した。これで、あんたが何をするために雇われたか、何から……何からわれわれを守らなければならないかがわかったはずだ」

「こう言ってはなんだが、あんたの説明は膀胱炎《ぼうこう》患者の小便のように切れが悪い」ゲラルトは淡々と言った。「それに、あんたたちの高尚な旅の目的は、村祭りのあとの娘の純潔と同じくらい疑わしい。だが、それはそっちの問題だ。おれにできるのは、アグラアから身を守りたければ近づくなと忠告することだけだ。ミスター・ファン・フリート」

「なんです？」

「家へ帰れ。救出作戦などばかげている、そろそろ現実を受け入れ、あきらめたほうがいい。ウィッチャーとして忠告できるのはこれくらいだ。忠告はただでいい」

「でも船を降りはしないでしょう？」ファン・フリートが少し青ざめながらぼそぼそと言

った。「ウィッチャーのだんな。ここにいてくれるんでしょう？　それでまんいち……。まんいち何かあったら守ってくれますよね？　どうかそうだと言ってください……頼むからうんと……」

「彼はうんと言う、心配するな」フィッシュが鼻で笑った。「船を降りはしない。ほかに誰がこんな僻地から出してやれる？　あわてるな、ミスター・ファン・フリート。恐れることは何もない」

「何が、何もない、だ！」手袋商人が声をあげた。「言ってくれるじゃありませんか！　こんな厄介な状況に引きずりこんでおいて、いまさら英雄気取りですか？　とにかくわたしはノヴィグラドまで無事に航海したい。そのためには誰かに守ってもらわなければならない、こんな厄介な状況で……もしも危険なことになったら――」

「危険なんか何もない。女みたいにぼやくな。連れのパルラヒーのように下甲板に行ってきたらどうだ。やつとラム酒でもひっかけりゃ、すぐに恐いものなどなくなる」

ケフェナルド・ファン・フリートは顔を赤らめ、それから青ざめ、ゲラルトの目を見た。

「これ以上はごまかせない」フリートはきっぱりと、しかし落ち着いた口調で言った。

「真実を話します。ウィッチャーのだんな、若いヴィクセンはもうつかまえました。船尾倉にいて、ミスター・パルラヒーが見張っています」

ゲラルトは頭を振った。

「信じられない。アグアラから毛皮商の娘を奪ったのか。幼いヒメナを？」

フィッシュが脇に唾を吐いた。ファン・フリートは後頭部を掻き、ようやくぼそぼそと話しはじめた。

「こんなはずじゃなかったんです。手違いで別のヴィクセンが転がりこんで……。キツネ女には違いないが、別の……。それもまったく別のヴィクセンによってさらわれた娘です。ミスター・フィッシュが買い取りました……ヴィクセンをだまして手に入れた、どこかの兵士から。最初はヒメナだと思いました、変異したばかりの……。でも、ヒメナは七歳で金髪なのに、こっちは十二歳くらいの黒髪で……」

「違う娘だったが引き取った」フィッシュがウィッチャーを制して言った。「エルフの子を、ますます厄介な怪物に成長させる理由がどこにある？　ノヴィグラドに行けば見世物小屋に売れるかもしれない、なにしろめずらしい生き物で、森のなかでヴィクセンに育てられた獰猛な半キツネ女だ……。動物園ならきっと大枚をはたいてもほしがるに……」

ゲラルトはフィッシュに背を向け、どなった。

「船長、船を岸に向けろ！」

「そうあわてるな」フィッシュがうなるように言った。「このまま進め、パドロラク。あんたに命令権はない、ウィッチャー」

「あんたの良識が頼みだ、ミスター・ファン・フリート」ゲラルトはフィッシュを無視して言った。「娘をいますぐ解放し、岸に降ろせ。さもないと命はない。アグアラは決して子どもを見捨てない。すでにあんたたちを追っているはずだ。アグアラを止めるには娘を返すしかない」

「耳を貸すな」とフィッシュ。「そんな脅しを真《ま》に受けるな。船は広くて深い川を進んでいる。ただのキツネに何ができる？」

「しかもおれたちにはウィッチャーがついている」ペトル・コビンがあざけるように言った。「目に見えない剣を帯びて！　高名なるリヴィアのゲラルトがキツネ女ごときにおびえるものか！」

「いったいどうすればいいんだ」ファン・フリートがフィッシュ、ゲラルト、パドロラク船長の順に視線を動かしながらつぶやいた。「ゲラルトのだんな、ノヴィグラドに着いたら報酬ははずみます、たっぷり礼を出します……われわれを守ってくれさえすれば」

「もちろん守る。唯一可能なやりかたで。船長、船を岸に向けろ」

「なんの分際で！」フィッシュが青ざめた。「船尾倉には一歩も近づくな、後悔するぞ！　コビン！」

ペトル・コビンはゲラルトの襟首をつかもうとしてつかめなかった。そのときまで黙っていたアダリオ・バッハが喧嘩に加わったからだ。アダリオはコビンの膝を後ろから思いきり蹴りつけ、コビンが前につんのめり、膝をついたところに飛びかかり、腎臓と側頭部に力まかせにこぶしを打ちこんだ。大男は甲板にどさっと倒れた。

「でかいのがなんだ、え？」アダリオは周囲を見まわして言った。「せいぜい倒れたときにでかい音を立てるくらいのもんだ」

フィッシュはナイフに手を伸ばそうとしたが、アダリオににらまれて手をひっこめた。ファン・フリートは突っ立って口をぽかんと開けていた。パドロラク船長と船員たちと同じように。

ペトル・コビンがうめき、甲板からようやく頭をあげた。

「そこから動くな」アダリオが忠告した。「わしはおまえの図体も、ストゥレフォス監獄の入れ墨も怖くない。おまえよりでかいやつとか、ストゥレフォスよりひどい監獄の服役囚とかをもっと痛めつけたこともある。だから起きんほうが身のためだ。ゲラルト、仕事にかかれ。念のために言っとくが」そこでほかの者たちに向きなおり、「ウィッチャーとわしはいままさにあんたらの命を救ってるんだ。船長、船を岸へ。ボートを下ろせ」

ゲラルトは甲板昇降階段を降り、最初の扉を引き開け、次の扉を開けた。そしてぴたりと足を止めた。後ろにいたアダリオ・バッハが毒づいた。フィッシュも毒づき、ファン・フリートがうめいた。

やせ細った少女が死んだ目で、力なく寝床に横たわっていた。半裸で、腰から下はまったくの裸で、両脚がみだらに開かれている。不自然に曲がった首がなおいっそうみだらに見えた。

「ミスター・パルラヒー……」ファン・フリートが口ごもりながら、「何を……いったい何をした？」

少女に身を乗り出すように横に座る禿頭の男が目をあげた。そして目の前にいる人が見えないかのように、手袋商人の声の出どころを探すかのように頭を動かした。

「ミスター・パルラヒー！」

「この子が叫んで……」パルラヒーが二重あごをわななかせてつぶやいた。吐く息から酒のにおいがした。「この子が叫びだして……」

「ミスター・パルラヒー……」

「静かにさせようと……。黙らせようとしただけだ」

「でも殺した」フィッシュが事実を述べた。「あっさり殺してしまった！」

ファン・フリートが両手で頭を抱えた。

「これからどうなるんです？」

「いよいよ」アダリオがそっけなく答えた。「くそまずい状況だ」

「あわてるな！」フィッシュが手すりをバンとたたいた。「ここは深い川の上だ。川岸ははるか遠い。たとえキツネ女が――ないとは思うが――あとを追ってきたとしても、水上のおれたちには手を出せない」

「ウィッチャーのだんな」ファン・フリートが見あげた。「どう思います？」

「アグアラはおれたちを尾《つ》けている」ゲラルトは辛抱強く繰り返した。「それは間違いない。疑いがあるとすればミスター・ファン・フィッシュの専門知識だ。頼むから黙っていてくれ。こういうことだ、ミスター・ファン・フリート、若いキツネ女を船から降ろし、陸に返していたら、もしかしたらアグアラは大目に見てくれたかもしれない。しかし、起こったことは起こったことだ。こうなったら逃げるしかない。これまでアグアラに襲われなかったのは奇跡だ、まさに運が味方したとしか思えない。だがこれ以上、運に頼るわけにはいかない。すべての帆をあげろ、船長。ありったけの」

「下部中檣帆《しょうはん》もだな」パドロラク船長がゆっくりと言った。「風は追い風で――」

「それで、もしも……」ファン・フリートが口をはさんだ。「ウィッチャーのだんな、もしものときはわれわれを守ってくれますか」

「はっきり言おう、ミスター・ファン・フリート。本音を言えば見捨てたい。パルラヒーとともに――あの男のことを考えただけで胸くそ悪い。やつはいまも甲板の下で、自分が殺した子どもの死体のそばで酔っぱらい――」

「同感だ」アダリオ・バッハが空を見ながら言葉をはさんだ。「非人間族に関するミスター・フィッシュの言葉を言い換えれば――〝愚者に害がおよべばおよぶほど、賢者には利益がおよぶ〟」

「パルラヒーのことは殺すなりなんなりアグアラの好きにさせたいところだが、それは掟が許さない。ウィッチャーの掟は、自分の望みどおりに行動することを禁じている。死の危険にある者を見捨ててはならない」

「なんと気高きウィッチャー精神よ！」フィッシュが鼻で笑った。「おまえたちの悪事を誰も知らないとでも思うか！　だが、いますぐ逃げるという考えには賛成だ。すべての帆をあげろ、パドロラク、航路に向かえ、いますぐ！」

船長が命令を出し、甲板員が索具に取りついた。パドロラクは船首に向かい、ゲラルトとアダリオも一瞬、考えてからあとを追った。ファン・フリート、フィッシュ、コビンは後甲板で言い争っている。

「ミスター・パドロラク」

「なんだ」

「この船はなぜこんな名前になった？　あのかなり変わった船首像はなんだ？　僧侶たちから資金を募るためか」

「進水したときは〈メリュジーヌ〉という名前だった」船長は肩をすくめた。「船首像も水の妖精《メリュジーヌ》の名にふさわしいもので、人々の目を楽しませた。それがどちらも変更された。後援者の事情だと言う者もいた。ノヴィグラドの僧侶たちは何かというとファン・フリートを、異教徒で罰当《ばちあ》たりだと目の敵にしていた、だからファン・フリートが連中のケツをなめ……いや、ご機嫌取りをしたと言う者もいた」

〈予言者レビオダ〉は舳先《へさき》で水を切って進んだ。

「ゲラルト」

「なんだ、アダリオ」

「あのキツネ女……つまりアグアラだが……。聞いたところでは姿を変えられるそうだな。女にもなれるがキツネにもなれる。つまり人狼のようなものか」

「正確にはそうではない。人狼、人熊、人ネズミといった生き物は半人半獣、つまり獣の姿をした人間だ。だが、アグアラはアンセリオン。つまり人間の姿になれる動物――というか生き物だ」

「それで、その力のほどは？　信じられないような話をいくつも聞いた……。なんでもアグアラは――」

「アグアラの力を見せられる前にノヴィグラドに着けることを祈ろう」ゲラルトがさえぎった。

「それで、もし――」

「〝もし〟は、もうよせ」

風が起こり、帆がはためいた。

「空が暗くなってきた」アダリオ・バッハが指さした。「遠くで雷が鳴ったようだ」

ドワーフの耳は正しかった。二、三分もしないうちにふたたび雷が鳴り、今度は全員が聞いた。

「スコールだ！」パドロラクが叫んだ。「水の深いほうへ向かえ、転覆するぞ！　風から逃げろ、隠れて、身を守れ！　総員、帆につけ！」

そう言うと舵手を押しのけ、みずから舵を取った。

「つかまれ！　全員、つかまれ！」

右舷上空が暗い藍色に変わっていた。ふいに突風が吹きつけ、勾配の急な川岸の木々をなぶり、激しく揺らした。大木の梢が揺れ、小さな木々がしなった。木の葉と小枝が丸ごと――なかには大枝も――一塊《ひとかたまり》になって吹き飛んだ。目もくらむような稲妻が走り、ほぼ同時に耳をつんざくような雷鳴がとどろいた。続けて次の雷が鳴った。さらにもう一度。

次の瞬間、ザーッという音がして、たたきつけるような雨が降りはじめた。雨の壁の向こうは何も見えない。〈予言者レビオダ〉は波の上で揺れ、踊り、数秒ごとに縦揺れと横揺れを繰り返し、やがて何もかもがきしみはじめた。ゲラルトには板の一枚一枚がうめいているように思えた。それぞれの板にそれぞれの意思があって動き、まわりのことにはまったくかまわないとでもいうように。いまにもバラバラになりそうだ。いや、まさか――ゲラルトは何度も自分に言い聞かせた。この船はもっと荒れた海にも耐えられるようにできている、そもそもここは川で、海ではない。ゲラルトは水を吐き、索具をきつく握りながら自分に繰り返した。

どれくらい続いただろう。ようやく揺れが収まり、荒れ狂う風もやみ、水をかきまわしていた土砂降りも弱まり、ふつうの雨になり、やがて霧雨になった。そのときようやくパドロラクの舵に救われたとわかった。船は、突風の影響をさほど受けない、木の生い茂る小高い島の背後に退避していた。雨雲が去ったらしく、スコールも収まった。

水面から霧が立ちのぼっていた。

ずぶぬれの帽子から水がしたたり、顔を伝い落ちたが、船長は帽子を脱がなかった。たぶん一度も脱いだことがないのだろう。

「やれやれ！」鼻から水滴をぬぐいながらパドロラクが言った。「ここはどこだ？　分流か。古い川床か。水はほとんど動かず……」

「だが流れには乗っている」フィッシュが水中に唾を吐き、泡が流れるのを見つめた。麦わら帽子がなくなっていた。突風で吹き飛ばされたようだ。

「流れは弱いが動いている」フィッシュが繰り返した。「ここは島と島のあいだの狭い水域だ。このまま進め、パドロラク。いずれ深いところへ出るはずだ」

「流れは北に向かっている」船長が方位磁石にかがみこんだ。「だから右舷側の支流を進むべきだ。左舷ではなく、右舷の……」

「どこに支流が見える？」とフィッシュ。「一本の川があるだけだ。まっすぐ進めと言っただろう」

「ついさっきは二本だった」パドロラクが言った。「いや、目に水が入ったようだ。それとも霧のせいか。わかった、流れにまかせよう。ただ――」

「ただ、なんだ」

「方位磁石。指している方角が完全に……。いや、なんでもない。よく見えなかっただけだ。帽子から水がガラスにしたたって。たしかに船は動いている」

「ならばこのまま進め」

霧は濃くなったり薄くなったりを繰り返し、風は完全にやんだ。気がつくと、かなり気温があがっていた。

「この水」パドロラクが言った。「におわないか？　いつもとは違うにおいだ。ここはどこだ？」

霧が晴れ、下草が生い茂る川岸が見えた。岸には腐った木の幹が散らばっている。島々をおおっていたマツ、モミ、イチイの木に代わって、低木のカワカバノキや下ぶくれの高木のイトスギが茂っていた。イトスギの幹にノウゼンカズラがぐるりと巻きつき、茶緑色の沼地の植生のなかで、その派手な赤い花だけが目に鮮やかだ。水面はウキクサでおおわれ、〈予言者レビオダ〉はびっしり生えた水草を船首でかき分け、裳裾のように引きずりながら進んだ。水は濁り、たしかに嫌な、なんとなく腐ったようなにおいがした。川底から大きな泡が浮いてくる。パドロラクがふたたび、みずから舵を取っていた。

「浅瀬かもしれん」ふいに不安げな声をあげた。「おい！　測鉛手、前へ！」

あいかわらずの一面の沼地と腐ったにおいのなか、船は緩慢な流れに運ばれてゆく。船首の甲板員が一本調子で水深を読みあげた。

「これを見てくれ、ウィッチャーのだんな」パドロラクが方位磁石に身をかがめ、表面のガラスをたたいた。

「どうした」

「てっきり蒸気でガラスが曇ったと思っていたが……。針が狂っていないとしたら船は東に向かっている。つまりもとの場所に戻ってるってことだ。出発した場所に」

「まさか。船は流れに運ばれている。川は――」

そこで言葉をのみこんだ。

根の一部が剝き出しになった巨木が水面に垂れさがり、裸枝の上に、体にぴったりした長いドレスの女が立っていた。身じろぎもせずこちらを見ている。

「舵を」ウィッチャーが小声で言った。「舵を切れ、船長。向こうの川岸へ。あの木から離れろ」

女が消え、大きなキツネが枝の上をさっと駆け抜けてやぶのなかに消えた。キツネは黒く、ふさふさしたしっぽの先だけが白く見えた。

「見つかった」アダリオ・バッハも気づいた。「ヴィクセンに見つかった……」

「なんてこった――」

「黙れ、二人とも。騒ぐな」

船はすべるように進んだ。それを川岸の枯れ木からペリカンが見ていた。

幕間

百二十七年後

「あそこがイヴァロだ、嬢ちゃん、あの小さな丘の向こうが」商人がムチで指し示した。「あと百メートルもない、もう目の前だ。わしは十字路から東のマリボルへ向かう、だからここでお別れだ。元気でな、神々があんたをみちびき、旅路を見守らんことを」

「あなたの旅路も、だんなさま」ニムエは荷物と身のまわり品を抱えて馬車から飛び降り、ぎこちなく膝を曲げてお辞儀した。「馬車に乗せてくださって心から感謝します。あの森のなかで……。どんなにありがたかったことか……」

ニムエはこの二日間、街道を歩いているうちに迷いこんだ暗い森を思い出して言葉をのみこんだ。化け物のような巨木のねじれた枝がからみ合い、天蓋のように頭上をおおっていた、ひと気のない道の記憶。ふいにひとりきりだと気づいた道。そのとき襲われた恐怖の記憶。しっぽを巻いて、飛んで家に帰りたいと思ったこと。ひとりで世界を旅するなどという大それた考えを捨てて。そんな大それた考えを頭から追い払って。

「なんの、礼にはおよばん、たいしたことじゃない」商人は声をあげて笑った。「誰だって旅人には手を貸すもんだ。じゃあな！」

「さようなら。どうぞ気をつけて」

ニムエは風雨にさらされてすべすべになった石柱を見つめ、しばし十字路に立ちつくした。〝この柱はさぞ長いあいだここに立っているに違いない〟――ニムエは思った。〝もしかしたら百年以上も前から？　この柱は〈彗星の年〉を憶えているだろうか。ブレンナに行軍した北方諸国の国王軍のこと、そしてニルフガード帝国との戦のことを？〟

毎日のようにニムエは、そらでおぼえた道筋を頭のなかで繰り返した。魔法の文句のように。呪文のように。

〝ヴィルヴァ、グアド、シベル、ブルッゲ、カスターフルト、モルタラ、イヴァロ、ドリアン、アンホル、ゴルス・ヴェレン〟

イヴァロの町は遠くからでもわかった。その喧騒と悪臭で。

森は十字路で終わり、その先は切り株だらけの空き地があるだけで、それが地平線と最初の建物群まで広がっていた。いたるところで煙があがっている。木炭を作るための鉄桶がずらりと並び、煙を吐いていた。樹脂のにおいがした。町に近づくにつれて騒音は大きくなった。金属がぶつかるような耳慣れない音で、足元の地面からも揺れを感じた。

町に入ったとたん、ニムエは驚いて息をのんだ。騒音と地面の震動のもとは、これまで見たこともない奇妙な機械だった。巨大な丸い銅鍋のようなものに大きな車輪がひとつついていて、それが回転し、油で光るピストンを動かしていた。機械はシューシューと音を立て、煙を出し、煮えたぎる湯をまき散らし、蒸気を吐き、ときおりピューッと口笛のような——それは恐ろしく、すさまじく、声も出ないほどの——音を発した。だが、ニムエはすぐに恐怖を克服してさらに近づき、恐ろしげな機械の歯車のベルトが動いて鋸を動かし、製材所の材木をあっというまに切断するさまをしげしげと見た。いつまでも見ていたかったが、轟音と鋸がこすれる音で耳が痛くなってやめた。

橋を渡った。下を流れる小川はよどみ、木片や木の皮や泡がぽつぽつ浮かんで、嫌なにおいがした。だが、足を踏み入れたばかりのイヴァロの町は、町全体が大きな便所のような、しかもそこで誰かが腐った肉をあぶったようなにおいがした。この一週間、牧草地と森で過ごしてきたニムエは息が詰まりそうだった。イヴァロは旅の通過地点のひとつで、休息の地になるような気がしていたが、どうやら必要以上に長居をする場所ではなさそうだ。イヴァロが楽しい旅の思い出のひとつになるとも思えない。

いつものように、かごに入れたキノコと薬草の根を市場で売った。時間はかからない。いまではすっかり慣れて、何が必要とされ、誰に売ればいいかがわかっていた。少し頭の足りないふりをすれば、品物はすぐに売れ、露天商たちは愚鈍な娘を出し抜こうとたがいに張り合った。稼げる金はわずかだが、時間を無駄にはしなかった。手早さが何より大事だ。

近所できれいな水が手に入るのは小さい広場にある井戸だけで、水筒を満たすのに長い列に並んで順番を待たなければならなかった。次の目的地までの食料は水よりも簡単に手に入った。香りにつられてパイもいくつか買ったが、よく見ると、焼いてからかなり時間がたっているようだ。搾乳場の脇に腰かけ、お腹を壊さずに食べられそうなうちに食べた。食べられる状態が長く続くとは思えなかった。

正面に〈緑のなんとか〉という居酒屋があった。看板の下半分が欠損し、緑のなんなのかは知恵をしぼって想像するしかない。そのうちニムエは――カエルとレタス以外の――緑色のものを考えるのに没頭した。居酒屋の階段で数人の常連客が声高に議論を始め、ようやくわれに返った。

「だから〈予言者レビオダ〉号だって言ってるだろ」なかの一人が大声で言った。「伝説の帆船だ。百年以上も前、船員もろとも跡形もなく消えた幽霊船だ。災難が知れわたったころから川に現れるようになった。船員の亡霊が乗ってたのをみんなが見た。難破船が見つかるまで、船は亡霊となって現れつづけたそうだ。そしてついに見つかった」

「どこで？」

「〈河口〉の、古い川床の泥に埋もれていた、干上がった沼のどまんなかで。船全体が藻と苔におおわれていた。藻と苔を剝ぎ取ると銘が現れた。〈予言者レビオダ〉の」

「で、宝物は？　何かお宝は見つかったか？　船倉には宝があるもんだ。何が見つかった？」

「誰にもわからん。僧侶たちが残骸を押収したそうだ。聖なる遺物と呼んで」

「ばかばかしい！」別の客がしゃっくりした。「子どもだましのおとぎ話を信じるとは。古い船を見つけたら、すぐにやれ幽霊船だ、お宝だ、遺物だとか言いだす。そんなもんは全部でたらめ、三文小説、ばかげた噂話、くだらん作り話だ。おい、そこのおまえ！　娘っ子！　誰だ。どこの子だ？」

「どこの子でもない」ニムエは言った。そのころには答えかたを心得ていた。

「髪を搔きあげて耳を見せろ！　エルフの娘みたいだな。エルフの混血に用はない！」

「迷惑はかけないからほっといて。もうすぐ出ていくから」

「ふん！　で、どこへ行く？」

「ドリアン」ニムエはつねに、次の目的地を答えることも覚えた――間違っても決して旅の最終目的地を知られてはならない。知られたら笑われるだけだ。

「ほほう！　ずいぶん長旅だな」

「だからそろそろ行くわ。ひとつだけ言っておくと、みなさん、〈予言者レビオダ〉に宝物はなかった、宝物のことは、伝説には何も書かれていない。〈予言者レビオダ〉が消えて亡霊になったのは、船が呪われて、船長が正しい助言にしたがわなかったからよ。その場にいたウィッチャーが、船の向きを変え、彼が呪いを解くまで川の支流に向かうなと忠告したにもかかわらず。わたしはそれを読んで――」

「ひよっこのくせに、やけに知った口をきくじゃないか」最初の客が言った。「おまえみたいなのはな、娘っ子、黙って床を掃いて、鍋の面倒を見て、下着を洗濯してりゃいいんだ。本が読めると言ったと思えば――次はなんだ？」

「ウィッチャーだとよ！」三人目があざけった。「でまかせの、でたらめだ！」

「そんなに物知りなら〈カササギの森〉のことも知ってるだろうな」別の男が口をはさんだ。「なんだと、知らない？　じゃあ教えてやろう。あの森には邪悪なものがひそんでいる。そいつは二、三年にいちど目を覚まし、森をうろつく者に災いをもたらす。おまえが本当にドリアンに向かうのなら〈カササギの森〉を必ず通るはずだ」

「そこにはまだ森があるの？　あなたたちが全部、伐り倒して、いまでは切り株だらけの空き地しかないじゃない」

「なんて知ったかぶりの、口の減らない小娘だ。木を伐らずして、森になんの意味がある？　伐ったものは伐ったもの、残るものは残るものだ。だが木こりは〈カササギの森〉には入らない、そりゃあ恐ろしいところだ。そこまで行くんなら自分の目で確かめりゃいい。怖くてズボンに漏らすなよ！」

「もう行くわ」

〝ヴィルヴァ、グアド、シベル、ブルッゲ、カスターフルト、モルタラ、イヴァロ、ドリアン、アンホル、ゴルス・ヴェレン。

わたしはニムエ・ヴェルチ・ウレディル・エプ・グヴィン。

わたしはゴルス・ヴェレンをめざす。サネッド島にある女魔法使いの学校、アレツザを〟

15

「なんの真似だ、パドロラク！」ジャヴィル・フィッシュが吐き捨てるように言った。

「やってくれるじゃないか！　もう一時間もこのへんの支流をさまよってるぞ！　この沼のことは知ってる、邪悪なものが出るって話だ！　ここで人と船が消えると！　川はどこだ？　航路はどこだ？　なんで――」

「黙れ、ちくしょう！」船長がむっとした。「航路はどこか、水路はどこかだと？　そんなもの知るか！　あんたはたいそう賢いんだろ？　だったらいまこそ知恵を発揮してくれ！　また川が分かれた！　どっちに行けばいい、知ったかぶりさんよ？　流れにそって左か。それとも右か」

フィッシュはふんと鼻を鳴らし、船長に背を向けた。パドロラクは舵輪をつかみ、左の支流へと舵を切った。

測鉛手が叫んだ。続いてケフェナルド・ファン・フリートがさらに大声で叫んだ。

「岸から離れろ、パドロラク！」ペトル・コビンが声を張りあげた。「面舵《おもかじ》いっぱーい！岸から離れろ！　岸から離れろ！」

「どうした？」

「ヘビだ！　見えないのか？　ヘビの大群だーーー！」

アダリオ・バッハが毒づいた。

左の川岸にヘビが群がっていた。葦と川岸の草のなかでうごめき、半分土に埋まった幹の上を這いまわり、張り出した枝からぶらさがり、シューシューと息を吐いている。ヌママムシ、ガラガラヘビ、ハララカハブ、ブームスラン、トゲブッシュバイパー、パフアダー、アリエテ、ブラックマンバはわかったが、ゲラルトが知らない種類もいた。

〈予言者レビオダ〉の船員全員があわてふためき、それぞれに叫びながら左舷から逃げた。ケフェナルド・ファン・フリートは船尾に駆けだし、ウィッチャーの背後にしゃがみこんでぶるぶる震えている。パドロラクが舵輪をまわし、針路を変えはじめた。ゲラルトが船長の肩に手を置いて言った。

「いや。このまま針路を保て。右岸には近づくな」

「でも、ヘビが……」パドロラクはみるみる近づいてくる枝を指さした。シューシューと息を吐くヘビがびっしりぶらさがっている。「このままじゃ甲板に落ちてーー」

「ヘビはいない！　針路を保て。右岸から離れろ」

主帆の布が垂れさがる枝にひっかかった。数匹のヘビが帆布に巻きつき、二匹のマンバを含む数匹がどさっと甲板に落ちた。ヘビは鎌首をもたげ、威嚇し、右舷に寄り集まる船員に襲いかかった。フィッシュとコビンが船後方に走り、甲板員たちが悲鳴をあげて船尾に逃げた。一人が水中に跳びこみ、声ひとつあげぬまに消えた。水面に血が泡立った。

「ロプストラだ！」ゲラルトが波間を泳ぎ去る黒い影を指さして叫んだ。「あれは本物だ——ヘビとは違う」

「ヘビは嫌いだ……」ケフェナルド・ファン・フリートが船べりにちぢこまってすすり泣いた。「ヘビは苦手で——」

「ヘビなどどこにもいない。もとからいなかった。幻影だ」

甲板員たちが叫び、目をこすった。ヘビは消えていた。甲板からも、川岸からも。痕跡ひとつない。

「なんだ……」ペトル・コビンがうめいた。「いまのはなんだ？」

「幻影だ」ゲラルトは繰り返した。「アグアラに追いつかれた」

「なんだと？」

「アグアラ、つまりヴィクセンだ。おれたちを混乱させようと幻影を作り出している。いつからやっていたのかわからない。嵐は本物だったようだ。だが、支流はたしかに二本あった、船長の目は確かだ。アグアラが幻《まぼろし》で片方を隠したんだ。方位磁石の針も狂わせた。ヘビも、アグアラの作った幻だ」

「出たぞ、ウィッチャーのほら話が！」フィッシュが鼻で笑った。「エルフの迷信だ！　くだらない作り話だ！　ただのキツネにどうしてそんなことができる？　支流を隠して、磁石を狂わすだと？　何もないところにヘビを出してみせるだと？　ばかばかしい！　いいか、原因は水だ！　おれたちは蒸気と沼の毒気と瘴気《しょうき》に当てられた。だからこんな白日夢を……」

「どれもアグアラが作り出した幻だ」

「おれたちをバカにする気か」コビンがわめいた。「幻？　何が幻だ？　さっきのヘビは本物だ！　みんな見ただろ？　シューシューという音を聞いたろ？　おれはにおいさえ感じた！」

「あれは幻だ。ヘビは本物ではなかった」

船の帆が、ふたたび垂れさがる枝にひっかかった。

「あれも白日夢か？」甲板員の一人が片手を突き出した。「幻か？　あのヘビもまやかしか？」

「あれは本物だ！　動くな！」

枝からぶらさがる大きなアリエテがシューッと血も凍るような音を立て、稲妻のように甲板員に飛びかかり、首に牙を沈めた、一度、二度。甲板員はつんざくような悲鳴をあげて倒れ、ぴくぴくとけいれんし、甲板に後頭部を一定のリズムで打ちつけた。唇に泡があふれ、両目から血が染みだし、誰ひとり駆け寄るまもなく息絶えた。

ゲラルトは死体を帆布でおおった。

「くそっ、みんないいか。用心しろ！　すべてが蜃気楼ではない！」

「警戒！」船首にいた船員が叫んだ。「けいかーーい！　前方に大渦！　大渦だ！」

古い川床がふたたび分かれた。船が運ばれる左側の支流が渦巻き、沸き返り、荒れ狂う渦になっていた。逆巻く大渦が鍋のなかのスープのように波打ち、丸太や枝、樹冠を広げた木が丸ごと渦のなかで回転している。測鉛手が船首から逃げ、ほかの船員たちが叫びはじめた。パドロラクは冷静に舵輪をまわし、船を穏やかな右の支流に向けた。

「ひゅう！」船長が額をぬぐった。「危ないところだった！　あの大渦に引きこまれたらどうなっていたことか。まったく、あのまま進んだら船はもみくちゃにされて――」

「大渦！」コビンがわめいた。「ロブストラ！　アリゲーター！　ヒル！　幻影なんかなくても、この沼地は怪物とか爬虫類とか猛毒の汚らわしい生き物でいっぱいだ。まずいぞ、こんなところで迷ったらまずい。多くの船が――」

「――ここで姿を消した」アダリオ・バッハが指さしながら言葉を継いだ。「おそらくあれは本物だ」

右岸の泥のなかに難破船が横たわっていた。船体は腐り、つぶれ、舷檣《げんしょう》まで泥に埋まり、水草におおわれ、蔓と苔がからみついている。〈予言者レビオダ〉はかすかな流れに乗って横を通りすぎ、甲板から全員が難破船を見つめた。

パドロラクが肘でゲラルトを突き、小声で言った。

「ウィッチャーのだんな、また磁石が狂った。針を見ると、船は東向きから南向きに針路を変えている。キツネのまやかしでなければ、まずい状況だ。地図には載ってないが、この沼地が航路から南に広がっていることは知られている。つまり、船は沼地のどまんなかに向かってるってことだ」

「それでも船は動いている」とアダリオ・バッハ。「風はなく、流れに運ばれている。流れがあるなら、じきに川に合流する、ポンター川の――」

「そうとはかぎらない」ゲラルトが首を振った。「この古い川の流れについては聞いたことがある。流れの方向が変わるらしい。潮の満ち引きによって。アグアラのこともある。これも幻影かもしれん」

川の両岸はなおイトスギにびっしりおおわれていたが、しだいに、根本がふくらんだ、ヌマミズキの大木も増えてきた。大半の木が枯れ、干からびている。生い茂るブロメリアが腐った幹や枝から花輪のように垂れさがり、葉が日差しを受けて銀色に輝いている。枝の上から、サギたちが動かない目で通りすぎるカッター船を見つめていた。

測鉛手が声をあげた。

今度は全員がそれを見た。水面に垂れさがる枝の上に、またしてもヴィクセンが身じろぎもせず立っていた。パドロラクはゆっくり舵輪に身を乗り出し、左岸のほうに舵を切りはじめた。ヴィクセンがいきなり、つんざくような大声で吠え、通りすぎる船に向かってもういちど吠えた。

大型のキツネがさっと枝を駆け抜け、下草に隠れた。

「いまのは警告だ」甲板の騒ぎが静まってからゲラルトが言った。「警告と挑戦。と言うより要求か」

「娘を返せるものなら返したい」アダリオ・バッハが鋭く指摘した。「返したいとも。だが、死んでしまってはどうにもならん」

ケフェナルド・ファン・フリートがうめいて頭を抱えた。濡れそぼり、汚れ、おびえた男は、もはや船を所有する商人にはとても見えない。プラムを盗んだところを見つかった小僧のようだ。

「どうしたら」ファン・フリートが嘆いた。「どうしたらいいんです？」

「こうしよう」ふいにジャヴィル・フィッシュが言った。「死んだ娘を樽にくりつけて水に投げこむんだ。そうすればヴィクセンは娘の死を悲しんで追うのをやめる。そのあいだに時間をかせげばいい」

「恥を知れ、ミスター・フィッシュ」手袋商人が急に声をこわばらせた。「死体をそんなふうにあつかうなんて。文明人とはとてもいえない」

「あの娘が文明人だったか？　エルフで、しかも半分は獣だ。いいか、樽はいい考えで……」

「そんなことを考えつくのはよほどのバカだ」アダリオ・バッハが言葉を引きのばすようにゆっくりと言った。「そんなことをしたら全員の命がない。娘を殺したことがヴィクセンに知れたら、わしらは終わり――」

「エルフの子を殺したのはおれたちじゃない」怒りで顔を真っ赤にしたフィッシュよりも先に、ペトル・コビンが口をはさんだ。「おれたちじゃない。やったのはパルラヒーだ。悪いのはあいつで、おれたちに罪はない」

「そのとおり」フィッシュはファン・フリートとウィッチャーに背を向け、船長と甲板員たちに向かって言った。「悪いのはパルラヒーだ。ヴィクセンにはパルラヒーに復讐させればいい。死体と一緒にボートに押しこめば流されていく。そのあいだに……」

この提案にコビンと数人の甲板員が賛同の声をあげたが、すぐにパドロラクが興奮を鎮めた。

「それは許さん」

「わたしも認められない」ケフェナルド・ファン・フリートが青ざめた顔で言った。「たしかに責任はミスター・パルラヒーにあり、彼の行為は罰せられるべきかもしれない。でも、ここで放り出して、見殺しにするなんて？　それはあんまりです」

「やつの死か、おれたちの死か！」フィッシュがどなった。「ほかにどうする？　ウィッチャー！　キツネ女が船に乗りこんできたら守ってくれるんだろうな」

「ああ」

沈黙がおりた。

〈予言者レビオダ〉は水草の花輪を引きずり、泡の沸き立つ、悪臭のする水のあいだをただよった。それを枝の上からサギとペリカンが見ていた。

船首の測鉛手が大声で警告した。しばらくして全員が叫びはじめた。蔓と水草におおわれた、腐った難破船がふたたび現れたのだ。一時間前に通りすぎたのと同じ難破船が。

「同じところをぐるぐるまわっている」アダリオが事実を述べた。「最初の場所に戻った。キツネ女の罠にはまったようだ」

「脱出する方法はひとつしかない」ゲラルトが左の支流と逆巻く渦を指さした。「あそこを突っ切る」

「あの大渦を突っ切るだと?」フィッシュがどなった。「気でも狂ったか。粉々になるぞ!」

「粉々になるか」パドロラク船長が繰り返した。「あるいは転覆するか。もしくは沼に打ちあげられて、あの難破船のようになるか。大渦のなかでもまれている木を見ろ。とてつもなく激しい大渦だ」

「たしかに。かなり激しい。おそらく幻だからだ。あれもアグアラの作った幻影だと思う」

「思う? ウィッチャーのくせにわからないのか」

「弱い幻影ならわかる。だが、これはとてつもなく強力だ。だが、思うに――」

「思うだけか。間違っていたらどうする?」

「選択の余地はない」パドロラクが言い放った。「渦を突っ切るか、それともぐるぐるまわり続けて――」

「――死を迎えるか」アダリオ・バッハが締めくくった。「みじめな死を」

渦のなかで回転する木の枝が、数秒ごとに溺死体の腕のように水面から突き出た。渦が逆巻き、沸き立ち、波のようにうねり、泡をまき散らす。〈予言者レビオダ〉はぶるっと震えて、ふいに前に飛び出し、渦に吸いこまれた。渦にもまれる木が舷側にぶつかり、泡を散らす。船は横揺れし、ますます回転の速度をあげた。

船員全員がそれぞれの声でわめいていた。

と、とつぜんすべてが静まり返った。水流は収まり、水面も穏やかになった。〈予言者レビオダ〉は両岸のヌマミズキのあいだをゆっくりただよっていた。

「あんたの言ったとおりだ、ゲラルト」アダリオ・バッハが咳払いして言った。「やっぱり幻だった」

パドロラクが長々とゲラルトを見た。無言のまま。そしてついに帽子を取った。頭頂部が卵のように光っていた。

「おれは河川航行の契約をした」船長がようやくしゃがれ声で言った。「妻に頼まれたからだ。〝川のほうが安全だから〟――妻は言った。〝海よりも。川なら船が出るたびに心配しなくてすむ〟と」

パドロラクは帽子をかぶりなおして首を振り、舵輪をきつく握った。

「これで終わりか？」ケフェナルド・ファン・フリートが操縦室の下から泣きそうな声で言った。「もう危険は去ったんですか？」

その問いに答える者はいなかった。

水は藻とウキクサでどろりとしていた。川岸にはイトスギが増えはじめ、呼吸根――なかには百八十センチほどもある気根――が沼や岸の浅瀬からみっしりと生えている。カメがウキクサの島で甲羅を干し、カエルがゲコゲコと鳴いた。

今度は姿よりも声が先だった。独特の節まわしの、威嚇とも警告ともとれるような大きくて耳ざわりな吠え声だ。アグアラがキツネの姿で、岸に横たわる枯れ木の幹に現れた。頭を高くあげて吠えている。ゲラルトはその奇妙な調子に気づいた。威嚇だけではない、何かに命令する声だ。だが、キツネ女が命令をあたえている相手は人間ではなかった。

幹の下の水が急に泡立ち、巨大な怪物が現れた。全身がウグイス色で、しずく形のうろこにおおわれている。怪物はゴボゴボ、ガボガボと音を立て、アグアラに命じられるままに水をかき混ぜ、〈予言者レビオダ〉に向かってまっすぐ水中を近づいてきた。

「あれは……」アダリオ・バッハが息をのんだ。「あれも幻影か」

「いや、違う。ヴォジャノーイだ！」ゲラルトが船長と甲板員に向かって叫んだ。「アグアラがヴォジャノーイに魔法をかけ、けしかけている！　鉤竿《かぎざお》だ！　全員、鉤竿を持て！」

ヴォジャノーイが船の真横の水面に現れ、藻におおわれた平らな頭と、飛び出た魚の目と、大きな口に並ぶ円錐形の歯を見せた。怪物は一度、二度と激しく舷側にぶつかり、船全体を揺らした。船員が鉤竿を手に駆け寄ると、怪物は水中にもぐったが、すぐに船尾の後方、舵板《ラダー》の真横にしぶきとともに現れ、板に嚙みつき、ぎしぎしときしむまで振り動かした。

「ラダーが壊れる！」鉤竿で怪物を狙いながらパドロラクがどなった。「ラダーが引きちぎられる！　動索《ハリヤード》をつかんで引きあげろ！　化け物をラダーから引きはがせ！」

ヴォジャノーイは、どなり声にも鉤竿の突きにも動じずラダーに嚙みつき、引っぱった。ラダーがはずれ、怪物の歯のあいだに木の塊が見えた。これで満足したのか、それともアグアラの魔法が消えたのか、怪物は水中にもぐって消えた。

岸からアグアラの吠え声が聞こえた。

「次はなんだ？」パドロラクが腕を振りまわしながら叫んだ。「次は何をするつもりだ？　ウィッチャーのだんな！」

「なんてことだ……」ケフェナルド・ファン・フリートがすすり泣いた。「信じなかったわれわれを赦したまえ……。少女を殺したことを赦したまえ！　ああ、神よ、われらを救いたまえ！」

ふと顔に風を感じた。さっきまでみじめに垂れさがっていた〈予言者レビオダ〉の三角旗がはためき、帆桁がきしんだ。

「出口だ！」フィッシュが舳先から叫んだ。「あそこだ、見ろ！　水路が広がってる、きっと川だ！　船を動かせ、船長！　あっちだ！」

たしかに水路が広がりはじめ、緑の壁のように生い茂る葦の向こうに広い川らしきものが広がっていた。

「やった！」コビンが声をあげた。「ハハッ！　やったぞ！　沼から脱出した！」

「目盛り、一《いち》」測鉛手が叫んだ。「目盛り、い、い、いちーー」

「向きを変えろ！」パドロラクが叫んで舵手を押しのけ、みずから舵に取りついた。「前方に浅瀬ーー！」

船は呼吸根が密生する支流に向きを変えた。

「何をしてる」フィッシュがどなった。「なんの真似だ。広いほうに向かえ。あっちだ！　あっちだ！」

「無理だ。あそこは浅瀬だ。座礁する！　支流にそって広い水域へ向かうぞ、こっちのほうが深い」

ふたたびアグアラが吠えた。姿は見えない。

アダリオ・バッハがゲラルトの袖を引っぱった。

ペトル・コビンが、自力ではほとんど立っていられないパルラヒーの襟をつかみ、船尾倉の昇降階段から現れた。マントにくるんだ娘を抱えた船員があとに続いた。さらに四人の甲板員がゲラルトの正面に立ち、横に並んで直立不動の姿勢を取った。それぞれが戦斧、三叉矛、鉤竿を持っている。

「止めても無駄だ、だんな」いちばん長身の船員が耳ざわりな声で言った。「こんなところで死ぬのはごめんだ。これ以上、黙って見てはいられない」

「子どもを下ろせ」ゲラルトがゆっくりと言った。「商人を放すんだ、コビン」

「断る」船員が首を振った。「死体を水中に投げ、商人を船から放り出せば怪物を止められる。そうすれば逃げられる」

「邪魔はさせない」別の船員が息を切らして言った。「あんたに恨みはないが、邪魔しないでくれ。ケガをしたくなければ」

ケフェナルド・ファン・フリートは船べりにちぢこまり、顔をそむけてすすり泣いた。パドロラクもあきらめたように横を向き、唇を引き結んだ。船員たちの反乱を止める気はなさそうだ。

「ああ、それでいい」ペトル・コビンがパルラヒーを押しやりながら言った。「こいつと、死んだ仔ギツネを船から放り投げろ、そうするしか生き延びる道はない。どけ、ウィッチャー！　始めろ、おまえたち！　ボートに乗せろ！」

「どのボートだ？」アダリオ・バッハが淡々と言った。「もしかしてあれのことか？」

ジャヴィル・フィッシュがボートの櫂《かい》に取りつき、広い水域に向かって漕いでいた。すでに〈予言者レビオダ〉からかなり離れている。フィッシュは必死に漕いでいた。櫂の面がしぶきをあげ、水草をあたりにまき散らしている。

「フィッシュ！」コビンがわめいた。「あの野郎！　くそろくでなし野郎め！」

フィッシュは振り向き、船に向かって中指を突き立てると、ふたたび漕ぎはじめた。

だが、さほど遠くへは行けなかった。

船の全員が見ている前で、ボートはとつぜん噴き出した水に高々と持ちあげられ、ずらりと歯が並んだ巨大ワニがしっぽを振りまわすのが見えた。フィッシュは水中に飛びこみ、浅瀬にイトスギの根が密生する岸に向かって——ずっと叫びながら——泳ぎだした。ワニが追いかけたが、呼吸根の柵にはばまれた。フィッシュは岸に泳ぎつき、そこに横たわる巨石に胸から倒れこんだ。だが、それは石ではなかった。

トカゲのような巨大ガメがあごを開き、フィッシュの上腕に食いついた。フィッシュは悲鳴をあげ、もがき、足を蹴り出し、泥をまき散らした。そこへワニが水面に現れ、脚に嚙みつき、フィッシュの絶叫が響いた。

しばらくのあいだ、二匹の爬虫類——カメとワニ——のどちらがフィッシュをものにしたのかわからなかった。結局どちらも餌にありついたらしい。カメの口には、血だらけの肉塊《にくかい》からこん棒のような白骨が突き出た片腕が残り、ワニがそれ以外を平らげていた。よどんだ水面に大きな赤い染みが浮かんだ。

船員たちが茫然としているまにゲラルトは甲板員の手から死んだ娘を奪い取り、舳先に近づいた。アダリオ・バッハが鉤竿を持ち、その横に立った。

コビンも船員も止めようとはしなかった。それどころか全員が急いで船後方に走った。あわてふためき、恐怖にかられていたのは言うまでもない。どの顔も急に死人のような色に変わっていた。ケフェナルド・ファン・フリートは船べりで丸まり、膝のあいだに頭を隠し、両手でおおっている。

ゲラルトが振り向いた。

パドロラクがぼんやりしていたせいか、それともヴォジャノーイに壊されたラダーが動かなかったせいか、いずれにせよ〈予言者レビオダ〉は垂れさがる枝の下を通り、倒木の幹のあいだにはさまれて動けなくなっていた。それを見て、アグアラはすばやく、軽やかに、音もなく舳先に飛び降りた。雌ギツネの姿で。さっき空を背景にしたときは真っ黒に見えたが、そうではなかった。毛皮は全体に黒っぽく、ふさふさした尾の先は真っ白だが、大半は灰色がかって、とくに頭部は銀ギツネよりもコサックギツネによくある銀色だ。

アグアラは変態し、大きくなって長身の女に姿を変えた。首から上はキツネのままだ。とがった耳、細長い鼻づら。口を開くと、ずらりと並ぶ牙が見えた。

ゲラルトはひざまずき、娘の死体をそっと甲板に置いてあとずさった。アグアラは耳をつんざくような声で鳴き、歯の並んだあごをかちっと鳴らしてゲラルトに近づいた。パルラヒーは叫び、恐怖のあまり両手を振りまわし、コビンの手を振り切って水に飛びこんだ。そしてみるまに沈んだ。

ケフェナルド・ファン・フリートは泣いていた。コビンと船員たちは青ざめた顔で船長のまわりに集まった。パドロラクが帽子を脱いだ。

首のメダルが激しくぴくつき、震え、ゲラルトはその存在をありありと感じた。アグアラは少女の脇に膝をつき、うなりとも威嚇とも違う、奇妙な声を発した。そしてふいに頭をあげ、牙を剝いた。小さくうなり、瞳のなかで炎が燃えあがった。ゲラルトは動かず、こう言った。

「おれたちのせいだ。実に不運なできごとだった。だが、これ以上、悪いことは起こらない。船員たちに危害を加えさせるわけにはいかない。おれが許さない」

アグアラは少女を抱えて立ちあがり、全員を見渡し、最後にゲラルトを見た。

「おまえは邪魔をした」ゆっくり、はっきりと言葉を発した。「男たちを守ろうとして」

ゲラルトは無言だ。

「娘を連れていく」アグアラが言った。「おまえたちの命よりも大切だ。だが、おまえは男らに味方した、白髪《はくはつ》の男よ。だからおまえを探しに来る。いつの日か。おまえが忘れたころに。思いもかけないときに」

そう言うと、舷墻にひょいと飛び乗って倒木に降り立ち、下草のなかに消えた。

沈黙があたりをおおった。聞こえるのはファン・フリートのすすり泣きだけだ。

風がやみ、蒸し暑くなってきた。〈予言者レビオダ〉は流れに押されて枝から離れ、支流のまんなかをただよった。パドロラクが帽子で目と額をぬぐった。

測鉛手が叫んだ。コビンが叫び、ほかの船員たちも声をあげた。

葦とマコモの茂みの向こうに、とつぜん藁ぶき屋根の小屋がいくつか見えた。魚網を干した柱。細長い黄色い砂浜。桟橋。そして岬の木々のはるか向こうには、青空の下を流れる広い川。

「川だ！　川だ！　ついに出たぞ！」

全員が歓声をあげた。甲板員もペトル・コビンもファン・フリートも。騒ぎに加わらなかったのはゲラルトとアダリオ・バッハだけだ。

舵輪を握るパドロラクも無言だった。

「何をしてる？」コビンが叫んだ。「どこに向かう気だ。川をめざせ！　あっちだ！　川に向かえ！」

「無理だ」船長の声には絶望とあきらめの響きがあった。「風は凪ぎ、船は舵輪にほとんど反応せず、流れはますます強くなる。船はただよい、流れに押され、また支流に運ばれている。沼に戻るだけだ」

「冗談じゃない！」コビンは毒づき、水に飛びこむと、砂浜に向かって泳ぎだした。

船員全員があとに続いた。ゲラルトは誰ひとり止められなかった。飛びこもうとしていたファン・フリートをアダリオ・バッハが荒っぽく押さえつけて言った。

「青い空。金色の砂浜。川。現実にしては美しすぎる。つまり現実じゃないってことだ」

ふいに景色が揺らめいた。ついさっきまで漁師小屋と金色の浜辺と遠くに川をのぞむ突端があったところに、ほんの一瞬、朽ちかけた木の枝からクモの巣のような細い葉を茂らすティランジアが水面まで垂れさがっているのが見えた。湿原が続く川岸。呼吸根が密生するイトスギ。濁った水底から湧きあがる泡。一面の水草。枝がからみあう終わりなき迷宮。

その一瞬、ゲラルトはアグアラが最後の幻影に隠していたものを見た。水面からみるみる一人また一人と水に飛びこんだ男たちが急に叫び、のたうちはじめた。

ペトル・コビンが息を詰まらせ、叫びながら水面に現れた。縞模様の入った、ウナギほどもある太いヒルが全身に貼りつき、うごめいていた。やがてコビンは水中に沈み、二度と浮かんでこなかった。

「ゲラルト！」

アダリオ・バッハが鉤竿で小型ボートを引き寄せた。ボートはワニの襲撃にも持ちこたえ、ちょうど船の横をただよっていた。アダリオがボートに飛び乗り、ゲラルトが呆然としたままのファン・フリートをアダリオに渡した。

「船長」

ゲラルトの呼びかけに、パドロラクは帽子を振った。

「いや、ウィッチャーのだんな！　船を見捨てるわけにはいかない。何があろうと、こいつを港まで連れていく！　できなかったら一緒に沈むまでだ！　さらば！」

〈予言者レビオダ〉は静かに、堂々とただよいながら支流のほうへすべるように進み、視界から消えた。

アダリオ・バッハが手に唾を吐き、前かがみになって櫂を動かすと、ボートは勢いよく水面を進んだ。

「さて、どっちだ？」

「浅瀬の向こうの広い水域だ。川がある。間違いない。航路に合流すれば、どこかの船に出会うだろう。出会えなければノヴィグラドまでボートを漕ぐしかない」

「パドロラクは……」

「なんとかするだろう。それが運命ならば」

ケフェナルド・ファン・フリートが泣き、アダリオが漕いだ。

空が暗くなり、遠くに雷の音が聞こえた。

「嵐が近づいてる」とアダリオ。「こりゃずぶ濡れになるぞ」

ゲラルトは鼻で笑った。そして声を出して笑いだした。心から、本気で。伝染するように。気がつくと二人とも声を出して笑っていた。

アダリオは力強い、一定のリズムで漕いだ。ボートは矢のように水を切って進んでゆく。

「いままでずっと櫓《ろ》漕《こ》ぎをやっていたかのような腕前だな」ゲラルトが涙の浮かんだ目をぬぐいながら言った。「てっきりドワーフは航海のしかたも泳ぎかたも知らないとばかり……」

「固定観念もはなはだしい」

幕間

四日後

〈ボルソディ兄弟競売場〉は〈中央通り〉——街の広場と〈永遠の炎〉寺院を結ぶ、まさにノヴィグラドの中央通り——から少しはずれた小さな広場にあった。兄弟が馬と羊の売買で事業を起こした当初は、街壁の外に丸太小屋をひとつ持つのがやっとだった。それが競売場を始めて四十二年、いまでは街でもっとも洗練された地区に三階建てのりっぱな建物を所有している。一族は長年、家畜の売買を家業としてきたが、近ごろ競売場があつかうのはもっぱら貴石——主にダイヤモンド——や美術品、骨董品や珍品だ。競売会は三カ月に一度、金曜日に開かれると決まっていた。

その日、競売会場は人であふれていた。〝ゆうに百人はいそうだ〟——アンテア・デリスは思った。

ざわめきとつぶやきが静まった。競売人のアブネル・ド・ナヴァレッテが見台の前に立った。

いつものように、黒いビロードの上着と金綾織のチョッキを着こんだド・ナヴァレッテは非の打ちどころがなかった。王子たちはその高貴な見た目と顔立ちを、貴族たちはその物腰と立ち居振る舞いをうらやましく思っただろう。これは公然の秘密だが、アブネル・ド・ナヴァレッテは本物の貴族で、酒癖と放蕩と道楽がたたって一族から追放され、相続権を失った。ボルソディ一族と出会わなければ物乞いになっていたかもしれない。だが、ボルソディ家には、見るからに貴族らしい競売人が必要だった。その点においてアブネル・ド・ナヴァレッテに並ぶ者はいなかった。

「こんばんは、紳士淑女のみなさま」服のビロードと同じくらいなめらかな声でド・ナヴァレッテが呼びかけた。「貴重な美術品と骨董品の殿堂、四半期に一度の〈ボルソディ兄弟競売場〉へようこそ。本日、木槌のもとに集まりしは、すでに展示室でごらんになったように、ほかにふたつとない、すべて個人所蔵の品ばかりです。

見たところ、みなさまの多くはご常連、ご上客のかたがたで、競売に際して適用される当競売場の決まりと規則はご理解のことと存じます。入場に当たり、みなさまには規則を記した冊子をお渡ししております。したがいまして、ここにおられる全員が規則をお読みになり、違反した場合の対処につきましてはご了解いただいているものとみなします。ではさっそく始めましょう。

出品番号一――ニンフをかたどった軟玉《ネフライト》製の彫像で……ふむ……三人のファウヌスも彫られております……。専属鑑定士によれば、作られたのは百年前で、ノームの手によるものです。まずは二百クラウンから。二百五十。ほかにありませんか。よろしいですか。よろしいですね。三十六番の紳士が落札されました」

見台の隣の机にちょこんと座る二人の書記が落札の結果を入念に書きこんだ。

「出品番号二――『アエン・ノ＝グ・マブ・ティーダ＝モルク』、エルフの物語と詩を集めた書物です。挿絵がふんだんに盛りこまれ、新品同様。五百クラウンから始めましょう。商人ホフメイヤーが五百五十。ドロフス議員が六百。ミスター・ホフメイヤー、六百五十。ほかにお声は？　ヒルンダムのミスター・ホフメイヤーが六百五十クラウンでご落札。

出品番号三――象牙製の道具で……ふむ……湾曲した細長い形……ふむ……マッサージに使うものでしょうか。異国の産で、年代は不詳。百クラウンから。左側のかた、百五十。仮面をつけた四十三番のレディが二百。ヴェールをつけた八番のレディが二百五十。三百のお声がかかりましたか。薬屋のヴォルステルクランツ夫人が三百。三百五十！　よろしいですね。四十三番のレディが三百五十クラウンでご落札。

出品番号四――『解毒大全』、キャステル・グローピアン大学創立当初に出版された唯一無二の医学論文集です。八百クラウンからまいりましょう。八百五十。オーネソルグ医師が九百。高名なるマルティ・セデルグレンが一千。ほかにお声は？　誉れ高きマルティ・セデルグレンが千クラウンでご落札。

出品番号五――『獣の性質』、ブナ板綴じ、豪華な挿絵つきの稀少版で……。

出品番号六――《少女と仔猫》、四分の三サイズの肖像画です。カンヴァス油絵、シントラ画派。開始価格は……。

出品番号七――持ち手つきの鐘です。真鍮製の、ドワーフの手によるもので、年代の確定はできませんが、骨董品には違いありません。鐘の縁にドワーフのルーン文字で〝なぜこれを鳴らしている、バカか？〟の彫りこみあり。まずは……。

出品番号八――作者不詳の油彩とテンペラ画。傑作です。稀有な色づかい、顔料の扱いと動きのある光の描写にご注目あれ。荘厳に表現された薄暗い森林風景の雰囲気と、みごとな色彩。中央に立つ主役をごらんください。わだちのついた地面に立つ一頭の雄ジカがキアロスクーロ画法で情緒的に描かれています。開始価格は……。

出品番号九――『新世界』としても知られる『イマーゴ・ムンディ』。オクセンフルト大学に一部と、わずかな個人蔵しかない、文句なしの稀覯《きこう》本です。馬のなめし革《コードバン》綴じで、状態は良好。千五百クラウンから。ヴィメ・ヴィヴァルディ閣下、千六百。尊師プロチャスカ、千六百五十。部屋の奥のレディ、千七百。マスター・ヴィヴァルディ、千八百。尊師プロチャスカ、千八百五十。ミスター・ヴィヴァルディ、千九百。なんと、尊師プロチャスカ、二千。ミスター・ヴィヴァルディ、二千百。さあ、二千二百が出ますか」

「あの本は邪悪だ、異教の神託が書かれている！　焼かなければならん！　わたしは燃やすために競り落とす！　二千二百クラウン！」

「二千五百！」ヴィメ・ヴィヴァルディが手入れのいい白いあごひげをなでながら、あざけるように言った。「さて超えられるかな、敬虔なる放火魔よ」

「なんたる恥辱！　高潔が富の神マモンに負けるとは！　異教のドワーフが人間より優遇されるとは！　訴えてやる！」

「二千五百クラウンでミスター・ヴィヴァルディがご落札」アブネル・ド・ナヴァレッテが淡々と告げた。「しかしながら、尊師プロチャスカ、〈ボルソディ競売場〉の決まりと規則をお忘れのようです」

「失礼する」

「ごきげんよう。お騒がせして申しわけございません。〈ボルソディ競売場〉の出品目録は唯一無二の価値あるものばかりゆえ、ときに強い感情を引き起こします。続けましょう。

出品番号十――これぞまぎれもなき珍品、またとない掘り出し物、二本のウィッチャーの剣です。この二本が長年仕えてきたウィッチャーに敬意を表し、当競売場では一本ずつではなく、二本一組で提供いたします。一本目は隕鉄製。刃はマハカムで精錬、研磨され、専属鑑定士が正真正銘ドワーフの刻印であると断定しました。

もう一本は銀製です。本物である証拠に、十字鍔と刃の全体にルーン文字と絵文字が刻まれております。二本一組で千クラウンから。十七番の紳士、千五十。ほかにお声は？　千百？　これほどの珍品に？」

「ふん、たいした額じゃないな」後列に座っていた法廷書記のニケフォー・ムウスがつぶやいた。インク染みのついた指をきつく握るのと、薄くなった髪を指ですく動作をそわそわと交互に繰り返している。「だから言ったんだ、わざわざこんなところに――」

アンテア・デリスがシーッと黙らせた。

「ホーヴァス伯爵、千百。十七番の紳士、千二百。ニノ・シアンファネリ閣下、千五百。仮面の紳士、千六百。十七番の紳士、千七百。ホーヴァス伯爵、千八百。仮面の紳士が二千。マスター・シアンファネリ、二千百。仮面の紳士、二千二百。ほかにお声は？　マスター・シアンファネリ閣下、二千五百……。十七番の紳士……」

十七番の紳士が、いつのまにか会場に現れた、腕っぷしの強そうな二人の男にいきなり腕をつかまれた。

「イェロサ・フエルテ、通称〈刺し針《ニードル》〉」三人目の男が、つかまれた男の胸をこん棒でたたいてゆっくりと言った。「雇われ殺し屋だな——逮捕状が出ている。逮捕する。連行しろ」

「三千！」イェロサ・フエルテ、通称〈刺し針《ニードル》〉が十七番と書かれた札をなおも振りながらわめいた。「三……千……」

「残念ですが」アブネル・ド・ナヴァレッテが冷ややかに応じた。「これは決まりです。入札者が逮捕された場合、指し値は取り消されます。現在の価格はマスター・シアンファネリ閣下の二千五百クラウン。ほかにお声は？　ホーヴァス伯爵、二千六百。仮面の紳士、二千七百。マスター・シアンファネリ閣下、三千。よろしいですか。よろしいですね……」

「四千」

「おお。モルナル・ギアンカルディ閣下。すばらしい。四千クラウン。さあ、四千五百が出ますか」

「息子にやろうと思っていた」ニノ・シアンファネリが憤然と言った。「あんたには娘しかおらんだろう、モルナル。そんな剣をどうするつもりだ。まあいい、好きにしろ。わた

し は降りる」

「マスター・モルナル・ギアンカルディ閣下が四千クラウンでご落札」ナヴァレッテが宣言した。「続けましょう、紳士淑女のみなさん、出品番号十一――サルの毛皮のマント……」

ニケフォー・ムウスは鶏小屋に忍びこんだイタチのように、うれしそうににやりと笑い、アンテア・デリスの尻をたたいた。それも強く。アンテアはムウスの口をこぶしでなぐりたくなったが、かろうじてこらえた。

「出よう」アンテアがささやいた。

「金は?」

「競売が終わって手続きがすんでからだ。しばらく時間がかかる」

アンテアはニケフォー・ムウスのぼやきを無視して扉に向かった。ふと誰かに見られているのに気づき、こっそりあたりを見まわした。女が見ていた。黒髪。黒と白の服。胸もとに星形の黒曜石の首飾り。

アンテアは寒けを感じた。

アンテアの言ったとおり、手続きにはしばらく時間がかかった。二人が銀行に向かったのは競売日の二日後だ。ドワーフが経営する銀行の支店で——銀行はどこもそうだが——金と蜜蠟とマホガニーの羽目板のにおいがした。

「支払い総額は三千三百六十六クラウン」銀行員が言った。「銀行手数料の一パーセントを差し引いた金額となります」

「〈ボルソディ〉が十五パーセント、銀行が一パーセント」ニケフォー・ムウスがうなった。「何から何まで手数料を取りやがって！　まるで昼強盗じゃないか！　現金を渡せ！」

「待って」アンテアが制した。「その前に、あんたとあたしの取りぶんをはっきりさせよう。あたしも手数料をもらうよ。四百クラウン」

「ちょっと待て！」ムウスの大声に、ほかの銀行員と客が注目した。「四百ってどういうことだ？　そもそも〈ボルソディ〉から三千とちょっとしかもらってないのに……」

「売り値の十パーセントをもらう契約だった。手数料はそっちの問題だ。そして手数料を払うのはあんただけ」

「何をふざけたことを——」

アンテア・デリスがムウスを見た。それで充分だった。アンテアと父親はあまり似ていない。だが、アンテアは父親と同じくらいにらみがきいた。パイラル・プラットと同じように。その目ににらまれて、ムウスは身をちぢめた。

「総額から四百クラウンの小切手を振り出して」アンテアが行員に指示した。「銀行手数料が一パーセント。それで結構よ」

「おれの取りぶんは現金でくれ！」ムウスは引きずっていた大きな革の肩掛けかばんを指さした。「家に持ち帰って、安全な場所にしまっておく！　これ以上、どろぼう銀行に手数料を取られてたまるか！」

「かなりの額です」行員が立ちあがりながら言った。「ここでお待ちを」

行員がカウンターを離れ、奥の部屋に通じる扉を開けたのはほんの一瞬だったが、そのすきまから確かに黒と白の服を着た黒髪の女が見えた。

アンテアは寒けを感じた。

「ありがとう、モルナル」イェネファーが言った。「この恩は忘れない」

「なんの礼だ」モルナル・ギアンカルディがほほえんだ。「わしが何をした、どんな奉仕をした？　競売場で品物を競り落としたことか？　それをきみの個人口座の金で支払ったことか？　それとも、きみがたったいま魔法をかけたとき、わしが横を向いていたことか？　横を向いたのは、あの女仲買人が優雅に腰を振りながら去っていくのを窓口から見たかっただけだ。人間の女性に興味はないが、たしかに好みのタイプだ。きみの魔法は…

…彼女にも影響が――？」

「いいえ」女魔法使いがさえぎった。「彼女には何も。彼女が受け取ったのは小切手で、現金ではなかった」

「たしかに。いますぐウィッチャーの剣を持っていくんだな？　なんといってもあの剣は彼にとって――」

「――すべてだから」イェネファーが言葉を引き取った。「彼はあの剣と運命で結びついている。ええ、ええ、知ってるわ。彼から聞いた。いまではそんな気がしてる。いいえ、モルナル、今日は持っていかない。安全な金庫にあずかっておいて。すぐに、信頼できる人物に引き取りに行かせるわ。わたしは今日にでもノヴィグラドを発つつもりよ」

「わしもだ。馬でトレトゴールへ向かい、現地支店を視察し、それがすんだらゴルス・ヴェレンの家に帰ろうと思う」

「もういちど礼を言うわ。元気で、親愛なるドワーフ」

「元気で、親愛なる女魔法使い」

幕間

ノヴィグラドのギアンカルディ銀行から金貨が支払われてからきっかり百時間後

「おまえは出入り禁止だ」門番のタープが言った。「よくわかってるだろう。階段からどけ」

「こんなものを見たことがあるか、このとんま」ニケフォー・ムウスはぱんぱんにふくらんだ財布をじゃらじゃらと振ってみせた。「一度にこんなにたくさんの金貨を見たことがあるか。どけ、お貴族さまのお通りだ！　大金持ちだぞ！　どけ、この貧乏人が！」

「通せ、タープ」フェバス・ラヴェンガがレストランのなかから現れた。「ここで騒ぎを起こすな。客が不安がっている。そしておまえは、よく聞け。おまえは一度わたしをだました、二度目はない。今度はちゃんと払ってもらうぞ、ムウス」

「ミ、ス、タ、ー・ムウス！」法廷書記はタープを押しのけ、「ミ、ス、タ、ーだ！　言葉に気をつけろ、たかが居酒屋主人の分際で！ ワインだ」そう言って椅子にゆったりと寄りかかった。

「店でいちばん高いやつを持ってこい！」

「いちばん高いワインは六十クラウンで……」給仕長が重々しく言った。

「金ならある！ ワインを丸々一本、いますぐに！」

「静かに」ラヴェンガがたしなめた。「静かにしろ、ムウス」

「おれに指図するな、このペテン師！ いかさま野郎！ 成りあがりめが！ おれを黙らせようとは何さまのつもりだ。金ぴかの看板をかかげても、おまえのブーツにはいまも肥やしがついてる。くそはいつまでたってもくそだ！ これを見ろ！ 一度にこれほどの金貨を見たことがあるか。どうだ？」

ニケフォー・ムウスは財布のなかに手を入れ、片手いっぱいの金貨をつかみだすと、あざけるようにテーブルに放り投げた。

とたんに金貨はびしゃっと音を立てて茶色い汚物に変わった。排泄物のおぞましいにおいがあたりに広がった。

〈ナトゥーラ・レールム〉の客たちが跳ねるように席から立ちあがり、息を詰まらせ、ナプキンで鼻をおおいながら出口に走った。給仕長は身を折り曲げ、えずいた。悲鳴と罵声があがった。フェバス・ラヴェンガは身動きひとつしなかった。胸の前で腕を組み、銅像のように立っていた。

ムウスは呆然と頭を振り、目を丸くしてこすり、テーブルクロスに山と積まれたすさまじいにおいの排泄物を見つめた。ようやく上体を起こし、財布に手を突っこんだ。そして片手いっぱいの汚物を取り出した。

「おまえの言うとおりだ、ムウス」フェバス・ラヴェンガが冷ややかに言った。「くそはいつまでたってもくそだ。中庭へ連れていけ」

法廷書記は目の前のできごとにあっけにとられるあまり、抵抗ひとつせず連れ出された。タープがムウスを店の外に引きずり出した。ラヴェンガの合図で二人の使用人が便所の木蓋をはずした。それを見てムウスはもがき、わめき、暴れ、脚を蹴りだしたが、やるだけ無駄だった。タープがムウスを外便所まで引きずり、穴に投げこんだ。ムウスはびちゃびちゃした汚物のなかに転げ落ちたが、沈みはしなかった。両手両脚を広げて顔を上げ、藁やぼろ布や棒きれ、さまざまな学術書や神学書から破り取ったしわくちゃの紙の塊に腕をのせ、汚物の表面に浮かんでいた。

フェバス・ラヴェンガが穀物倉の壁から、枝分かれした木でできた熊手を取った。

「くそは昔もいまも、これからもずっとくそだ。そしてつねにくそで終わる」

ラヴェンガはそう言うと、熊手を押しつけてムウスを沈めた。完全に。ムウスはわめき、咳きこみ、唾を吐きながら表面に現れた。ラヴェンガはしばらく咳をさせ、息をつかせてから、ふたたび沈めた。今度はさらに深く。

これを数回繰り返したあと、店主は熊手を放り投げて言った。

「放っておけ。そのうち這い出てくるだろう」

「簡単じゃありませんぜ」とタープ。「しばらくかかりそうだ」

「かまわん。何も急ぐことはない」

16

わたしが戻るとすぐに（ああ！　なんと嘆かわしいことよ！）
あなたはわたしを氷の口づけで出迎えた。

——ピエール・ド・ロンサール作

ちょうどそのとき、〈パンドラ・パルヴィ〉という——実に美しい——ノヴィグラドのスクーナー船が帆を上げて係留地に向かった。〃美しくて速い〃——ゲラルトは舷梯《タラップ》をくだり、ごった返す埠頭に下りながら思った。ノヴィグラドで見かけたスクーナー船で、聞いた話では、彼が乗りこんだガレー船〈スティンタ〉の丸二日後にノヴィグラドを出発するはずだった。それなのにケラクに着いたのはほぼ同時だった。〃もう少し待ってあのスクーナー船に乗るべきだったか〃——ゲラルトは思った。〃ノヴィグラドであと二日。二日あったら、もっと情報が得られたのではないか？〟

いや、考えてもしかたない。得られたかどうかは誰にもわからない。過ぎたことは過ぎたことだ、いまさらどうしようもない。あれこれ考えても無駄だ。

ゲラルトはスクーナー船と灯台、海と嵐雲で暗くなる水平線をちらっと見て別れを告げ、街に向かって足早に歩きだした。

ちょうどそのとき、二人の担ぎ人が上品なライラック色のカーテンのついた、華奢な造りの輿《こし》を担いで出てきた。つまり、今日は火曜か水曜か木曜のどれかだ。その曜日はリタ・ネイドの診察日で、おもな患者である裕福な上流階級の女たちがこのような輿でやってくる。

門番は黙ってゲラルトを通した。何よりだ。ゲラルトは虫の居所が悪かった。何か言われたら、ひとこと返していただろう。いや、ひとことではすまなかったかもしれない。

中庭は誰もおらず、噴水が小さく音を立てていた。孔雀石の小テーブルにワインの入ったカラフェとカップがいくつか置いてある。ゲラルトは勝手にカップにワインを注いだ。

顔をあげるとモザイクが立っていた。白い上っ張りにエプロン。青白い顔。なでつけた髪。

「あなただったの。戻ったのね」

「いかにも」ゲラルトはそっけなく答えた。「間違いなくおれだ。そして、このワインは間違いなく少し酸っぱい」

「また会えてとてもうれしいわ」

「コーラルは？　いるか。いるならどこだ？」

「少し前に患者の太もものあいだにいるところを見たから」モザイクは肩をすくめ、「いまもたぶんそこかと」

「まったくもってきみに選択の余地はない」ゲラルトはモザイクの目を見ながらおだやかに言った。「きみは魔法使いになるしかないな。実際、大いにその傾向があるし、素質もある。きみの痛烈な物言いは機織り工場では重宝されないだろう。売春宿でも」

「これでも日々、学んで成長してるわ」モザイクは視線をそらさず答えた。「もう泣きながら眠りはしない。もう一生ぶん泣いた。その段階は終わった」

「いや、そうじゃない。きみは自分をごまかしている。泣くことはこれからまだたくさんある。そして皮肉はきみを守ってはくれない。それが見せかけの、へたな真似ごとならなおさらだ。だが、そんな話はいい、きみに人生訓をあたえるのはおれの仕事ではない。コーラルはどこだときいている」

「ここよ。こんにちは」

リタ・ネイドがカーテンの背後から亡霊のように現れた。モザイクと同じように医者の白衣をまとい、赤毛をピンでまとめ、麻の帽子をかぶっている。ふつうの状況なら滑稽に思っただろうが、状況はふつうではなく、ここは笑うところではない。ゲラルトは瞬時に理解した。

リタが近づき、無言で頬にキスした。唇は冷たく、目の下に隈《くま》ができていた。女魔法使いは薬品のにおいがした。それと消毒液のにおい。嫌な、吐き気のするような、ぞっとするにおい。恐怖に満ちたにおいだ。

「明日、会いましょう」リタが先まわりして言った。「明日、すべてを話すわ」

「明日か」

リタが見返した。遠くを見るような――二人のあいだに横たわる時間とできごとの溝の向こうから見ているような目で。その溝がいかに深く、できごとがいかに二人を遠ざけたかを、ゲラルトはほどなく理解した。

「できれば明後日。街へ行って、あの詩人に会ったらいいわ。あなたのことを心配していた。でも今日は帰って。患者が待っているの」

リタが立ち去り、ゲラルトはモザイクを見た。その意味ありげな視線だけで充分だったらしく、モザイクはすぐに事情を説明した。

「今朝、出産があって」さっきとは少し違う声だ。「難しいお産で、マダムは鉗子《かんし》を使った。うまくいかないかもしれない状況が、すべてうまくいかなかった」

「そういうことか」

「あなたにわかるとは思えない」

「じゃあな、モザイク」

「あなたは長いあいだ戻ってこなかった」モザイクが顔をあげた。「マダムの予想よりずっと長く。リスベルグの人たちは何も知らなかった、少なくとも知らないふりをした。何かあったのね？」

「ああ」

「そうだと思った」

「きみにわかるとは思えない」

ダンディリオンの知性には感服させられた。あまりに明白すぎて、ゲラルトがいまもって完全には納得できず、完全には受け入れられない事実をこう説明した。

「これで終わり、だろ？　風とともに去りぬ、ってことだな？　たしかに、彼女と魔法使いたちにはきみが必要だった、きみは任務を果たし、お役ごめんとなった。いいか、ぼくは今こうなってよかったと思っている。きみはどこかであの奇妙な情事を終わらせなければならなかった。長くなればなるほど、ますますまずい状況になりかねなかった。ぼくに言わせれば、きみも終わったことを――しかもこんなにすんなり片がついたことを――喜ぶべきだ。喜びの笑みを浮かべてしかるべきで、そんな陰気な、むっつりしたしかめつらはやめたほうがいい、そもそもきみにはまったく似合わない。そんな顔をしていると、ひどい二日酔いのうえに食あたりになり、いつ歯が折れ、なぜどういうわけでズボンに精液がついたのかも記憶にない男のようだ。それともきみの憂鬱の原因は別にあるのか？」詩人はウィッチャーがまったく反応しないのにもかまわず続けた。「せっかく誰にも真似できないフィナーレを考えていたのに、あっさり放り出されたってだけか？　ベッド脇のテーブルに花を残し、夜明けに去るつもりだったのに、当てがはずれたってことか？　ハハハ、愛とは戦のようなものだ、わが友よ、きみの愛する人は熟練の戦術家のごとく振る舞った。予防的一撃で先制攻撃をしかけたわけだ。ペリグラム元帥の『戦争の歴史』の愛読者に違いない。ペリグラム元帥は書物のなかで、似たような戦略で得た勝利をいくつも引用している」

ゲラルトは黙ったままだ。ダンディリオンが反応を期待していないのはわかっていた。

詩人はビールを飲み干し、宿屋の主人の妻に身ぶりでお代わりを頼んだ。

「いま言ったことを考えると」ダンディリオンはリュートの糸巻き《ペグ》を巻きながら続けた。「ぼくは出会ったその日にセックスする派だが、これからはあらゆる点から考えて、きみもそうするべきだ。同じ人間との逢瀬という、退屈で時間の無駄になりかねない行為を繰り返さなくてすむ。そう言えば、きみが勧めてくれたあの女弁護士は実にためす価値があった。信じられないだろうが——」

「信じる」ゲラルトはきわめてそっけなくさえぎり、吐き捨てるように言った。「話を聞かなくても信じるから、勘弁してくれ」

「たしかにきみは落ちこみ、動転し、不安にさいなまれ、そのせいでいらつき、不愛想になっている」とダンディリオン。「どうやら原因はあの女だけではなさそうだ。ほかに何かある。わかったぞ、ちくしょう。そうか。ノヴィグラドでうまくいかなかったんだな。剣を取り戻せなかった、そうだな？」

　ゲラルトは、そうすまいと心に決めていたのに、ため息をついた。

「ああ、取り戻せなかった。遅すぎた。込み入った事情があって、いろんなことが起こった。嵐に遭い、ボートが波をかぶり……。手袋商人がひどい病気になり……。ああ、細かい話で退屈させる気はない。ようするに間に合わなかった。ノヴィグラドに着いたときには競売は終わっていた。〈ボルソディ〉では門前払いされた。〝競売に関しては、商売上の守秘義務により売り手も買い手も守られております。当社は部外者にいかなる情報も提供しておりません、だのなんだの、ではごきげんよう、サー〟何ひとつわからなかった。剣が落札されたかどうかも、されたとして誰が落札したのかも。そもそも盗人が競売にかけたかどうかすらわからない。プラットの助言を無視したかもしれないし、別の競売にかけた可能性もある。何もわからずじまいだ」

「気の毒に」ダンディリオンが首を振った。「まさに不運のオンパレードだな。わが従兄弟フェランの調査も行き詰まっているようだ。フェランと言えば、きみのことをひっきりなしに聞いてくる。いまどこにいる、何か知らせはないか、いつ戻る、国王の婚礼には間に合うのか、エグムンド王子との約束を忘れたのではないか……。もちろん、きみの計画や競売のことはひとことも話していない。だが、言っておくが、ルーナサの祝日が近づいている。あと十日しかない」

「わかっている。だが、それまでには何か起こるだろう。何かいいことが、違うか？　不運なできごとが続いたあとは変化が起こってもおかしくない」

「それは否定しない。でも、もし――」

「それについてはよく考えて決める」ゲラルトは先を言わせなかった。「そもそも、おれが用心棒として国王の婚礼に出る義務はない。エグムンド王子とフェランはおれの剣を取り戻せなかった。もともとそれが条件だ。とはいえ王子の望みを完全に無視するつもりはない。ほかはともかく、金銭的な条件は無視できない。エグムンド王子は出し惜しみしないと豪語した。おれはなんとしても特注の新しい剣が必要だ。それにはかなりの金がいる。いま言えるのはそれだけだ。何か食べに行こう。そして飲もう」

「ラヴェンガの〈ナトゥーラ〉か？」

「いや。今日は素朴で気取らない、ややこしくなくて、ほっとするものが食べたい気分だ。この意味がわかるなら」

「わかるとも」ダンディリオンが立ちあがりながら言った。「海ぞいのパルミラ地区へ行こう。いい場所を知っている。ニシンとウォッカとオオアタマゴイという魚で作ったスープを出す店だ。笑うな！　本当にそんな名前なんだ！」

「なんだろうと魚の好きなように呼べばいい。行こう」

アダラッテ川にかかる橋はふさがっていた。荷物を積んだ荷馬車の列と、乗り手のいない馬を引く騎乗者の一団が橋を渡るところで、ゲラルトとダンディリオンは脇によけて待った。

騎馬団の最後にいた、鹿毛の雌馬にまたがる男が急に止まった。雌馬が頭をのけぞらせ、長々といなないてゲラルトに挨拶した。

「ローチ!」

「やあ、ウィッチャー」騎乗者が頭巾を取って顔を見せた。「ちょうどきみを訪ねようと思っていた。まさかこんなに早く、ばったり会うとは」

「やあ、ピネティ」

ピネティが馬からおりた。めずらしく武器を帯びている。魔法使いが武器を持つことはまずないが、鞘に豪華な飾りのある剣が真鍮の鋲のついた腰帯からさがっていた。しっかりした作りの、幅広の短刀も見える。

ゲラルトはピネティから手綱を受け取り、ローチの鼻づらとたてがみをなでた。ピネティは手袋を脱ぎ、腰帯にはさんだ。

「悪いが、マスター・ダンディリオン」ピネティが言った。「ゲラルトと二人きりで話したい。彼の耳にしか聞かせられない話だ」

「ゲラルトとぼくのあいだに隠しごとはない」ダンディリオンが胸を張った。

「知っている。彼の私生活については、きみのバラッドからいろいろと学んだ」

「だったら——」

「ダンディリオン」ゲラルトがさえぎった。「散歩でもしていろ」

「馬を連れてきてくれて感謝する、ピネティ」二人きりになってから礼を述べた。

「愛着があるのだろうと思っていた。だから〈マツの梢〉で見つけて――」

「あんたたちも〈マツの梢〉に？」

「ああ。トーキル保安官に呼び出された」

「では、あれを――」

「見た」ピネティはそっけなくさえぎった。「すべてを見た。わたしには理解できない、ウィッチャー。どうしても。なぜ、やれたときにやつを斬り殺さなかった？　その場で。はっきり言って、あのときの行動は賢明ではなかった」

〝わかっている〟――ゲラルトは思った。〝わかっている、嫌というほど。おれは愚かにも、運命がくれたチャンスを見逃した。あのとき死体がひとつ増えたからといって、それがなんだ？　雇われ殺し屋にとってなんの違いがある？　あんたの道具になる自分に吐き気がしたのがなんだ？　しょせん、おれはいつだって誰かの道具だ。奥歯を嚙みしめ、やるべきことをやるべきだった〟

「これを知ったら驚くだろうが」ピネティはゲラルトの目を見ながら続けた。「われわれ――ハーランとわたし――はすぐに駆けつけた。きみに助けが必要だと思ったからだ。翌日、われわれはどこかのごろつきを引き裂いていたデジェルンドをつかまえた」

〝やつをつかまえた〟――ゲラルトは思った。〝そしてその場でやつの首をへし折ったか？　おれより賢いあんたのことだから、おれの失敗は繰り返さなかったか？　まさか、そんなはずはない。もしそうしたなら、あんたがいまそんな顔をしているはずがない、グインカンプ〟

「われわれは殺し屋ではない」ピネティは顔を赤らめ、口ごもった。「デジェルンドをリスベルグに連行した。そこでひと騒動あった……。全員がわれわれの敵にまわった。意外にもオルトランは慎重だった。正直、彼の反対がいちばん強いと思っていた。だが、それまで味方だったビルタ・イカルティ、あばたのアクセル、サンドヴァル、ザンゲニスまでが……。長々と説教された――仲間どうしの結束について、友愛について、忠誠心について。仲間に雇われ殺し屋を差し向けるのはよほどのろくでなしのすることで、ウィッチャーを雇って同志を追わせるのはよほどの見下げ果てた人間だと教わった。それも同志の才能と名声をねたみ、科学的功績と成功をうらやむという、見下げ果てた理由によるなど言語道断だと」

〝〈丘〉で起こった事件と四十四の死体は何ももたらさなかった〟――ゲラルトは思った。〝せいぜい何人かが肩をすくめ、科学と犠牲の必要性に関する長い説教が行なわれただけだ。目的が手段を正当化する理論について〟

「デジェルンドは委員会に引き出され、厳しく叱責された」ピネティが続けた。「妖術を行なったこと、呼び出した悪魔が人々を殺害したことに対して。デジェルンドは高をくっていた、オルトランがどうにかしてくれると思っていたようだ。だが、老師は新たな情熱の対象に没頭し、愛弟子《まなでし》のことなどあまり頭になかった。オルトランは農業に革命を起こすべく、強力な万能肥料の製法を開発中だ。わが身を自分で守らなければならなくなったデジェルンドは別の手に出た。泣き落としだ。やつは犠牲者を演じた。自分もまた、みずからの野心と魔力の犠牲者であり、それゆえに制御不能な強力な悪魔を呼び出してしまったのだと。彼は妖術をやめ、二度と手を出さないと誓った。これからは人間という種を完璧なものにする研究に努め、超人間主義、種形成、遺伝子移入、遺伝子改良に身をささげると」

〝そして彼らはデジェルンドを信じた〟――ゲラルトは思った。

「彼らはデジェルンドを信じた。肥料のにおいをさせながら、いきなり委員会の前に現れたオルトランが場を動かした。彼はデジェルンドを〝愛すべき若者〟と呼び、こう言った――たしかにこの若者は重大な間違いを犯した、だが、間違わない人間がどこにいる？デジェルンドは必ずや心を入れ替えると、オルトランは請け合った。委員会に対し、どうか怒りを鎮め、温情を示し、若者を厳しくとがめないよう説得した。そして最後に、デジェルンドこそ自分の跡継ぎであり、後継者であると宣言し、シタデルにある専用の研究室を完全にデジェルンドに委譲すると言った。オルトランいわく、自分に研究室は必要ない、自分は青空のもと野菜畑と花壇で働き、運動すると決めたから。この計画に、ビルタやあばたのアクセル以下全員が心を動かされた。シタデルは、そのへんぴさから更生の地として申しぶんない。デジェルンドはみずから罠にかかった。気づけば軟禁状態になっていた」

〝そして事件は隠ぺいされた〟――ゲラルトは思った。

「この決断には、きみと、きみの評判も影響したと思う」ピネティがじっと見た。

ゲラルトはいぶかしげに眉をあげた。

「きみたちウィッチャーの規範では、人間を殺すことは禁じられている」ピネティが続けた。「だが、きみに関して言えば、必ずしも遵守《じゅんしゅ》しているわけではないらしい。あちこちで事件が起こり、何人かがきみの手にかかってこの世を去った。ビルタたちは、きみがリスベルグに戻って任務を遂行し、自分たちもムチ打ち刑の列に並ばされるのではないかとおじけづいた。だが、シタデルはどこから見ても堅固な避難所だ。かつてのノームの山中要塞を研究室に転用したもので、いまは魔法で守られている。誰もシタデルには入れない、入りこむすきもない。こうしてデジェルンドは隔離されると同時に身の安全も保証された」

〝リスベルグ城の安全も保証された〟——ゲラルトは思った。〝醜聞からも、不面目からも。デジェルンドを隔離すれば醜聞は封じられる。みずからを魔法使い同盟の精鋭と信じ、自認するリスベルグ城の魔法使いが、出世第一主義の奸智《かんち》にたけた悪党にだまされ、惑わされたことを知る者は誰もいない。極悪非道の異常者が、その精鋭集団の純真さと愚かさを手玉に取り、五十人近い人間を殺してなんのとがめも受けなかったと知る者もいない〟

「デジェルンドはシタデルで監視され、つねに見張られる」ピネティは一度も目をそらさずに言った。「悪魔を呼び出すことは二度とない」

〝悪魔などはじめからいなかった。そしてあんたは、ピネティ、そのことをよく知っているはずだ〟

「シタデルは」ピネティは目をそらし、係留されている船を見ながら言った。「クレモラ大山塊の岩のなかにあり、その山塊のふもとにリスベルグ城はある。攻めこむのは自殺行為だ。防御の魔法のせいだけではない。あのとき、きみが言ったことを憶えているか？　きみが殺した、あの取りつかれた男の話を。やむをえぬ場合、他を犠牲にしてもひとつの善を守り、その過程で、禁じられた行為の違法性は除外される。いまや状況はすっかり変わった。隔離された以上、デジェルンドは実害をもたらす状況にも、直接的な脅威をあたえる状態にもない。まんいちきみが彼に手を出したら、きみは禁じられた違法行為を犯すことになる。彼を殺そうとすれば殺人未遂の罪で法廷に引き出されるだろう。魔法使いのなかには、それでもきみにやってほしいと願う者もいる。そして処刑台に消えてほしいと。だから忠告する――手を引け。デジェルンドのことは忘れろ。なりゆきにまかせるしかない。きみはさっきから黙ったままだ」ピネティが事実を述べた。「言いたいことを胸に秘めている」

「言うことがないからだ。ひとつだけ知りたい。あんたとツザーラ。リスベルグに残るのか」

ピネティは声をあげて笑った。乾いた、うつろな声で。

「ハーランとわたしは健康状態を理由に、みずからの希望で辞職願を出せと迫られた。われわれはリスベルグを去った。二度と戻ることはない。ハーランはポヴィスへ行き、ライド国王に仕える。わたしは旅を続ける。聞けば、ニルフガード帝国では魔法使いを便利に、それなりの敬意をもってあつかうそうだ。だが、報酬はいい。ああ、ニルフガードと言えば……忘れるところだった。最後に渡したいものがある」

ピネティは飾り帯をほどいて鞘を包み、ゲラルトに剣を渡した。

「これをきみに」そしてゲラルトが口を開くまもなく続けた。「十六歳の誕生日にもらった。魔法を学ぶと決めた息子に納得できなかった父から。父はこの剣を見ればわたしが考えを変え、これほどの武器を手にすれば、一族の伝統を受け継ぎ、軍人の道を選ばざるをえないと感じるのではないかと願った。しかし、わたしは父を落胆させた。すべてにおいて。わたしは狩りを嫌い、魚釣りを好んだ。父の親友の一人娘とも結婚しなかった。わたしは軍人にならず、剣は戸棚でほこりをかぶっていた。わたしには必要ない。きみが持っていたほうが役に立つ」

「だが……ピネティ……」

「つべこべ言わずに受け取ってくれ。剣をなくして困っていることは知っている」

ゲラルトはトカゲ革の柄をつかみ、鞘から刃を半分ほど抜いた。十字鍔の二センチ半ほど上に、十六本の光線を放ってさんさんと輝く太陽の形の刻印があった。直線と曲線が交互に並ぶ線は、紋章学では太陽の光と熱の象徴だ。太陽の奥五センチのところから、有名な商標である、様式化された文字で美しく刻印された銘が始まっていた。

「ヴィロレダの刃」ゲラルトが事実を述べた。「今度のは本物だ」

「なんだと？」

「いや、なんでもない。みごとだ。こんなものをおれがもらっていいのか……」

「いいとも。現に持っているのだから、受け取ったも同じだ。ああ、だから、つべこべ言うなと言っただろう。剣をやるのは、きみが好きだからだ。だから、魔法使いの全員がきみに恨みを持っているとは思うな。いずれにせよ、わたしには釣り竿のほうがよほど役に立つ。ニルフガードの川は美しく、透明で、マスとサケの宝庫だ」

「ありがとう。ピネティ？」

「なんだ」

「剣をくれるのは、純粋におれのことが好きだからか」

「ああ、いかにも、きみが好きだからだ」そこでピネティは声を落とし、「だが、それだけではないかもしれん。ここで何が起こり、その剣が何に使われようと、わたしにはなんの関係もない。わたしはこの国を離れ、二度と戻らない。あそこに停泊する、すばらしいガレー船が見えるか。〈エウリュアレ〉――ニルフガードの港町バッカラの船だ。明後日、あの船で出航する」

「少し早めに着いたんだな」

「ああ……」ピネティは少し口ごもり、「さよならを……言いたい人がいる」

「幸運を祈る。剣をありがとう。それから馬も。元気でな、ピネティ」

「元気で」ピネティはゲラルトが差し出した手を思わず握り返した。「さらばだ、ウィッチャー」

ダンディリオンは港近くの酒場で――ほかにどこがあろう？――碗から魚スープを飲んでいた。

「ここを発つ」ゲラルトは手短に言った。「いますぐ」

「いますぐ？」ダンディリオンはスプーンを口に近づけたところで動きを止めた。「いまか？　ぼくはてっきり――」

「おまえが何を思おうとどうでもいい。おれはいますぐ馬で発つ。従兄弟の訴追官に言っておけ。国王の婚礼までには戻る」

「それはなんだ？」

「なんに見える」

「もちろん剣だ。どこで手に入れた？　あの魔法使いからか。ぼくがやった剣はどうした？　どこにある？」

「なくした。街の山手地区に戻れ、ダンディリオン」

「コーラルのことは？」

「コーラルがなんだ？」

「何かきかれたら、なんと言えば……」

「何もきかれない。そんな時間はない。リタは別の誰かにさよならを言っているころだ」

幕間

極秘
ノヴィグラド
高名にして高貴なる　才能と技能の魔法院長
大師範ナーセス・ド・ラ・ロチェ殿
発信——復活後一二四五年七月十五日、リスベルグ研究所
修士ソレル・アルベルト・アマドール・デジェルンドについて

大師範閣下
本年の夏、テメリア国の西境界で起こったいくつかの事件に関しては魔法院もお聞きお

よびのことと思います。このたびの事件では——正確な数は把握できませんが——おそらく四十人ほどの、多くは学のない森林労働者が命を落としました。本件には——遺憾ながら——リスベルグ研究所の一員であるソレル・アルベルト・アマドール・デジェルンド修士がかかわっております。

犠牲者の家族に対しては、リスベルグ研究所の全員が哀悼の念を抱くものであります——たとえ犠牲者が酒飲みで、不道徳な生活を送っていた、社会的最下層に属する、おそらく非合法的集団であったとしても。

ご留意いただきたいのは、大師範オルトランの教え子にして助手であるマスター・デジェルンドが傑出した科学者であり、超人間主義、遺伝子移入と種形成の研究において膨大かつ数多くの功績をあげた遺伝子学分野の専門家であるという点です。マスター・デジェルンドが取り組んでいる研究は、人間という種の発展と進化にとってきわめて重要となるでしょう。周知のとおり、肉体的、精神的、魔法精神的特性の多くの点において人間は非人間に太刀打ちできません。遺伝子給源の交雑と結合を基礎とするマスター・デジェルンドの実験は——本来——人間を非人間と同等にするためのものであり、長期的には——種形成の応用により——人間が非人間の優位に立ち、完全に征服することをめざすものです。これがいかに重要な意味を持つかを説明する必要はないでしょう。ささいな事件を理由に、いま述べたような科学的研究をさまたげ、中断することは賢明な判断とは申せません。

マスター・デジェルンド本人については、リスベルグ研究所が全責任をもって医学的措置を講じます。マスター・デジェルンドには自己陶酔傾向、共感性の欠落、軽い感情障害の診断歴があり、糾弾されている行動におよぶ前から状態が悪化し、双極性障害を発症しておりました。事件当時のマスター・デジェルンドは情緒反応を制御できず、善悪を判断する能力が害されていたと言っても過言ではありません。つまり、精神状態が健全ではなく《ノーン・コンポス・メンティス》、その事実によって《エオ・イプソ》一時的に正気を失っていたと考えられます。したがって彼の罪とされる行為の犯罪責任を取ることはできない、なぜなら精神錯乱によって生ずることは罰せられないものとして認められるべきで《イムピューン・エスト・アドミッテンドゥム・クオド・ペル・フュローレム・アリクイウシス・アキディット》あるからです。

マスター・デジェルンドは当面のあいだ極秘の場所に置かれ、治療を受け、研究を続けます。

これで事件は終わったものと考えますが、魔法院におかれましては、このテメリア事件の捜査を担当するトーキル保安官にご注目いただきたいと存じます。ゴルス・ヴェレンの執行吏に仕えるトーキルは、勤勉な役人にして忠実な法の番人として知られ、先に述べた集落での事件になみなみならぬ熱意を傾け——われわれからすれば——まったくもって見当違いの捜査を続けています。ゴルス・ヴェレンの上層部には、彼の熱意をなだめるよう働きかけていただかねばなりません。うまくゆかないときはトーキルの個人記録を調べるのがよいかと思います——妻、両親、祖父母、子どもやその他の親族、とりわけ本人の私生活、過去、犯罪歴、肉体関係、性的嗜好について。これについては〈コドリンガー&フエン法律事務所〉に依頼するのがよろしいかと。念のために申しあげれば、この事務所は三年前、〝トウモロコシ事件〟として知られる一件の目撃者の信用を落とし、笑い物にすることに貢献いたしました。

さらに、リヴィアのゲラルトなるウィッチャーが不運にも当該事件に巻きこまれたという事実にもご注目いただきたいと存じます。当ウィッチャーは集落の事件に直接かかわったいきさつがあり、これらの事件をマスター・デジェルンドと関連づけていると思われる節があります。まんいち当ウィッチャーが本件に深く関与しようとすれば、彼の口もまた封じねばなりません。彼の反社会的態度、虚無主義、情緒不安定、破滅的人格ゆえに厳然たる警告では効果がなく、強硬手段を要する事態も考えられます。当ウィッチャーはつねに監視下にあり、もしも魔法院のご承認とご命令があれば——当然です——われわれはそのような手段を取る用意があります。

以上の説明により、魔法院が本件を終わらせるに足りるとご判断なさることを希望いたします。ご健勝を祈って、いつもあなたのおそばに

リスベルグ研究所を代表して
あなたの忠実なる友人
ビルタ・アンナ・マルケット・イカルティ筆

17

「間に合ったか」フラン・トーキルが陰鬱な声で言った。「ちょうどよかった、ウィッチャー、ぴったりだ。これから見世物が始まる」

トーキル保安官は白壁のように青ざめた顔でベッドに横たわっていた。髪が汗で濡れ、額に張りついている。着ているのはごわごわした麻のシャツだけで、ゲラルトはひとめ見て埋葬布を連想した。左太ももから膝まで血に染まった包帯が巻かれていた。

部屋の中央にシーツをかけた台が置かれ、黒いジャーキンを着た、ずんぐりした男が台に順に道具を並べていた。メス。鉗子。鑿《のみ》。鋸《のこ》。

「ひとつだけ残念なのは」トーキルが歯がみしながら言った。「やつらを取り逃がしたことだ。それが神のご意思で、わたしがつかまえる運命ではなかった……。そしてこの先運命が変わることもない」

「何があった？」

「〈イチイの森〉、〈ロゴヴィヅナ〉、〈マツの梢〉とくそ同じだ。ただし、今回は森の端で起こった。しかも空き地ではなく、街道で。やつらは旅人を襲った。三人を殺し、子どもを二人さらった。運よくわたしは部下を連れて近くにいた。すぐにあとを追い、見えるところまで追いつめた。雄牛のような大男が二人と、背中の曲がった醜い男が一人。背曲がり男の太矢でやられた」

トーキルは奥歯を嚙みしめ、包帯を巻いた太ももを手で示した。

「部下たちには、わたしのことはほっといて、やつらを追えと命じた。だが、あの臆病者どもはそうしなかった。結局、逃げられた。それでわたしは？　わたしを助けてどうなった？　こうして片脚を切られるだけだ。いっそあの場に矢で釘づけにされていたほうがましかと思ったが、目がかすむ前に悪党どもの脚が絞首台で蹴り出されるところが見えた。部下は命令にしたがわなかった。いまそこにしょげかえって座っている」

たしかに、保安官の部下たちが一人残らず、壁ぎわの長椅子に恥ずかしそうに座っていた。その横に、灰色の髪にまったく似合わない花冠をつけた、しわだらけの老女がひどく場違いな様子で並んでいる。

「では始める」黒いジャーキンの男が言った。「患者を手術台に乗せ、きつく縛れ。関係ない者は外へ」

「部下たちは残す」トーキルがうなるように言った。「こいつらが見ていると思えば、恥ずかしくて叫ばずにすむ」

「待て」ゲラルトが背筋を伸ばした。「切断しかないと判断したのは誰だ?」

「わたしだ」黒服の男も精いっぱい背筋を伸ばしたが、ゲラルトの顔を正面から見るには頭を高くあげなければならなかった。「メッサー・ルッピ、ゴルス・ヴェレンの執行吏づきの外科医で、特別に派遣された。診断の結果、傷が化膿しているとわかった。助かる方法は切断しかない」

「手術代はいくらだ」

「二十クラウン」

「ここに三十ある」ゲラルトは小袋から十クラウン硬貨を三枚取り出し、「道具を片づけ、荷物をまとめて執行吏のもとへ帰れ。何かきかれたら、患者は回復していると答えろ」

「しかし……そんなわけには……」

「荷物をまとめて帰れ。この言葉のどこがわからない? それから、そこの婆さん、こっちへ。包帯をほどいてくれ」

「あの人に、患者に触れるなと言われてる」老婆はお抱え外科医にあごをしゃくった。「あたしがにせ医者で、魔女だと。通報するとおどされた」

「かまうな。もう出ていくところだ」

ゲラルトがひとめで薬草医と見抜いた老婆は、言われたとおり包帯をほどいた。慎重な手つきだったが、それでもトーキルは頭を振り、痛みに息を吐き、うめいた。

「ゲラルト……。なんの真似だ？　外科医は切断しかないと……。命を失うより片脚を失うほうがましだ」

「バカな。どこがましなものか。いいから口を閉じろ」

傷はひどかったが、ウィッチャーはもっとひどい傷を見たことがあった。

ゲラルトは袋から霊薬の入った箱を取り出した。荷造りを終えたメッサー・ルッピがそれを見て首を振った。

「そんな煎じ薬など無駄だ」外科医は言い放った。「その手のいかさま療法や、いんちき魔法などなんの役にも立たん。ペテンもいいところだ。外科医として黙って見てはいられ――」

ゲラルトが振り向き、にらむと、外科医は出ていった。そそくさと。扉止めにつまずきながら。

「四人、こっちへ」ゲラルトは小瓶のコルクを抜いた。「きつく押さえろ。歯を食いしばれ、フラン」

傷口に垂らしたとたん、霊薬はみるみる泡立ち、トーキルはひどく苦しげにうめいた。しばらくして別の霊薬を垂らすと、同じように泡立ち、同時にシューシューと音を立て、煙が立ちのぼった。トーキルは叫び、頭を振りまわし、身をひきつらせ、ぐるりと白目をむいて失神した。

老婆が荷物のなかから容器を取り出し、緑色の軟膏を片手いっぱいにすくい、たたんだ麻布にたっぷり塗って傷に当てた。

「ヒレハリソウだな」薬を見てゲラルトは言った。「ヒレハリソウ、ウサギギク、キンセンカの湿布。いいぞ、婆さん、さすがだ。オトギリソウやナラの樹皮も効き目が――」

「やめとくれ」老婆は保安官の脚から顔もあげずにさえぎった。「あたしに薬草のことを指図するのは。こっちはあんたが乳母に粥《かゆ》を吐き戻してたころから薬草医をしてるんだ、お若いの。それと、そこのでくのぼうたち、どいとくれ、光がさえぎられて見えやしない。それとあんたたち、ひどいにおいだ。足布を替えたほうがいいよ、たまには。出ていけっていうのが聞こえなかったのかい？」

「脚を固定しなければならない。長い添え木を当てて――」

「あたしに指図するなと言ったろ。あんたも出てお行き。なんでまだここにいる？　何を待ってる？　気高くもウィッチャーの魔法薬を使ったことを感謝されたいのか。この恩は死ぬまで忘れないと言ってもらいたいのか」

「トーキルにききたいことがある」

「約束してくれ、ゲラルト、必ずやつらをつかまえると」ふいにトーキルが正気を取り戻して言った。「決してやつらを逃さないと――」

「眠り薬と熱さましを飲ませよう、うわごとを言っているようだ。それから、ウィッチャー、あんたは外に出て。庭で待ってて」

さほど待つまでもなく、薬草医は服をたくしあげ、ずれた花冠を直しながら出てきた。階段にいたゲラルトの隣に座り、足をこすり合わせた。驚くほど小さな足だ。

「患者は眠ってる」老婆が言った。「よほどのことがないかぎり命は助かる、そう祈ろう。骨はそのうちつながるだろう。あんたはウィッチャーの魔法で彼の脚を救った。つねに脚を引きずり、二度と馬には乗れないだろうが、脚は一本より二本のほうがいい、ヒヒヒ」

老婆が刺繡をほどこした羊革の胴着の胸もとに手を突っこむと、薬草のにおいがむっとあたりに広がった。それから木の小箱を取り出して蓋を開け、ちょっとためらってからゲラルトに差し出した。

「吸うかい」

「けっこう。フィステクはやらない」

「あたしは……」老婆は麻薬《フィステク》をまず片方の鼻孔、次にもう片方の鼻孔から吸いこんだ。「あたしはやる、たまにね。これをやると、すばらしく頭が冴える。寿命が延びる。見た目もよくなる。あたしを見てごらん」

ゲラルトは老婆を見た。

「フランに代わってウィッチャーの薬の礼を言うよ」老婆はうるんだ目をぬぐい、鼻をすすりながら言った。「あたしは忘れない。あんたたちがウィッチャーの煎じ薬を何より大事にしてることは知ってる。あんたはそれをあたしにくれた、ためらいもなく。次に必要なときに足りなくなるかもしれない。怖くはないのか」

「怖い」

老婆は前を向き、横顔を見せた。かつては——遠い昔は——さぞ美しかったに違いない。

「さて」老婆がゲラルトに向きなおった。「言ってごらん。フランにきこうとしてたことを」

「いいんだ。彼は眠っているし、そろそろ行かなければならない」

「話してごらん」

「クレモラ山について」

「それならそうと早く言っとくれ。あの山の何が知りたい？」

その小さな家は村からかなり離れた、壁のような森のすぐそばにあった。森は、実をつけたリンゴの小木が林立する果樹園の囲い塀のすぐ向こうから始まっていた。それ以外はどこにでもあるような農場だ。納屋、物置小屋、鶏小屋、ミツバチの巣がいくつかと野菜畑、肥やしの山。煙突からいいにおいのする白い煙が細く立ちのぼっている。

生垣の脇を駆けまわっていたホロホロチョウが最初に彼に気づき、耳ざわりな声で警告した。庭で遊んでいた子どもたちが家に向かって駆けだした。女が戸口に現れた。長身で金髪、粗い麻の仕事着にエプロンをつけている。ゲラルトは馬で近づき、馬からおりて声をかけた。

「やあ。家の主《あるじ》はいるか」

子どもたち——全員が幼い娘——が母親のスカートとエプロンにしがみついた。ウィッチャーを見る女の目に愛想のよさを探しても無駄だった。無理もない。女には男の肩から突き出た剣の柄がはっきり見えていた。首から下がるメダルも。男が隠そうともしない——むしろ見せつけるかのような——手袋の銀の鋲も。

「家の主だ」ウィッチャーは繰り返した。「つまりオットー・デュサルト。彼と話がしたい」

「どんな？」

「内密の話だ。いるか」

女はかすかに首をかしげ、黙ってウィッチャーを見返した。田舎じみた風貌で、年齢は二十五から四十五のあいだ。それより正確な判断は――村の女たちの多くがそうだが――不可能だ。

「いるか」

「いない」

「ならば、戻るまで待つ」ゲラルトはそう言って雌馬の手綱を柱に引っかけた。

「しばらく待つことになるかも」

「帰るまで待つ。できれば、生垣の横より家のなかで待たせてもらえるとありがたい」

女はしばらくじろじろ見まわした。ウィッチャーとメダルを。

「どうぞ」ようやく女は言った。「なかへ」

「喜んで」ゲラルトは決まり文句で答えた。「歓待のルールは守る」

「そうは言っても、あんたは剣を帯びてる」女はゆっくりと、まのびした口調で言った。

「これが仕事だ」

「剣はケガをさせる。殺す」

「人生もそうだ。招待はまだ有効か」

「どうぞ入って」

こんな農家によくあるように、住まいは薄暗くて雑然とした通路の奥にあった。居間は広々として明るく、清潔で、煤の跡があるのはかまどと煙突のそばの壁くらいで、それ以外は塗りたてのように白く、派手な刺繍の壁かけで飾られていた。家庭用品のあれこれ、薬草の束、縄状につないだニンニクとトウガラシで壁はにぎやかだ。部屋と食料置き場は織物のカーテンで仕切られている。料理のにおいがした。正確にはキャベツのにおいだ。

「どうぞ座って」

妻はエプロンをもみしぼりながら立っていた。子どもたちは低い台の上にあるかまどのそばにしゃがんだ。

首のメダルが振動していた。強く、絶え間なく。シャツの下で、とらえられた鳥のようにぱたぱたと動いた。

「剣は通路に置いてくるべきじゃないの」妻がかまどに近づきながら言った。「武器を持ってテーブルにつくのは失礼でしょ。そんなことをするのは山賊くらいのものだ。あんたも山賊か――？」

「おれが誰かはわかっているはずだ」ゲラルトがさえぎった。「剣は下ろさない。きみにわからせるために」

「何を」

「早まると危ない目にあうことを」

「ここに武器なんかないよ、何をそんな――」

「わかった、わかった」ゲラルトはそっけなくさえぎった。「とぼけるのはよそう。農家の小屋と庭は武器庫だ、鍬で死んだ者はいくらでもいる、殻竿《からざお》や三叉は言うまでもない。バター攪拌機《かくはんき》の攪拌棒で殺されたという話もある。その気になればなんだって武器になる。いざとなれば。ついでに言うと、その湯が煮えたぎる鍋には触れるな。かまどにも近づくな」

「そんなこと思っちゃいない」女はあわてて見え透いた嘘をついた。「それに、煮えているのはお湯じゃなくてボルシチだよ。少し食べてもらおうと――」

「けっこう。腹はすいてない。だから鍋には触れず、かまどから離れろ。子どもたちのそばに座って。主が帰るのをおとなしく待とう」

部屋はしんと静まりかえり、ハエのうなりしか聞こえない。メダルがぴくっと動いた。

「オーブンに入れた鍋のキャベツがもうすぐ煮える」女が気づまりな沈黙を破った。「取り出して混ぜないと焦げてしまう」

「あの子に」ゲラルトはいちばん小さい娘を指さした。「あの子にさせればいい」

幼い娘が、垂らした亜麻色の前髪の下からゲラルトをにらみながらゆっくり立ちあがった。長い柄のついたフォークを取り、オーブンの扉にかがみこむと同時に、娘は猫女のようにゲラルトに飛びかかった。フォークで首を刺し、壁に押さえつけようとしたが、ゲラルトはとっさにかわしてフォークの柄をつかみ、娘を突き倒した。娘は床に倒れる前に変態しはじめた。

女とほかの娘二人はすでに姿を変えていた。三匹の狼——灰色の母狼と二匹の仔狼——が目を血走らせ、牙を剝き、ゲラルトに向かって身を躍らせた。三匹は、まさに狼のように着地と同時に分かれ、四方から襲いかかった。ゲラルトはさっとよけ、母狼めがけて長椅子を突きやり、銀鋲の手袋をはめたこぶしで仔狼をかわした。仔狼が吠え、牙を剝きながら床にはいつくばった。母狼が獰猛な声をあげ、ふたたび飛びかかった。

「よせ！　エドウィナ！　やめろ！」

母狼がウィッチャーにのしかかり、壁に押しつけたが、そのときはもう人間に戻っていた。仔狼たちがあわてて逃げ、かまどの脇にしゃがみこんだ。女はゲラルトの前にしゃがんだまま困惑の目で見ている。襲ったことを恥じているのか、攻撃が失敗したのを恥じているのか、ゲラルトにはわからなかった。

「エドウィナ！　なんの真似だ？」見あげるほどの長身のあごひげ男が両手を腰に当て、どなった。「何をしてる？」

「ウィッチャーが！」女は膝をついたまま、鼻を鳴らした。「剣を持った山賊が！　あんたを殺しに来た！　殺し屋が！　血のにおいをぷんぷんさせて！」

「黙れ、妻よ。知り合いだ。すまない、マスター・ゲラルト。ケガはないか？　赦してやってくれ。妻は知らなかった……。あんたがウィッチャーだから、妻はてっきり――」

男はそこで言葉を切り、不安そうに見た。女と幼い娘たちがかまどの横に集まっていた。ゲラルトにはたしかに小さなうなりが聞こえた。

「いいんだ。なんでもない。だが、ちょうどいいときに戻ってきてくれた。危ないところだった」

「まったくだ」あごひげ男は見てわかるほど身震いした。「座ってくれ、だんな、さあ、テーブルに……エドウィナ！　ビールを持ってこい！」

「いや。外に出よう、デュサルト。話がある」

庭のまんなかに座っていた灰色の猫がウィッチャーを見て逃げ出し、イラクサの茂みに隠れた。

「おまえの妻を動揺させたくないし、子どもたちを怖がらせたくもない」ゲラルトが言った。「何より二人きりで話したい。おまえに頼みがある」

「なんなりと」デュサルトが言った。「なんでも言ってくれ。あんたの願いはなんでもかなえる、おれにできることなら。あんたには大きな借りがある。あんたのおかげでおれは生きて、この世界を歩けてる。あのとき命を助けてもらったおかげだ。あんたには――」

「おれのおかげじゃない。おまえ自身の力だ。おまえは狼の姿のときも人間を保ち、一度も人を傷つけなかった」

「人を傷つけたことはない、それは本当だ。でも、そのせいでどんな得をした？　隣人たちはおれを疑い、すぐにウィッチャーを雇って退治させようとした。貧乏のくせに節約し、金をためてあんたを雇った」

「金は返そうかとも思った」とゲラルト。「だが、そうしたら疑われていたかもしれない。おれはウィッチャーとして、おまえから人狼の呪いを解き、狼憑《つ》きを完全に治し、いまやどこにでもいる隣人と同じだと保証した。これだけのことをするには金がかかる。自分たちが信じるものに金を払えば、それがなんであれ、それは現実で正しいものになる。それも高ければ高いほどいい」

「あの日を思い出すと背筋が寒くなる」デュサルトの顔から血の気が引いた。「銀の刃を持ったあんたを見たときは恐ろしくて死にそうだった。これで終わりだと思った。話は山ほど聞いていた。血と拷問を好む殺し屋ウィッチャーのことは。でもあんたはまともな男だった。いいやつだった」

「ほめすぎだ。だが、おまえはおれの忠告にしたがい、グアーメッツを離れた」

「そうするしかなかった」デュサルトはしょんぼりと言った。「グアーメッツの人たちは、おれの呪いが解けたと頭ではわかっていた。でもあんたが言ったように、人狼と疑われた男が生きるのは楽じゃない。あんたの言ったとおり、人々にとっては、いまのおれがどうかより、過去のおれがどうだったかのほうが重要だ。おれは村を出、おれを知る人が誰もいない、見知らぬ場所をさまようしかなかった。そうやってさまよい続けて……。ようやくここにたどり着いた。そしてエドウィナと出会った」

「半人半獣どうしが夫婦になるのはまれだ」ゲラルトは首を振った。「そんな夫婦に子どもが生まれるのはさらにめずらしい。運がいい男だ、デュサルト」

「ああ、そうとも」人狼はにっと笑った。「子どもたちは絵のようにかわいくて、いまに美しい娘に成長するだろう。そしてエドウィナとおれはたがいのために生まれてきた。死ぬまで一緒にいたい」

「エドウィナはおれがウィッチャーだとすぐに気づき、自分を守ろうとした。あろうことか、煮えたぎるボルシチの鍋をおれに投げつけようとした。おまえの妻も、残虐で血に飢えたウィッチャーにまつわる人狼話を嫌というほど聞かされてきたようだ」

「勘弁してやってくれ、マスター・ゲラルト。すぐにボルシチを味わわせてやる。エドウィナが作るボルシチは絶品だ」

「せっかくだが遠慮しておく」ゲラルトは頭を振った。「子どもたちを怖がらせたくない。何よりおまえの妻が心配する。彼女にとって、おれはいまも剣を持った山賊だ、すぐに気に入ってもらえるとは思えない。彼女はおれから血のにおいがぷんぷんすると言った。比喩的な意味だろうが」

「比喩じゃない。気を悪くしないでもらいたいが、マスター・ゲラルト、あんたはとんでもなくにおう」

「だが、最後に血に触れたのは——」

「——ざっと二週間前だ」デュサルトが言葉を継いだ。「固まった血、死体の血、あんたは出血していた誰かに触れた。それより前の血もにおう、ひと月以上前の。冷たい血。爬虫類の血だ。あんた自身も出血した。傷口からの、生きた人間の血」

「大したものだ」

「おれたち人狼は」デュサルトは誇らしげに立ちあがり、「あんたたち人間より少しばかり鼻がきく」

「知っている」ゲラルトはにっと笑った。「人狼の嗅覚はまさに自然の驚異だ。それを見込んで、おまえに頼みがある」

「トガリネズミ」デュサルトが鼻をくんくんさせて言った。「トガリネズミ。ハタネズミ。たくさんのハタネズミ。ふん。たくさんのふんのにおい。ほとんどがテンだ。それとイタチ。それ以外は何もない」

ゲラルトはため息をついて唾を吐き、落胆を隠そうともしなかった。デュサルトが、げっ歯類と、それを狩った捕食者と、両者の大量のふんのにおい以外、何も嗅ぎ取れなかった洞穴は、これで四つ目だ。

二人は岩壁にぽっかり開いた次の穴に移動した。歩くたびに小石がすべり、ガレ場を転がり落ちた。岩肌は急で、進むのに苦労し、ゲラルトは疲れはじめていた。デュサルトは地形に応じて狼になったり人間になったりして進んだ。

「雌の熊」デュサルトが次の洞穴をのぞきこみ、鼻をきかせた。「まだ若い。いた痕跡はあるが、いまはもういない。マーモット。トガリネズミ。コウモリ。たくさんのコウモリ。オコジョ。テン。クズリ。大量のふん」

次の穴。

「雌のケナガイタチ。発情期。クズリも一頭……いや、二頭いる。クズリのつがいだ。地下水が流れてる、かすかに硫黄のにおい。グレムリンの一団、十四ほどか。両生類のにおい、たぶんサンショウウオだ……。コウモリ……」

頭上の岩棚から巨大なワシが滑空し、何度も鳴きながら上空を旋回した。人狼は頭をあげ、山の頂に目をやった。背後を黒い雲が流れていた。

「嵐が近づいてる。なんて夏だ、嵐が来ない日は一日もない……。どうする、マスター・ゲラルト。次の穴か？」

「次だ」

次の洞穴に行くには、崖から流れ落ちる滝の下を通らなければならなかった。さほど大きな滝ではないが、ずぶぬれになるには充分で、苔におおわれた岩は石けんのようにすべりやすい。デュサルトは狼に変身して進んだ。ゲラルトは何度か足をすべらせて肝を冷やし、毒づきながらしかたなくよつんばいで進み、難所を切り抜けた。〝ダンディリオンがいなくてよかった。あやうくバラッドにされていたところだ〟――ゲラルトは思った。狼の姿の人狼のあとをよつんばいでついてゆくウィッチャー。さぞ受けたに違いない。

「この穴は大きいぞ、マスター・ゲラルト」デュサルトが鼻をうごめかした。「幅も広く、奥行きも深い。マウンテン・トロールがいる。巨体のトロールが五、六体。コウモリ。大量のコウモリのふん」

「行こう。次だ」

「トロール……。さっきと同じトロールだ。洞穴がつながってるらしい」

「熊。仔熊だ。痕跡だけで今はいない。去ってからさほど時間はたっていない」

「マーモット。コウモリ。ヴァンピロード」

次の洞穴で、デュサルトは刺されたかのように飛びのき、ささやいた。

「ゴルゴンだ。奥に巨大なゴルゴン。眠っている。ほかには何もいない」

「だろうな」ゲラルトがつぶやいた。「離れよう。静かに。いつ目を覚ますかわからん……」

恐る恐る振り返りながらその場を離れ、次の穴にゆっくり近づいた。さいわいゴルゴンのねぐらからは離れていたが、用心に越したことはない。越したことはないが、用心するまでもなかった。それから先のいくつかの洞穴はどれも、コウモリ、マーモット、ハツカネズミ、ハタネズミ、トガリネズミと、分厚いふんの層以外には何もなかった。

ゲラルトは疲れ、あきらめかけていた。デュサルトもそうだったに違いない。それでもあごをあげ、言葉にも態度にもあきらめのそぶりひとつ見せなかったのは見あげたものだ。だが、ゲラルトは幻想を抱いてはいなかった。デュサルトはこの作戦が成功するとは思っていない。ゲラルトが前に耳にし、薬草医の老婆が断言した話につき合っているだけだ――クレモラ山の東側の急な崖にはたくさんの穴が開き、無数の洞穴があるという話に。たしかに洞穴は無数にあった。だが、岩でできたシタデルの内部に通じる地下道の入口をにおいで探し当てられるとは、さすがのデュサルトも思ってはいなかった。

さらに悪いことに稲妻が光った。雷鳴がバリバリと鳴り、雨が降りだした。ゲラルトはいっそ唾を吐き、荒々しく毒づき、終わりを宣言しようかと思ったが、なんとか踏みとどまった。

「行こう、デュサルト。次の穴だ」

「言われるままに、マスター・ゲラルト」

そこでとつぜん、三文小説のように、次の岩穴で転機が訪れた。

「コウモリ」デュサルトが鼻をくんくんさせた。「コウモリと……猫が一匹」

「ヤマネコか？　野生の」

「ただの猫」デュサルトが立ちあがりながら言った。「どこにでもいる家猫だ」

オットー・デュサルトは霊薬の小瓶を興味深そうに見て、それをウィッチャーが飲むのを見つめた。そしてゲラルトの様相が変化するのを見て、驚きと恐怖に目を見開いた。

「洞穴のなかまでは行けない」人狼は言った。「悪く思わんでくれ、でも、おれは行かない。奥にいるもののことを考えると、怖くて総毛立つ」

「そんなことを頼むつもりはもとよりなかった。家へ帰れ、デュサルト、妻と娘たちのもとへ。おまえはおれの頼みをきいてくれた、おれが頼んだことをやった、もう充分だ」

「いや、待つ」とデュサルト。「あんたが出てくるまで待ってる」

「いつ出てくるかわからん」ゲラルトは背中の剣の位置を直しながら言った。「出てこられるかどうかも」

「そう言うな。おれは待ってる……暗くなるまで」

洞穴の底はコウモリの糞化石に厚くおおわれていた。太鼓腹のコウモリがひとかたまりになって天井からぶらさがり、身をよじり、ものうげに鳴いている。洞穴に入ってすぐは天井も高く、地面も平坦でさっさと歩けた。だが楽な部分はすぐに終わり——まず身をかがめ、さらに低くかがめ、ついにはよつんばいになり、最後は這ってしか進めなくなった。

このまませばまりつづけたら身動きできなくなるかもしれない。やめて引き返そうかとも思った。だが、水の流れる音が聞こえ、顔に冷気の流れを感じる。危険を覚悟で狭い裂け目を無理やりくぐり、やがて空間が広がりはじめたときはほっとした。そのとたん、通路は落とし樋《どい》のようになり、ゲラルトはまっすぐ地下水路にすべり落ちた。地下水が岩の下から噴き出し、別の岩の下に消えている。頭上のどこかに弱い明かりが見えた。冷気が吹き出すのと同じ場所から漏れているようだ

地下水が流れこむ先は完全に水中のようで、おそらく集水孔だろうが、泳いで渡る気にはなれない。そこで速い流れに逆らい、傾斜をのぼって上流へ向かいはじめた。傾斜路を出て広い空間に入る前にはすでにずぶぬれで、石灰堆積物の微小な砂にまみれていた。

空間は広く、見渡すかぎり壮麗な点滴石やカーテン状の鍾乳石、つらら石や石柱、石筍《せきじゅん》でおおわれていた。地下水が地面の深くえぐれた曲線にそって流れている。ここにも、やわらかい光と弱い風の動きがあった。それと、かすかなにおい。ウィッチャーの嗅覚は人狼のそれとはくらべものにならないが、ゲラルトもさっき人狼が嗅ぎとったのと同じにおいを感じた——かすかな猫の尿のにおいだ。

しばし足を止め、あたりを見まわした。すきま風は出口——太い石筍の柱にはさまれた、宮廷の門のような開口部——に向かって吹いている。そのすぐ横に、細かい砂で満たされたくぼみが見えた。尿のにおいはそのくぼみからただよい、砂には猫の足跡がいくつもついていた。

ゲラルトは狭い裂け目を通る際にはずした剣を背中にくりつけ、石筍のあいだを通っ

た。

緩やかにのぼる通路の天井は高く、乾燥していた。地面には大きな岩がいくつもあるが、通れないことはない。そのまま歩いてゆくと扉に行き着いた。城によくある、頑丈な扉だ。そのときまでこれが正しい道なのか、この洞穴でよかったのか、まったく確信がなかった。だが、扉を見るかぎり間違いなさそうだ。

扉の敷居の少し上に、くり抜いたばかりの小さな穴があった。猫の通り道だ。扉を押した――びくともしない。ウィッチャーのお守りがかすかに震えた。扉は魔法で守られている。だが、メダルの振動は弱いから強力な魔法ではなさそうだ。ゲラルトは扉に顔を近づけ、呼びかけた。

「〝友だち〟」

油のきいた蝶番《ちょうつがい》が動き、扉は音もなく開いた。思ったとおり、扉にかかっていたのは標準的な弱い防御の魔法と基本的な合言葉で、誰もこれより高度なしかけを導入しようとしなかったのはゲラルトにとってさいわいだった。扉は城と洞穴をへだて、どんな単純な魔法も使えない生き物をさえぎるためのものだ。

自然の洞穴はそこで終わり――石を差しこんで開け放った扉の奥には、岩をつるはしでくりぬいてできた廊下が続いていた。

これだけの証拠を見ても、まだ半信半疑だったが、目の前に明かりが見えた時点で確信に変わった。松明《たいまつ》、もしくは油壺で燃えるかがり火が放つ揺らめく光。それから聞きおぼえのある笑い声が聞こえた。甲高い、はしゃぐような声だ。

「ブエーーフルーーーエーーーブエーーー！」

光と笑い声の出どころは鉄かごに差した松明が照らす大部屋だ。壁ぎわに旅行かばんや樽が積みあげてある。ブーとバンが樽を椅子にして木箱の前に座り、サイコロに興じていた。バンが笑っているから、ブーより大きい数字が出たのだろう。

木箱の上には密造酒の細口瓶があり、横にはつまみが置いてあった。あぶった人間の片脚だ。

ゲラルトは剣を抜いた。

「やあ、おまえたち」

ブーとバンはしばらく口をぽかんと開けてゲラルトを見ていた。それからうなり声をあげて樽を突き倒し、武器をつかんでぴょんと立ちあがると、ブーは大鎌、バンは幅広の三日月刀を手に向かってきた。

ゲラルトはふいを突かれた。あなどっていたのではない。ただ、醜い巨人がこんなに速く動けるとは思っていなかった。

ブーが低い位置で大鎌を振るった。跳びあがっていなければゲラルトは両脚を失っていただろう。続いてバンの一振りをかろうじてかわし、三日月刀が岩壁に当たって火花を散らした。

動きの速い相手のしとめかたは知っている。体の大きな相手も。速かろうと遅かろうと、大きかろうと小さかろうと、どんな生き物にも必ず痛みに弱い場所がある。

何よりブーとバンは霊薬を飲んだウィッチャーがどんなに速く動けるかを知らなかった。

ブーが片肘を斬られて吠え、バンが片膝を斬られてさらに大声で吠えた。ゲラルトはすばやい回転でブーを惑わしながら大鎌の刃を飛び越え、剣の切っ先で耳を斬りつけた。ブーは頭を振りながら叫び、大鎌を振りまわして突進した。ゲラルトが〈アードの印〉を放つと、ブーは背中から床にどさっと倒れ、歯がぶつかってがちっと音を立てた。

バンが三日月刀を大きく振りおろした。ゲラルトは刃の下でさっと頭をひっこめ、すれ違いざまにバンのもう片方の膝を斬りつけながらくるりと回転し、ようやく立ちあがったブーに飛びかかって両目を真横に斬りつけた。ブーはとっさに頭をそらしたが、剣は眉弓《びきゅう》をとらえ、噴き出す血でたちまち巨人の目は見えなくなった。ブーは叫び、跳びはね、やみくもに向かってきたが、ゲラルトがよけた拍子によろけてバンにぶつかった。バンはブーを押しのけ、怒りの雄叫びとともに鋭い逆手でウィッチャーに斬りかかった。ゲラルトはすばやいフェイントと半回転で刃をよけ、オーグル＝トロールの肘を左、右と二度斬りつけた。バンは叫びながらも刀を放さず、さらに大きく、めちゃくちゃに振りまわした。ゲラルトは回転しながら刃の届かない距離までよけ、勢いのままバンの背後にまわりこむと、ここぞとばかりに剣の向きを変え、下から上に垂直に、ちょうどバンの尻のまんなかを切り裂いた。バンは尻をつかみ、わめき、叫び、よろめき、膝を曲げて小便を漏らした。

目の見えないブーが大鎌を振り、斬りつけた。だが、斬った相手は――つま先回転で離れていた――ウィッチャーではなかった。ブーは、尻をつかんでいた相棒バンの頭を肩からすっぱり断ち切っていた。切断された気管から空気がしゅっと抜け、火山から噴き出す溶岩のように、動脈から真上の天井に血がほとばしった。

バンは血を噴きながらも大きく平らな足で頭部のない噴水の像のように立っていたが、ついに傾き、丸太のように倒れた。

ブーが目から血をぬぐい、何が起こったかにようやく気づくと、スイギュウのようにうなった。足を踏み鳴らして大鎌を振りまわし、ウィッチャーを探して、その場でくるりと向きを変えた。だが、どこにもいない。そのときすでにウィッチャーはブーの背後にまわりこんでいた。ブーは腋を斬られて大鎌を落とし、素手で向かってきたが、またもや血で前が見えなくなって壁に激突した。すかさずゲラルトが飛びかかり、斬りつけた。

ブーは動脈を切られたのに気づかなかったようだ。とっくに死んでいてもおかしくないということも。うなり、両腕を振りまわしながらその場でくるくるまわっていたが、やがて膝が折れ、血だまりのなかにがくりと膝をついた。そうしてひざまずいたままわめき、揺れていたが、それもしだいに静かに、鈍くなった。とどめを刺すべくゲラルトは近づき、ブーの胸骨の下に剣を突き立てた。それが間違いだった。

その瞬間、ブーはうめき、刃と十字鍔とウィッチャーの手をつかんだ。その目はすでにかすんでいたが、つかんだ手は放さない。ゲラルトはブーの胸をブーツで踏みつけ、力まかせに引き抜こうとした。ブーは手から血を噴き出しながらも放さなかった。

「バカなやつだ」パストルが洞穴に現れ、二重旋回式の弩を向けながら、まのびした口調で言った。「おまえは死ぬためにここに来た。終わりだ、悪魔の落とし子よ。放すな、ブー！」

ゲラルトは剣を引っぱった。ブーはうめきながらも放さない。背曲がり男がにやりと笑って矢を放った。ゲラルトは低く身をかがめて重い太矢をかわし、矢羽根は体の横をかすめ、壁にどすっと突き刺さった。ブーが剣を放し――腹ばいになって――ゲラルトの両脚をつかみ、動きを封じた。パストルが勝ち誇った声をあげ、弓をかかげた。

だが、矢を放つことはできなかった。

巨大な狼が灰色の飛翔体《ミサイル》のように洞穴に駆けこんできたかと思うと、狼流に背後からパストルの脚に嚙みつき、十字靭帯と膝窩《しっか》動脈を切り裂いた。パストルはぎゃっと叫び、倒れた。放たれた弩の弦がビュンと音を立て、ブーがかすれ声をあげた。太矢がブーの耳に刺さって矢羽根までめりこみ、矢じりが反対側の耳から突き出ていた。

パストルが泣き叫んだ。狼が獰猛なあごを開き、頭に嚙みついていた。叫び声が、ぜいぜいというあえぎに変わった。

ゲラルトは、ようやく死んだオーグル＝トロールを脚から押しのけた。

人間の姿に戻ったデュサルトがパストルの死体を見おろし、唇とあごをぬぐった。

「四十二年間、人狼として生きてきた」デュサルトはウィッチャーの目を見て言った。「そろそろ誰かを嚙み殺してもいいころだ」

「どうしても行かなければならないと思った」デュサルトがここに来た理由を説明した。「どうしても、マスター・ゲラルト、あんたに警告しなければならないと」

「あいつらのことか」ゲラルトは剣の刃をぬぐい、死体を指さした。

「それだけじゃない」

ゲラルトは人狼が指さす部屋に入り、思わずあとずさった。

石の床が固まった血で黒ずんでいた。部屋の中央に縁の黒い穴が開き、その脇に死体が山と積まれていた。裸のもの、切断されたもの、刻まれたもの、八つ裂きにされたもの、皮をはがれたものもあった。どれだけあるのか見当もつかない。

穴の底から、骨が砕かれ、割れる音がはっきりと聞こえた。

「それまでは嗅ぎ取れなかった」デュサルトが嫌悪に満ちた声でつぶやいた。「あんたが地下の扉を開け放って、ようやくにおった。ここを出よう、マスター。この納骨堂から離れよう」

「まだやらなければならないことがある。だが、おまえは行け。助けに来てくれて感謝する」

「礼はよしてくれ。あんたには恩がある。恩返しができてよかった」

岩のなかに掘られた円筒形の立坑に巻きつくように、らせん階段が上に続いていた。正確に見積もるのは難しいが、よくある塔の階段に換算すれば一階か、せいぜい二階の高さくらいだろう。六十二段を数えたところで扉が立ちはだかった。

地下の洞穴と同じように、扉には猫の通路がくり抜かれていた。だが、洞穴の扉と違って魔法はかかっておらず、取っ手を押し下げると難なく開いた。

足を踏み入れた部屋は窓がなく、薄暗かった。天井の下に魔法球が何個か浮かんでいるが、点灯しているのはひとつだけだ。部屋はつんと鼻をつく化学薬品と、あらゆる極悪非道のにおいがした。何があるかはさっと見まわすだけで充分だった。棚にずらりと並んだ標本瓶、細口瓶や大瓶、レトルト皿、ガラス球、試験管、鋼の器具や道具――まぎれもなく実験室だ。

入口脇の本棚に大型の標本瓶が並んでいた。いちばん手前の瓶には、黄色い液体のなかに人間の目玉がシロップ漬けされたセイヨウスモモのようにびっしり浮かんでいる。次の瓶には、こぶしをふたつ合わせたほどの大きさの小さなこびと。三番目の瓶には……。

三番目の瓶には人の頭が浮かんでいた。顔は切られてゆがみ、むくみ、色が抜け、濁った液体と厚いガラスごしにはほとんど見えず、顔だけでは誰だかわからなかっただろう。ただ、頭が完全につるつるだった。頭部を剃りあげた魔法使いは一人しかいない。

ハーラン・ツザーラ――に間違いない――はポヴィスに行き着けなかったようだ。ほかの瓶にもさまざまなものが浮かんでいた。青白く、血の気のないおぞましいあれこれ。だが、人の頭はそれだけだ。

部屋の中央に台が置かれていた。特定の目的のために作られた、溝のついた鋼鉄製の台だ。

台の上には裸の死体が横たわっていた。小さな。子どもの死体。金髪の少女の。死体は〝Y〟の形に切り開かれていた。内臓が取り出され、体の両脇に均等に、きちんと順に並べてあった。人体解剖図の版画のように。版画と違うのは、図一、図二という番号札がないことだけだ。

視界の隅で何かが動いた。大きな黒猫が壁の近くをさっと通り、ウィッチャーを見てシャーッと威嚇し、開いた扉から逃げた。ゲラルトはあとを追った。

「だんなさま……」

その声に足を止め、振り向いた。

部屋の隅に鶏小屋のような低い檻があり、鉄格子をつかむ細い指が見えた。そしてふたつの目。

「だんなさま……助けて……」

十歳にもならないくらいの少年がうずくまり、震えていた。

「助けて……」

「シーッ、静かに。もう大丈夫だ、だが、あと少し我慢しろ。すぐ助けに来る」

「だんなさま！　行かないで！」

「静かにと言っただろう」

最初の部屋はほこりをかぶった図書室で、鼻がむずむずした。続いて応接間らしき部屋。寝室。黒檀の支柱で支えられた、黒い天蓋つきの大きなベッド。

何かがこすれる音がして、振り向いた。

ソレル・デジェルンドが戸口に立っていた。髪を結いあげ、金色の星を刺繍したマントを羽織っている。隣に、灰色の小さな生き物がゼリカニア・サーベルを持って立っていた。「ホルマリンの入った標本瓶を用意した」デジェルンドが言った。「おまえの頭を入れるためだ、いまわしき者よ。殺せ、ベータ！」

信じられないほどすばやい、灰色の亡霊のような、敏捷で音も立てない灰色のネズミのような生き物はデジェルンドが最後まで言い終わる前に、自分の声に酔っているあいだに、サーベルをしゅっとひらめかせて飛びかかっていた。ゲラルトは伝統的な斜め斬りで振りおろされるサーベルを二度かわした。最初は刃の圧力から生まれた空気の動きを耳元に感じ、二度目は刃が袖をかすめた。三度目はサーベルの刃を剣の切っ先でかわし、一瞬、刃と刃がぶつかり合った。灰色の怪物の顔が見えた。瞳孔が垂直な黄色い大きな目、鼻の場所にある細い切れ目、とがった耳。口はどこにもない。

両者が分かれた。灰色の怪物はすばやく向きを変え、この世のものとは思えない、踊るようなステップでふたたび斜めに斬りかかった。またしても予想どおり。人間には真似できないほど力強く、信じられないほど敏捷で、恐ろしくすばやく。だが、愚かだった。

怪物は霊薬を飲んだウィッチャーがどれほど速く動けるかを知らなかった。

ゲラルトは一度だけ攻撃を許したが、それも計算の上だ。そうして、これまで幾度となく訓練してきた一連の動きで反撃した。目にもとまらぬ半回転で灰色の怪物のまわりをまわりながら目くらましのフェイントをかけ、鎖骨の位置で水平に斬りつけ、血が噴き出すまもなく腋を斬り、次の攻撃に備えて脇に飛びのいた。だが、それ以上は必要なかった。

よく見ると怪物には口があった。灰色の顔にまるで傷口のように、耳から耳まで――それでもわずか一センチほどの――切れ目が開いた。だが、なんの言葉も音も発しなかった。そのまま両膝をつき、やがて片側に倒れた。しばらくのあいだ、夢を見ている犬のように手脚をぴくぴくと動かしていたが、やがて死んだ。無言のまま。

そのときデジェルンドは過ちを犯した。逃げるどころか、両手をかかげ、怒りと憎しみをこめたすさまじい声で呪文を唱えはじめたのだ。両手のまわりで炎が回転し、火球になった。それは綿菓子ができるのに少し似ていた。においさえも。

けれども完全な火球を作ることはできなかった。デジェルンドは霊薬を飲んだウィッチャーがどれほど速く動けるかを知らなかった。

ゲラルトが飛びかかり、火球と魔法使いの両手を水平に断ち切った。溶鉱炉に点火したような轟音とともに火花が飛んだ。デジェルンドは叫び、血まみれの手から燃える球を放した。火球が転がり、焦げたカラメルのにおいが部屋じゅうに立ちこめた。

ゲラルトは剣を落とし、デジェルンドの顔を力まかせに平手打ちした。魔法使いは叫び、うずくまって背を向けた。ゲラルトはデジェルンドをつかみ、腰帯の留め金を握り、上腕で首を絞めあげた。デジェルンドがわめき、足を蹴りだし、泣き叫んだ。

「おまえには殺せない！　おまえはぼくを殺せない！　禁じられている……ぼくは……ぼくは人間だ！」

ゲラルトは首にまわした腕を締めた。最初は少し手加減して。

「ぼくじゃない！」デジェルンドがわめいた。「オルトランだ！　オルトランにやらされた！　無理やり！　ビルタ・イカルティが何もかも仕組んだ！　あの女がやったんだ！　ビルタが！　あのメダルはビルタの入れ知恵だ！　あの女にやらされた！」

ゲラルトは腕に力を加えた。

「助けてくれー！　誰かー助けてくれー！」

ゲラルトはさらに力をこめた。

「誰か……たすけて……やめろ……」

デジェルンドはぜいぜいとあえぎ、口からだらだらとよだれを垂らした。ゲラルトは魔法使いの顔を横に向け、さらに絞めあげた。デジェルンドは意識を失い、だらりとなった。さらにきつく。舌骨《ぜっこつ》がぼきっと折れた。さらにきつく。咽頭《いんとう》がつぶれた。さらにきつく。もっときつく。

頸椎が折れ、はずれた。

ゲラルトはなおもしばらくデジェルンドを持ちあげ、それから念のために頭を横に強く引いた。そうして手を放した。デジェルンドは絹布のようにやわらかく床にすべり落ちた。

ゲラルトは袖についた唾液をカーテンでぬぐった。大きな黒猫がどこからともなく現れ、デジェルンドの体に身をこすりつけた。動かない手をなめ、ミャオと悲しげに鳴いた。死体の横に寝そべり、脇にすりよった。そして大きく見開いた金色の目でウィッチャーを見た。

「こうするしかなかった」ゲラルトは言った。「どうしても。ほかでもない、おまえならわかるはずだ」

黒猫は目を細めた。わかったというように。

18

さあ、大地に座り、
王たちの死をめぐる悲しい話をしよう、
ある王はその座を奪われ、ある王は戦《いくさ》で殺され、
ある王は自分がその座から蹴落とした王の亡霊に取りつかれ、
ある王は妻に毒殺され、ある王は寝ているあいだに殺された、
みな殺害された。

——ウィリアム・シェイクスピア著『リチャード二世』

王室の婚礼の日は早朝からすばらしい天気で、ケラク王国の空は青く、一片の雲の影さえなかった。朝から気温は高かったが、海風が熱気をなだめていた。

街の山手は早朝からあわただしかった。通りや広場は掃き清められ、家々の正面はリボンと花輪で飾られ、旗竿の先で三角の国旗がはためいた。宮廷に通じる道には朝から業者が列をなした。荷物を積んだ馬車や荷車が街に戻る空《から》の馬車や荷車とすれ違い、荷運び人や職人、商人、使者、特使たちが丘を駆けのぼった。やがて道路には招待客を宮廷まで運ぶ輿が連なった。〝わが婚礼は笑いごとではない〟――ベロハン国王はそう述べたそうだ――〝わが婚礼は人々の記憶に刻まれ、世界じゅうで語られるだろう〟と。国王の命により、祝宴は朝から夜遅くまで続き、招待客は一日じゅう、これまで見たこともないような出し物を楽しめるという。ケラクはちっぽけな、正直、取るに足らない王国で、ゲラルトが思うに、たとえ舞踏会を一週間ぶっ通しで催し、どんなに目新しい出し物を思いついたとしても、世界がベロハン王の婚礼にそれほど関心を持つはずはなく、百五十キロ以上も離れた地域に住む人々が婚礼の噂を聞きつけるはずもない。だがベロハン王にとっては――広く知られているように――ケラクの街こそが世界の中心で、世界はケラクを取り巻く狭い地域にすぎなかった。

ゲラルトとダンディリオンは一張羅《いっちょうら》を着こみ、ゲラルトはこのために大枚をはたいて仔牛革の上着を新調した。ダンディリオンについて言えば、はなから婚礼式をバカにし、参列する気はないと宣言していた。招待客名簿に〝世界的に有名な吟遊詩人〟ではなく、

〝王室づき訴追官の親戚〟と書かれていたからだ。演奏依頼もなかった。ダンディリオンはこれを侮辱とみなし、憤慨した。といっても彼のつねで、その怒りは長続きせず、せいぜい半日が限度だったが。

丘の斜面をくねくねと宮廷までのぼる道には旗竿がずらりと立ち並び、ケラクの紋章――えらと尾びれが赤い、泳ぐ青いイルカ――が描かれた黄色い三角旗が飾られ、そよ風にものうげにはためいていた。

ダンディリオンの従兄弟フェラン・ド・レテンホーヴが青と赤のイルカ紋のお仕着せをまとった近衛兵を数人したがえ、宮廷の敷地に通じる門の外で待っていた。王室づき訴追官はダンディリオンに挨拶し、小姓を呼んで詩人を祝宴会場まで案内するよう言いつけた。

「きみは、マスター・ゲラルト、一緒に来てくれ」

脇道にそって敷地を抜ける途中、厨房とおぼしき棟の横を通った。鍋や調理道具がカチャカチャとぶつかる音と、料理長が下働きの者たちをののしる声が聞こえる。何より、おいしそうな、食欲をそそるにおいでわかった。ゲラルトはメニューの内容も、祝宴でどんな料理がふるまわれるかも知っていた。数日前、ダンディリオンと二人でレストラン〈ナトゥーラ・レールム〉を訪れたとき、フェバス・ラヴェンガが――いかにも誇らしげに――自分の店と数軒のレストランが祝宴を引き受け、メニューを考案したと自慢した。なにしろ祝宴の準備に雇われるのは、地元でもとびきり腕のいい料理人だけだ。〝朝食はカキ、ウニ、テナガエビとカニのソテー〟――ラヴェンガは言った――〝午前の軽食はミートゼリーに各種パイ、燻製サーモンとマリネサーモン、カモ肉のゼリー寄せ、羊と山羊のチーズ。昼食は好みに応じて肉もしくは魚のブイヨン、さらに肉もしくは魚のパテ、牛の胃のレバー団子ぞえ、焼きアンコウのハチミツがけ、メバルのサフランとクローヴ風味。しかるのちに〟――ラヴェンガは熟練の演説家のように抑揚をつけ、間を取りながら続けた――〝あぶった切り身肉のケイパー入りホワイトソースがけ、卵とマスタード、ハクチョウの膝肉のハチミツ漬け、去勢鶏の背脂がけ、ヤマウズラとマルメロの砂糖煮、ハトの丸焼きとマトンレバーのパイ、カラス麦ぞえ。サラダに各種野菜。キャラメル、ヌガー、クリーム入りケーキ、焼き栗、砂糖煮にママレード。トゥサン産のワインがとぎれなく出されるのは言うまでもない〟

ラヴェンガの描写はありありと克明で、唾が出そうだった。だがゲラルトには、そんなよりどりみどりのごちそうのひとつにでもありつけるとは思えなかった。そもそも自分は婚礼の招待客でもなんでもない。いつでも皿から盗み食いし、小走りで通りすぎざまにクリームやソースや調理肉に指を突っこめる小姓より望みは薄かった。

祝典の主な会場はかつて寺院の果樹園だった宮廷の庭で、ケラク歴代の王たちによってその大半が並木やあずまや、瞑想堂に改修、拡張されていた。そこに今日は、色とりどりの大天幕がいくつも木々と建物のあいだに立てられ、昼間の熱気をさえぎるための帆布が柱に渡してある。すでに招待客の小集団ができていた。客の数はさほど多くはなく、全部で二百人ほどだ。噂によると、国王みずから客を吟味し、招待状が届いたのは選ばれた——ごく上澄みの——人々だけらしい。ふたを開けてみれば、ベロハン国王が考えるエリートの大半は彼の近い親戚と遠い親戚で成り立っていた。それ以外で招かれたのはケラクの上流階級、行政中枢の幹部、地元の大富豪、外国の実業家と外交官——つまり商務官のふりをした近隣諸国の密偵たち——だ。ようするに、招待客名簿はほぼ追従者やおべっか使い、ごますりたちで占められていた。

宮廷の入口の脇でエグムンド王子が待っていた。豪華な金銀の刺繡をほどこした丈の短い黒い上着をまとい、数人の若者をしたがえている。全員が、長い巻き髪に詰め物をしたダブレット、いかにも今ふうの異様に大きな股袋のついた、ぴっちりした長靴下といういでたちだ。ゲラルトは嫌な気分になった。自分の服にあざけりの視線を向けられたせいだけではない。彼らが妙にソレル・デジェルンドを思い出させたからだ。

訴追官とウィッチャーを見て、エグムンド王子はすぐに取り巻きたちを追い払い、最後に一人だけが残った。こちらは短髪で、まともなズボンをはいているが、ゲラルトはこの男の外見も気に入らなかった。奇妙な目。人好きのしない顔つき。

ゲラルトは王子の前で頭をさげた。王子は――当然ながら――さげなかった。

「剣を渡せ」挨拶がすむや、王子は言った。「武器を持って歩きまわられては困る。心配するな、たとえ見えなくてもつねに手もとに置いておく。命令を出した。もし何か起こったら、すぐさまきみに渡せと。ここにいるロップ大尉が責任を持つ」

「それで、何かが起こる確率はどれくらいだ？」

「まったくゼロ、もしくはほとんどゼロで、わざわざきみを呼ぶと思うか？」エグムンド王子は鞘と剣をしげしげと見た。「なんと！　ヴィロレダの剣ではないか！　剣というより芸術品だ。知っている、わたしも似たような剣を持っていたが、異母兄のヴィラクサスに盗まれた。父から追放されたとき、ヴィラクサスは出ていく前に人のものをごっそりくすねていった。記念のつもりだったのだろう」

フェラン・ド・レテンホーヴが咳払いした。ゲラルトはダンディリオンの言葉を思い出した。追放された長男の名を宮廷で口にするのは禁じられているはずだ。だが、エグムンド王子に気にする様子はなかった。

「まさに芸術品だ」なお剣をながめながら繰り返した。「どうやって手に入れたのかをきく気はないが、このような名品が手に入って何よりだ。盗まれた剣がこれより上等とは思えない」

「それは趣味と好みの問題だ。おれは盗まれた剣を取り戻したい。殿下と訴追官閣下は盗《ぬす》人《っと》をつかまえると約束した。そもそも、それが国王の警護を引き受ける条件だった。条件はまだ満たされていないようだ」

「そのようだ」エグムンド王子は陰険な目つきのロップ大尉に剣を渡しながら、冷ややかに言った。「だからきみには償いたい。きみの奉仕に対し、当初の三百クラウンではなく五百クラウンを支払おう。その上で盗まれた剣の調査は継続する。取り戻す望みもある。容疑者のめぼしがついたようだ。そうだな、フェラン?」

「捜査の結果、犯人は市の法廷書記ニケフォー・ムウスなる人物と判明しました」フェラン・ド・レテンホーヴが淡々と告げた。「逃亡中ですが、逮捕は時間の問題かと」

「そう願いたい」王子はふんと鼻で笑った。「インク染みのついた小役人をつかまえるくらい大した手間ではなかろう。机の前に座りっぱなしで痔《じ》になっているだろうから、歩いても馬でも逃げるのは難しいはずだ。よく逃げられたものだな」

「ひどく興奮しやすい男で」訴追官は咳払いし、「おそらく正気ではありません。行方をくらます前にラヴェンガのレストランでおぞましい騒ぎを起こし、その、失礼ながら、人糞を……。店はしばらく休業を余儀なくされました、というのも……いまわしい詳細は省きます。ムウスの住まいを捜索しても盗まれた剣は見つからず、あったのは……。その……革のかばんの縁までいっぱいに――」

「ああ、もういい、想像はつく」エグムンド王子は顔をしかめ、「たしかに、いまの話は容疑者の心理状態を大いに物語っている。となると、きみの剣は、ウィッチャー、おそらく出てこないだろう。たとえフェランが男をとらえたとしても、狂人からは何も聞き出せない。そのような男には拷問すら意味がない、苦しまぎれにたわごとをしゃべるだけだ。用があるので失礼する」

フェラン・ド・レテンホーヴはゲラルトを連れて、宮廷の敷地に通じる中央門に向かった。やがて石板を敷き詰めた中庭へ出た。執事が到着した客を出迎え、衛兵と小姓たちが敷地の奥へ案内している。

「これからどうなる?」

「どういう意味だ?」

「今日これから何が起こる? あんたが知らなかったのは、どの部分だ?」

「ザンダー王子がみなの前で、明日、自分が王になると豪語した」訴追官は声を落とした。「だが、そんなことを言うのは初めてではなく、そんなときは決まって酔っている」

「ザンダー王子は政変を起こせるような男か?」

「そうは思えない。だが、ザンダー王子には陰謀団や腹心の友、寵臣たちがついている。彼らならやりかねない」

「ベロハン国王が今日、〝婚約者がこれからみごもる息子を跡継ぎにする〟と発表するという噂には、どの程度の信ぴょう性がある？」

「かなり」

「にもかかわらず、王位継承の可能性を失いかねないエグムンド王子が、よりによって父親を守るためにウィッチャーを雇うとは。なんと麗しい子の愛だろう」

「話をそらすな。きみは任務を引き受けた。黙って遂行すればいい」

「引き受けたからには遂行する。だが、なんともとらえどころがない。何かが起こったとして、おれは誰を敵にするかもわからない。いや、むしろ何かが起こったとき、誰がおれの味方になるかを知っておくべきか」

「そのような事態になったら、エグムンド王子が言ったように、ロップ大尉がきみに剣を渡す。きみの援護もする。わたしもできるかぎり協力する。きみには無事でいてほしい」

「いつから？」

「どういう意味だ？」

「あんたと面と向かって話したことはこれまで一度もない。いつもダンディリオンが一緒だったから、やつの前でこの話はしたくなかった。おれのいわゆる詐欺事件にまつわる詳細な資料。エグムンド王子はあれをどうやって手に入れた？　誰がでっちあげた？　もちろん王子ではない。あんただ、フェラン」

「わたしはなんの関係もない。断じて――」

「あんたはとんでもない嘘つきだ、法の番人が聞いてあきれる。よくその地位につけたものだ」

フェラン・ド・レテンホーヴは唇を引き結んだ。

「そうするしかなかった。わたしは命令を実行しただけだ」

ゲラルトは訴追官をきつく、長々とにらみ、ようやくこう言った。

「おれが何度、同じような言葉を聞かされたかを知ったらきっと驚くだろう。だが、そのような言葉を吐いた者はたいてい、遠からず絞首刑になったと思えば、心も慰められるというものだ」

招待客のなかにリタ・ネイドがいた。ゲラルトはすぐに気づいた。それほどに目を引いた。

胸もとが大きく開いた、薄いちりめん地《クレープデシン》の鮮やかな緑色のドレスの胴着には小さなスパンコールで光るチョウの刺繡があり、縁にはフリルがついている。十歳を超えた女が着るフリルつきのドレスを見ると、たいていは皮肉な同情を禁じ得ないゲラルトだが、リタのドレスはほかの部分と調和し、かえって魅力的に見えた。

首にはエメラルドの首飾りがきらめいていた。アーモンドより小さい粒はひとつもなく、なかのひとつはかなり大きい。

そして燃えるような赤毛。

横にモザイクが立っていた。絹とシフォン地を合わせた、驚くほど大胆な黒いドレスで、肩と袖が完全に透けている。首と胸もとは風変わりなひだの入った、シフォン地のひだ襟のようなものでおおわれ、黒くて長い袖と相まって、きらびやかで謎めいた雰囲気だ。二人ともかかとが十センチほどある靴をはいていた。リタのはイグアナ革で、モザイクのはエナメル革だ。

ゲラルトは一瞬、近づくのをためらったが、ほんの一瞬だった。

「こんにちは」リタが探りがちに声をかけた。「うれしいわ、また会えるなんて。モザイク、あなたの勝ちね、白いサンダルはあなたのものよ」

「賭けか」とゲラルト。「何に賭けた？」

「あなたに。わたしは二度と会えないと思って、あなたが現れないほうに賭けた。モザイクは違う考えだったから、賭けに応じた」

リタは深い翡翠色の目でゲラルトを見やった。返事を待っていた。言葉か。何かを。ゲラルトは黙っていた。

「やあやあ、美しき貴婦人がた」ダンディリオンがどこからともなく——まさに救い《デウス・エク》の手《ス・マキナ》のように——現れた。「お二人ともなんと美しい。マダム・ネイド、ミス・モザイク。花束がなくて申しわけない」

「ご心配なく。祝宴はどう？」

「どれも予想どおり——すべてがあるが何もない」ダンディリオンは横を通る小姓から脚つきグラスをふたつ取り、リタとモザイクに渡した。「パーティはちょっと退屈じゃないか？　でもワインはうまい。一パイント四十クラウンのエスト・エスト。赤ワインも悪くない。ためしてみた。ただし香料入りワインはやめたほうがいい、ここの連中は香辛料の使いかたを知らない。それにしても客がひっきりなしだ、見たか？　上流階級のつねで、この競技はふつうの競技とは反対に遅い者勝ちだ——最後に到着した者が勝利し、月桂樹を手にする。そして華々しい入場を果たす。ほら、まさにいま目の前で決勝が行なわれている。製材所をいくつも所有する男とその妻がゴールを越えたと思ったら、すぐ後ろからやってきた港湾長とその妻に負けつつある。次にあの見知らぬ伊達男に負けるのは、はたして誰か……」

「あれはコヴィリの通商団長よ。それと誰かの夫人」とコーラル。「誰だったかしら」

「パイラル・プラット、あのおいぼれ悪党が先頭集団に加わろうとしてるぞ。やけに見目のいい連れと一緒に……。ちょっと待て！」

「どうしたの？」

「プラットの隣の女……」ダンディリオンは息をのみ、「あれは……エトナ・アサイダー……ぼくに剣を売りつけた哀れな未亡人……」

「そう名乗ったの？」リタがあきれて鼻を鳴らした。「エトナ・アサイダー？　へたなつ《ア》づり変《ナグラム》えだこと。あれはアンテア・デリス。パイラルの長女よ。哀れな未亡人なんかじゃないわ、一度も結婚したことがないのだから。噂によると、男が好きではないようね」

「パイラルの娘？　まさか！　やつを訪ねたとき――」

「娘には会わなかった」リタがさえぎった。「当然よ。アンテアは家族と折り合いが悪く、姓すら名乗らず、名前のほうだけをふたつつなげた別名を使っている。父親と接触するのは商売がらみのときだけで、その商売というのが実のところかなり好調らしいわ。でも二人が一緒にいるのには驚いた」

「何か理由があるんだろう」ゲラルトが鋭く指摘した。

「考えたくもないわ。アンテアは、表の顔は代理商だけれど、本業は詐欺にペテン、密売のたぐいよ。詩人どの、お願いがあるの。あなたは世間をよく知っているけど、モザイクはそうではない。招待客のなかを案内して、知っておくべき人に紹介してあげてくれないかしら？　ついでに、知る価値のない人も教えてあげて」

ダンディリオンはリタに〝仰せのままに〟とうなずき、モザイクに腕を出した。リタとゲラルトが残った。

「来て」リタが長い沈黙を破った。「少し歩きましょう。あそこの小高い丘の上まで」

丘の上にある瞑想堂からはケラクの街並みやパルミラ地区、港と海が見渡せた。リタは片手で日差しをさえぎった。

「港に入ろうとしているのは何かしら？　錨を下ろしているのは。帆柱が三本で、変わった構造のフリゲート船ね。黒い帆の下は、あら、とてもめずらしい――」

「フリゲート船の話はいい。ダンディリオンとモザイクを追い払い、ひと気のないところにこうして二人きりだ」

「そしてあなたは理由を考えている」リタが振り向いた。「わたしが何かを話すのを待っている。わたしがあなたに質問するのを。でも、わたしは最近の噂話をしたいだけ。魔法使い共同体の。あら、心配しないで、イェネファーのことじゃないわ。あなたがよく知っているリスベルグ城のことよ。あそこで多くの変化が起こった……。でも、あなたの目には好奇心のかけらもない。続ける？」

「ぜひ」

「すべてはオルトランが死んだときから始まった」

「オルトランが死んだ？」

「一週間ほど前に。公式には、研究中だった肥料の毒が原因だと発表された。でも噂では、愛弟子の一人がきわめて怪しい実験に失敗して急死したという知らせを受け、発作を起こしたと言われている。デジェルンドとかいう名の。聞きおぼえは？　城で会った？」

「会ったかもしれない。多くの魔法使いに会った。全員は憶えていない」

「オルトランは愛弟子の死をリスベルグ研究所の委員会全体のせいだと責め、怒り、発作を起こしたようね。かなりの高齢で、高血圧だった。彼のフィステク好きは公然の秘密で、フィステクと高血圧は危険な組み合わせだから。でも、何か不審なことが起こったのは間違いない、リスベルグで大きな人員転換があったのが何よりの証拠よ。オルトランが死ぬ前からすでに確執はあった。ピネティの名で知られるアルジャノン・グインカンプが辞めさせられたわ、よりによって。彼のことは憶えているでしょう。記憶に残る人がいたとすれば彼しかいない」

「たしかに」

「オルトランの死を受けて――」コーラルはゲラルトをじっと見ながら、「――魔法院は即座に反応した、死んだオルトランと愛弟子の奇行に関する悩ましい状況にはかなり前から気づいていたようね。おもしろいのは――最近ではますます増えているけれど――ひとつの小石が地すべりを起こしたことよ。一人の取るに足らない、熱心すぎる保安官が上司であるゴルス・ヴェレンの執行吏を動かした。執行吏は部下の告発を上に報告し、事件は一段ずつはしごをのぼり、王室議会に届き、ついに魔法院にも届いた。手短に言うと、魔法使いたちは怠慢さを非難された。ビルタ・イカルティは委員会から追い出され、アレッザに戻って教壇に立っている。あばたのアクセルとサンドヴァルはリスベルグを去った。ザンゲニスは仲間を密告し、罪をすべて彼らにかぶせ、魔法院の赦しを得て地位を守った。どう思う？　何か言いたいことは？」

「おれに何が言える？　これはきみたちの問題で、きみたちの醜聞だ」

「醜聞は、あなたがリスベルグを訪ねてすぐに明るみに出た」

「買いかぶりだ、コーラル。おれにそんな影響力はない」

「わたしは決して買いかぶらない。見くびることもない」

「もうすぐモザイクとダンディリオンが戻ってくる」ゲラルトはコーラルの目を見て言っ

た。「なんにせよ、おれをここに連れて来たのには理由があるはずだ。話してくれ」

リタはウィッチャーの目を見返した。

「理由はよくわかっているはずよ。だから、わからないふりをしてわたしを怒らせないで。あなたはひと月以上も会いに来なかった。いいえ、お涙ちょうだいのメロドラマを演じたいわけでも、感傷的なしぐさであわれんでほしいわけでもない。終わりつつある関係から楽しい思い出がほしいだけ」

「いま〝関係〟という言葉を使ったか？　その概念が持つ意味の許容範囲は実に驚異的だ」

「楽しい思い出だけでいいの」リタはゲラルトの言葉を無視し、視線をそらさず続けた。「あなたはどうかわからないけれど、わたしは、はっきり言って、かなりこたえてる。だから、楽しい思い出のために本気で努力する価値がある気がするの。そんなに大変なことじゃない。そう、ささやかだけど、すてきな最後の調べ、すてきな、楽しい思い出になるような。そんな何かを望んでもいい？　会いに来てくれる？」

ゲラルトが答えるまもなく鐘楼の鐘が耳を聾《ろう》さんばかりに鳴りはじめ、十度、打ち鳴らされた。続いて、ラッパが金属質の、少し不協和音のファンファーレを高らかに鳴らした。招待客の群れが青と赤のお仕着せの衛兵に誘導されて二列に並んだ。首に金の鎖をつけ、門柱ほどもありそうな大きな儀杖《ぎじょう》を持った式典官が宮廷玄関の屋根つきポーチの下に現れた。その後ろに紋章官、執事が続き、執事たちのあとから、クロテンの帽子をかぶり、笏《しゃく》を手にした、細身で骨ばったケラク国王ベロハンがやってきた。ヴェールをかぶった、ほっそりした若い金髪の女がかたわらを歩いている。国王の婚約者で、もうじき妻となり王妃となる娘に違いない。金髪の娘は純白のドレスをダイヤモンドで飾りたて、少しばかりけばけばしく、にわか成金ふうの趣味の悪い印象をあたえていた。王と同じくオコジョの毛皮のマントを羽織り、それを小姓たちがささげ持っている。

国王と婚約者のあとから王族が続いた。地位の格差を見せつけるように、王と新しい妃の裳裾をかかげる小姓たちから少なくとも十メートルは距離を取って。当然ながらエグムンド王子の姿があり、隣をアルビノのように色白のザンダー王子が歩いてくる。兄弟のあとに親戚たちが続いた。男女が数人ずつと、十代の少年少女が二、三人。国王の嫡子と庶子たちだろう。

王家の行進は、頭をさげる男性客と膝を深く曲げてお辞儀する女性客のあいだを抜け、目的地の、どこか絞首台に似た一段高い壇に着いた。壇上には玉座がふたつ並び、頭上が天蓋、両脇がタペストリーでおおわれている。国王と花嫁が玉座に座った。それ以外の一族は立ったままだ。

ラッパがふたたび金属音を響かせた。式典官が――オーケストラを前にした指揮者のように両手を振りまわして――招待客に呼びかけた。花嫁花婿を祝福し、讃え、杯をあげよと。客と廷臣たちはもうじき夫婦になる二人に、四方から競うように永久《とわ》の健康と幸せと繁栄と長命を願う言葉をあびせた。ベロハン国王は傲岸で尊大な表情のまま、自分たちに送られる祝福と賛辞と賞賛に対し、手にした笏をかすかに動かして喜びを表現した。

式典官は客を静まらせ、もったいぶった言いまわしと大仰な言葉を切れ目なく繰り出しながら長広舌をふるった。ゲラルトは客を見るのに忙しく、よく聞いていなかった。「ベロハン国王陛下におかれましては」――式典官が観衆に向かって代弁した――「かくも多くのかたがたが来てくださったことを心より喜び、このようなめでたい席に迎えることができて歓喜に堪えず、同じようにみなさまがたの健康と幸せを祈るものであります。結婚式は午後に行なわれますので、それまでみなさまは食べ、飲み、楽しみ、この日のために用意された催しの数々をご堪能ください」

ラッパの音が公的な部分の終わりを告げ、王族の行列が庭を去りはじめた。ゲラルトは、招待客のなかに不審な動きをする小集団がいるのに気づいた。とくに気になったのは、ほかの客のように行列に低く頭をさげもせず、宮廷の門のほうに無理やり移動しようとしている一団だ。ゲラルトは二列に並んだ、青と赤のお仕着せの衛兵のほうにさりげなく近づいた。リタも横をついてくる。

ベロハン国王は真正面をにらんで歩いていた。婚約者はあたりを見まわし、声をかける客たちにときおりうなずいている。突風が一瞬、新婦の顔のヴェールを持ちあげ、大きな青い目が見えた。その青い目が群衆のなかにリタ・ネイドを見つけたとたん、憎しみに燃えあがるのをゲラルトは見た。混じりけのない、純粋な、抑えようのない憎しみに。

それはほんの一瞬で、ふたたびラッパが鳴り、行列が通りすぎ、衛兵団が行進した。怪しげな動きの一団は、なんのことはない、ワインとオードブルが並ぶテーブルを狙っていただけで、行進が行き過ぎると、われ先にテーブルに押し寄せ、群がった。あちこちに建てられた仮設の舞台では芸人たちの出し物が始まった。楽師たちがフィドルや竪琴、バグパイプ、縦笛を演奏し、合唱隊が歌った。手品師と軽業師が交代で登場し、怪力男と曲芸師に入れ替わり、綱渡り師のあとにはタンバリンを持った、肌もあらわな踊り子たちが登場した。人々はいよいよ陽気になった。女たちの頬は輝き、男たちの額は汗で光り、誰の声も大きくなり、支離滅裂になってきた。

リタが天幕の裏にゲラルトを引っぱった。ひそかに逢瀬を楽しんでいた男女が驚いたが、リタは先客には目もくれずに言った。

「何が起こっているのかはわからない。あなたがここにいる理由もわからない——想像はつくけれど。でも、よく目を開いて、何をするにしても用心して。国王の婚約者はイルディコ・ブレクルよ」

「きみの知り合いかどうかはきかなくてもわかる。あの目を見れば」

「イルディコ・ブレクル」リタが繰り返した。「これがあの女の名前よ。三年生のときにアレッザから追い出された。ちょっとした盗みを働いたせいで。見てのとおり、そのあとうまく立ちまわったようね。魔法使いにはならなかったけれど、あと数時間で王妃になるなんて。〝タルトに載ったサクランボ〟なんてとんでもない。十七歳が聞いてあきれる。なんておめでたいおいぼれかしら。イルディコはとっくに二十五歳を超えているわ」

「そしてきみのことが嫌いなようだ」

「嫌いなのはおたがいさまよ。イルディコは生まれながらの策士で、あの女のまわりにはいつも災難がついてまわる。でもそれだけじゃない。黒い帆のフリゲート船が入港したでしょう？　あれが何かわかったわ。前に聞いたことがある。船の名は〈毒蛾《アケロンティア》〉。恐ろしく悪名高い船よ。あれが現れる場所には必ず何かが起こる」

「たとえば？」

「金のためならなんでもやるという傭兵団が乗りこんでいるわ。傭兵を雇うのはなんのため？　レンガ積み？」

「行かなければ。すまない、コーラル」

「何が起こっても」リタはゲラルトの目を見ながらゆっくりと言った。「何が起こっても、わたしは手を出せない」

「心配するな。きみに助けを求めるつもりはない」

「あなたはわたしを誤解していた」

「それは確かだ。すまない、コーラル」

ツタのからまる柱廊を出たところで、向こうから来るモザイクと鉢合わせした。熱気と喧騒と騒ぎのなかで、ここだけは驚くほど静かでひんやりしている。

「ダンディリオンは？　きみを置き去りにしたのか？」

「ええ」モザイクはため息をついた。「でも、礼儀正しく断って、あなたにも謝っておいてと頼まれた。内輪で演奏してくれないかと声がかかったの。宮廷の部屋で、王妃と女官たちのために。断りきれなかったみたい」

「誰に頼まれた？」

「軍人ふうの男。目に妙な表情を浮かべた」

「行かなければ。すまない、モザイク」

色とりどりのリボンで飾られた大天幕の向こうに小さな人だかりがして、パイと、サーモンとカモ肉のゼリー寄せが配られていた。ロップ大尉かフェラン・ド・レテンホーヴを探して人を押しのけていると、フェバス・ラヴェンガに出くわした。レストランの主人は貴族のようだった。綾織のダブレットにクジャクの羽根のついた帽子といういでたちで、黒い男物の服を粋に品よく着こなしたパイラル・プラットの娘を連れている。

「おお、ゲラルト」ラヴェンガがうれしそうに呼びかけた。「アンテア、紹介しよう。リヴィアのゲラルト、有名なウィッチャーだ。ゲラルト、こちらは代理商のマダム・アンテア・デリス。一緒にワインでも……」

「悪いが急いでいる」ゲラルトは断った。「マダム・アンテアのことは知っている、じかに会うのは初めてだが。おれがあんたなら、フェバス、彼女からは何も買わない」

宮廷の正面玄関を見おろすアーチつきのポーチには、**育て、殖《ふ》やせよ**と書かれた垂れ幕を持った、どこかの言語学者の像が飾ってあった。そこでゲラルトは十字に合わせた鉾槍の柄で行く手をはばまれた。

「立ち入り禁止だ」

「王室づき訴追官に急用だ」

「入ってはならん」宮廷衛兵長が鉾槍兵の背後から現れた。左手に短い槍を持ち、汚れた右手の人差し指をゲラルトに突きつけた。「立ち入り禁止の意味がわからんのか」

「その指を顔の前からのけろ、何ヵ所かへし折られたくなければ。ああ、そうだ、それでいい。訴追官のところへ案内してくれ」

「きみと衛兵が会うと必ず騒ぎが起こる」ゲラルトの背後からフェラン・ド・レテンホーヴの声がした。ゲラルトを見つけてあとをついてきたようだ。「性格上の重大なる欠陥だ。面倒を引き起こしかねない」

「誰だろうと、行く手をさえぎられるのは嫌なんだ」

「そのための衛兵と歩哨だ。どこでも出入り自由なら必要ない。通せ」

「国王じきじきのご命令で」衛兵長は眉を寄せ、「誰であろうと身体検査なしに通してはならぬと」

「ならば調べよ」

検査は徹底しており、衛兵たちは真剣だった。ゲラルトは適当に体をたたかれるだけでなく、隅々まで調べられたが、危険物は何もなかった。いつもならブーツに差しこんでおく短刀も、婚礼の席とあって携帯していなかった。

「満足か」訴追官が衛兵長を見おろした。「では脇によけて通せ」

「僭越ながら、訴追官閣下」衛兵長がまのびした口調で、「国王の命令は絶対です。例外はありません」

「なんだと？　身のほどを知れ！　わたしを誰だと思っている？」

「どなたであろうと検査なしには通れません」衛兵長が衛兵たちにうなずいた。「命令は明確です。問題を起こさないほうが身のためかと、訴追官閣下。われわれにとっても……閣下にとっても」

「今日にかぎってどういうことだ？」

「それについては上の者におたずねを。全員を検査せよとの命令です」

訴追官は小声で毒づき、検査を受けた。フェラン・ド・レテンホーヴはペンナイフすら所持していなかった。

「いったいどういうことだ？」ようやく通された廊下を歩きながらフェランが言った。

「やけに胸騒ぎがする。なんとも不安だ、ウィッチャー」

「ダンディリオンに会ったか？　歌ってくれと宮廷に呼ばれたようだが」

「知らんな」

「でも、さっき〈アケロンティア〉が入港したのは知っているな？　この船の名に心当たりは？」

「大いにある。不安は増すばかりだ。一分ごとに。急ごう！」

幅広の両刃槍《パルチザン》で武装した衛兵たちが、かつては寺院の回廊だった玄関の間を動きまわり、青と赤の軍服も回廊を行き交っていた。

「おい!」フェランが通りすがりの兵士を手招きした。「曹長! なんの騒ぎだ?」

「すみません、閣下……命令を受けて急いでおり……」

「そこに立て! 何ごとだ? 説明せよ! 何かあったのか。エグムンド王子はどこだ?」

「ミスター・フェラン・ド・レテンホーヴ」

青いイルカが描かれた旗の下の戸口にベロハン国王その人が、革のジャーキンを着た四人の屈強そうな男をしたがえて立っていた。礼服を脱いだ王は少しも王らしくなかった。たったいま飼い牛がりっぱな仔牛を産んだ農民のようだ。

「ミスター・フェラン・ド・レテンホーヴ」王の声には仔牛が産まれた喜びすら感じられた。「王室づき訴追官。つまり、わが訴追官よ。いや、わがではないかもしれぬ。おそらくわが息子のだろう。呼んでもいないのにおまえは現れた。本来、いまこの場にいることは訴追官の職務だが、おまえを呼んだ覚えはない。余はこう思った――〝フェランには食べさせ、飲ませ、女を選ばせ、あずまやで楽しませればいい。フェランを呼び出しはしない、この場にはいらぬ〟と。なぜおまえをいらぬと思ったか、わかるか? おまえの主人が誰なのか確信がなかったからだ。そなたは誰に仕えている、フェラン？」

「わたしは陛下の僕《しもべ》」フェランはそう言って深々とお辞儀した。「陛下にこの身をささげております」

「みなの者、聞いたか」ベロハン国王が芝居めかしてあたりを見まわした。「フェランは余に身をささげているそうだ！　けっこう、フェラン、大変けっこう。そのような答えを待っていた、王室づき訴追官よ。おまえは残ってよい、役に立つこともあろう。すぐに訴追官にふさわしい任務をあたえる……よいか！　それでこの男は？　これは誰だ？　待て！　ひょっとして詐欺事件にかかわったというウィッチャーか？　女魔法使いが密告したという？」

「あれは女魔法使いの勘違いで、彼は無罪が確定しました。彼は密告され――」

「無実の者は密告されない」

「裁判所の決定です。証拠不充分により事件は終了いたしました」

「しかし、事件になった以上、なんらかのよからぬ噂があったということだ。裁判所の決定と判決は法廷役人の想像と妄想から生まれるが、よからぬ噂は事件の核心から生まれる。言いたいのはそれだけだ、法律学で時間を無駄にする気はない。わが婚礼の日であるから、ここは寛大に、収監を命じはせぬが、ただちにそのウィッチャーを視界から消せ。二度と王室の扉を汚《けが》すでない!」

「陛下……心配なことに……〈アケロンティア〉が入港したようです。ついては安全のため警護の必要があるかと……ウィッチャーがいれば……」

「いれば何ができる? みずからの胸で余を守るのか? ウィッチャーの魔法で暗殺者の動きを封じるのか? 愛する息子エグムンドがそのような任務をあたえたか? 父親を守り、安全を確保せよと? こちらへ来い、フェラン。さあ、いまわしいおまえもだ、ウィッチャー。見せたいものがある。人がいかにして自分を守り、身の安全を確かなものにするかを見せてやろう。よく見て、よく聞け。そうすれば何かを学び、何かに気づくだろう。自分自身について。さあ、ついて来るがいい!」

二人は王にうながされ、革のジャーキンを着た身辺警護人《ボディガード》に囲まれて歩きだした。通された広い部屋は、海の怪物と波をあしらった飾り天井の下に壇がしつらえられ、玉座がひとつ置かれていた。ベロハン王が玉座についた。その真正面、図案化された世界地図のフレスコ画の下に長椅子があり、国王の二人の息子が別のボディガードに見張られて座っていた。ケラク王国の王子たち。漆黒の髪のエグムンドと淡い金髪のザンダーだ。

ベロハン王はゆったりと玉座にもたれた。息子たちを見おろす王は、戦に敗れ、ひざまずいて慈悲を乞う敵を前にした、戦勝司令官の空気をただよわせていた。だが、ゲラルトがこれまでに見た絵画のなかの勝者はみな、敗者に対して厳粛で威厳に満ちた、気高く寛大な表情を浮かべていた。それをベロハン国王の顔に探しても無駄だった。そこにあるのは冷酷なさげすみだけだ。

「昨日、宮廷道化師が病気になった」王が言った。「ひどい病気だ。〝なんとついてない〟――そう思った――〝しばらくは冗談も笑劇も、お楽しみもお遊びもないのか〟と。だが、そうではなかった。実に滑稽だ。滑稽すぎて腹の皮がよじれるほどに。なぜなら、わが息子であるおまえたちが笑わせてくれるからだ。哀れで、笑える。これから数年間は、わが幼き妻とくすぐり合い、たわむれたあとベッドに横たわり、おまえたちと今日のことを思い出すたびに涙が出るほど笑い転げるだろう。愚か者ほど滑稽なものはない」

ザンダー王子は見るからにおびえていた。部屋のあちこちに視線をさまよわせ、だらだらと汗をかいている。かたやエグムンド王子には恐怖のかけらも見えなかった。父親を正面から見つめ、しゃべりつづける父親にさげすみの視線を返した。

「民衆の知恵にこうある――最善を望み、最悪を覚悟せよ。そこで余は最悪に備えた。自分の息子たちに裏切られるより悪いことがどこにある？　おまえたちがもっとも信頼する仲間のなかに密偵を送りこんだ。おまえたちの共犯者は、ちょっと締めあげただけですぐに寝返った。おまえたちの雑用係と取り巻きどもはいまごろ街じゅうを逃げまわっているだろう。

どうだ、息子たちよ。おまえたちは父親が耳も聞こえず、目も見えないと思ったか？　おいぼれの、よぼよぼだと？　おまえたちが玉座と王冠をほしがっているのに気づかないとでも思ったか？　ブタがトリュフをほしがるように、おまえたちがそれをほしがっているのを知らないとでも？　トリュフを嗅ぎ当てたブタは狂喜する。欲求と欲望と衝動と抑えきれない食欲ゆえに。ブタは正気を失い、わめき、あたりかまわず穴を掘る——トリュフを見つけるまで。トリュフから引き離すには棒で激しくなぐらなければならない。そして息子たちよ、おまえたちはそんなブタそっくりだ。おまえたちはキノコを嗅ぎ当て、欲求と渇望のあまり狂気におちいった。だが、おまえたちが得るのは、トリュフではなく、くそだ。ただし、ムチの味は味わわせてやろう。おまえたちは、わが息子よ、父に背き、父の権威と人格を侵害した。父に背いた者はたいてい著しく健康を損なう。医学によって証明された事実だ。

フリゲート船〈アケロンティア〉が停泊した。あの船を呼んだのも、船長を任命したのもわたしだ。法廷は明朝、会合を開き、正午前には評決が出る。そして正午、おまえたち二人はあの船に乗りこむ。下船が許されるのは〈アケロンティア〉がピクセ・ド・マール岬の灯台を過ぎてからだ。つまり、実質的におまえたちの新天地はナザイルか。エビングか。メクトか。もしくはニルフガードか。あるいは世界の果てか、地獄の門か——そこまで旅をしたければ。なぜならおまえたちは二度とここには戻れない。二度と。その首が惜しければ」

「ぼくらを追放する気か？」ザンダー王子が泣き叫んだ。「ヴィラクサスと同じように？　ぼくらの名前も宮廷で口にすることを禁じるつもりか」

「ヴィラクサスのときは怒りのあまり、裁きもなく追放した。だからといって、もし戻ってきても頭を斬り落とさなかったというわけではない。法廷はおまえたちに追放を命じる。合法的に、拘束力をもって」

「本気か？　見てるがいい！　そんな無法行為に法廷がなんと言うか！」

「法廷は余がどんな評決を望むかを知っている、そしてそう宣言される。満場一致で」

「何が満場一致だ！　この国では、法廷は独立機関だ」

「法廷はそうかもしれぬ。だが判事はそうではない。愚かだな、ザンダー。おまえの母親はとんでもなく頭が悪かった、おまえはよく似ている。おまえに暗殺をくわだてられるはずがない、どうせ取り巻きの誰かが考えたのだろう。だが、計画してくれてかえってよかった、これで遠慮なくおまえを追放できる。だがエグムンドは話が違う、ああ、いかにもエグムンドは狡猾だ。父の身を案じる息子に雇われたウィッチャーのことは、いかにも、巧妙にしてくれたおかげで、誰もが知っていた。それに、あの接触毒。実に巧妙だ、あの手の毒は。食べ物と飲み物は毒見をされるが、王の寝室にある暖炉の火かき棒の柄に毒が塗られていると誰が思う？　余が使い、ほかの誰にも触らせない火かき棒に。狡猾だ、息子よ、実に狡猾だ。おまえがみずから雇った毒殺者に裏切られたのは気の毒だった、だが反逆者は反逆者を裏切る、そういうものだ。なぜ黙っている、エグムンド？　何も言うことはないか？」

エグムンド王子の目は冷ややかで、なおも恐怖の色はなかった。〝追放されようとしているのに、まったくひるんでいない〟——ゲラルトは思った。〝エグムンドは追放のことも流刑のことも考えていない、〈アケロンティア〉のこともピクセ・ド・マール岬のことも。では何を考えている？〟

「言いたいことはないか、息子よ」国王が繰り返した。

「ひとつだけ」エグムンド王子が引き結んだ唇のすきまから言った。「あんたが好きな民衆の知恵からだ。〝おいぼれたバカほど愚かなものはない〟　この言葉を忘れるな、父上。いざそのときが来たら」

「二人を連行し、監禁して見張りをつけよ」ベロハン国王が命じた。「おまえの仕事だ、フェラン、訴追官としての。仕立屋と式典官と書記を呼べ、それ以外は——退室せよ。そしておまえは、ウィッチャー……今日は何かを学んだだろう？　自分自身について何か学びがあったか。自分がおめでたい、まぬけ野郎だとわかったか。それがわかったなら今日ここへ来た甲斐が少しでもあったというものだ。その訪問もこれで終わった。おい、そこの二人、ここへ。ウィッチャーを門まで案内し、追い出せ。その前に銀食器をくすねていないかを調べよ！」

玉座の間の外の廊下に出たところでロップ大尉に行く手をさえぎられた。似たような目と動きと態度の二人の男を連れている。三人ともかつては同じ分隊にいたに違いない。ゲラルトはぴんと来た。いまから何が起こり、どんなことになるのかが突如としてわかった。だから、ロップ大尉が護衛団の指揮を取ると宣言し、衛兵に去れと命じても驚かなかった。大尉はついて来いと命じるだろう。予想どおり、あとの二人が後ろからぴたりとついてくる。

これから入る部屋に誰がいるのか、ゲラルトには予想がついた。

ダンディリオンは紙のように蒼白で、見るからにおびえていた。だが、ケガはなさそうだ。背もたれの高い椅子に座らされ、椅子の背後にはなでつけた髪を細長く編みこんだ、やせた男が立っていた。細長い、四角錐のようにとがった刃のとどめの短剣《ミゼリコルド》をダンディリオンのあごの下で斜め上向きに押しつけている。

「ふざけた真似はよせ」ロップ大尉がすごんだ。「ふざけた真似はよしたほうがいい、ウィッチャー。一瞬でも変な動きをしたら、ぴくりとでもしたら、ミスター・サムサが吟遊詩人をブタのように刺す。躊躇はしない」

たしかに躊躇はしないだろう。ミスター・サムサの目はロップ大尉の目よりもさらに冷酷だ。きわめて特徴的な目。こんな目をした人間とは、たまに死体置き場や解剖室で出くわす。彼らがそのような場所にいるのは生活のために雇われたからではなく、自分の邪悪な性癖にふける機会を得るためだ。

エグムンド王子がなぜあれほど平然としていたのかがようやくわかった。なぜおびえもせず前を向いていたか。なぜ父親の目を見ていたか。

「おとなしくしろ」ロップ大尉が言った。「おとなしくしていれば、二人とも生きてここを出られる。おれたちの言うとおりにすれば、おまえとへぼ詩人は解放してやる」大尉はでまかせを続けた。「邪魔をすれば二人とも命はない」

「あんたは間違っている、ロップ」

「ミスター・サムサは詩人とここに残る」ロップ大尉は警告を無視して続けた。「おれたち──つまり、おれとおまえ──は王の部屋へ行く。部屋には衛兵がいる。見てのとおり、おまえの剣はここだ、おれが剣を渡し、おまえは衛兵を始末する。おまえが全員を殺す前に、衛兵は援軍を呼ぶだろう。騒ぎを聞きつけ、王室係が秘密の出口から王をこっそり連れ出すところを、このミスター・リヒターとミスター・トヴェルドラクが待ち受けるという寸法だ。彼らが王位継承とケラク王朝の歴史を変える」

「あんたは間違っている、ロップ」

「いいか」大尉がすぐそばに近づいてきた。「さあ、任務を了解し、遂行すると言え。さもなければ、おれが小声で十を数えるあいだにミスター・サムサが詩人の右の鼓膜を切り裂き、おれは数えつづける。それでもうんと言わなければ、ミスター・サムサが反対の耳を刺し、詩人の片目をえぐり出す。最後まで、刃先が脳みそに到達するまで数えつづける。始めるぞ、ウィッチャー」

「そいつの言うことなんか聞くな、ゲラルト!」ダンディリオンが締めつけられた喉から声をしぼり出した。「ぼくに手を出しはしない！　ぼくは有名人だ！」

「どうやら冗談と思っているようだ。ミスター・サムサ。右耳」

「やめろ！　よせ！」

「いいぞ」ロップがうなずいた。「さっきよりずっといい、ウィッチャー。任務を了解したと言え。そして遂行すると」

「その前に詩人の耳から短剣を離せ」

「ふん」ミスター・サムサが鼻で笑い、短剣を頭上高くかかげた。「こうか？」

「上等だ」

言うなりゲラルトは左手でロップの手首を、右手で剣の柄をつかんでぐいと引き寄せ、ロップの顔面に思いきり頭突きを食らわせた。何かが砕ける音がした。ロップが倒れるより早くゲラルトは鞘から剣を抜き、短い回転からの流れるような動きでサムサのかかげた片手を断ち切った。サムサが叫び、片膝をついた。リヒターとトヴェルドラクが短刀を抜き、ウィッチャーに飛びかかった。二人のあいだで回転していたゲラルトはすれ違いざまにリヒターの首を斬り裂き、血が天井のシャンデリアに飛び散った。トヴェルドラクはフェイントをかけながら飛びかかろうとして、動かないロップの体につまずき、一瞬バランスを失った。そのすきにゲラルトは、まず股から上向きに斬りつけ、次に上から頸動脈を断ち切った。トヴェルドラクは倒れ、毬《まり》のように丸まった。

そこでミスター・サムサが思わぬ行動に出た。右手を失い、手首の付け根から血を噴き出しながらも、左手で床に落ちていたミゼリコルドをつかみ、ダンディリオンに切りかかろうとした。ダンディリオンは叫びながらも理性を発揮し、椅子からすべり下りて自分とサムサのあいだに椅子をはさんだ。ゲラルトはそれ以上、ミスター・サムサに何もさせなかった。鮮血がふたたび天井とシャンデリアと、そこに立っていたロウソクの燃えさしに飛び散った。

ダンディリオンは膝をついて壁に額をあずけると、大量に吐き、床にしぶきを散らした。フェラン・ド・レテンホーヴが数人の衛兵とともに部屋に駆けこんだ。

「何ごとだ？　どうした？　ジュリアン！　無事か。ジュリアン！」

ダンディリオンは答える余裕もなく、しばし待てというしるしに片手をあげ、もういちど吐いた。

訴追官は衛兵をさがらせ、扉を閉めた。そして注意深く、飛び散った血を踏まぬよう、シャンデリアからしたたる血でダブレットを汚さぬよう用心しながら死体を見た。

「サムサ、トヴェルドラク、リヒター」フェランは名を挙げ、「そしてロップ大尉。エグムンド王子の腹心たちだ」

「彼らは命令を実行しただけだ」ゲラルトは手にした剣を見おろし、肩をすくめた。「あんたと同じように命令にしたがった。そしてあんたはこのことを何も知らなかった。そうだな、フェラン」

「知らなかった」訴追官はあわてて答え、あとずさって壁に寄りかかった。「本当だ！　疑われるようなことは断じて……。まさかきみは……」

「おれが疑ったなら、あんたは死んでいる。あんたを信じよう。少なくともあんたはダンディリオンの命を危険にさらしはしなかったはずだ」

「国王の耳に入れなければなるまい。エグムンド王子には気の毒だが、告訴状の修正と追加をせざるを得ない。ロップには息があるようだ。彼が証言すれば……」

「証言できる状態とは思えん」

訴追官は、床にたまった尿のなかで大の字に横たわり、だらだらとよだれを垂らし、絶え間なく震えている大尉を調べた。

「何をした？」

「鼻骨の破片が脳に刺さった。おそらく眼球にも数本」

「強く突きすぎだ」

「わざとだ」ゲラルトはテーブルからナプキンを取って剣の刃をぬぐった。「ダンディリオン、気分はどうだ？　大丈夫か。立てるか」

「大丈夫、大丈夫」ダンディリオンはうわごとのように早口で答えた。「気分はいい。さっきよりずっと……」

「そうは見えないが」

「まったく、死ぬかと思った！」ダンディリオンは書き物机につかまりながら立ちあがっ

「くそっ、あんなに怖かったのは初めてだ……体のなかみが全部、尻の穴から出ていきそうな気がした。何もかも、歯までが、ぼろぼろと流れていきそうだった。でもきみを見たとたん、助けてくれると思った。いや、確信はなかったが、きっと助かると思った……。それにしてもなんという血の量だ……それにこのにおい！　また吐き気が……」

「王のもとへ行かなければ」フェラン・ド・レテンホーヴが言った。「きみの剣を渡せ、ウィッチャー……。もう少しきれいにしてくれ。きみはここにいろ、ジュリアン――」

「冗談じゃない。こんなところは一分たりともごめんだ。ゲラルトから離れるものか」


王の控えの間の入口には衛兵が立っていたが、訴追官を見て脇によけた。しかし、実際の部屋に入るのは簡単ではなかった。その先に伝令官と二人の執事、四人のボディガードからなる側近がさらに立ちはだかっていた。

「陛下は婚礼衣装にお召し替え中です」伝令官が告げた。「決して人を通すなとの仰せです」

「緊急事態だ！」

「何があっても邪魔をするなと命じられました。ところで、マスター・ウィッチャーは、たしか宮廷を去るよう命じられたはず。ここで何を？」

「それについてはわたしから陛下に説明する。通せ！」

フェランは伝令官を押しのけ、執事を押しやり、ゲラルトもあとに続いた。だが、行きついたのは控えの間の戸口までで、そこにも数人の廷臣が立っていた。先へ行こうとすると、伝令官の命令で駆けつけた革ジャーキンのボディガードに壁に押しつけられた。かなり乱暴だったが、ゲラルトは訴追官にならって抵抗しなかった。

ベロハン国王が低い丸椅子の上に立ち、待ち針をくわえた仕立屋が半ズボンの寸法を調整していた。国王の横には式典官と、書記とおぼしき黒服の男が立っている。

「婚礼の儀が終わり次第」ベロハン王が言った。「本日、かわいい妻がみごもる息子をわが後継者にすると宣言しよう。これで妻の愛情と従順は揺るぎないものとなる、ヒヒヒ。しばしの時間と平和ももたらすだろう。息子が大人になって策略をめぐらしだすまでに約二十年はある。とはいえ、余の気が変われば、すべてをやめにして、まったく別の誰かを後継者に選ぶやもしれぬ」国王は顔をしかめ、式典官に片眼をつぶってみせた。「なんと言ってもこれは貴賤相婚で、そのような夫婦から生まれた子は称号を継承できない、だろう？　それに、余がいつまであの娘に耐えられるか誰に予測できる？　世界にはもっと美しくて若い娘がいるではないか。婚前契約とかなんとか、しかるべき文書を作成しておく必要がありそうだ。最善を望み、最悪を覚悟せよ、だ、ヒヒヒ」

部屋係が、装身具を山積みにした盆を渡した。

「いらぬ」ベロハン国王は顔をしかめた。「めかし屋か成りあがりでもあるまいに、安ピカもので飾り立てる気はない。つけるのはこれひとつ。婚約者からの贈り物だ。小さくも品がいい。わが王国の紋章を描いた鎖つきのメダルだ、このような紋章を身につけることこそ余にふさわしい。彼女の言葉だ――王国の紋章はわが胸に、王国の幸福はわが心のなかに」

壁に押しつけられて立っていたゲラルトが結論をみちびきだすのに、しばらく時間がかかった。

前足でメダルを突《つつ》く猫。鎖のついた金色のメダル。青いエナメル、イルカ。金色の、泳ぐ青いイルカ、王の皮膚、耳、あごひげと唇。

気づいたときは遅かった。ゲラルトには声をあげる間も警告を発する間もなかった。目の前で金色の鎖がいきなりちぢみ、絞殺具のように王の首を絞めつけた。ベロハン王は顔を真っ赤にして口を開けたが、息も吸えず、叫ぶこともできなかった。両手で首をつかみ、メダルを引きちぎろうと――せめて鎖の下に指を食いこませようと――してできなかった。鎖が肉に深く食いこんでいた。国王は丸椅子から落ち、もんどりを打って仕立屋にぶつかった。仕立屋がよろけ、息を詰まらせた。くわえていた待ち針を飲みこんだのだろう。そのまま書記に寄りかかり、二人とも床に倒れこんだ。その横でベロハン国王は青ざめ、目をぎょろつかせて床にひっくり返り、何度か脚を蹴り出し、身をひきつらせた。そして動かなくなった。

「大変だ！　国王が倒れた！」

「医者を！」式典官が叫んだ。「医者を呼べ！」

「なんということだ！　何ごとだ？　王の身に何が？」

「医者だ！　急げ！」

フェラン・ド・レテンホーヴが両手を額に当てた。奇妙な表情を浮かべている。ようやく事態を理解しはじめた人間の表情だ。

国王は長椅子に寝かされ、医者が長い時間をかけて診察した。ゲラルトはすぐそばにいたが、近寄れず、見ることはできなかった。それでも、医者が駆けこんだときには、すでに鎖がゆるんでいたのがわかった。

「卒中ですな」医者が身を起こして言った。「風通しが悪いせいで、悪い気が体に入り、体液に毒がまわったようだ。絶え間ない嵐で、血液の温度が上がったのが原因です。科学は無力だ、わたしにできることは何もない。われらが善良にして、慈悲深き国王は天に召された。あの世に旅立たれた」

式典官が声をあげ、両手に顔をうずめた。伝令官が両手でベレー帽を握りしめた。廷臣がすすり泣き、それ以外がひざまずいた。

いきなり廊下と控えの間に重い足音が響き、二メートル十センチはありそうな大男が戸口に現れた。衛兵のお仕着せを着ているが、上級兵の仕様だ。頭にスカーフを巻き、耳飾りをつけた男たちをしたがえている。

「みなの者、玉座の間へ来てもらいたい。いますぐ」大男が沈黙を破った。

「玉座の間とはどういうことだ？」式典官が憤然と問いただした。「なぜ？　たったいま何が起こったと思っている、ド・サンティス卿？　どんな不幸が起こったか？　そなたは何もわかっていな――」

「王は死んだ！」

「玉座の間へ。国王の命令だ」

「国王万歳。どうか玉座の間へ。全員。いますぐに」

男の人魚や女の人魚、タツノオトシゴが描かれた飾り天井の玉座の間には十数人が集まっていた。色とりどりのスカーフを巻いた者、リボンのついた水兵帽をかぶった者。全員が日焼けし、耳飾りをつけている。

傭兵であることはすぐにわかった。フリゲート船〈アケロンティア〉の乗組員たちだ。

壇上の玉座に、黒髪に黒い瞳の、堂々たる鼻の男が座っていた。やはりよく日に焼けているが、耳飾りはない。

隣に追加された椅子には、いまも純白のドレスをまとい、ダイヤモンドで飾り立てたイルディコ・ブレクルが座っていた。ついさっきまでベロハン王の婚約者だった娘は、黒髪の男をうっとりと見つめている。ゲラルトはさっきからずっと、これから何が起こるのかを考え、その理由に想像をめぐらし、事実をつなぎ合わせ、答えを出そうとしていた。だがこの光景を見れば、どんなに知恵のない者でも、イルディコ・ブレクルと黒髪の男が知り合いだとわかっただろう。それも、ただならぬあいだがらで、長いつきあいであると。

「先刻まで玉座と王冠の継承者だったケラク王国の王子、ヴィラクサス王子が、いまここに正当な統治者たるケラク国王となった」大男のサンティス卿がよく響くバリトンで宣言した。

式典官がまず頭《こうべ》を垂れ、片膝をついた。続いて伝令官が敬意を表し、執事たちがそれにならって深々と頭を下げた。最後にフェラン・ド・レテンホーヴがお辞儀した。

「国王陛下」

「当面は〝殿下〟でよい」ヴィラクサス王子が正した。「正式な称号は戴冠のあとだ。もちろん先延ばしするつもりはない。早ければ早いほどよい。そうだな、式典官？」

あたりは静まりかえり、廷臣の誰かの腹が鳴る音が聞こえた。

「わが父は惜しくもこの世を去り、尊き祖先たちの仲間入りをした」ヴィラクサス王子が言った。「わが弟は、当然ながら二人とも反逆罪に問われた。裁判は亡き国王の遺志にしたがって行なわれ、二人とも有罪となり、判決をもとに永遠にケラクを去ることになるだろう。わたしと……わたしの心強い友人と後援者たちが雇ったフリゲート船〈アケロンティア〉に乗りこんで。聞けば、亡き王は継承に関し、有効な遺言書、その他の公的な文書を何も残さなかった。そのような文書があったならば王の遺志を尊重していた。しかし、そのようなものは存在しない。よって継承権により、王冠はわたしのものとなる。ここに集まった者のなかに異議を唱える者はいるか？」

集まった者のなかに異議を唱える者は一人もいなかった。その場にいた全員が良識と自己防衛本能を備えていた。

「では戴冠式の準備を始めてくれ。管轄の者たちは忙しくなるだろう。戴冠式は結婚式と同時に行なう。数世紀前に制定された、ケラク歴代国王の古い慣習を復活させることにした。それによれば、新郎が挙式前に死んだ場合、婚約者は新郎にもっとも近い未婚の親族と結婚するとさだめられている」

イルディコ・ブレクルにいつでもその古い慣習を受け入れる用意があることは、その輝くばかりの表情から明らかだった。それ以外の者は無言で、いったい誰が、いつ、どのような場でその法を定めたのだろうと記憶をたぐっていたに違いない。そして、その慣習が数世紀も前にどうして制定されえたのかと——なぜなら、ゲラク王国は建国から百年にも満たないのだから。だが、思い出そうとして廷臣たちの眉間に寄ったしわはたちまち消えた。彼らは満場一致で正しい結論に達した。戴冠はまだ執り行なわれておらず、ヴィラクサスはいまのところ殿下にすぎないが、すでに事実上の国王であり、国王はつねに正しいのだと。

「ここを出ろ、ウィッチャー」フェラン・ド・レテンホーヴがゲラルトの手に剣を押しつけながらささやいた。「ジュリアンを連れて。姿を消せ、二人とも。きみたちは何も見ず、何も聞かなかった。きみがここにいたことは誰にも気づかれるな」

「このなかには当然ながら——」ヴィラクサス王子は集まった一団を見まわし、「——目の前の状況に驚いている者もいるだろう。思いがけない変化が前触れもなく起こり、事態があまりにめまぐるしく動いていると感じる者もいるだろう。こんなはずではなかったと感じ、この状況が気に食わない者もいるだろう。しかし、ド・サンティス大佐は即座に正しい側と運命をともにすると決め、わたしに忠誠を誓った。ここに集まった者たちにもそうしてもらいたい。亡き父の忠実なる僕《しもべ》たちから始めよう」ヴィラクサス王子が僕《しもべ》たちにうなずいた。「弟の命令の実行人にして、父の命をねらった者たちでもある。まずは王室づき訴追官フェラン・ド・レテンホーヴ卿からだ」

訴追官が頭をさげた。

「そなたは捜査に応じなければならない」ヴィラクサス王子が言った。「それにより、弟たちの計画でどのような役割を果たしたかが明らかになるだろう。計画は失敗した、つまり計画の立案者が無能だったということだ。間違いは赦されても愚行は赦されない。それが法の番人たる訴追官のものであれば。だが、それはのちほど、いまは重要な事項から始めたい。近くへ、フェラン。そなたが誰に仕えるかを態度で示し、証明せよ。わたしにしかるべき敬意を表してもらいたい。玉座の足元にひざまずき、わが手に口づけをして」

訴追官は言われるままに壇に近づいた。

「ここを出ろ」そうして近づきながら、なんとかもういちどささやいた。「できるだけ早く消えろ、ウィッチャー」


庭園の祝宴はたけなわだった。

リタ・ネイドはすぐにゲラルトのシャツの袖についた血に気づいた。モザイクも気づき——リタとは違って——青ざめた。

ダンディリオンはすれ違う小姓の盆から脚付きグラスを二個つかみ、二杯とも一気に飲み干すと、さらに二個取ってリタとモザイクに差し出した。二人は断った。ダンディリオンは片方を飲み干し、もう片方をしぶしぶゲラルトに渡した。リタが緊張の面持ちでゲラルトに目を細めた。

「何があったの？」

「いまにわかる」

鐘楼の鐘が鳴りはじめた。ひどく不吉で、陰鬱で、嘆き悲しむような響きに客は静まり返った。

式典官と伝令官が絞首台のような壇にのぼった。

「哀惜と沈痛のきわみながら、誉れ高きみなさまに申しあげます」式典官が沈黙に向かって言った。「われらが愛すべき、善良にして慈悲深き国王がとつぜん崩御されました。容赦なき運命の手にかかり、この世から旅立たれました。しかし、ケラク王国の王は不滅です！　国王死すとも、国王万歳！　国王ヴィラクサス一世、万歳！　亡き国王の長子にして、玉座と王冠の正統なる後継者！　国王ヴィラクサス一世の誕生です！　みなさま、三度のご唱和を、国王万歳！　国王万歳！　国王万歳！」

おべっか使いとごますりとお追従の一団が声をあげ、それを式典官が手ぶりで鎮めた。

「国王ヴィラクサス一世とともに宮廷全体が喪に服します。祝宴は中止され、みなさまには宮廷と中庭からお帰りいただかねばなりません。国王は近々、婚礼式を予定されており、ふたたび祝宴が催されます。食べ物が無駄にならぬよう、料理は街へ運び、広場に置けとのご命令です。料理はパルミラの住民にも分けあたえられます。ケラクに幸福と繁栄のときがやってきます！」

「まあなんてこと」コーラルが髪をなでつけながら言った。「新郎の死が婚礼式に深刻な影響を及ぼすというのは本当だったのね。ベロハンは欠点もあったけれど、これまでにはもっとひどい王もいたわ。どうぞ安らかに、彼の上の土が軽からんことを。ここを出ましょう。いずれにせよ退屈しはじめていたところよ。こんなに美しい日だから高台を歩きながら海をながめましょう。詩人どの、教え子に腕を貸してくれる？　わたしはゲラルトと歩くわ。きっと話したいことがあるはずだから」

　まだ午後も早い時間で、これだけ多くのことがこれほど短いあいだに起こったとはとても思えなかった。

19

「ネズミだ！」ダンディリオンがとつぜん声をあげた。「おい！ 見ろ！」

ゲラルトは相手にしなかった。この詩人のことは知っている。なんでもないことを怖がり、なんでもないことに心奪われ、騒ぐほどもないことに大騒ぎする男だ。

「ネズミだ！」ダンディリオンはしつこく言った。「あ、また一匹！ 三匹！ 四匹！ なんだ、こりゃ！ ゲラルト、見てみろ」

ゲラルトはため息をついて目をやった。

高台の下に切り立つ崖のふもとにネズミが群がっていた。パルミラ地区と丘にはさまれた地面が息づき、うごめき、波打ち、チューチューと鳴いている。何百、いや何千というネズミが港湾地区や河口から逃げ、柵にそって坂を駆けのぼり、丘を越え、森のなかに向かっていた。道行く人々もその様子に気づき、驚き、おびえる声があちこちからあがった。

「ネズミがパルミラと港から逃げているのはおびえてるせいだ！」とダンディリオン。

「わかったぞ。きっとネズミ捕りを山ほど乗せた船が波止場に停泊したんだな」

誰も意見を言う気になれなかった。ゲラルトはまぶたの汗をぬぐった。うだるような熱気で、息が詰まりそうだ。見あげる空は晴れ渡り、雲ひとつない。

「嵐が来る」リタがゲラルトの心のなかを代弁した。「ものすごい嵐。ネズミはそれを感じ取った。わたしも感じる。空気のなかに」

〝おれもだ〟――ゲラルトは思った。

「嵐が」リタが繰り返した。「海から嵐がやってくる」

「どこが嵐だ?」ダンディリオンは縁なし帽で顔をあおぎながら、「まさか! 絵に描いたようないい天気じゃないか、空は晴れ、そよ風ひとつない。この暑さには少しばかり吹いてくれたほうがありがたい。海風のひとつでも……」

最後まで言い終わらないうちに風が吹きはじめた。そよ風は海のにおいがした。さわやかな、ほっとする風だ。それがみるみる強まった。ついさっきまでだらりと情けなく垂れさがっていた帆柱の三角旗が動き、はためいた。

水平線の上空が暗くなった。風が強まり、ヒューというかすかな音がピューーッという口笛のような音に変わった。

帆柱の三角旗がはためき、バタバタとひるがえった。屋根や塔の上で風見鶏がきしみ、ブリキの煙突の通風管がギーギー、ガチャガチャと音を立てた。鎧戸がガタガタと揺れ、土ぼこりが舞いあがった。

ダンディリオンは帽子を吹き飛ばされそうになり、あわてて両手でつかんだ。モザイクのシフォン地のドレスが突風で腰の近くまで吹きあげられた。モザイクが手で押さえ、うねる生地をなだめるあいだ、ゲラルトは脚をながめて楽しんだ。モザイクはゲラルトの視線に気づき、じっと見返した。

「嵐が……」コーラルは話すのにも顔をそむけなければならなかった。風が強くて言葉をかき消すほどだ。「嵐が！　嵐がやってくる！」

「おお、神よ！」どんな神も信じたことのないダンディリオンが叫んだ。「おお、神よ！　いったい何ごとだ？　世界の終わりか？」

空がみるみる暗くなり、水平線が濃紺から黒に変わった。

風はますます強まり、ビューッと恐ろしい音を立てた。

岬向こうの係留地の海が荒れ、波が防波堤にぶつかり、白い泡をまき散らした。砕ける波の勢いが増し、あたりが夜のように暗くなった。

停泊中の船が騒然となった。高速郵便船の〈エコー〉やノヴィグラドのスクーナー船〈パンドラ・パルヴィ〉ほか数隻が海へ出ようと、あわてて帆をあげた。それ以外の船は帆をおろし、係留地にとどまった。コーラルの屋敷のテラスから見た船が何隻か見えた。シダリスのコグ船〈アルケ〉。〈フクシア〉はどこの船だったか？　ガリオン船では、青十字の旗をかかげるのが〈シントラの誉〉。帆柱が三本のラン・エグゼターの船〈ヴァーティゴ〉。船幅三・六メートルのレダニア船〈アルバトロス〉。そのほかにも数隻。黒い帆を張るフリゲート船〈アケロンティア〉も見える。

いまや風はビュービューではなく、ゴーゴーとうなっていた。パルミラ地区から最初の藁ぶき屋根が吹きあげられ、空中でバラバラになった。すぐにふたつ目の屋根が飛んだ。三つ目。四つ目。風はますます強くなってゆく。三角旗のはためきはバタバタと絶えまなく、鎧戸はガタガタと打ちつけ、吹き飛んだ瓦《かわら》と雨樋が雹《ひょう》のように降り、煙突が転がり、植木鉢が敷石に落ちて粉々になった。強風にあおられるたび、鐘楼の鐘が断続的に、不安げで不吉な音を鳴らした。

吹きつける風はいよいよ強まり、ますます大きな波を海岸に打ちつけた。砕ける波が激しさを増し、音も大きくなってゆく。やがてそれはただの砕ける音ではなく、地獄の機械の響きのような、単調で鈍いうなりになった。波は高まり、白い大きな波がしらが海岸に押し寄せた。足元の地面が揺れている。強風がうなった。

〈エコー〉と〈パンドラ・パルヴィ〉は海に出ることができず、港に戻って錨をおろした。

高台に集まった人々の驚き、おびえる声がますます大きくなった。誰もが腕を伸ばして海を指さしている。

海がひとつの巨大な波になっていた。巨大な水の壁だ。ガリオン船の帆柱の高さほどもありそうな。

コーラルがゲラルトの腕をつかみ、何か言った——いや、言おうとした——が、強風で声がよく出なかった。

「——逃げなきゃ！　ゲラルト！　ここから逃げなければ！」

波が港を襲い、人々が叫んだ。桟橋が水の重みでつぶれ、崩壊し、柱と厚板が吹き飛んだ。船渠《せんきょ》が壊れ、起重機が折れて倒れた。埠頭に係留されていたボートや汽艇が子どものおもちゃのように——浮浪児が側溝に浮かべて遊ぶ、木の皮でできた船のように——宙を舞った。海岸近くの小家屋や丸太小屋が跡形もなく押し流された。波は河口に押し寄せ、たちまち見るも恐ろしい大渦になった。いまや水浸しになったパルミラ地区から人々が逃げ出し、その大半が街の高台や衛兵所をめざして走っていた。彼らは助かった。だが、河口を避難経路に選んだ者たちはゲラルトの目の前で波に呑みこまれた。

「次の波が！」ダンディリオンが叫んだ。「次の波がやってくる！」

まさしく次の波がやってきた。さらに三度目。四度目。五度目。六度目。水の壁が港湾と港になだれこんだ。

波は係留された船に猛然と襲いかかり、狂ったようにのたうちまわった。甲板から人が落ちるのが見えた。

数隻の船が風の吹くほうに舳先を向け、勇敢に戦った。しばらくのあいだは。やがて一本、また一本と帆柱を失っていった。またしても波が打ち寄せはじめた。船は泡に呑みこまれてふたたび現れ、また呑みこまれては現れた。

最初に現れなくなったのは高速郵便船〈エコー〉で、あっさりと姿を消した。続いて、ガレー船〈フクシア〉も同じようにあっけなくバラバラになった。コグ船〈アルケ〉の船体からぴんと張り詰めた錨の鎖がちぎれ、船は一瞬で深みに消えた。〈アルバトロス〉の舳先と船首楼が水圧で折れ、残りが石のように底に沈んでいった。ガリオン船〈ヴァーティゴ〉は錨をちぎられ、波がしらで躍り、くるくる回転し、防波堤にぶつかって砕けた。

〈アケロンティア〉、〈シントラの誉〉、〈パンドラ・パルヴィ〉、そしてゲラルトの知らない二隻のガリオン船は錨をあげ、波で海岸に運ばれた。この戦略は一見、自殺行為に思えたが、船長たちは崩壊を覚悟で湾にとどまるか、河口に逃げこむかという危険な作戦のどちらかを取るしかなかった。

名前のわからない二隻のガリオン船に望みはなかった。どちらもうまく向きを変えることができず、二隻とも埠頭にたたきつけられた。

〈シントラの誉〉と〈アケロンティア〉も操縦能力を失った。二隻はたがいに寄りかかり、もつれ合ったまま埠頭に打ちあげられ、粉々になった。難破した船を波が運び去ってゆく。〈パンドラ・パルヴィ〉は波の上でイルカのように跳ね、躍りながらも針路を保ち、大釜の中身のようにうねるアダラッテ川の河口にまっすぐに運ばれていった。ゲラルトの耳に、船長を励ます人々の叫び声が聞こえた。

リタが指さし、叫んだ。

七度目の波が押し寄せていた。

ゲラルトはこれまでの波の高さを船の帆柱と同じくらいの五尋《ひろ》か六尋――九メートルから十メートルくらい――と見ていた。だが、いま空をかき消し、近づいている波は、その二倍はありそうだ。

パルミラから逃げ、衛兵所に群がっていた人々が叫びはじめた。強風が人々をなぎ倒し、地面に放り投げ、防護柵に釘づけにした。

巨大な波がパルミラに押し寄せ、やすやすと粉砕し、地表から洗い流した。波は一瞬で防護柵に達し、そこに集まった人々を呑みこんだ。海に運ばれた大量の丸太が柵に落ち、杭が壊れた。衛兵所が崩れ、流された。

非情な水の破城槌《はじょうつい》が崖に激突した。丘が激しく揺れ、ダンディリオンとモザイクが倒れ、ゲラルトはかろうじてバランスを保った。

「いますぐ逃げなきゃ！」コーラルが手すりにつかまって叫んだ。「ゲラルト！ ここから逃げなきゃ！ 波はまだやってくる！」

波のしぶきが降りそそぎ、あたりは水浸しになった。そのときまで逃げずに高台に残っていた人々も逃げはじめた。叫びながら、高いほうを、少しでも高いほうをめざし、王宮に向かって丘をのぼってゆく。残ったのは数人だけで、そのなかにラヴェンガとアンテア・デリスがいた。

人々が叫び、指さした。左側から押し寄せる波が高級住宅地の真下の崖を削り流していた。最初の一軒がトランプで作った家のように崩れ、坂をすべり、大渦のなかにまっすぐ落下した。さらに二軒目、三軒目、四軒目。

「街が崩壊する！」ダンディリオンがわめいた。「バラバラになるぞ！」

リタ・ネイドが両腕をあげ、呪文を唱え、そして消えた。

モザイクがゲラルトの腕をつかみ、ダンディリオンが叫んだ。

波がまさに足元――崖の真下――に迫っていた。水に人が浮かんでいる。陸から人々が竿や鉤竿を水中に伸ばし、縄が投げられ、引き上げられた。すぐそばから、たくましい体格の男が大渦のなかに飛びこみ、おぼれかけた女に向かって泳ぎだした。

モザイクが大声をあげた。

目の前を流れる小屋の屋根の一部に子どもが数人しがみついていた。三人の子どもだ。

ゲラルトは背中から剣をはずした。

「持ってろ、ダンディリオン！」

言うなり上着を脱ぎ捨て、水に飛びこんだ。

それはふつうの水泳とはまったく別物で、ふつうの水泳技術はなんの役にも立たなかった。ゲラルトは波で上下左右に揺さぶられ、渦のなかで回転する梁や厚板や家具にぶつかり、流れてくる巨大な丸太であやうく砕かれそうになった。ようやく波をかき分け、屋根につかまったときはすでにひどい打撲を負っていた。屋根が波にもまれて跳ねあがり、コマのように回転した。子どもたちはそれぞれの声で泣き叫んでいる。

〝三人〟――ゲラルトは思った。〝とても三人全員は抱えられない〟

かたわらに誰かの肩を感じた。

「二人を！」アンテア・デリスが水を吐きながら子どもの一人をつかんだ。「あとの二人を！」

言うほど簡単ではなかった。まず幼い少年を引きはがし、片方の腋の下にはさんだが、最後に残った少女は死に物狂いで梁にしがみつき、なかなか指を広げない。頭上から落ちかかる波が功を奏した。その拍子に少女はおぼれかけて梁から手を放し、ゲラルトは反対の腋に少女をはさんだ。と同時に三人とも水の中に沈みはじめた。子どもたちがゴボゴボ言いながらもがき、ゲラルトはあがいた。

どうやったのかわからないが、なんとか水面に浮かびあがった。波で崖に打ちつけられ、息が詰まったが、子どもたちは放さなかった。頭上で人々が叫び、手当たりしだいにつかめるものを伸ばして助けようとした。だが努力もむなしく、つかんだ道具は大渦に奪われ、運び去られた。ふいに誰かにぶつかった。腕に少女を抱えたアンテア・デリスだ。必死に踏ん張っているが、体力の限界に来ており、自分と少女の顔を水面から出すのに必死だ。すぐ横で水しぶきがあがり、激しい息づかいが聞こえた。モザイクがゲラルトの腕から片方の子どもをもぎ取り、泳ぎはじめた。波に運ばれた梁がぶつかり、モザイクは痛みに叫んだが、子どもは放さなかった。

波がふたたびゲラルトたちを崖に打ちつけた。今度は上にいる人々も準備を整えていた。はしごまで調達し、そこからぶらさがって腕を伸ばした。子どもたちが抱えあげられた。ダンディリオンがモザイクをつかみ、崖の上に引きあげるのが見えた。

アンテア・デリスがゲラルトを見た。美しい目で。そしてほほえんだ。

と同時に、波に浮かぶ大量の丸太――柵に使われていた重い杭――が押し寄せた。なかの一本がアンテア・デリスを突き、崖にたたきつけた。アンテアは血を吐いた。大量の血を。それから頭ががくりと胸に倒れ、波の下に消えた。

ゲラルトには二本の杭が当たった、一本は肩、もう一本は腰に。衝撃で体がしびれ、一瞬、完全に感覚がなくなった。水で息が詰まり、沈みはじめた。

その瞬間、誰かに痛いほどきつくつかまれ、水面と光のあるほうへ引きあげられた。手探りすると、岩のように硬い、たくましい二の腕に触れた。屈強な男は脚をポンプのように上下に動かし、人魚のように水をゆっくりかき分け、周囲に浮かぶ材木や渦のなかで回転する溺死体を押しやりながら進んでゆく。気がつくと崖のすぐそばまで来ていた。頭上から叫び声と歓声があがり、次々に腕が伸ばされた。

数分後、ゲラルトは咳きこみ、高台に水を飛び散らせ、吐きながら水たまりのなかに横たわっていた。ダンディリオンが真っ青な顔でかたわらに膝をついた。反対側には同じように青ざめたモザイクがいて、両手を震わせている。ゲラルトはやっとのことで上体を起こした。

「アンテアは？」

ダンディリオンは首を横に振り、視線をそらした。モザイクが膝に頭を乗せ、すすり泣き、肩を震わせた。

ゲラルトを助けた人物がそばに座っていた。たくましい男。よく見ると、たくましい女だ。剃りあげた頭に、まだらに生えた髪。網がけの豚肩肉のような腹。格闘家のような肩。円盤投げ選手のようなふくらはぎ。

「おかげで助かった」

「しおらしいことを言うな……」衛兵長はこともなげに腕を振った。「あのくらいなんでもない。とにかく、あんたはくそ野郎で、あたしも、娘っ子たちも、あの騒ぎにはいまも怒ってる。だからあたしらには近寄らないほうが身のためだ、袋叩きになりたくなけりゃ。わかったか」

「わかった」

「でもこれだけは認める」衛兵長は派手に咳をし、片耳から水を振り出しながら言った。「あんたは勇敢なくそ野郎だ。同じくそ野郎でも勇敢だ、リヴィアのゲラルト」

「そういうあんたは？　名前は？」

「ヴィオレッタ」衛兵長は答えてから、ふっと表情を曇らせた。「彼女は？　あの……」

「アンテア・デリス」

「アンテア・デリス」衛兵長が顔をゆがめて繰り返した。「気の毒に」

「気の毒に」

人々が次々に高台に現れ、混雑してきた。危険は過ぎ去り、空は明るく、強風は収まり、三角旗はだらりと垂れさがっている。海は静まり、水も引いていた。破壊と混乱と、すでにカニがかさこそ這いまわる死体を残して。

ゲラルトはよろよろと立ちあがった。動き、息を吸うたびに脇腹がずきずきした。膝がひどく痛い。シャツの袖が両方ともちぎれていたが、いつなくしたのかもわからない。左肘と右肩とたぶん肩甲骨にすり傷がありそうだ。無数の浅い切り傷から血が出ているが、総じて深刻なケガはなく、心配はない。

雲の切れ間から太陽が輝きだし、凪いだ海をまぶしく照らした。岬の突端にある灯台の屋根がきらきらと光った。白と赤のレンガでできた、エルフ時代の遺物。さっきのような嵐に幾度となく耐えてきた遺物だ。これからも幾度となく耐えるに違いない。

スクーナー船〈パンドラ・パルヴィ〉が――いまは穏やかだが、難破船の漂流物がびっしりと浮かぶ――河口を越え、競争でもするかのように帆をいっぱいにあげて係留地に向かった。群衆が歓声をあげた。

ゲラルトはモザイクが立ちあがるのに手を貸した。モザイクの服もずたずただ。ダンディリオンが自分のマントをかけてやり、意味ありげに咳払いした。

目の前にリタ・ネイドが立っていた。肩に薬箱をかけている。

「戻ってきたわ」ゲラルトを見ながら言った。

「いや」ゲラルトが返した。「きみは逃げた」

リタがゲラルトを見た。冷たい、奇妙な目で。それからすぐ、ずっと遠くにある何かを見つめた。ゲラルトの右肩ごしにある、はるか遠くの何かを。

「つまり、それがあなたのやりかたね」淡々と言った。「これを思い出にしたいのね。いいわ、それがあなたの意志で、あなたの選択なら。そこまで格好をつけなくてもよかったのに。じゃあ、さようなら。これからケガ人や助けの必要な人の手当てをしなきゃ。あなたにはわたしの助けも、わたしのことも必要なさそうだから。モザイク！」

モザイクは首を振り、ゲラルトの腕に腕をからめた。リタがあきれて鼻を鳴らした。

「そういうこと？　それがあなたの望み？　そうなの？　いいわ、それがあなたの意志で、あなたの選択なら。さよなら」

リタはくるりと背を向け、歩き去った。

高台に集まりはじめた人々のなかにフェバス・ラヴェンガの姿があった。救助活動に加わっていたらしく、濡れた服がぼろぼろになって垂れさがっている。気をきかせた雑用係が近づき、帽子を手渡した。正確には、帽子の残骸を。

「これからどうする？」群衆から声があがった。「これから何をすればいい、町議よ」

「これから？　何をすればいいか？」

ラヴェンガは人々を見た。長いあいだ。それから背筋を伸ばして帽子を絞り、かぶりなおして言った。

「死者たちを埋葬する。生きている人々の世話をする。そして街を再建しよう」

鐘楼の鐘が鳴った。生き延びたことを主張するかのように。多くのことが変わったけれど、変わらないものもあると告げるかのように。

「行くぞ」ゲラルトは濡れた海藻を襟から引っぱりながら言った。「ダンディリオン、おれの剣はどこだ？」

ダンディリオンは壁の基部を指さし、何もないのを見て息をのんだ。

「ついさっきまで……。ついさっきまでここにあったのに！　きみの剣と上着。盗まれた！　ちくしょう！　盗まれた！　おい、そこのやつ！　ここに剣があっただろう！　返せ！　おい！　ああ、このろくでなしどもめ！　なんてこった！」

ゲラルトは一気に力が抜け、モザイクが彼を支えた。〝おれはよほどひどい状態に違いない〟――ゲラルトは思った。〝娘に支えられなければならないとは、さぞ情けない状態に違いない〟

「この街にはうんざりだ」ゲラルトは言った。「この街の何もかも。この街が見せるすべてに。ここを出よう。できるだけ早く。できるだけ遠くへ」

幕間

十二日後

噴水の水がそっと跳ね、水盤から濡れた石のにおいがした。花と、中庭の壁を這いのぼるツタの香りがした。そして孔雀石のテーブルの皿に盛られたリンゴのにおい。冷えたワインの入った、二個の脚つきグラスに水滴が丸く結露している。

テーブルをはさんで二人の女性が座っていた。二人の女魔法使いだ。もしすぐそばに、運よく芸術的センスがあり、絵画的想像力が豊かで、抒情的な比喩が得意な人がいたなら、二人を難なくこう描写しただろう——朱色と緑色のドレスを着た、燃えるような赤毛のリタ・ネイドは九月の日没のようで、黒と白のドレスに、黒髪のヴェンガーバーグのイェネファーは十二月の朝を思わせた、と。

「近所の邸宅の大半は崖のふもとでがれきになっているのに」イェネファーが沈黙を破っ

た。「あなたの屋敷は傷ひとつない。屋根瓦一枚、剝がれなかった。運がいいわね、コーラル。宝くじでも買ったら？」

「僧侶たちはこれを幸運とは呼ばず」リタ・ネイドは笑みを浮かべ、「神々と天上の力によるご加護だと言うでしょうね。神々は正しき人々と高潔な人々を守り給《たま》う。神々は善と正義で報い給うと」

「まさしく。報いね。神々がそう願い、たまたまそばにいれば。友の健康を祈って」

「同じく友の健康を祈って。モザイク！　マダム・イェネファーのグラスに注いで。空っぽよ」

「でも、屋敷について言えば」リタはモザイクを目で追いながら、「売り出し中よ。手放すことにしたの、なぜなら……ここを出ていかなければならなくなったから。ケラクの空気がわたしには合わなくなった」

イェネファーがいぶかしげに片眉をあげた。リタはすぐに言葉を継いだ。

「ヴィラクサス国王がいよいよ勅令を出して統治を始めた」その声にはかすかにあざけりの響きがあった。「ひとつ、国王の戴冠日がケラク王国の祝日になった。ふたつ、恩赦が出された……犯罪者に対して。ただし、政治犯は面会や通信の権利がなく、獄中にとどめ置かれる。三つ、関税と入港料が百パーセント値上げされる。四つ、国家経済に損害をあたえ、純粋な人間から仕事を奪う非人間と住民は二週間以内にケラクを去らねばならない。五つ、ケラク王国内では王の許可なしにいかなる魔法も使ってはならず、魔法使いは土地も財産も所有してはならない。ケラクに住む魔法使いは財産を処分し、許可証を得なければならない。それが嫌なら王国を去れと」

「なんてすばらしい恩返しかしら」イェネファーが不満げに鼻を鳴らした。「噂によると、ヴィラクサスを王座につけたのは魔法使いだったそうね。彼らがヴィラクサスの帰還をお膳立てし、資金を援助した。そして権力をつかむのに手を貸した」

「噂が伝えているとおりよ。ヴィラクサスは魔法院に多額の謝礼を払わなければならない、だから税金をあげ、非人間の財産を没収しようとしている。勅令はわたしに直接、影響したわ――なにしろケラクに家を持っている魔法使いはほかにはいない。イルディコ・ブレクルの復讐よ。わたしが王国内の女たちにほどこし、ヴィラクサスの相談役が不道徳と断じた医療措置に対する報復でもある。魔法院がわたしに代わって圧力をかけることもできるけれど、それはまずありえない。彼らはヴィラクサスから手に入れた商業上の特権や、造船所と海運会社の分け前に不満なの。さらに大きな利益を得ようと交渉中で、自分たちの地位を弱める気はさらさらない。こうして――いまや〝好ましからぬ人物《ペルソナ・ノン・グラータ》〟となった――わたしはこの国を出て新天地を探さなくてはならなくなった」

「そんなに嘆く必要はないんじゃない？　現体制のケラク王国がそれほどいいとは思えない。すばらしい土地はほかにいくらでもあるわ。この屋敷を売るなら、新しいのを買ったらどう？　たとえばライリアの山のなかとか。いまやライリアの山々は人気よ。多くの魔法使いが移住しているわ、きれいで税金も安いから」

「山は嫌いよ。わたしは海がいい。大丈夫、この専門知識があれば、安全な場所はいくらでも見つかるわ。女は世界じゅうにいて、みなわたしを必要としている。さあ飲んで、イェネファー。あなたの健康を祈って」

「わたしに勧めるばかりで、自分はほとんど飲んでいないじゃない。具合でも悪いの？　あまり元気そうには見えないけど」

リタはわざとらしくため息をついた。

「この数日は大変だったわ。王宮の政変、恐ろしい嵐……。何より、つわりが……。最初の三カ月だけとはいえ、まだあと二カ月も……」

リンゴの上を旋回するスズメバチのうなりさえ聞こえるほど、あたりが静まり返った。

「アハハ」コーラルが沈黙を破った。「冗談よ。いまのあなたの顔、見せたかったわ。みごとにひっかかった！　ハハッ」

イェネファーはツタにおおわれた壁の上を見あげた。長々と。

「まんまとだまされたわね」リタが続けた。「あなたはとっさに猛然と想像力を働かせた。認めなさい、あなたはわたしの不調をすぐに誰かと結びつけた……そんなに怒らないで、お願い。あなたの耳にも届いていたはずよ、噂というのは水面のさざ波のように広がるものだから。でも安心して、その噂にはひとかけらの真実もない。わたしに妊娠の可能性がないのは、あなたにないのと同じ、そこは何も変わらない。それに、あなたのウィッチャーとわたしの関係はすべて仕事上のこと。職業人としての。それだけ」

「そう」

「知ってのとおり、世間は噂話が好きなの。男と女が一緒にいたらすぐに何かあると思いたがる。たしかにウィッチャーとは何度も会った。街で一緒にいるところも見られた。でも、繰り返すけれど、あくまで仕事上のつきあいだった」

イェネファーはグラスを置いてテーブルに両肘をつき、指先を突き合わせて塔の形にした。そして赤毛の女魔法使いの目を見つめた。

「ひとつ」リタは小さく咳をしたが、視線をそらしはしなかった。「わたしは親しい友人に一度もそんなことはしたことがない。ふたつ、あなたのウィッチャーはわたしにまったく興味がなかった」

「まったく？」イェネファーが眉をつりあげた。「本当に？　理由を説明できる？」

「大人の女には興味がなくなったんじゃない？　見た目がどうであれ。本物の若い子がいいんじゃなくて？　モザイク！　ここへ来て。見て、イェネファー。まさに若さのまっただなか。そして純潔。つい最近まで」

「この子？」イェネファーがいらだち混じりに言った。「彼が、この子と？　あなたの教え子と？」

「さあ、モザイク。もっとそばに来て。あなたの恋の冒険を聞かせて。聞きたいわ。わたしたち、恋愛話が大好きなの。それも悲しい恋の話。悲しければ悲しいほどいい」

「マダム・リタ……」モザイクは赤くなるどころか、死人のように青ざめ、「どうか……。すでに罰は受けました……ひとつの罪で何度、罰せられなければならないのですか。どうか――」

「話しなさい！」

「やめて、コーラル」イェネファーが片手を振った。「そういじめないで。知りたくもないわ」

「とても信じられない」リタ・ネイドは冷笑を浮かべた。「でもいいわ、この子のことは赦してあげる、実際、すでに罰をあたえ、赦し、勉強を続けてもいいと言ってあるの。それに、たどたどしい告白にはもう飽きた。手短に言うと、この子はウィッチャーに惚れて、二人で逃げ出した。そして彼は――この子に飽きると――あっさり置き去りにした。朝、目覚めると、ひとりだった。残されたのは冷たいシーツだけで、なんの痕跡もなかった。彼は去った、そうするしかなかったから。忽然と消えた。風とともに」

モザイクのただでさえ青白い顔がさらに青ざめ、両手が震えた。

「彼は花を残した」イェネファーがやさしく言った。「香りのいい小さな花束。でしょう？」

モザイクは顔をあげたが、答えはなかった。

「花束と手紙」とイェネファー。

モザイクは黙っていたが、頬にゆっくりと色が戻ってきた。

「手紙」リタ・ネイドはモザイクをしげしげと見た。「手紙のことは言わなかったわね。ひとことも」

モザイクは唇を引き結んだ。

「そういうこと」リタは淡々と言った。「厳しい罰が――前よりもっと厳しい罰が待っているとわかっていながら戻ってきたのは、そういうわけね。彼に戻るように言われた。そうでなければ戻ってはこなかった」

モザイクは答えない。イェネファーも無言で黒髪の房を指に巻きつけている。それからふいに顔をあげてモザイクの目を見つめ、そしてほほえんだ。

「彼がわたしのもとへ戻れと言ったのね」とリタ。「何が待っているかわかっていたのに、彼はあなたに戻れと言った。まさかあの人がこんなことをするなんて夢にも思わなかった」

噴水が水を散らし、水盤から濡れた石のにおいがした。花とツタの香り。

「驚いたわ」リタが繰り返した。「あの人がそんなことをするなんて」

「それは彼のことをわかっていなかったからよ、コーラル」イェネファーがおだやかに言った。「あなたは彼のことをまったくわかっていなかった」

20

前の晩、馬番の少年に半クラウンを渡したおかげで、馬は鞍をつけて待っていた。ダンディリオンはあくびをし、首の後ろを掻いた。

「やれやれ、ゲラルト……。どうしてもこんなに早く出発しなきゃならないのか。だってあたりはまだ暗く……」

「暗くはない。ちょうどいいころだ。遅くとも一時間後には太陽が昇る」

「あと一時間は昇らない」ダンディリオンは去勢馬の鞍によじのぼり、「つまり、あと一時間は眠れたはずで……」

ゲラルトは鞍に飛び乗り、一瞬考えてから、さらに半クラウンを少年に渡した。

「いまは八月だ。日の出から日没まで約十四時間。そのあいだにできるだけ馬を走らせたい」

ダンディリオンはあくびをしてから、ようやく隣の馬房の、葦毛《あしげ》の雌馬に鞍がついていないのに気づいた。葦毛の雌馬は注意を引きたそうに頭を振った。

「ちょっと待て」とダンディリオン。「彼女はどうした？　モザイクは？」

「ここより先には行かない。ここで別れる」

「なんだと？　どういうことかさっぱり……。できれば説明してくれないか……」

「断る。今のところは。出発だ、ダンディリオン」

「自分が何をしているか、本当にわかってるのか？　これがどういうことか、完全にわかってるのか？」

「いや。完全にはわかっていない。何も言うな、そのことは話したくない。行くぞ」

ダンディリオンはため息をつき、馬に拍車をかけた。後ろを振り返り、もういちどため息をついた。ダンディリオンは詩人だから、好きなだけため息をついていい。

朝ぼらけのなか、〈秘密とささやき〉亭はとびきり美しく見えた。まるでおとぎ話に出てくる城か、タチアオイに埋もれ、ヒルガオとツタに隠れた、秘めた恋の森の寺院といった風情だ。詩人は物思いにふけった。

それからため息をつき、あくびをし、咳払いして唾を吐き、マントを巻きつけて拍車をかけた。ほんのつかのま回想にふけったせいで出遅れ、ゲラルトの姿は霧にまぎれてほとんど見えない。

ウィッチャーは馬を飛ばしていた。振り返りもせず。

「ワインをどうぞ」宿の主人が陶器のカップをテーブルに置いた。「ご注文どおり、リヴィアのリンゴ酒です。豚肉が入っていたかどうか、妻がきいてこいと」

「粥《カーシャ》のなかに入っている」とダンディリオン。「たまにな。望んだほどではないが」

その日の終わりにたどり着いた宿は、色あざやかな看板に〈イノシシと雄ジカ〉亭と書いてあった。だが獲物の名前は看板にあるだけで、どちらも店のメニューにはなかった。ここの名物料理は、濃厚なタマネギソースに脂身の多い豚肉を散らしたカーシャだ。概してダンディリオンは——本人の基準で——きわめて庶民的な料理を見くだす傾向にある。だが、ゲラルトに不満はなかった。まばらな豚肉も悪くないし、ソースはまあまあで、カーシャは歯ごたえがある《アルデンテ》——道路ぞいの宿でカーシャのおいしいところはほとんどない。もっとまずい料理に当たっていた可能性もあった。選べる店がかぎられる場合はなおさらだ。ゲラルトは昼間のうちにできるだけ距離をかせぐことにこだわり、途中の宿では止まろうとしなかった。

その日の終わりに〈イノシシと雄ジカ〉亭に着いたのは彼らだけではなかった。旅商人が壁ぎわの長椅子のひとつを占めていた。いまどきの商人は——昔ながらの商人とは違って——使用人を見くださず、一緒に食事をするのを不名誉なこととは思わない。もちろん、いまどきの考えかたと寛容さにも限界はあって、商人たちはテーブルの片方、使用人たちは反対側に座り、境界線は一目瞭然だ。それは料理にも表れ、使用人は地元の名物——豚肉入りカーシャを食べ、水っぽいビールを飲んでいるが、商人たちの前にはローストチキンとワインの細口瓶が数本並んでいた。

イノシシの頭の剝製が見おろす向かいのテーブルでは、金髪の若い娘と年配の男が食事をしていた。娘は、ただの娘とは思えない高そうなドレスをきちんと着こなし、男は役人ふうだが、とても高い地位には見えない。食事をともにし、会話もはずんでいたが、ごく最近たまたま知り合った仲のようで、それは下心もあらわに娘にしつこくあれこれ世話を焼く男の態度からも、それを礼儀正しく、しかし明らかに冷ややかな節度をもって受けている娘の態度からも明白だった。

少し狭い長椅子には四人の尼僧が並んでいた。旅まわりの女施療師であることは、灰色の上っ張りと髪をぴったりとおおう頭巾ですぐわかった。ゲラルトが見たところ、肉汁すらかかっていない、麦粥のような質素なものを食べている。こうした尼僧は決して治療代を受け取らず、誰にでも無料で治療をほどこし、返礼として食事と寝場所をあたえられるしきたりだ。〈イノシシと雄ジカ〉亭の主人はしきたりを知ってはいるが、その精神を尊重するというより、たんに決まりにしたがっているだけのように見えた。

その隣、雄ジカの角《つの》の下にある長椅子では地元の男三人がくつろぎ、ライ麦ウォッカの瓶を忙しくやりとりしていた。どうやら一本目ではなさそうだ。夕食と酒にそこそこ満足した男たちは余興を求めてあたりを見まわしていた。もちろん、標的はすぐに見つかった。気の毒なのは尼僧たちだ。いくらこのような場面に慣れていたとしても。

店の隅のテーブルには一人客がいた。テーブルと同様、姿は陰に隠れて見えない。食べても飲んでもおらず、壁にもたれ、身じろぎもせずに座っている。

三人の男はしつこく、尼僧たちに飛ばす野次《やじ》と冷やかしはますます下品で卑猥になった。尼僧たちは平然と落ち着き払い、まったく相手にしない。ウォッカ瓶の中身が減るにつれ、男たちは逆にいらだちを募らせた。ゲラルトはスプーンをせわしなく動かした。酔っ払いどもに一発お見舞いしたほうがよさそうだが、そのせいでカーシャが冷めるのはおもしろくない。

「ウィッチャーのリヴィアのゲラルト」

薄暗い部屋の隅でふいに炎が燃えあがった。

テーブルの一人客が片手をあげ、指先から炎が舌のようにひらめいた。男はその手をテーブルのロウソク立てに近づけ、三本のロウソクに順に火を灯し、自分を照らし出した。

髪は灰のような薄墨色で、両のこめかみに真っ白い筋が見える。死人のような青白い顔。鉤鼻。瞳孔が垂直の、黄緑色の目。

男がシャツの下から引き出した首の銀のメダルがロウソクの光に反射した。

牙を剝き出した猫の頭。

「ウィッチャーのリヴィアのゲラルト」静まり返った宿に男の声がふたたび響いた。「ヴィジマに向かう途中か？　フォルテスト王から約束の報酬をもらうために？　二千オレンの。当たりか？」

ゲラルトは答えず、身じろぎひとつしない。

「おれが誰か知っているかとたずねはしない。おそらくあんたは知っているはずだ」

「おまえたちの生き残りは少ない」ゲラルトは淡々と答えた。「だから考えるまでもない。おまえはブレヘン。別名〈イエロの猫〉」

「おお、なんと」猫のメダルをつけた男はあざけるように言った。「かの有名な〈白狼〉がおれのあだ名を知っているとは。なんという光栄だろう。あんたに報酬をかすめ取られるのも光栄と思うべきか？　あんたに先を譲り、頭を下げて謝るべきか？　狼の群れのように獲物から一歩下がり、群れのリーダーが満腹になるまでしっぽを振って待つべきか？　リーダーが寛大にも食べ残しをくれるまで」

ゲラルトは無言だ。

「あんたにおいしいところをやるつもりはない」〈イエロの猫〉で知られるブレヘンは続けた。「分け合う気もない。あんたはヴィジマへは行けない、〈白狼〉よ。報酬を横取りされてたまるか。噂によると、ヴェセミルはおれに死刑宣告を出したらしい。宣告を果たすいい機会だ。宿を出て、庭へ出ろ」

「おまえとは闘わない」

猫のメダルの男はテーブルの奥から目にもとまらぬ速さで跳びあがり、テーブルからつかんだ剣をひらめかせた。そして一人の尼僧の頭巾をつかんで椅子から引きずり出し、膝をつかせて喉元に刃を押しつけた。

「いやでも闘うことになる」ブレヘンはゲラルトを見ながら冷ややかに言った。「おれが三つ数える前にあんたは庭に出る。さもなければ、尼僧の血が壁と天井と家具に飛び散る。そのあとほかの者たちの喉も掻き切る。一人ずつ。誰も動くな！　一ミリたりとも！」

宿屋に死んだような、完全な沈黙がおりた。誰もがその場で動きを止め、口をぽかんと開けて見つめた。

「おまえとは闘わない」ゲラルトは淡々と繰り返した。「だが、その女を傷つけたらおまえの命はない」

「おれたちのどちらかが死ぬ、それは確かだ。庭へ出ろ。だが死ぬのはおれじゃない。かの有名な剣を盗まれたそうだな。見たところ新しい剣を手に入れてもいないようだ。武器も持たず人の報奨金を盗もうとは、うぬぼれにもほどがある。それとも、名高い〈白狼〉には剣すらいらないのか」

椅子のこすれる音がした。金髪の娘が立ちあがり、テーブルの下から細長い包みを拾いあげてゲラルトの目の前に置くと、また席に戻り、役人の隣に座った。

中身が何かはすぐにわかった。ひもをほどく前から、フェルト地を広げる前から。

片方は隕鉄製の剣で、全長百三センチ、刃渡り六十九センチ。重さは約一キロ。柄と十字鍔は簡素だが品がある。

もう一本は、ほぼ同じ長さと重さの銀製の剣。純銀はやわらかすぎて鋭利にできないから、もちろん一部だけだ。十字鍔に魔法の絵文字、刃全体にルーン文字が刻まれている。パイラル・プラットの専属鑑定士は解読できず、知識のなさを露呈したが、そこには古代ルーン文字で銘が刻まれていた。ダブヘン・ヘルン・アム・グランデル、モルク・アム・フェン・アエシン。〝わが光は闇をつらぬき、わが輝きは暗がりを照らす〟

ゲラルトは立ちあがり、鋼の剣を抜いた。ゆっくりと、慎重な手つきで。ブレヘンのほうは見ず、剣だけを見ながら。

「女を放せ」静かに言った。「いますぐ。さもないとおまえは終わりだ」

ブレヘンの手がぴくっと動き、尼僧の首から血が一筋流れた。尼僧はうめき声ひとつあげない。

「困っているんだ」〈イエロの猫〉がすごんだ。「報奨金はおれのものだ！」

「女を放せと言ったんだ。放さなければおまえを殺す。庭ではなく、この場で」

ブレヘンは前かがみになり、大きく息をした。目に邪悪な光が浮かび、口元が恐ろしげにゆがみ、柄をつかむ指の関節が白くなった。それからいきなり尼僧を放し、押しやった。

宿の客たちは悪夢から覚めたかのように身震いした。あえぎとため息が聞こえた。

「冬が来る」ブレヘンは言葉をしぼり出した。「おれは誰かと違って、冬を過ごす場所がない。暖かくて居心地のいいケィア・モルヘンにおれの居場所はない！」

「そうだ」ゲラルトが言った。「おまえの居場所はない。理由はよくわかっているはずだ」

「ケィア・モルヘンはあんたたちだけの──善良で、高潔で、正しい者たちだけのものか？　くそ偽善者どもめ。あんたたちもおれたちと同じ殺し屋だ、なんの違いもない！」

「出ていけ」ゲラルトが言った。「ここを出て、自分の道を行け」

ブレヘンは剣を鞘に納め、背筋を伸ばした。部屋を横切るブレヘンの目が変化し、瞳孔が光彩全体に広がった。

「ヴェセミルがおまえに死刑宣告をしたというのは嘘だ」ゲラルトはすれ違いざまに言った。「ウィッチャーどうしは闘わない、ウィッチャーとウィッチャーは剣を交えない。だが、イエロでのような事件がふたたび起こったら、そのような話をひとことでも耳にしたら……そのときは例外だ。おまえを探し出して殺す。本気だ」

ブレヘンが扉を閉めて出ていったあと、宿の食堂はしばし重苦しい沈黙におおわれた。静寂のなか、ダンディリオンの安堵の吐息がやけに大きく響いた。すぐに客たちが動きはじめた。地元の酔っ払いたちはウォッカもそのままにこそこそと出ていった。商人たちは黙りこみ、青ざめながらも残ったが、使用人には席を立つよう命じた。さっきのような物騒な男が近くにいると知って、急に荷馬車や馬が心配になったのだろう。尼僧たちは首をケガした仲間を手当てし、ゲラルトに無言で頭を下げて感謝を示すと、寝場所に向かった。おそらく納屋だ。宿の主人が彼女たちに寝室のベッドを提供したとは思えない。

ゲラルトは剣をくれた金髪の若い娘にうなずき、自分のテーブルに手招いた。娘はこの誘いをさいわいと、連れの小役人をさっさと見捨てて近づいた。男は苦々しい表情を浮かべた。

「あたしはティツィアナ・フレヴィ」娘は、男がするようにゲラルトの手を握り、名乗った。「会えてうれしいわ」

「こちらこそ」

「さっきのはちょっとゾクゾクしたわ。街道の宿で過ごす夜はたいてい退屈だけど、今日はおもしろかった。途中で怖くなったくらい。もっとも、あたしにはたんなる雄《オス》の威張り合いにも見えたけど。雄性ホルモンにかられた闘い？　どっちが長いかの競争？　さっきのおどしははったりでしょ？」

「ああ、そうだ」ゲラルトは嘘をついた。「何より、きみのおかげで剣を取り戻すことができた。感謝する。しかし、いったいどんないきさつできみがこの剣を持っていたのか見当もつかない」

「秘密の約束だったんだけど」ティツィアナはさらりと答えた。「音も立てず、こっそり剣を渡して姿を消すつもりだった。でも、いきなり状況が変わった。人が見ている前で渡さざるをえなくなった、いわば仮面をはずして——そうするしかない状況だった。こうなった以上、いまさらとぼけても失礼だから、秘密をばらすことになっても事情を話すわ。剣はヴェンガーバーグのイェネファーからあずかった。二週間前に、ノヴィグラドで。あたしは女魔法修行者《ドゥインヴェンドラ》。イェネファーとは、ちょうどあたしが見習い期間を終えた魔法使いの師匠のところで偶然、会ったの。あたしがこれから南に向かい、師匠が身元保証人になると知って、マダム・イェネファーはあたしに剣を託した。そして、あたしが修行をしようと思っている、知り合いの女魔法使い宛ての推薦状をくれた」

「どんな……」ゲラルトは言葉をのみこみ、「どんなふうだ、イェネファーは？　元気か」

「ええ、とても」ティツィアナ・フレヴィはまつげの下からゲラルトを見あげた。「何もかも順調で、うらやましいほど元気そうよ。正直、うらやましかった」

ゲラルトは立ちあがり、恐怖で卒倒しかけていた宿の主人に近づいた。

「そんなに気を遣わなくても……」ほどなくトゥサン産のいちばん高い白ワイン、エスト・エストの細口瓶が目の前に置かれたのを見て、ティツィアナは遠慮がちに言った。古い瓶の口に差したロウソクも数本、追加された。

「そんなに気を遣わないで、本当に」テーブルに料理が並ぶのを見て、ティツィアナは重ねて言った。一皿目は生ハムとドライハムのスライス、二皿目はマスの燻製、三皿目はチーズの盛り合わせだ。「お金を使いすぎよ、ウィッチャー」

「今夜は特別だ。しかも食事の相手は申しぶんない」

ティツィアナはうなずいて感謝を示し、笑みを浮かべた。かわいらしい笑みだ。

女魔法使いは魔法学校を卒業すると進路を選ばなければならない。指導者の助手として学校に残ってもいいし、独立した女魔法使いの誰かに終生見習いとしてつくこともできる。もしくはドウィンヴェンドラになるかだ。

この制度はギルドを参考に作られた。ギルド制では多くの場合、職人と認められた徒弟は旅に出て、さまざまな工房でさまざまな師匠につき、あちこちで臨時仕事を引き受け、数年後に戻ってきて最終試験を受け、師匠に昇格する。だが、両者には違いもあった。無理やり旅に出され、仕事を見つけられない職人はしばしば飢えに直面し、修行の旅はあてなき放浪になる。いっぽう、自分の意志と希望でドウィンヴェンドラになった者には——ゲラルトが聞いた話によれば——魔法院が彼女たちのために創設した、けっこうな額の特別基金があるらしい。

「あのぞっとするような男は、きみのと似たようなメダルをつけていた」ダンディリオンが会話に加わった。「あの男は猫派、だろ」

「ああ。だが、その話はしたくない、ダンディリオン」

「悪名高き猫派だ」ダンディリオンはティッツィアナに向かって言った。「ウィッチャーの——なりそこないだ。変異がうまくいかなかった。狂人で、異常者で、サディストだ。彼らは自分たちを〝猫派〟と呼ぶ、なぜならまさに猫のようだからだ。つまり攻撃的で、残虐で、予測不能で、衝動的。ゲラルトはいつも、彼らをたいしたことないふうに話す、ぼくらを怖がらせないために。なぜなら実際はひどく恐ろしく、危険な相手だから。乱闘も血も死体もなくすんだのは奇跡だ。死体がいくつ転がっても不思議はなかった、四年前のイエロのように。いつあんなことになるんじゃないかと――」

「その話はしたくないとゲラルトは言ったわ」ティツィアナ・フレヴィはひかえめに、だがきっぱりとさえぎった。「だから、よしましょう」

ゲラルトはティツィアナを親しげに見た。感じのいい女だ。それに美しい。いや、かなり美しい。

女魔法使いは見た目をよくする。彼女たちが信望を得るには、人々の憧れを掻き立てなければならない。だが、美容整形は決して完璧ではなく、必ずなんらかの跡が残る。ティツィアナ・フレヴィも例外ではなかった。額のちょうど髪の生え際に、ほとんど見えないくらいの水疱瘡《みずぼうそう》の痕がぽつぽつとあった。免疫のない子どものころにかかったのだろう。かわいい口の形は、上唇の上にある波状の傷でかすかにゆがんでいる。ゲラルトはまたしても怒りを覚えた。そんなどうでもいいところが見える視力に、自分の目に腹が立った。そんなことは、ティツィアナがいま同じテーブルにいて、エスト・エストを飲み、マスの燻製を食べながら笑いかけているという事実からすればなんでもない。完璧に美しいと思える女は見ることも知り合うこともまずないが、にこやかに笑いかけられるとすべての欠点が帳消しになるような女性はいるものだ。

「あの男は報奨金の話をしていた……」ダンディリオンはなおもこの話題にこだわった。

「なんのことか知ってるか？　ゲラルト」

「見当もつかん」

「知ってる」ティッィアナ・フレヴィが得意げに言った。「知らないほうが驚きよ、誰だって知ってるわ。テメリア国のフォルテスト王が報奨金を出すとおふれを出したの。魔法をかけられた彼の娘の呪いを解いた者に。娘は糸巻きの棒が刺さって永遠の眠りについた。哀れな王女はサンザシが生い茂る城のなかの棺に寝かされているという噂よ。棺はガラス製で、ガラスの山のてっぺんに置かれているとも言われてる。ハクチョウに変えられたという人もいれば、恐ろしい怪物ストリガになったという話もある。たたりと言う人もいるわ——王女が近親相姦によって生まれた子だから。どうやら噂はレダニア国のヴィジミル王がこしらえ、広めてるようね、ヴィジミル王はフォルテスト王と領土問題でいがみ合っていて、フォルテスト王を困らせるためなら手段を選ばない」

「たしかに作り話じみている」とゲラルト。「おとぎ話や寓話がもとになっているようだ。呪いで姿を変えられた王女、近親相姦のたたり、呪いを解いた者にあたえられる報奨金。ありきたりで陳腐だ。誰だってこのくらいの話は思いつく」

「この話には明らかに政治がらみの裏の意味があるわ」ティツィアナが言葉を継いだ。「だから魔法院は魔法使いたちにこの件への関与を禁じた」

「おとぎ話だろうとなんだろうと、あの猫野郎は信じていた」とダンディリオン。「魔法をかけられたヴィジマの王女のもとに急ぎ、呪いを解き、フォルテスト王が約束した報酬を手に入れる気だった。ゲラルトもヴィジマに向かっていると思いこみ、先を越されまいとしていた」

「思い違いもいいところだ」ゲラルトはそっけなく言った。「おれはヴィジマには行かない。政治がらみの大釜に指を突っこむつもりなどさらさらない。本人も言っていたが、ブレヘンのように困っている男にはぴったりの仕事だ。おれは困っていない。剣も戻り、新しく買う必要もない。生きていくための資金もある。リスベルグ城の魔法使いたちのおかげで……」

「ウィッチャーのリヴィアのゲラルトか？」

「そうだ」ゲラルトは、不機嫌そうな顔で脇に立つ小役人をながめまわした。「そういうあんたは？」

「それはどうでもいい」小役人は自分をえらく見せようと、もったいぶって口をとがらせた。「重要なのは召喚状だ。この場であんたに渡す。証人がいる前で。法にしたがって」

男はウィッチャーに巻紙を渡し、ティツィアナ・フレヴィにさげすむような視線を送って席に戻った。

ゲラルトは封ろうを破って紙を広げ、読みあげた。

「復活後一二四五年七月二十日、リスベルグ城より。ゴルス・ヴェレン治安判事裁判所御中。原告——リスベルグ研究所共同経営者。被告——ウィッチャーのリヴィアのゲラルト。賠償要求——総額千ノヴィグラド・クラウンの返還。われわれはここに請願する。ひとつ、被告リヴィアのゲラルトは利子とともに千ノヴィグラド・クラウンを返還すること。ふたつ、被告は規定の水準に応じた裁判費用を原告に支払うこと。三つ、判決に速やかに法的強制力を持たせること。理由——被告はリスベルグ研究所共同経営者から千ノヴィグラド・クラウンをだまし取った。証拠——銀行為替の複写。この金額は、被告が遂行せず、悪意により遂行するつもりのなかった任務に対する前払い金で……。証人——ビルタ・アンナ・マルケット・イカルティ、アクセル・ミゲル・エスパルザ、イゴ・ターヴィックス・サンドヴァル……あのくそ野郎ども」

「あたしはあなたに剣を返すと同時に、問題を背負わせてしまったようね」ティツィアナ・フレヴィが目を伏せた。「あの小役人にだまされたわ。今朝、あたしが船着き場であなたのことをたずねたのをこっそり聞いていて、すぐにヒルのようにまとわりついてきた。

その理由がようやくわかった。召喚状はすべてあたしのせいよ」

「弁護士が必要だな」ダンディリオンが沈んだ声で言った。「だが、ケラクのあの女弁護士はやめたほうがいい」

「弁護士はいらない。あの女がうまく立ちまわれるのは法廷の外だけだ」

「請願書の日付を見たか？　この件はすでに裁判所に届き、被告人不在で判決が出てるに違いない。おれの口座も差し押さえられているはずだ」

「ごめんなさい」とティッサイアナ。「あたしのせいね。赦して」

「赦すことなど何もない、きみにはなんの罪もない。リスベルグも裁判所もくそくらえだ。主人！　エスト・エストをもう一本、頼む」


やがて客は三人だけになった。すぐさま宿の主人は——わざとらしくあくびをして——店じまいを告げた。最初にティッサイアナが部屋に向かい、すぐにダンディリオンが続いた。ゲラルトはダンディリオンとの相部屋には向かわず、ティッサイアナ・フレヴィの部屋の扉を小さくたたいた。扉はすぐに開いた。

「待ってた」ティッサイアナはつぶやき、ゲラルトを引き入れた。「来ると思ってた。来なかったら、あたしのほうから探しに行くつもりだった」

女魔法使いは魔法でウィッチャーを眠らせたに違いない、そうでなければ彼女が出ていったのに気づかなかったはずがない。それも夜明け前、まだ暗いうちに出ていったのだろう。ティツィアナの香りが残っていた。アヤメとベルガモットの繊細な香り。それと別の何か。バラ？

剣の横に花が置いてあった。一輪のバラ。宿屋の外の植木鉢に咲いていた白いバラだ。

そこにどんないわれがあるのか、誰が、誰のために、なんのために建てたのか、誰も憶えていなかった。宿屋の向こうの谷間に古い遺跡が見えた。かつては大きく、壮麗な建物だったのだろう。遺跡といっても、いま残っているのは土台の一部と、草の生い茂る空洞と、点在する板石だけだ。それ以外は破壊され、略奪されていた。建材はどれも貴重で、捨てるものはひとつもない。

二人は崩れた門の残骸をくぐった。堂々としたアーチ形だったようだが、いまでは絞首台を思わせた。そう感じるのは、ちぎれた首つり縄のようにだらりとぶらさがるツタのせいだ。並木にはさまれた小道を歩いてゆく。枯れ、ねじれ、ゆがんだ木々が、あたり一帯にかかった呪いの重みに耐えかねたとでもいうようにたわんでいる。小道は庭、というか、かつて庭だった場所に続いていた。メギの花壇、ネズミサシの低木、あちこちに伸びるバラが——昔は美しく剪定されていたのだろうが——いまでは枝と棘のあるツル植物と枯れた茎が無秩序にからみあうやぶになっている。やぶのなかから彫像と彫刻の残骸が突き出ていた。大半が全身像だ。ほとんど原形をとどめておらず、それが誰を——何を——表現していたのか今となっては想像もつかない。だが、そんなことはどうでもよかった。彫像は過去のものだ。彫像は生き延びなかった、だから意味を失った。残ったのは残骸だけで、それは——おそらく——これからもずっとそこにありつづけるだろう、なぜなら残骸は永遠だからだ。

残骸。破壊された世界の記念碑。

「ダンディリオン」

「なんだ」

「近ごろ、うまくいかないかもしれないと思うことがことごとくうまくいかない。何もかもやりそこなっている気がする。近ごろ、おれが触れたものはすべてがだめになる」

「そう思うか」

「ああ、思う」

「だったらそうなんだろう。意見を求めるな。意見を言うのはもう飽きた。だから黙って好きなだけ自分をあわれむがいい。詩作の最中だ、きみに嘆かれると気が散る」

ダンディリオンは倒れた柱に座って頭の布帽子を後ろにずらし、脚を組んでリュートの糸巻きを調整した。

ロウソクの炎が揺らめき、消えた
かすかに冷たい風が吹き……

その言葉どおり風が吹いた、ふいに、激しく。ダンディリオンは演奏を止め、はっと息をのんだ。

ゲラルトが振り返った。

原形をとどめない彫像のひび割れた台座と枯れたサンザシがからみ合う茂みのあいだ――小道に通じる入口――に女が立っていた。長身の体に、貼りつくようなドレス。銀ギツネよりもコサックギツネによくある灰色の髪。とがった耳。細長い顔。

ゲラルトはじっと立っていた。

「戻ってくると言っただろう」アグアラの口元にずらりと並ぶ歯が光った。「いつの日か。今日がその日だ」

ゲラルトは動かなかった。背中に、なじみのある二本の剣の重みを感じた、このひと月、求めつづけていた重み。いつもなら平穏と安心をあたえてくれる。だが、その日そのときはただの重荷でしかなかった。

「戻って来た……」アグアラはそう言い、牙をちらっと見せた。「自分でもなぜ来たのかわからない。別れを告げるためかもしれない。この子にさよならを言わせるためかもしれない」

窮屈そうなドレスを着た、ほっそりとした少女がアグアラの背後から現れた。青白く、妙に動きのない顔は、まだ半分は人間だ。しかし、いまではおそらく人間よりも雌ギツネに近い。変化は急速に進んでいた。

ゲラルトは首を振った。

「娘を治療した……？　生き返らせたのか？　いや、ありえない。つまり、その子は船上で死んではいなかった。生きていた。死んだふりをしていただけだ」

アグアラが吠えた。それが笑い声だとわかるまでしばらくかかった。アグアラは笑っていた。

「かつてわれわれは強大な力を持っていた！　幻の力で魔法の島々を作りだし、空に竜を舞わせ、城塞都市に強力な幻影の軍勢を送りこんだ……。遠い昔のことだ。世界は変わり、われわれの力は衰えた……。数も減った。いまではアグアラより、ただの雌ギツネのほうが多い。それでも、どんなに小さく、どんなに幼いアグアラでも、原始的な人間の感覚を幻でだますくらいはできる」

「生まれて初めてだ」しばらくしてゲラルトは言った。「だまされてよかったと思えたのは」

「おまえのしたことすべてが過ちだったわけではない。褒美に、わたしの顔に触らせてやろう」

ゲラルトは鋭くとがった歯を見て、咳払いした。

「ううむ……」

「幻はおまえが思い描くものだ。おまえが恐れるもの。そしておまえが夢見るもの」

「どういうことだ？」

アグアラが小さく吠え、姿を変えた。

青白い、逆三角形の顔で光る、濃いスミレ色の目。動くたびにクジャクの羽根のように光を反射してきらめき、うねり、波打ち、肩に落ちかかる漆黒の髪。口紅の下の、驚くほど薄く、青白い唇。首にかけた、黒いビロードのリボンの先で輝き、あたりに幾千もの光をまき散らす黒曜石……。

イェネファーがほほえんだ。ゲラルトはその頬に触れた。

その瞬間、枯れたハナミズキの花がいっせいに開いた。

やがて風が吹きつけ、茂みを揺らした。世界が、舞い散る小さな白い花びらのとばりの向こうに消えた。

「幻」ゲラルトの耳にアグアラの声が聞こえた。「すべては幻」

ダンディリオンは歌うのをやめたが、リュートを置きはせず、ひっくり返った柱の塊に座っていた。空を見あげながら。

ゲラルトは隣に座った。いろんなことの重みを量りにかけていた。いろんなことを頭のなかで並べ変えていた。そうしようとしていた。計画をめぐらしていた。その大半はまったく実現できそうもなかったけれど。いろんなことを心に誓った。そのどれかひとつでも守れるとは思えぬまま。

「ところで、きみはぼくのバラッドを一度もほめたことがない」ふいにダンディリオンが言った。「ぼくはきみの前でいくつものバラッドを作り、歌ってきた。でもきみは一度も〝いまのはよかった。もういちど歌ってくれ〟と言ったことがない。ただの一度も」

「そのとおり。言ったことはない。なぜだかわかるか」

「なぜだ」

「一度もそう思ったことがないからだ」
「そんなに大変か」ダンディリオンはしつこく言った。「それほど難しいことか？〝いまのをもういちど頼む、ダンディリオン。《ときはゆく》をやってくれ〟と言うのが」
「いまのをもういちど頼む、ダンディリオン。《ときはゆく》をやってくれ」
「心がこもっていない」
「だからなんだ。どっちにしたっておまえは歌うだろう」
「聴けばきっと言いたくなる」
ロウソクの炎が揺らめき、消えた
かすかに冷たい風が吹いた
そして日々は過ぎ
ときはゆく
静けさのなか知らぬまに
きみはぼくのそばにいる、ずっといつまでも
何かが二人をひとつにする、けれど完全ではない
なぜなら日々は過ぎ

ときはゆくから
静けさのなか知らぬまに
旅したあの道この道の記憶
何があろうと消えはしない
それでも日々は過ぎ
ときはゆく
静けさのなか知らぬまに
だから、愛する人よ、もういちど
誇らしく声を合わせて繰り返そう
日々もまた過ぎ
ときもまたゆく
静けさのなか知らぬまに

ゲラルトが立ちあがった。

「行くぞ、ダンディリオン」

「そうだな。で、どこへ？」

「いつだって同じようなものだ」

「ああ、まあな。よし、行こう」

エピローグ

丘の上で建物の残骸が白く光っていた。遠い昔に崩れ落ち、いまではすっかり草が生い茂っている。壁はツタにおおわれ、欠けた敷石の隙間から若木が伸びていた。ここはかつての寺院で――ニムエは知るよしもなかったが――とある忘れ去られた神を信仰する僧侶たちの本山だった。だがニムエにとってはただの廃墟でしかなかった。ただの石の山。ただの道しるべ。正しい道を進んでいるというしるし。

丘と廃墟のすぐ向こうで道が分かれていた。ひとつは荒地を通って西に延び、もうひとつは北に向かって深い森のなかに消えている。それは黒っぽい下草の奥に続き、うっそうとした暗がりのなかに溶けていた。

これがニムエの進む道だ。北に向かって。悪名高き〈カササギの森〉を通って。

イヴァロの男たちから聞かされた怖い話にそれほどおびえていたわけではない。これまでの旅で、似たような場面を何度もやり過ごしてきた。どんな土地にも旅人を怖がらせる不気味な民話や、その土地固有の危険や恐怖があった。これまでにも湖に棲むドラウナーや小川のベレジニア、十字路のワイト、墓地の亡霊の話を聞かされた。橋には一本おきにトロールが住み、ねじれたヤナギの茂みはひとつおきにストリガが出るとおどされた。いまではそれにも慣れ、よくある怖い話も怖くはなくなった。それでもいざ暗い森に入り、霧の立ちこめる土墳や靄に包まれた沼地のあいだの道を歩く前は奇妙な不安が体じゅうに広がり、抑えようもなかった。

それと同じ不安が——壁のような暗い森を前にしたいま——ぴりぴりとうなじに広がり、唇が乾くのを感じた。

〝道には人の通った跡がたくさんある〟——ニムエは何度も自分に言い聞かせた——〝荷馬車のわだちがあり、馬や雄牛の蹄で踏みならされている。森が恐ろしげに見えるからといってなんだというの？　ここは人里離れた僻地ではない。斧と鋸がまだ入っていない森の最後の部分で、ドリアンに通じる、往来の激しい道だ。たくさんの人が馬で、徒歩で、ここを通る。わたしもここを抜ける。怖くはない。

わたしはニムエ・ヴェルチ・ウレディル・エプ・グウィン。

ヴィルヴァ、グアド、シベル、ブルッゲ、カスターフルト、モルタラ、イヴァロ、ドリアン、アンホル、ゴルス・ヴェレン〟

誰か近づいてこないかと後ろを振り返った。〝連れがいれば心強いんだけど〟だが、あいにく街道には人通りがなかった。人っ子ひとりいない。

ほかに道はない。ニムエは咳払いして肩の荷物を背負いなおし、杖をきつく握って森に入っていった。

森の木の多くはナラやニレ、もつれ合うシデの古木だが、マツやカラマツも見かけた。足元は下草が生い茂り、サンザシ、ハシバミ、ウワミズザクラ、スイカズラがからみ合っている。鳥がたくさんいそうなものだが、あたりは不気味に静まりかえっていた。ニムエは地面をにらみながら歩いた。ふいに森の奥のほうでキツツキが木をつつく音が聞こえ、ほっとした。〝ここにも生き物はいる〟——ニムエは思った——〝まったくひとりきりじゃない〟

ふと足を止め、振り向いた。誰も、何も見えなかったが、一瞬つけられていると感じた。誰かに見られている。こっそりあとをつけられている。恐怖に喉がつまり、寒けが背筋を駆けおりた。

ニムエは歩く速度をあげた。森が開け、少しずつ明るく、緑が濃くなった気がしたが、たんにカバノキが増えてきたせいだ。〝あとひとつ曲がり角を過ぎれば、あとふたつ過ぎれば〟——ニムエは必死に考えた——〝あと少し行けば森は終わる。この森のことも、森のなかをうろついているもののことも――それがなんであれ――忘れられる。そしてわたしは歩きつづける。

〝ヴィルヴァ、グアド、シベル、ブルッゲ……〟

草のこすれる音さえ聞こえなかったが、ニムエは視界の隅で何かが動くのをとらえた。灰色で、肢が何本もある、信じられないほどすばやい何かがシダの茂みから飛び出した。大鎌ほどもあるハサミがぴしっと閉じるのを見てニムエは悲鳴をあげた。針と棘におおわれた肢。王冠のように頭を取りかこむ、いくつもの目。

ふいにニムエは強い力でつかまれ、抱えあげられ、道の脇に投げ出された。低いハシバミの弾力のある枝に背中から落ち、跳び起きて逃げようと枝をつかんだ瞬間、道で繰り広げられていた激しい舞いを見て凍りついた。

肢がびっしり生えた生き物が跳ね、驚くほどすばやく回転しながら肢を振りまわし、恐ろしげな口をカチカチ鳴らしている。そのまわりで、それよりも速く、速すぎて目にもとまらぬ動きで男が舞っていた。二本の剣を持って。

怪物の肢が一本、二本、三本と断ち切られ、恐怖で動けないニムエの目の前で宙を飛んだ。剣が怪物の平たい体に振り下ろされ、緑色のねばねばした液が噴き出した。怪物はもがき、のたうち、ついには死に物狂いで跳びあがり、森のなかへ一目散に逃げこんだ。だが、さほど遠くへは行けなかった。剣を持った男が追いつき、踏みつけ、二本の剣を同時に力強く地面まで突き刺し、動きを封じた。怪物は肢を地面にたたきつけ、やがて動かなくなった。

ニムエはどくどくと鼓動する心臓をなだめようと両手で胸を押さえた。見ると、男は膝をついて死んだ怪物に乗り出し、ナイフで甲殻から何かをはぎとっている。それから二本の剣の刃をぬぐい、背中の鞘に収めた。

「大丈夫か」

自分に話しかけられていると気づくのにしばらくかかった。いずれにせよニムエは口がきけず、ハシバミの茂みから立ちあがることもできなかった。だが、男は手を伸ばして引きあげる気はなさそうだ。しかたなく自力で茂みから出たが、脚ががくがく震え、立ちあがるのもやっとだ。口のなかがカラカラに渇いていた。

「森をひとりで抜けようだなんて、まともじゃないな」命の恩人が近づいた。

男が頭巾を後ろにずらすと、雪のように白い髪が森の薄明かりのなかでまぶしく光った。

ニムエはあやうく声をあげそうになり、とっさに両こぶしを口に当てた。〝まさか〟――ニムエは思った――〝ありえない。夢を見てるに違いない〟

「だが、この瞬間から」白髪《はくはつ》の男は手のなかの、黒ずんで曇った金属板をためつすがめつして言った。「この瞬間から、この道は安全に通れるようになる。これが何かわかるか？〝イドル　ユリ　試九　〇〇八　ベータ〟ハハッ！　これぞわがコレクションで欠けていたものだ。第八号。これでようやく無念を晴らした。気分はどうだ？　ああ、すまん。口がカラカラ、だろう？　舌が板のように乾いている？　そうだろうとも。さあ、これを飲むがいい」

ニムエは差し出された水筒を震える手で受け取った。

「どこへ行く？」

「ド……ドリ……」

「ドリ？」

「ドリ……ドリアン。さっきのは何？　あそこに……いるのは？」

「芸術品だ。傑作第八号。あれが何かは実のところどうでもいい。大事なのは、あれがもういないということだ。ところできみは？　どこに向かっている？」

ニムエはうなずいて水を飲み、答えた。自分の度胸に驚きながら。

「わたしは……ニムエ・ヴェルチ・ウレディル・エプ・グヴィン。ドリアンからアンホル、アンホルからゴルス・ヴェレン。そこからサネッド島にある女魔法使いの学校アレツザへ」

「なんと。どこから来た？」

「ヴィルヴァの村から。グアド、シベル、ブルッゲ、カスターフルトを通って――」

「その道なら知っている」男がさえぎった。「実に地球の半分を旅してきたようだな、ウレディルの娘ニムエよ。アレッツザの入学試験官には、そこを評価してもらうべきだ。まあ、無理だろうが。ずいぶんと思いきった旅に挑んだものだ、ヴィルヴァの村の娘よ。実に度胸がある。一緒に行こう」

「喜んで……」ニムエはなおもぎくしゃくと歩きながら、「あの……」

「なんだ」

「助けてくださって感謝します」

「礼を言うのはこっちだ。この数日、きみのような人を探していた。この道を通る旅人は大集団で、誇り高く、武装している。芸術作品第八号もさすがにそのような人間は襲わないし、ねぐらから出ようとも思わない。きみが怪物を誘い出した。遠くからでも楽な獲物だとわかったんだな。ひとり旅で。体も小さい。悪く思うな」

森は角を曲がったところで終わっていた。白髪の男の馬――鹿毛の雌馬――が少し先の、ほかから離れた木立の横で待っていた。

「ここからドリアンまでは約六十五キロ」白髪の男が言った。「きみの脚では三日かかる。今日の残りを入れると三日半だ。わかっているか?」

恐怖のせいで麻痺していた感覚や症状が消え、ニムエはとつぜん幸福感に包まれた。

〝これは夢。夢を見てるに違いない。だってこれが現実のはずがない〟

「どうした? 気分でも悪いか」

ニムエは勇気を奮い起こした。

「あの雌馬……」興奮のあまり言葉に詰まった。「あの雌馬の名前はローチ。だってあなたの馬はみなそうだから。あなたはリヴィアのゲラルトだから。ウィッチャーのリヴィアのゲラルト」

男はじっとニムエを見つめた。無言で。ニムエも黙って地面を見つめた。

「いまは何年だ?」

「一三……」ニムエは驚いて見あげた。「復活後一三七三年」

「だとすれば――」白髪の男は袖に隠れた片手で顔をぬぐった。「リヴィアのゲラルトが死んでもう何年にもなる。彼は百五年前に死んだ。だが、きっと喜んでいるだろう……百五年たってもまだ人々が自分のことを憶えていると知ったら。彼がどんな人間だったかを憶えている人がいたら。しかも馬の名前まで。ああ、きっと喜んでいるはずだ……もし彼が知ったなら。さあ。途中まで送ろう」

二人は歩き出した。ニムエは唇をかんだ。恥ずかしくて、もう何も言うまいと決めた。

「この先に十字路と街道がある」白髪の男がぎこちない沈黙を破った。「ドリアンに通じる道だ。そこを歩いていけば無事に――」

「ウィッチャーのゲラルトは死んでない！」ニムエは思わず口走った。「彼は行ってしまっただけ、〈リンゴの木の地〉へ行っただけ。でも戻ってくる……きっと戻ってくる、だって伝説にそう書いてあるから」

「伝説。伝承。おとぎ話。作り話に空想物語。おれとしたことが、もっと早く気づくべきだった、サネッド島の魔法学校をめざす、ヴィルヴァの村から来たニムエよ。幼いころから親しんだ伝説やおとぎ話がなかったら、きみはこんな無謀な旅に出ようとは思わなかっただろう。だが、そんなものはただのおとぎ話だ、ニムエ。ただのおとぎ話。きみは家を遠く離れ、お話と現実の区別がつかなくなっている」

「ウィッチャーのゲラルトは向こうの世界から戻ってくる！」ニムエはあきらめなかった。「人々を守るために戻ってくる、〈悪〉が二度と世界を支配しないように。闇があるかぎりウィッチャーは必要とされる。そして闇はいまも存在する！」

男は無言で横を向いた。やがてニムエに向きなおり、ほほえんだ。

「闇はいまも存在する」男はうなずいた。「ものごとが進歩し、進歩が暗がりを照らし、脅威を排除し、恐怖を追い払うと信じ込まされようとも。いまのいままで、進歩はその方面で大きな成果をあげてはいない。これまで進歩がなしえたものと言えば、闇はかすかに揺らめく迷信にすぎず、恐れるべきものは何もないとわれわれに信じ込ませることだけだ。だが、それは真実ではない。恐れるべきものは現実にある。なぜなら闇はつねに、いつだって存在しつづけるからだ。〈悪〉はつねに闇のなかで暴れ、闇のなかにはつねに牙と鉤爪、殺しと血がある。そしてウィッチャーはつねに必要とされる。必要とされる、まさにその場所に現れると願おう。助けを求める声に応えて。呼び出される場所へ駆けつけると。願わくば剣を手に現れんことを。その光が闇をつらぬき、輝きが暗がりを照らすような剣を持って。美しいおとぎ話、だろう？　こうして物語は幸せに終わる、すべてのおとぎ話がそうであるように」

「でも……」ニムエは口ごもり、「でも百年もたったあとで……。どうしてこんなことが……？　どうしてこんなことがありえる――？」

「未来のアレッザの修練生はそんな質問はしない」男は笑みをたたえたままさえぎった。「不可能なことは何もないと教わる学校の修練生ならば。なぜなら、今日できないことも明日はできるかもしれないからだ。魔法学校の入口にはこんな標語をかかげておくべきだ。

もうじききみの学校になる場所に。元気で、ニムエ。さらばだ。ここで別れよう」

「でも……」ニムエは急にほっとして言葉があふれ出た。「でもわたしは知りたい……もっと知りたい。イェネファーのこと。シリのこと。あの物語が本当はどんなふうに終わったのか。わたしは読んだ……伝説を知っている。何もかも。ウィッチャーのこと。ケィア・モルヘンのこと。ウィッチャーの印の名前も全部！　だから教えて――」

「ここでお別れだ」男はやさしくさえぎった。「きみの前にはきみの運命に通じる道がある。おれの前にはまったく違う道がある。物語は続き、決して終わらない。印について言えば……ひとつだけきみの知らないものがある。〈ソムネの印〉だ。おれの手を見ろ」

ニムエは見た。

「幻」どこか遠いところからそう聞こえた。「すべては幻だ」

「ほら、嬢ちゃん！　こんなところで寝てると追いはぎに遭うよ！」

ニムエははっと頭をあげ、目をこすった。そして地面から跳び起きた。

「眠ってた？　わたし、眠ってたの？」

「眠ってたのなんの！」荷馬車の御者席から肉付きのいい女が笑い声をあげた。「丸太のように！　赤ん坊のようにね！　大声で二度、呼びかけても返事がない。もう少しで馬車を降りるところだった……。あんた、ひとりかい？　何をきょろきょろしてる？　誰かを探してるのか?」

「男の人……白髪の……。さっきまでそこに……。それとも、もしかして……自分でもよくわからない」

「誰も見なかったよ」女が言った。背後の防水布の下から子どもの小さな頭がふたつ突き出た。

「旅の途中のようだね」女はニムエの荷物と杖に目をやった。「これからドリアンに向かうところだ。よければ乗せてやるよ。方角が一緒なら」

「感謝します」ニムエは御者席によじのぼった。「百回言っても足りないくらい」

「その調子!」女は手綱をぴしっと鳴らした。「さあ、出発だ! 歩くより馬車のほうがずっと楽だろ? ああ、道路脇に倒れて眠りこむなんて、よほど疲れてたんだね。なにしろあんたの寝てる様子ときたら――」

「――丸太のようだった」ニムエは息を吐いた。「そう。あたしは疲れて眠りこんでいた。おまけに――」

「ん? おまけに、なんだい?」

ニムエは後ろを振り返った。背後に黒い森が見えた。前方にはヤナギ並木にはさまれた道が続いている。運命に通じる道が。

〝物語は続く〟――ニムエは思った。〝物語は終わらない〟

「――とても不思議な夢を見た」

訳者あとがき

『ウィッチャー　嵐の季節』（原題 *Sezon burz*）は二冊の短篇集『最後の願い』と『運命の剣』、長篇五作からなる《ウィッチャー》サーガのあと、二〇一三年に刊行された（現時点では）ウィッチャー最後の単独長篇で、時代は短篇集の短篇のいくつかやサーガよりも前という設定です。

舞台はシダリスの南に位置する小国ケラク。この街で有名なレストランでおいしいものでも食べようとふらりと立ち寄ったゲラルトは、料理を味わうまもなく身に覚えのない横領罪で投獄され、釈放されたかと思うと、大事な二本の剣を盗まれて〝殻のないカタツムリ〟のような気分になり、衛兵所では怪力女たちに袋叩きに遭ってボコボコにされ、と、親友ダンディリオンの言葉を借りればまさに〝悪運と不幸のオンパレード〟の幕開けです。

ゲラルトの投獄と釈放劇の裏には大きな計画があり、その手引き役となるのが、愛用の口紅の色から珊瑚色《コーラル》のあだ名を持つ女魔法使いリタ・ネイド。ゲラルトはまんまとリタの魔法じかけ色じかけの罠に落ち、気がつけば彼女のベッドで何日も過ごすという展開に（このときゲラルトは恋人イェネファーと別れていた時期で、二人の直接のからみはないものの、イェネファーは陰で重要な役割を演じます）。

かくしてゲラルトは魔法使いたちの根城リスベルグ城に呼び出され、おぞましき殺戮事件の渦に巻き込まれてゆくのですが……。はたして剣なきウィッチャーは極悪非道の犯人を捕らえられるのか？　大切な二本の剣を取り戻すことはできるのか？

物語は大量殺戮の謎と失われた剣の奪還に奮闘するゲラルトを軸に、ケラク王国の王位継承争い、魔法使いどうしの確執と彼らが手掛ける恐るべき研究の正体、人間に姿を変える雌ギツネとの遭遇、百年後に魔法学校を目指して旅する娘などが重層的に、ときに哲学的に、ときにユーモラスに描かれます。なかでも、ゲラルトが旅の途中で出会ったドワーフと大型の川船に乗りこみ、雌ギツネ魔（別名ヴィクセンもしくはアグアラ）と対峙するエピソードは『ウィッチャー』コミック版第二巻のFOX CHILDREN（ポール・トビン作、ジョー・ケリオ画、誠文堂新光社G－NOVELS、二〇一八年刊）で、フルカラーで生き生きと描かれています。こちらもぜひご一読ください。

本作に登場するリタ・ネイドは国王に取り入り、ウィッチャーを誘惑し、翻弄する、外交手腕に長けた女魔法使いとして描かれていますが、『ウィッチャーI エルフの血脈』ではすでに故人で、ソドンの丘の戦いで非業の死を遂げた十四人の魔法使いの一人として名前だけが登場します。予知能力のあるリタがゲラルトに見せた映像のなかで、最後に現れた場面こそ、彼女の未来を示すものでした。また、幕間に登場する、魔法学校を目指す娘ニムエは『ウィッチャーV 湖の貴婦人』では、ウィッチャー伝説の権威と呼ばれる魔法使いになっており、時空を旅するシリとも遭遇します。本作でも百年の時を超えた邂逅が描かれ、作品に広がりを与えています。こうした長篇のサーガとのつながりも読みどころのひとつです。

数年前に初めて本書を読んだときは、〝剣を持たないゲラルト？〟と、少し地味な印象を受けたのですが、今回じっくりと読んでみると、実に緻密に組み立てられた、読みごたえのある作品で、サプコフスキの構成力、人物造形の深さ巧みさにあらためてうならされました。極悪非道を前にして、〝人間を殺してはならない〟というウィッチャーの掟と自身の倫理観のあいだで揺れ動くゲラルトの葛藤をリアルに描き、善悪の境界のあやうさをあぶりだす場面もあれば、熱血保安官トーキルとの連帯、かつてゲラルトに命を救われた人狼デュサルトの恩返し、魔法使いピネティとのさりげない友情といった、人情派ゲラルトの一面を見せるエピソードありと、最後まで飽きさせません。もちろんモテ男ぶりもたっぷりと、まさにゲラルトの魅力が詰まった作品で、これまでのシリーズをお読みのかたはもちろん、そうでないかたにも楽しんでいただけると思います。

さて、ウィッチャー・ファンには瞠目すべきニュースが飛びこんできました。本作『嵐の季節』を最後にウィッチャーに関する作品は発表していなかったアンドレイ・サプコフスキですが、新作がすでに完成し、近々刊行されるという情報です。本作と同じ単独作品であるとか、短篇のひとつをふくらませた作品になるらしいといった噂はありますが、内容に関してはまだ明かされていません。翻訳版もいつかご紹介できればと願っています。

映像作品に目を向けると、ネットフリックスではゲラルトとダンディリオン（つまりヤスキエル）を描いたアニメ『ウィッチャー　深海のセイレーン』が控えています。これは『ウィッチャー短篇集2　運命の剣』のなかの、ゲラルトと女吟遊詩人エシ・ダヴェンの悲恋を描いた「小さな犠牲」をもとにした作品で、二〇二五年二月十一日配信開始予定とのこと。ティーザー映像がすでに公開されています。

同じくネットフリックス製作のドラマ「ウィッチャー」は現在第三シーズンまでが配信中で、ここまでゲラルトを演じてきたヘンリー・カヴィルが降板、第四シーズンからリアム・ヘムズワースが演じると報じられました。シーズン四では『ウィッチャーⅢ　炎の洗礼』をもとに、ダニー・ウッドバーン演じるドワーフのゾルタン・シヴェイ、ローレンス・フィッシュバーン演じる理髪外科医のエミール・レジスなどが登場するようです。シーズン四の撮影開始と同時に完結篇となるシーズン五の製作も決まったとのことで、ストーリー展開とともに新たなゲラルトも楽しみなところです。

ゲーム「ウィッチャー4」の製作が進められているという情報もあり、完成はまだ先になりそうですが、まだまだお楽しみは尽きそうにありません。

それぞれに期待をふくらませつつ、本作を楽しんでくださることを祈って。

二〇二四年十月

訳者略歴　熊本大学文学部卒，英米文学翻訳家　訳書『ボーンズ・アンド・オール』デアンジェリス，『蜂の物語』ポール，『王たちの道』サンダースン，『アレクシア女史、倫敦で吸血鬼と戦う』キャリガー（以上早川書房刊）他多数

HM=Hayakawa Mystery
SF=Science Fiction
JA=Japanese Author
NV=Novel
NF=Nonfiction
FT=Fantasy

ウィッチャー　嵐《あらし》の季節《きせつ》

〈FT623〉

二〇二四年十一月十日　印刷
二〇二四年十一月十五日　発行
（定価はカバーに表示してあります）

著者　アンドレイ・サプコフスキ
訳者　川《かわ》野《の》靖《やす》子《こ》
発行者　早川浩
発行所　株式会社早川書房
郵便番号　一〇一‐〇〇四六
東京都千代田区神田多町二ノ二
電話　〇三‐三二五二‐三一一一
振替　〇〇一六〇‐三‐四七七九九
https://www.hayakawa-online.co.jp

乱丁・落丁本は小社制作部宛お送り下さい。
送料小社負担にてお取りかえいたします。

印刷・精文堂印刷株式会社　製本・株式会社明光社
Printed and bound in Japan
ISBN978-4-15-020623-9 C0197

本書は活字が大きく読みやすい〈トールサイズ〉です。